উর্বশী এবং সেই কালো লোকটি

ধীরেন্দ্র নাথ প্রামানিক

editionNEXT, Kolkata, India
www.editionnext.com

"Urvashi Ebang Sei Kalo Lokti " :: Bengali Novel by
Dhirendranathnath Pramanik

© Author

International Edition

Cover: Uday Bhattacharyya

First Edition: July 2024

Publisher: Mousumi Bhattacharyya
FD 16/1, Baguiati, Kolkata- 59
Website: editionNEXT.com
Facebook: facebook.com/editionnext
Twitter: twitter.com/editionnext
eMail: Link "Contact Us" in editionNEXT.com

লেখকের কথা

প্রথমেই বলে রাখা ভাল এই উপন্যাসটি আমারই লেখা 'Urbashi and the Blackman' উপন্যাসটির বাংলা সংস্করন। তবে হুবহু নয়। কিছুটা পরিমার্জিত। স্থান জায়গা, সময় ইত্যাদির পরিবর্তন হয়েছে। কোথাও কোথাও সংক্ষিপ্ত করা হয়েছে। কোথাও একটু বিস্তারিত করা হয়েছে। আগ্রহী পাঠককে অনুরোধ করব এটাকে কোনমতই অনুবাদ লেখা ধরা যাবে না। বাংলাভাষার সম্পূর্ন মাধুর্য রেখে প্রতিটি বর্ননা পুনর্বিন্যাস করা হয়েছে।

উপন্যাসটি প্রেম, বিরহ, প্রতারনা, এবং দেহজ কামনার মোড়কে একটি চমৎকার গোয়েন্দা কাহিনী। উপন্যাসের প্রধান চরিত্র উর্বশী। তার নামেই লুক্কায়িত তার চারিত্রিক বৈশিষ্ট্য। রূপসী উর্বশী তার শারিরীক আকর্ষনে একাধিক প্রেমে জড়িয়ে পড়ে এবং পরিবারের বিড়ম্বনার কারন হয়ে দাঁড়ায়। এমনকী তার দিদির প্রেমিক প্রফেসর স্যান্যালকেও সে প্রলুব্ধ করার চেষ্টা করে। তার এই প্রেমের টানাপোড়েনে সে একসময় অপহৃত হয়। সৌভাগ্যবশত তার নতুন প্রেমিক দুষ্কৃতিদের বিরুদ্ধে বীরত্বপূর্ন লড়াই করে তাকে উদ্ধার করতে সক্ষম হয়। উপন্যাসের অন্যতম চরিত্র উর্বশীর দিদি উর্মিলা পাঠকমহলের অন্যতম আকর্ষন। সে তার সহোদরার বীপরিত ধর্মী। উর্মিলা মার্জিত, বুদ্ধিমতী এবং সংসারের প্রতি দায়ীত্বশীল। সে সুন্দরী কিন্তু বিলাসিতা বিমুখ। তার প্রেম অপ্রকাশিত, অন্তসলিলা। উভয়ের কথাবার্তা, তর্কবিতর্ক মান অভিমানের নানান অভিব্যক্তিতে তা ধরা পড়ে। এই দিদি ছিল উর্বশীর একসময় আদর্শ, তার বন্ধু, শিক্ষক এবং পথপ্রদর্শক। কিন্তু পরবর্তীতে কলেজে গিয়ে সে সম্পূর্ন বদলে যায়। তার দিদির নিয়ন্ত্রনের বাইরে গিয়ে পরিবারের বিড়ম্বনা তৈরী করে।

কাহিনীর শুরুতেই যাত্রী শেডের নীচে একা দাঁড়িয়ে থাকা উর্বশীর সামনে হঠাৎ এক অস্বাভাবিক কালো দীর্ঘাকায় নিগ্রোসদৃশ্ এক যুবকের আবির্ভাব উর্বশীকে ভীত সন্ত্রস্ত করে তোলে। শুধু তাই নয় তার সাথে একই বাসে ভ্রমনের অস্বস্তিকর অভিজ্ঞতা পাঠকমহলকে প্রথম থেকেই কৌতুহলী করে তোলে। কিন্তু পরবর্তীতে এই অদ্ভুতদর্শন ব্যক্তি উর্বশীর পাড়ায় নতুন

ভাড়াটে প্রতিবেশী জানতে পেরে সে অবাক হয়। প্রতিবেশী হিসাবে ভদ্রতার খাতিরে উর্বশীর সাথে তার পরিচয় হয়। প্রথম প্রথম সে ভয় এবং ঘৃনায় তাকে এড়িয়ে চললেও কয়েক দিনের মেলামেশায় সে সহজ হয় এবং অচিরেই তার সহজাত চারিত্রিক বৈশিষ্ট্য এবং রূপের ফাঁদে তাকেও প্রলুব্ধ করার চেষ্টা করে। কিন্তু কালো ব্যক্তি তার দৈহিক আবেদন এবং ভালবাসার ইঙ্গিত সম্পর্কে সম্পূর্ন সচেতন থেকে তার অন্তরঙ্গতা বাড়াতে থাকে। এই ভিনদেশী কালো যুবকের ব্যক্তিত্ব, উচ্চমানের রুচিবোধ এবং কথাবার্তা উর্বশীর মনে ক্রমশ শ্রদ্ধা জাগায় এবং নিজেই একসময় তার প্রতি আকৃষ্ট হয়ে পড়ে। কিন্তু কে এই রহস্যজনক ব্যক্তি! কী তার ভূমিকা? গল্পের নায়িকা উর্বশীর ভালবাসার এই বহুগামিতা শেষ পর্যন্ত কোথায় গিয়ে দাঁড়াল, তা জানতে হলে উপন্যাসের শেষ লাইন পর্যন্ত পাঠককে অপেক্ষা করতে হবে!

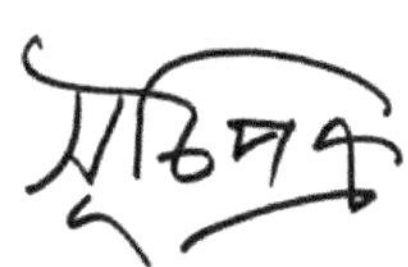

সূচিপত্র

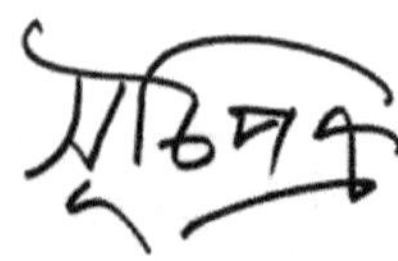

সূচিপত্র

এক

কালো দৈত্যের সাক্ষাৎ

তখন সকাল প্রায় নয়টা। বাস ধরার জন্য যাত্রী শেডের নিচে একা একজন তরুণী দাঁড়িয়ে আছে। হঠাৎ একজন অস্বাভাবিক লম্বা কালো ষন্ডামার্কা লোক হিস হিস শব্দ করতে করতে মেয়েটির পাশে এসে থামল। দেখে মনে হল তার দাঁড়ানোর জায়গাটিই যেন লোকটির দৌড় শেষ করার লক্ষ্য বিন্দু ছিল। তরুণী ভয় পেয়ে ছিটকে সরে দাঁড়ালো।

সে লেকটাউনগামী একটি বাস ধরার অপেক্ষায় দাঁড়িয়ে ছিল। লেকটাউনে তার বয়ফ্রেন্ড তার নিজস্ব অফিসে তারজন্য অপেক্ষা করে থাকবে। তার সাথে আজ বিয়ের রেজিস্ট্রি কাগজ পত্রে সই সাবুদ হওয়ার কথা। রেজিস্ট্রির কাজ সম্পন্ন হয়ে গেলে, ভাল কোন ক্যাফেতে বা রেস্তরাঁয় খাবার খেয়ে বাকি সময় ময়দান এলাকার বা গঙ্গার ধারে কোন এক নিভৃত জায়গায় সময় কাটাবে।

এই রুটে সীমিত সংখ্যক বাস চলাচল করে। সে আগেরটি ধরতে পারে নি পরেরটির জন্য অপেক্ষা করছে। তার পৌঁছানো অব্দি এখানে অপেক্ষমান যাত্রীদের সবাই একে একে তাদের নিজ নিজ বাস ধরে চলে গেছে। তারটাই শুধু এখনো আসছে না। এই রুটে বাস চলাচল এমনিতেই কম। তার উপর ভাড়াবৃদ্ধি বা ওইরকম কোন কারণে কয়েকদিন ধরে প্রাইভেট বাসগুলো অনিয়মিত ছিল। মোবাইলে সাড়ে নয়টা দেখে সে বিচলিত হয়ে পড়ল। 'মাই গড! সে নিশ্চয়ই এর মধ্যেই চলে আসবে! ঈশ! কী যে করি!'

টেনশন কাটাতে সে পায়চারী করতে লাগল এবং একের পর এক আগত বাসের মাথায় ডিসপ্লে বোর্ডগুলো লক্ষ্য করতে লাগল।

ধৈর্য মনুষ্যজাতির একটি মহৎ গুণ। জীবনের সবচেয়ে সংকটময় সময়েও বিচলিত হওয়া এবং মেজাজ হারানো মনুষ্যগুনাবলীর মধ্যে পড়ে না। বাসের জন্য অপেক্ষা করার ক্ষেত্রেও এটা একই ভাবে প্রযোজ্য। নিজের টেনশন কাটাতে এভাবেই সে মাঝে মাঝে কিছু অশুভ ঘটনার উপর কিছু ইতিবাচক যুক্তি খাড়া করে থাকে।

কিন্তু ঠিক যখন মানুষের এই ধৈর্যশক্তি আসলে একটি পাপ নাকি মহত্ত্ব এ নিয়ে সে গভীরভাবে বিশ্লেষন করতে যাচ্ছিল, সেই মুহূর্তে লোকটির আবির্ভাব। অদ্ভুতদর্শন এই আগন্তুকের আকস্মিক আগমন তার কল্পজগৎ থেকে দ্রুত বাস্তব জগতে নিয়ে এল ।

মুখচ্ছবি চেহারা দেখে লোকটির বয়স পচিশ থেকে ত্রিশের মধ্যেই হবে সম্ভবত। তার কিট ব্যাগটা পিঠ থেকে সে খসিয়ে সামনে নামিয়ে আনল। সেখান থেকে একটা দামী মোবাইল বের করে কিছুটা দূরে সরে গিয়ে দুর্বোধ্য কিছু কথা বলতে শুরু করল। কিন্তু লোকটির তার দিকে কোন ভ্রুক্ষেপই করল না।

অস্বাভাবিক লম্বা কালো নিগ্রো-সদৃশ যুবকটিকে দেখে মেয়েটির মনে ভয়ের সাথে কৌতুহলও দেখা দিল। সে কৌশলে তির্যক দৃষ্টিতে তার হাল্কা শশ্রুমন্ডিত কালো মুখটার দিকে তাকাল। তার পড়নে রুক্ষ মোটা কালো পোশাক এবং তার পায়ে শক্ত উডল্যান্ড বুট জুতো। তার পিঠে ঝুলানো কিটব্যাগটিও কালো রঙের। কিন্তু তার চোখগুলো তীক্ষ্ণদৃষ্টিসম্পন্ন। মেয়েটি লক্ষ্য করল, তার লম্বা পায়ের হাঁটাচলায় একটা বিশেষ ভঙ্গিমা আছে। প্রকৃতপক্ষে এমন চেহারা চালচলনের মানুষ এই শহরে সে খুব কমই দেখেছে।

লোকটির আচরন তার কাছে অস্বাভাবিক লাগছিল। মনে হচ্ছে সে তার কাছে এসে দেমাক দেখাচ্ছে! তার মত একজন সুন্দরী তরুণীর উপস্থিতি উপেক্ষা করা কোন লোকেরই সম্ভব নয়, অন্তত মেয়েটির তাই ধারনা। আর সে কীনা মোবাইলে কথা বলতেই ব্যস্ত, তার দিকে কোন ভ্রুক্ষেপই নেই!

‘পাষণ্ড একটা!’ লোকটিকে আড়চোখে আগাপাশতলা পরীক্ষা করে সে বিড়বিড় করে বলল এবং তার থেকে নিরাপদ দূরত্বে সরে থাকল।

অস্বস্তিকর পরিবেশ কাটাতে মেয়েটি নিঃশব্দে একটু এগিয়ে গিয়ে তার পার্স খুলে সন্তর্পনে একটি ছোট্ট স্বচ্ছ গোলাকার কৌটো বের করল এবং সে সেটিকে হাতে নিয়ে দেখতে লাগল। ইতিমধ্যে লোকটি সম্ভবত তার বাস আর কতদূর তা দেখার জন্য একটু এগিয়ে এসেছিল। মেয়েটি যখন তার হাতের স্বচ্ছ গোলাকার কৌটোটার ভেতরের বস্তুটিকে ঘুরিয়ে ফিরিয়ে নাড়াচাড়া করে দেখছিল ঠিক ঐ মুহূর্তে দৈবক্রমে হাত ফস্কে সেটি নীচে পড়ে গেল এবং লোকটির পায়ের দিকে গড়িয়ে গেল।

আসলে বাক্সটিতে একটি ছোট আকারের হীরের আংটি ছিল যেটি তার প্রেমিক তাকে এনগেজমেন্টের উপহার হিসাবে দিয়েছিল। এবং যখনই সে কিছু ব্যক্তিগত মুহূর্ত পেত তখনি সে এই অভিজ্ঞানটির স্পর্শসুখ উপভোগ করে নিজের যাবতীয় দুশ্চিন্তাকে প্রশমিত করে থাকে। সে সেটিকে কুড়িয়ে নেওয়ার আগেই লোকটি সাদরে সেটা কুড়িয়ে নিয়ে মেয়েটির হাতে তুলে দিল, কারন সেটি তার একেবারেই বুটের ডগায় অবস্থান করছিল।

‘থ্যাংক ইউ!’ মেয়েটি সৌজন্যতা জানিয়ে একটু মৃদু হাসল। ‘ওয়েলকাম’ বলে যুবকটিও হাসি বিনিময় করল।

কিন্তু তরুনী পরক্ষনেই সতর্ক হল, কারন সেসময় যাত্রী শেডে তারা দু জন ছাড়া আর কেউই ছিল না। একটু পরেই দুশ্চিন্তার অবসান ঘটিয়ে তার বাস এসে পৌঁছলে সে দ্রুত বাসের দরজার দিকে এগিয়ে গেল।

দেরীতে আসা অফিস টাইমের বাস। কোন বসার সিট ফাঁকা নেই। যে কোনও মুহূর্তে তাদের বিপরীত লিঙ্গের যাত্রীদের দ্বারা উৎখাতের আতঙ্ক নিয়ে কিছু পুরুষ মহিলাদের আসনে চেপে আছেন। তরুনী ব্যাপারটা অনুধাবন করতে সক্ষম হয়েছিল হয়ত, তাই সে তাদের কাউকেই বিড়ম্বনায় ফেলল না।

সে দরজার এক কোণে একজন স্থুলাকার মহিলার পাশে ছোট্ট এক ফালি ফাঁকা জায়গা খুঁজে পেয়ে তার কাঁধের ব্যাগটা কোলে নিয়ে বসে পড়ল। বসার জায়গাটা আরেকটু যুৎসই করার লক্ষ্যে যখন সে তার

নিতম্বের চোরা ধাক্কা দিয়ে সেই মধ্যবয়স্কার জাড্যের পরিবর্তন ঘটাল, ঠিক তখনই তার সামনে এক অলৌকিক দৃশ্য তাকে হতভম্ব করল। সে দেখল সেই ঘোর কৃষ্ণকায় মুর্তিটি তার সামনে ভূতের মত আবির্ভুত হয়েছে!

এবার সে সত্যি ভীত হয়ে পড়ল। 'কখন এবং কীভাবে সে এই বাসে চলে এল!'

ভয় পেলেও মেয়েটি উদাসীন থাকার যথাসাধ্য চেষ্টা করল। যেন কিছুই ঘটেনি। কাঁধের দুপাশে জড়ানো ওড়নাটি এদিক ওদিক টেনে দিয়ে সে মুখটাকে জানালার দিকে নিয়ে গাড়িঘোড়া, পথচারী, দোকানপাট ইত্যাদি দেখতে লাগল।

বাস যে গতিতে চলছিল এবং যেখানে সেখানে থামছিল, তাতে তার মানসিক পীড়ন বাড়াতে যথেষ্ট ছিল। দশটা হতে আর মাত্র পনেরো মিনিট বাকি। তার ভালবাসার ছেলেটি সম্ভবত দশটার আগেই পৌঁছে যাবে। কিন্তু তার পৌছানো হয়ত এগারোটায়ও সম্ভব হবে না।

বাস তার নিয়ম মাফিক নির্দিষ্ট ফাঁকে ফাঁকে থামতে শুরু করল। ক্রসিংয়ে লাল, হলুদ আর সবুজ বাতির খেলা দেখে যাত্রী সাধারন বীতশ্রদ্ধ। তরুনী অবশ্য নিয়মিত দেরীতে পৌঁছানো কিছু অফিস যাত্রীদের সমর্থন উপভোগ করছিল যারা অধৈর্য হয়ে অভদ্র কন্ডাক্টরকে মাঝে মাঝেই তিরস্কার করছিল। কিন্তু গোঁয়ার কন্ডাক্টার তাদের আপত্তিকর মন্তব্যগুলির তোয়াক্কাই করছিল না। সে আসন্ন স্টেপেজগুলিতে বাজারে মালপত্র অকশন ডাকার মত করে দুর্বোধ্য কিছু উচ্চারন করতে করতে যাত্রীদের তোলা নামা করতেই ব্যস্ত রইল।

আর এই টেনশনে সে আরেকটা ঝামেলার সম্মুখীন হল। সেই আতঙ্ক সৃষ্টিকারী কালো মানুষটি ইতিমধ্যেই তার যথেষ্ট কাছাকাছি চলে এসেছে। সে এতক্ষণ অধীর আগ্রহে অপেক্ষা করছিল কখন লোকটি কন্ডাক্টরের ডাকে সাড়া দিয়ে মাঝ পথে কোন একটি স্টেপেজে নেমে যাবে। এবং সে তার দৃষ্টি থেকে পরিস্কার হবে কারণ দীর্ঘ সময় ধরে সে সোজা হয়ে দেখতে না পারায় অস্বস্তি বোধ করছিল।

এত যাত্রী ইতিমধ্যেই নেমে গেছে, কিন্তু দরজার দিকে এগিয়ে যাওয়ার লোকটির কোনো লক্ষনই নেই। বরং সে নামতে চাওয়া যাত্রীদের সাহায্য করতে লাগল এবং তার অবস্থানকে আরেকটু যুৎসই করে নিতে লাগল।

পুরো বাস জার্নিটি বিষময় করে লোকটি শেষ পর্যন্ত লেকটাউন বাস টার্মিনাসে তার সাথে একযোগে নামল। মেয়েটি এবার ঘাবড়ে গেল। একটা বিশাল উৎকণ্ঠা নিয়ে সে পেছনে সাহস করে মুখ ফেরাল। কিন্তু, না, আনন্দের বিষয় যে সে নেমে এসে তার পরবর্তী চলাফেরায় অনুসরন করল না। সে দেখল লোকটি ইতিমধ্যে রাস্তার ওপারে একটি মোড় পেরিয়ে জোরে জোরে পা ফেলে অদৃশ্য হল। অবশেষে তার মুখ থেকে একটি স্বস্তির নিশ্বাস বেরিয়ে এল। ▢

দুই

শুভ দৃষ্টি

উর্বশী সদ্য উচ্চ মাধ্যমিক পরীক্ষা স্থানীয় গার্লস স্কুল থেকে পাশ করেছে। তার দিদি উর্মিলার অত্যন্ত অনুগত, সরল এবং নিষ্পাপ। উচ্চ মাধ্যমিক পরীক্ষা দিয়েই তার লক্ষ্য সে তার দিদির কলেজেই পড়বে। কিন্তু সেখানে ভর্তি হতে না পারলে সে আর পড়বেই না।

উর্বশী প্রথম বিভাগে ভাল নম্বর নিয়ে পাশ করলেও প্রেসিডেন্সি কলেজের(বিশ্ববিদ্যালয়) মত নামী প্রতিষ্ঠানে ভর্তির ক্ষেত্রে তা যথেষ্ট ছিল না। উর্মিলা একজন এখানকার মেধাবী ছাত্রী। বায়ো কেমিস্ট্রিতে পোস্ট গ্রাজুয়েট করে, বর্তমানে সে ফেলোশিপ নিয়ে প্রফেসর আর কে স্যান্যালের অধীনে রিসার্চ স্কলার।

প্রথম তালিকায় যথারীতি উর্বশীর নাম উঠল না। উর্মিলা বোনের এই গোঁ ধরায় বিচলিত হয়ে পড়ল। সে প্রফেসর স্যান্যালের সাথে তার বোনের ভর্তির এই বিষয়টি নিয়ে নিভৃতে কথা বলল— তিনি এ ব্যাপারে কোন সুপারিশ করতে পারেন কিনা। প্রঃ স্যান্যাল যখন বললেন, না তিনি পারেন না। তার বোনের দুশ্চিন্তা আরো বেড়ে গেল। তবে অধ্যাপক মহোদয় উর্বশীর মার্কশীট দেখে তাকে আশ্বস্ত করলেন এই বলে যে তার নাম দ্বিতীয় প্যানেলে উঠলে উঠতেও পারে।   সৌভাগ্যবশত ভর্তির দ্বিতীয় তালিকায় একজনের অনুপস্থিতিতে উর্বশীর নাম শেষ পর্যন্ত তালিকাভুক্ত হল।

উর্বশীর পরিবারে কোনো পুরুষ সদস্য নেই, তাদের পাশে দাঁড়ানোর মতো কোনো সহৃদয় আত্মীয়ও নেই। দীর্ঘ যন্ত্রণা ভোগ করার পর দুই বছর আগে তাদের বাবা চলে গেছেন। প্রথমে স্ট্রোক হয় এবং তারপর তিনি পক্ষাঘাতগ্রস্ত হন। অবসরকালীন প্রাপ্ত প্রায় সব অর্থ তার চিকিৎসায় ব্যায়িত হয়। সামান্য পরিমাণ এমআইএস সুদ এবং পারিবারিক পেনশন দিয়েই তাদের সংসার চলে। উর্মিলা তার পড়াশোনার পাশাপাশি প্রাইভেট টিউশনও পড়ায়। তার মাসিক বৃত্তি ও টিউশনের টাকা দিয়েও সে সাংসারিক নানা

প্রয়োজন মেটায়। সে তার নিজের জন্য এবং বোনের জন্য যাবতীয় প্রয়োজনীয় জিনিষপত্র কিনে আনে।

মুদির দোকানের দৈনন্দিন সামগ্রী, বাজার ঘাট তাকেই করতে হয়। উর্মিলা বুদ্ধিমতী এবং রূপসী। কিন্তু সে তার বোনের মত সৌন্দর্যপ্রিয় নয়। বিলাসিতা প্রসাধনী বস্তু এবং গহনার প্রতি তার জন্মগত অনীহা। এমনকি সে তার লম্বা ঘন কালো চুলের যত্ন পর্যন্ত করে না । উর্মিলার এই সাদাসিধা জীবনচর্চাতেও তার স্বাভাবিক সৌন্দর্য তাকে আলাদা এক মর্যাদা দিয়েছে।

সে পুরুষের আবেদনকে খুবই কৌশলে এড়িয়ে চলে। প্রেমের আবেগপ্রবণ অনুভূতিগুলি যা তাকে আঘাত করতে পারে সেগুলিকে সে মনের মধ্যে প্রশ্রয় দেয় না। তার মা একজন অসহায় বিধবা। তার বাবার মৃত্যুর পর তার রক্তে শর্করা বেড়ে যায় এবং তার স্বাস্থ্য ভেঙ্গে যায়। বড় মেয়ে হওয়ায় সুবাদে সে তার সংসারের দায়িত্ব উপলব্ধি করতে পেরেছে। পিএইচডি করার পর তাকে চাকরি যোগাড় করতে হবে। তাই সে বিয়ের কথা ভাবতে পারে না।

উর্বশী উর্মিলার থেকে অনেক ছোট, প্রায় পাঁচ ছয় বছরের তফাৎ। ফলে তার পরিবারের কোন দায়িত্ব নিতে হয় নি। সে আদরের বলে অভিমানী, অমিতব্যয়ী এবং স্বার্থপর। সে সব কিছুই দিদির উপর ছেড়ে দিয়ে নিশ্চিন্ত থাকতে ভালবাসে।

আজ সে দিদিকে নিয়ে প্রথমবারের মতো কলেজে এসেছে। তারা অফিসে ঢুকে দেখে, ভর্তি ফরম পূরণ করা কাউন্টারের সামনে প্রার্থীদের ইতিমধ্যেই লম্বা লাইন পড়েছে। ভেতরে প্রার্থীদের ভর্তির ফর্ম পূরণ করা প্রশংসাপত্র যাচাই করে আপলোড করা হচ্ছে।

অফিসের নোটিশ বোর্ড থেকে তাদের জানানো হয় যে, আগের ডাউনলোড করা ফরমের সঙ্গে ফরমের একটি ডিজিটাল অংশের হার্ড কপি সংযুক্ত করতে হবে।

কিন্তু উর্বশীর এমন কোনো ডাউনলোড করা ফর্ম নিয়ে আসে নি। আসলে এটা ছিল একজন প্রার্থী হিসাবে উর্বশীর অজ্ঞতা। তবে যেসব প্রার্থী

পরিচয়ের তথ্য প্রদানকারী ঐ ফর্মটি নিয়ে আসে নি তাদের জন্য সেটি কলেজের একটি কাউন্টার থেকে সরবরাহ করা হচ্ছে।

কলেজে পৌঁছতে তাদের দেরি হয়। রাস্তার যানজট ছিল এর জন্য দায়ী। বিশেষ করে অফিস টাইমে রাস্তায় যানজট এখনও শহরের জনজীবনের জন্য একটি জ্বলন্ত সমস্যা। ভুক্তভোগীরাই কেবল এর ভয়াবহতা জানে। একবার আপনি এর খপ্পরে পড়ে গেলে আপনার গন্তব্যে পৌঁছানো অনিশ্চিত ভেবে নার্ভাস হয়ে যেতে বাধ্য।

উর্বশীর আজকেই ভর্তির টাকা জমা দেওয়ার শেষ তারিখ। ফর্ম যোগাড় করতে না পারলে টাকা জমা দেওয়া যাবে না। বিষয়টা উর্মিলাকে বিচলিত করল। যদিও বহু প্রার্থী একই পরিস্থিতির স্বীকার হয়ে ইতিমধ্যে হৈ চৈ শুরু করে দিয়েছে।

অন্যদিকে, উর্বশী, একেবারে উদাসীন থাকায় এসব ভর্তির নিয়ম পদ্ধতি সম্পর্কে কিছুই তার জানা ছিল না। সে জানার চেষ্টাও করে নি। সে তার দিদির কাছে সমস্ত দায়ীত্ব অর্পণ করে ফুরফুরে মেজাজে এদিক ওদিক তাকাচ্ছিল। কৌতুহলী দৃষ্টি নিয়ে এই বিশাল ঐতিহ্যবাহী জমকালো প্রতিষ্ঠানটির চারদিক লক্ষ্য করছিল।

এখন এই মুহূর্তে কী করনীয় অফিস থেকে সব জেনে নিয়ে উর্মিলা কাউন্টারের সামনে পৌঁছে যায় যেখানে নতুন করে ঐ নির্দিষ্ট ফরমটি বিতরণ করা হচ্ছে। নির্দিষ্ট কাউন্টারে হাজির হয়ে সে দেখল একটি মাত্র কাউন্টারের সামনে ছেলেমেয়ে নির্বিশেষে আগে থেকেই হুড়াহুড়ি করছে। মেয়েদের জন্য আলাদা কাউন্টারের ব্যবস্থা করা হয়নি।

আজব! এখানে কোনো লাইনের ব্যবস্থা নেই!' নিজেকেই প্রশ্ন করে উর্মিলা বিরক্ত এবং হতাশ হল।

বলা হয়, আমাদের আধুনিক সমাজে লিঙ্গবৈষম্য সবসময়ই অনাকাঙ্ক্ষিত কারণ এটি পশ্চাৎপদতার লক্ষণ। কিন্তু এটা যদি শুধু কাউন্টারের লাইনে সীমাবদ্ধ থাকে এবং এভাবে ছেলে-মেয়েদের মধ্যে ঝগড়া-বিবাদের সৃষ্টি করে, তাহলে এটাকে অবশ্যই বলা যেতে পারে

লিঙ্গসমতার অসাধু সুবিধাভোগ। সে নিজে নিজেই এই অব্যবস্থার যুক্তি খাড়া করে কলেজ কর্তৃপক্ষের বিরুদ্ধে ক্ষোভ প্রকাশ করল।

প্রার্থীরা ধাক্কাধাক্কি করছিল; প্রত্যেকেই নিয়ম লঙ্ঘন করে গায়ের জোর খাটাচ্ছিল। উর্মিলা হতাশ হয়ে পড়ে।

সে উর্বশীকে নির্দেশ দিল, কিছু করার নেই, ওখানে ঐ জটলায় তুইও ঢুকে পড়। চেষ্টা করে দেখ কিছু করতে পারিস কিনা। আমি অফিসের ভেতরে যাচ্ছি।'

ধাক্কাধাক্কি এড়াতে উর্মিলা একজন এখানকার পুরানো ছাত্রী হিসাবে বিকল্প পদ্ধতিতে ফর্মটি যোগাড় করার চেষ্টা করল। উর্বশীকে ওভাবে বলেই সে অফিসের দরজার দিকে ছুটে গেল।

এদিকে কাউন্টারে এমন অবস্থা দেখে উর্বশীর আর এগোনোর সাহস হয় নি। সে ফর্ম পাওয়ার আশা ছেড়ে দিয়ে নিরাপদ দূরত্বে নিশ্চল দাঁড়িয়ে থাকল। সে উদাসভাবে চারপাশে তাকাতে লাগল। উর্বশী ছোটবেলা থেকে মেয়েদের প্রতিষ্ঠানেই পড়ে এসেছে। স্কুল জীবনে ছেলেদের কোন সংস্পর্শ লাভের এযাবত কোন সুযোগ হয় নি। এখানে এসেই প্রথম দেখতে পেল ছেলেমেয়েদের একত্রিত ঘুরে বেড়ানো, কথা বলা, হাসাহাসি।

হঠাৎ তার দৃষ্টি এক জায়গায় থেমে গেল। সে অদূরে একটি ছেলেকে দেখতে পেল আপন মনে কী যেন লেখালিখি করছে। ছেলেটি ভীড়ের মধ্যে না থেকে নিরিবিলি এককোনে একটি ডেস্কে সে মনোযোগ সহকারে কিছু লিখতে ব্যস্ত।

ঘরের ঐ বিশেষ কোনাটি উর্বশীর দৃষ্টিকে চুম্বকের মত আকর্ষন করে রাখল। তার দৃষ্টি চারিদিক ঘুরে ফিরে সেই ফর্সা অবিন্যস্ত চুলওয়ালা ছেলেটির মুখেই গিয়ে থেমে যেতে লাগল। কাজের ফাঁকে ছেলেটির দৃষ্টি একসময় হঠাৎ উর্বশীর চোখের উপর পড়ল। চকিত এই দৃষ্টির ছোবল উর্বশীর দেহ মনকে যেন পঙ্গু করে দিল। সে দৃষ্টি সরিয়ে নিয়ে মাথা নিচু করল এই ভেবে এই ভেবে যে সে তার কাছে ধরা পড়ে গেছে। সে তার দিদির দেওয়া গুরুদায়ীত্বের কিছুই করে উঠতে পারে নি। তার চাহনির

প্রত্যুত্তরের দুর্নিবার আকর্ষনে সে তার দিকে আরেকবার তাকাতেই দিদির কণ্ঠস্বর কানে এলঃ

'আশ্চর্য! আপনি এখনও এখানে দাঁড়িয়ে আছেন!' উর্মিলা বোনের এই অকর্মন্যতায় বিদ্রুপাত্মক সম্বোধন করল। তার নিস্ক্রিয়তায় উর্মিলা হতাশায় নিজের কপালে আলত করে একটা চাপড় মারল।

'ওদিকে কী দেখছিস?' দিদির সহসা উপস্থিতি উর্বশী বুঝতে পারে নি, সে ভীতি এবং লজ্জার দৃষ্টিতে উর্মিলার দিকে হাবার মত তাকিয়ে থাকে।

উর্বশীর দৃষ্টি যেদিকে নিবদ্ধ ছিল, উর্মিলাও সেদিকে মুখ ঘুরিয়ে দেখতে পেল সুদর্শন একটি ছেলে কাউন্টারের এক কোনে তার ভর্তির কাগজপত্র তৈরি করতে ব্যস্ত। সম্ভবত সেও একজন তারই মত ভর্তি হতে এসেছে। তার আদরের বোন এতক্ষন কীসে ব্যস্ত ছিল বিচক্ষন উর্মিলার উপলব্ধিতে তা সনাক্ত করতে অসুবিধা হল না। তবে সে তা বুঝতে না দিয়ে বলল,

ধেত্তারি! তোর দ্বারা কিছু হবে না। যা খুশী কর! বোকা হাবা মেয়ে!এখানে তখন থেকে ঠাই দাঁড়িয়ে আছে! যা যেখান থেকে পারিস ফর্ম যোগাড় কর। আমি আর পারব না। হতাশ উর্মিলা রেগেমেগে আবার বোনকে একই নির্দেশ দিয়ে, 'যে করেই হোক কাউন্টার থেকেই হাত ঢুকিয়েই ফর্ম যোগাড় করতে হবে'। বলেই সে আবার অফিস ঘরে প্রবেশ করল।

উর্মিলা অফিসে গিয়ে এতক্ষন বিকল্প উপায়ে ফর্মটি যোগাড় করার চেষ্টা করছিল। কিন্তু দুর্ভাগ্যবশত প্রফেসর রূপক সান্যাল যিনি তাকে সর্বোতভাবে সাহায্য করতে পারতেন তিনি হঠাত জরুরী কাজে এই মুহূর্তে কোলকাতার বাইরে। আর এটাই উর্মিলার আসল সমস্যা।

উর্বশী নীরবে একটা অপরাধ বোধ নিয়ে সে কাউন্টারের ভীড়ে অগ্রসর হল। যথাসাধ্য চেষ্টা করল নিজেকে সেই ভীড়ের মধ্যে সঁপে দিতে। কিন্তু তার নিরীহ দুর্বল প্রচেষ্টা ইতিবাচক কোন ফল আনার সম্ভাবনা দেখা গেল না।

এদিকে আরেকবার তাকানোর অমোঘ আকর্ষনে সে ছেলেটির দিকে তাকাতে গিয়েই দেখল, সেই তার দিকে স্থির তাকিয়ে আছে। উর্বশীর চোখ তার চোখের উপর পড়তেই সে ইশারায় কিছু ইঙ্গিত করল। উর্বশী প্রথমে লজ্জায় এবং সংকোচে মুখ নামিয়ে নিলেও পরের চাহুনিতে সে বুঝতে পারল হাতের ইশারায় সে তাকে যেন ভীড় থেকে বেরিয়ে আসার ইঙ্গিত দিচ্ছে। প্রথমে তার বিশ্বাস হচ্ছিল না যে সে তাকেই ইশারা করছে। নিশ্চই তার পরিচিত কেউ আশপাশে আছে, হয়ত তাকেই সে ডাকছে।

সে ভীড়ের আশপাশের ছেলেমেয়েদের দিকে তাকাল, কিন্তু সেরকম কাউকে মনে হল না সবাই নিজ নিজ কাজে ব্যস্ত। তারপর সে হাত দিয়ে নিজেকে দেখিয়ে ইঙ্গিত করল যে সে তাকেই ডাকছে কিনা। নিশ্চিত হওয়ার পর উর্বশীর হঠাত উত্তেজনায় বুক কাঁপতে লাগল। তাকে এভাবে তার আহ্বান অলৌকিক এবং অবিশ্বাস্য মনে হল। সে তার ইশারায় সাড়া দেবে কী না বুঝতে পারছিল না। তাছাড়া কেনই বা তাকে সে ডাকবে! কিন্তু তার কাছে না যাওয়াও ত অভদ্রতা। উত্তেজনা এবং একরাশ সংকোচ নিয়ে সে ভীড় থেকে বেরিয়ে আস্তে আস্তে আহ্বানকারীর কাছে গিয়ে দাঁড়াল।

'মনে হচ্ছে তুমি এনেক্সার ফরমটা যোগাড় করতে পার নি এখনও?' মৃদু হেসে ছেলেটি উর্বশীকে জিজ্ঞেস করল।

শুধু মাথা নাড়ল উর্বশী। উত্তেজনায় তার মুখ থেকে কিছুই বের হচ্ছিল না।

'বেশ, আমার কাছে একটা অতিরিক্ত আছে। তোমার প্রয়োজন হলে নিতে পার।' ছেলেটি বলল।

উর্বশী ছেলেটির দিকে সম্মোহিতের মত তাকিয়ে থাকল। কোন প্রতিক্রিয়াও দেখা গেল না।

'আমি কি তোমাকে ফর্মটা দিতে পারি?' উর্বশী নীরব থাকায় ছেলেটি আবার বলল।

উর্বশীর সম্বিৎ ফিরল। সে বলল, 'না ঠিক আছে! মানে দিদিকে জিজ্ঞেস করে দেখি'। সে ঠিক করতে পারছিল না ঐ মুহূর্তে তার কী বলা

উচিৎ বা কী করা উচিৎ। তাছাড়া সে ভাবল সে কেনই বা তাকে হঠাৎ ফর্মটা দিতে যাবে!

যদি প্রয়োজন থাকে তাহলে এখনই নিতে হবে; না হলে, আমি এটি অন্যকে দেব। আমি এটি রেখে দিয়েছি আমার এক ভাইয়ের জন্য যে এখন প্রফেশন্যাল লাইন নিয়ে পড়বে বলে ঠিক করেছে। আমার সময় নেই, আমি এখনই বেরিয়ে যাব।'

এই বলে, ছেলেটি তার কিটব্যাগটির চেন খুলে ফেলল এবং তাকে দেওয়ার জন্য বিশেষ মুদ্রিত কাগজটি বের করে তার দিকে বাড়িয়ে দিল।

'ধর।'

কাগজটা নিতে উর্বশী প্রথমে ইতস্তত বোধ করল। সে তার হাতের কাগজটার দিকে তাকিয়ে থাকল তারপর তার মুখের দিকে তাকিয়ে থেকে আস্তে করে তার হাতটা বাড়িয়ে দিল। ছেলেটাও তার দিকে তাকিয়ে নিয়ে ফর্মটা হাতে দিয়েই, তার ছড়িয়ে ছিটিয়ে থাকা কাগজপত্র এবং অন্যান্য জিনিষ দ্রুত গুটিয়ে নিয়ে কোনদিকে দৃকপাত না করে দ্রুত ঘর থেকে বেরিয়ে গেল।

উর্বশী সেখানেই কিছুক্ষন নিশ্চল দাঁড়িয়ে থাকল। এমনকি ভদ্রতার খাতিরে একটা কৃতজ্ঞতার শব্দও বলতে ভুলে গেল সে। অনেকক্ষন দাঁড়িয়ে থেকে আস্তে আস্তে সে আবার সেই ভীড়টার কাছে চলে এল। সম্ভবত তার মাথায় তখনও দিদির আদেশ চেপে বসেছিল।

উর্মিলা তখনো ফর্মটি অফিস থেকে সংগ্রহ করতে না পেরে হতাশ হয়ে উর্বশীর কাছে আবার ফিরে এল। সে দেখতে চাইল তার বোনের পক্ষ থেকে কোন অগ্রগতি ঘটেছে কিনা।

কিন্তু বোনকে শূন্য দৃষ্টিতে চেয়ে থাকতে দেখে সে হতোদ্যম হয়ে গেল।

'আশ্চর্য! আমি চলে যাওয়ার পর থেকে এখানেই দাঁড়িয়ে আছিস?' উর্মিলা রাগে গজগজ করতে লাগল।

সে চুপচাপ রোবোটের মত করে দিদির সামনে সেই বিশেষ কাগজটি তুলে ধরল।

উর্মিলা ভ্রূ কুঁচকে কাগজটার দিকে তাকিয়ে বলল—কী এটা!' বলেই সে তার হাত থেকে কাগজটা ছিনিয়ে নিল।

'মাই গড! পেরেছিস! সাবাশ মেয়ে আমার! বলেই সে তার বোনকে হাল্কাভাবে জড়িয়ে ধরল। মনে হল যুদ্ধক্ষেত্র থেকে মহামূল্যবান কোন বস্তু তার বোন তুলে এনেছে।

'কিন্তু তুই এত চুপচাপ কেন?' উর্মিলা বোনের দিকে অবাক হয়ে তাকাল।

'ওটা একটা ছেলে আমাকে দিল'। উর্বশী লজ্জাবনত হয়ে বলল।

'একটা ছেলে দিল! অদ্ভুত ! কোন ছেলেটি? কোথায় সে?' উর্মিলা আশ্চর্য হয়ে এদিক ওদিক তাকাতে লাগল।

'নেই।' উর্বশী উদাস গলায় জবাব দিল।

'চলে গেছে?'

'হ্যা'।

'কী আশ্চর্য!' উর্মিলার কাছে ব্যাপারটা যেন অলৌকিক মনে হল।

'তুই ওকে চিনিস?' উর্মিলা জানতে চাইল।

উর্বশী বলল 'না,'

'সেই ছেলেটাই কী— যে ঐ কোনাটায় তখন থেকে ডেস্কের সামনে দাঁড়িয়ে কাজ করছিল?' উর্মিলা সেই জায়গাটি দেখিয়ে জানতে চাইল।

উর্মিলা বলল, 'হ্যাঁ।'

'আ আ ছা!'—বলেই উর্মিলা এবার মাথা নাড়াতে লাগল।

সে তার দুই ঠোঁট চেপে ধরে বলল— 'বুঝতে পেরেছি। তার কাছ থেকে সাহায্য চেয়েছিলি, তাই না?'

'না।'

উর্মিলা অধৈর্য হয়ে বলল, 'কী পাগলের মত তখন থেকে শুধু হ্যা, না, হ্যা, না বলে যাচ্ছিস! ঘটনাটা একটু খুলে বলতে পারিস না? কী করে এটা পেলি! তুই তাকে চিনিস না, জানিস না, তার কাছে কোনো সাহায্যও চাসনি, তাহলে মনে হচ্ছে স্বর্গ থেকে একজন দেবদূত নেমে এসে আপনার হাতে ওটা গছিয়ে দিয়ে গেছে, তাই না?' উর্মিলা তার ভর্ৎসনা করার মত করে তার বোনকে কথাগুলি এক নিশ্বাসে বলল। কিন্তু তার বোনের মুখ থেকে কিছুই বেরল না।

সে তার বোনের বিব্রত মুখে একটা ছোট্ট টোকা দিয়ে মৃদু হেসে বলল,

'ছাড়! এবার এখন এই মুহূর্তে এটিকে আমাকে পূরন করতে হবে এবং অন্যান্য ভর্তি সংক্রান্ত কাগজ রেডি করতে হবে। আর তোমাকে এক্ষুনি ক্যাশ কাউন্টারে যেতে হবে ভর্তির ফিস জমা দিতে। একটু সিরিয়াস হ'। উর্মিলা তার বোনকে পরবর্তী দায়িত্ব গুলি সম্পর্কে অবহিত করল।

একটু পরেই উর্মিলা কাউন্টার থেকে একটা মানি ডিপোজিট স্লিপ নিয়ে এসে, পূরন করা টাকার রসিদ ও নির্দিষ্ট পরিমাণের কিছু টাকার নোট উর্বশীর হাতে ধরিয়ে দিয়ে কাউন্টারে যেতে বলল যেখানে সেগুলি জমা নিচ্ছে।

করিডরের শেষ প্রান্তে গিয়ে বাঁদিকে এগিয়ে গিয়ে সে একটি কাউন্টার দেখতে পেল । সেখানে আগেই কয়েকজন সারি করে দাঁড়ানো। পিঠে প্রত্যেকেরই কিট ব্যাগ। উর্বশী সহজেই কাউন্টারের একেবারে সামনের দিকে পৌঁছাতে পারল কারন সেখানে অল্প সংখ্যক প্রার্থীর লাইন ছিল। কিন্তু সে লাইনে দাঁড়িয়েই আবিষ্কার করল যে সেই ছেলেটি তার সামনেই দাঁড়িয়ে আছে। সে এক অবর্ণনীয় উত্তেজনা অনুভব করল কারন তাকে দেখার জন্য সে আকুল হয়ে ছিল। সে তাকে আবার দেখতে এবং তাকে তার দিদির কাছে উপস্থাপন করতে আগ্রহী ছিল। তার মনের ভেতরটা আবার তোলপাড় করে উঠল। কয়েক মুহূর্ত চুপ করে থেকে সে তার পেছনের উপস্থিতি জানাতে ব্যাকুল হয়ে উঠল। আলতো করে সে তার পিঠে মৃদু ধাক্কা দিয়ে ফিস ফিস করে বলল:

'হ্যালো!'

ছেলেটা মুখ ফিরিয়ে তাকে দেখতে পেয়ে অবাক চোখে বলল,

'ওহ, হাই!'

'থ্যাংক ইউ ফর হেল্প।' উর্বশী মৃদু হেসে তার আগের বাকি থাকা কৃতজ্ঞতা জানিয়ে তৃপ্তি পেল। ছেলেটিও প্রত্যুত্তরে ওয়েলকাম বলল।

কয়েক মিনিটের মধ্যে ছেলেটি তার কাজ শেষ করে লাইন থেকে বের হতেই তার পালা এল। টাকা জমা দিয়ে রসিদের একাংশ হাতে নিয়েই তাড়াহুড়ো করে সে মুখ ঘুরিয়ে তাকে এদিক সেদিক খুঁজতে লাগল। কিন্তু তাকে কোথাও দেখা গেল না। তাকে না পেয়ে উর্বশী আবার আফসোস করতে লাগল। সারিতে দাঁড়িয়ে থেকে তার সাথে কোন কথা বলার সুযোগ ছিল না তাই বাইরে সে একটু পরিচিত হতে চেয়েছিল। সে তার প্রতি মনে মনে উষ্মা প্রকাশ করল, একটু অপেক্ষা করা কী তার উচিত ছিল না! সে কী তাকে অবহেলা করল?' সে বিষন্ন মুখে করিডরের মাঝখানে ঠায় দাঁড়িয়ে থাকল।

এদিকে উর্মিলা অনেক খোঁজাখুঁজির পর করিডোরে তাকে আবিষ্কার করে একটা লম্বা নিশ্বাস ছাড়ল।

'হায় ভগবান! তুই এখানে! আর আমি কিনা সারা অফিস চত্বর খুঁজে বেড়াচ্ছি। এখানে দাঁড়িয়ে কী ঘোড়ার ডিম করছিস?' তার বোনের আচরণ তাকে বিরক্ত করছিল।

দিদির অপ্রত্যাশিত উপস্থিতিতে উর্বশী এখানেও বিব্রত। আসলে, সে ভুলেই গিয়েছিল তার দিদি তার ঐ টাকা জমা দেওয়া রসিদটার জন্য অপেক্ষা করে থাকবে। উর্মিলা টাকার রসিদটা তার হাত থেকে নিয়ে বোনের বিষন্ন মুখ লক্ষ্য করে একটু অবাক হল। রাগ প্রশমিত করে তার মাথায় হাত বুলিয়ে জিগ্যেস করল—'কী হয়েছে তোর! শরীর খারাপ করে নি ত!'

'কিছু হয় নি'। উর্বশী সংক্ষিপ্ত জবাব দিল।

'কিছু হয় নি ত এখানে এভাবে চুপচাপ দাঁড়িয়ে আছিস কেন?'

'দিদি, যে ছেলেটা আমাকে ফর্মটা দিয়েছিল আমার সাথে তার কাউন্টারে দেখা হয়েছিল'।

'অ, এই ব্যাপার!' উর্মিলা তার অনুজার অন্তরাত্মার ছবিটা আয়নার মত দেখতে পেল।

'ত সে এখন কোথায়?' জিজ্ঞেস করল উর্মিলা।

'কোথাও ত দেখছি না' সে বলতে বলতে অফিস ঘরের বারান্দাটার দিকে সে একবার তাকিয়ে দেখল।

'আচ্ছা ওটা পরে দেখছি। এখন আপাতত আমার সঙ্গে আয়। ভর্তির বাকি কাজটুকু সেরে তাড়াতাড়ি বাড়ি ফিরতে হবে। মা বাড়িতে একাই রয়েছে'।

ভর্তির যাবতীয় প্রক্রিয়া সুসম্পন্ন করে দুই বোনই বাড়িতে এলো। বাসে আসার পথে, উর্মিলা তার বোনকে তার পড়াশোনা এবং তার ভবিষ্যত ক্যারিয়ার সম্পর্কে তার ভবিষ্যতের দায়িত্ব সম্পর্কে অনেক পরামর্শ দিল। এখন থেকে সে বৃহত্তর সামাজিক পরিবেশে প্রবেশ করল যা বিশেষত একটি অল্পবয়সী মেয়ের জন্য খুবই ঝুকিপূর্ন এবং প্রলোভনে পরিপূর্ণ।

কঠিন প্রতিযোগিতার এই যুগে তার জন্য কঠিন সংগ্রাম অপেক্ষা করছে। একই প্রতিষ্ঠানের বিদায়ী ছাত্রী হিসাবে সে তার নানা অভিজ্ঞতার কথা বোনকে শেয়ার করে তাকে সচেতন এবং আত্মবিশ্বাসী এবং বিচক্ষন হতে উদবুদ্ধ করল।

তবে বাসে করে বাড়ি ফেরার দীর্ঘ সময়ে উর্মিলা সচেতনভাবে সেই ছেলেটির প্রসঙ্গ একবারও তুলল না, যদিও সে জানত তার বোনের চিন্তার পরিধি কোথায় কেন্দ্রীভূত আছে। সেইজন্যই তাকে এত কথা বলতে হয়েছিল। পরোক্ষভাবে তার বোনের তারুন্যের আবেগে তাৎক্ষনিক ভালবাসার মোহে নিজেকে অন্ধ আত্মসমর্পন যাতে না করে তার জন্যই এতগুলো কথা তাকে বলতে হয়েছিল। ☐

তিন

মা সবার চেয়ে ভাল

পরের দিন সন্ধ্যায় উর্বশী বারান্দায় একা বসে আছে। দিদি উর্মিলা বাড়ির বাইরে ছিল। বাড়ির সংলগ্ন ছোট খেলার মাঠটিতে ছোট ছেলেরা ক্রিকেট খেলছিল। জয়ের জন্য শেষ কভার ড্রাইভ দিয়ে বিজয়ী শিশুরা বিজয়োল্লাসে চিৎকার করছিল। সন্ধ্যার শঙ্খধ্বনি কাছে দূরে একে একে শোনা যাচ্ছিল। তার এই সময়ে চুপচাপ চিন্তামগ্নতা একেবারেই অপ্রত্যাশিত ছিল, যদিও উচ্চমাধ্যমিকের পর পড়াশুনা থেকে সে মুক্ত ছিল। সে সাধারণত বন্ধু টুপাই, সুধা, রিন্টুদের সাথে এই সময়ে বিটি রোড পর্যন্ত হাঁটাহাটি করে। কিংবা কোথাও বসে আড্ডা মারে। ছোট্ট মাঠটিতে বাচ্চাদের সাথে কখনো সখনো ক্রিকেটও খেলে সে। তাই বেশ অস্বাভাবিক লাগছিল ওর এই ভাবে বসে থাকা।

'কীরে ছোট! ওভাবে চুপচাপ বসে আছিস কেন বাবা?'

ঐরকম ভাবে বসে থাকা দেখে মা অহমিকা দেবীর অস্বাভাবিক মনে হচ্ছিল। তিনি সেসময় ঠাকুর ঘরে তার সান্ধ্যকালীন পূজা অর্চনার প্রস্তুতি নিচ্ছিলেন। উর্বশী মায়ের এই পরিচিত বাক্যগুলি প্রায় শুনতেই পেল না। সে আগের মতই চুপচাপই থাকল।

'কী হয়েছে মা, শরীর খারাপ লাগছে?' অহমিকা দেবী উদবিগ্ন হয়ে একেবারে কাছে গিয়ে আরেকবার জিজ্ঞেস করল।

'ওহ! মা, তুমি যাও না! আমার কিছু হয় নি!'

মেয়ের এই বিরক্তিসূচক জবাব মাকে নিশ্চিন্ত করতে সাহায্য করল।

উর্মিলা টিউশন পড়িয়ে বাড়ি ফিরে দেখল, উর্বশী একাকী চুপটি করে বসে আছে। সেও একটু অবাক হল। দিদিকে দেখেই সে নিজেকে স্বাভাবিক এবং সক্রিয়তা জাহির করল।

'দিদি, এত দেরি করলে কেন! নবীনা পিসী একটু আগে চলে গেল। আমি আর মা চা খেয়ে নিয়েছি। আমার মনে হয় আজ তোমার একটু দেরি হয়েছে।'

উর্মিলা বুঝতে পারল এসব অর্থহীন বাক্য উর্বশীর তার অস্বাভাবিক আচরন লুকানোর প্রক্রিয়া ছাড়া কিছু নয়। আসলে সে আজ মোটেও দেরি করেনি। বরং একটু আগেই বাসায় পৌঁছেছে।

'হোলই বা তাতে কী? কিন্তু আমি যেটা নিয়ে ভাবছি সেটা হল অন্য'। উর্মিলা বলল।

দিদির কথা তার একটু হেয়ালি মনে হল তাই বলল, 'অন্যটা কী?'

'ইউনিভার্সিটি থেকে ফেরার পর থেকে একটা কথা সবসময় আমার মনে ঘুরপাক খাচ্ছে যে, ওই অসভ্য ছেলেটা কেন তোমাকে কিছু না বলেই চলে গেল! আমার মনে হয় ছেলেটির অন্তত একটা কমন সেন্স থাকা উচিত ছিল। সেটা থাকলে সে একাজ করতে পারত না।' উর্মিলা একটু মুচকি হেসে তার বোনের দিকে একটু আড় চোখে তাকিয়ে বলল।

'দিদি, তোমার অনেক কথাই আমি বুঝতে পারি না। আসলে কি বলতে চাও বল ত?' উর্বশী তার অজ্ঞতার ভান করে উর্মিলাকে জিজ্ঞেস করল।

'আমি বলতে চাচ্ছি যে, অভদ্র যুবকের উচিত ছিল সৌজন্যতার খাতিরে তোকে অফিসের কাউন্টার থেকে বেরিয়ে এসে অন্তত দেখা করে, বিদায় জানানো'।

'ওহ! সেই ছেলেটার কথা বলছ?' উর্বশী জিজ্ঞেস করল।

'অবশ্যই, সেই ছেলেটিই! সে তোমার প্রতি অবিচার করেছে। একবার দেখা হলে ওকে আমি এমন শাস্তি দেব!' কৃত্রিম রাগ দেখাল উর্মিলা।

'কিন্তু দিদি, ওই ফালতু বিষয়ে আমার কোনো আগ্রহ নেই।'উর্বশী তার অনাগ্রহ মনোভাবকে প্রতিষ্ঠার চেষ্টা করল।

আমি ত তা বলছি না? আমি কেবল সেই নিষ্ঠুর ছেলেটার আচরনের বিরুদ্ধে অভিযোগ করছি। তার অন্তত সৌজন্যতাবোধ শেখা উচিত। ঠিক বলছি কিনা?' উর্মিলা জিজ্ঞেস করল।

'আমি তার শিষ্টাচার নিয়ে থোড়াই চিন্তাই করছি!' উর্বশী দিদির অনুমানকে নস্যাত করতে চাইল।

'চিন্তা করার কথা বলছি নাত! কিন্তু সোনা, ঐ কাউন্টারের আশপাশে অনেক মেয়েই ছিল। তাদের ছেড়ে সেই হতচ্ছাড়া আপনাকেই বিশেষভাবে পছন্দ করল! এটাই আমার চিন্তা!' উর্মিলা পায়চারী করতে করতে নিজেই ভাবতে লাগল।

আমি কীভাবে বলব, কেন সে আমাকেই ফর্মটা দেওয়ার জন্য বেছে নিল!'

'কিন্তু, আমি নিশ্চিত তোমাদের দুজনের মধ্যে নিশ্চয়ই একটা গোপন যোগাযোগ চলছিল।' উর্মিলা তার বোনকে আসল জায়গায় আনতে চেষ্টা করল।

'অসম্ভব! সে অনেক দূরে ছিল। আমাদের দুজনের মধ্যে কথা বলার কোনো সুযোগ ছিল না।' উর্বশী দিদির অনুমান উড়িয়ে দিল।

'মানলাম, আপনি তার সাথে কথার মাধ্যমে যোগাযোগ করেননি, তবে যোগসূত্রটা দৃষ্টি বিনিময়ের মাধ্যমেও সম্ভব। ছেলেটি কী আপনার দিকে তাকিয়েছিল?' উর্মিলা বোনকে উকিলের জেরায় ফেলল।

'মনে হচ্ছে, ও একবার বা দুবার আমার দিকে তাকিয়েছিল। কিন্তু আমি একবারও না।

'ভেরী ইন্টারেস্টিং! যদি না তাকিয়ে থাকেন, তাহলে বুঝলেন কী করে সে আপনার দিকেই তাকিয়েছিল?' দিদির এই কঠিন যুক্তিতে উর্বশী হেরে গেলেও তার প্রথম প্রেমের স্বীকৃতিটুকু দিদির কাছ থেকে লাভ করে তার মুখ পুলক মিশ্রিত লজ্জায় আরক্ত হয়ে উঠল।

'আহ! দিদি! যাও! আমি কিচ্ছু জানি না। উর্বশী দ্রুত সেখান থেকে ছুটে মায়ের পূজার ঘরে হাজির হল। অহমিকা দেবী তার রাধাগোবিন্দের

সান্ধ্যকালীন আচার-অনুষ্ঠানের যাবতীয় সামগ্রী সাজাচ্ছিলেন। সে আচমকা মায়ের পাশে বসে পড়ে তার কাজে অযাচিত সাহায্য করার চেষ্টা করল। অহমিকা দেবী তার ছোট মেয়ের এই অপ্রত্যাশিত আচরনে একটু অবাক হয়ে তার দিকে ভাল করে তাকিয়ে বললেন,

'কী রে! এখানে এসে বসলি যে, কিছু বলবি?'

'মা, তোমার পাশে বসে থাকতে আমার খুব ভালো লাগে। তুমি আমার মিষ্টি মা' বলেই সে মা'কে জড়িয়ে ধরার চেষ্টা করল।

অহমিকা দেবী একটা ভয়ার্ত আওয়াজ করে নিজেকে সরিয়ে নিয়ে বললেন,

'আঃ আমাকে ছুস না! পূজায় আছি দেখছিস না! দিদি কোথায়? সে এখনো আসেনি?'

'হ্যাঁ, এসেছে. কিন্তু মা সে আমাকে গতকালের যা তা কথা নিয়ে বিরক্ত...' উর্বশী তার বাক্যটি সম্পূর্ণ করতে পারল না। তার আগেই সে তার নাচের দিদিমনির গলা শুনতে পেল।

সে ভুলেই গিয়েছিল যে দিনটি শুক্রবার। সে তার নাচের ঘরে যেতে যেতে সে লক্ষ্য করল উর্মিলা অনেকটা দূরে গিয়ে কারো সাথে নিচু স্বরে কথা বলছে। উর্বশী জানে তার দিদি তার বয়ফ্রেন্ডের সাথে মাঝে মাঝেই এভাবে কথা বলে কিন্তু বেশীক্ষন বলে না। লোকটি যে কে তাও তার বোধগম্য নয়। ▢

চার

অনুরাগের ছোয়া

পরের দিন, উর্বশীকে নির্দেশ অনুসারে পাস সাবজেক্টের অপশন দিতে কলেজে একাই যেতে হল। কিছু জরুরি কাজের কারণে তার দিদি তাকে সঙ্গ দিতে পারেনি। আসলে উর্মিলা নিজেই এই সাম্প্রতিক অনলাইন ব্যবস্থা সম্পর্কে অজ্ঞ ছিল। তাই সে উর্বশীকে পরামর্শ দিয়েছিল যে প্রফেসর রূপক সান্যাল বলে একজন আছেন তার সাথে দেখা করতে এবং নিজেকে তার বোন হিসাবে পরিচয় দিতে। তিনি তাকে কাজটি করতে সাহায্য করবেন এবং সে এই বিষয়ে প্রঃ সান্যালের সাথে ইতিমধ্যেই কথা বলে নিয়েছে।

কিন্তু সেখানে গিয়ে আপাতত দিদির নির্দেশমত কাজ না করে উর্বশী অফিসের ভেতরে-বাইরে পাগলের মতো সেই ছেলেটিকে খুঁজতে লাগল। সে আত্মবিশ্বাসী ছিল যে সে অবশ্যই অফিসের চারপাশে কোথাও না কোথাও আছে। সে মনে মনে তার সাথে দেখা করে তার সাহায্য চাইতে সিদ্ধান্ত নেয়। কিন্তু তাকে দেখতে না পেয়ে সে হতাশ হল।

ব্যথিতমনা উর্বশী অগত্যা দিদির কথাকে মান্যতা দিয়ে প্রফেসর সান্যালের সাথেই দেখা করল। তার কাছে যেতেই মনে হল সে আগেভাগেই তার কাজে সাহায্য করতে প্রস্তুত হয়েই ছিলেন। সে তার চেহারায় একটা পরিচিতি খুঁজে পেল, যদিও সে আগে কখনো দেখেনি।

অফিস থেকে খবর পেয়ে সে নিজেই তার চেম্বার থেকে তাকে দেখে বেরিয়ে এলেন। উর্বশী দেখল এক লম্বা সুদর্শন লোক হাসিমুখে তার সামনে হাজির।

'তুমি উর্বশী? প্রঃ স্যান্যান জিজ্ঞেস করলেন। সে সভয়ে মাথা নাড়ল। কিন্তু সে তাকে দেখে একটু অবাক হল। সে তার দিকে তাকিয়ে হাসল যেন সে তাকে চেনে।

'ঠিক আছে, আমার সঙ্গে আস।' প্রফেসর সান্যাল বললেন।

তাকে অনুসরণ করতে বলায় সে প্রফেসর সান্যালের পেছনে হাঁটতে লাগল। তিন তলায় উঠে দীর্ঘ করিডোর ধরে চলার সময় তার মনে সংশয় এবং কৌতূহল বাড়তে লাগল। প্রফেসর সান্যাল একটা বন্ধ দরজা খুলে তাকে নিয়ে ভিতরে ঢুকলেন। এই বিশাল ভবনটির এই অংশে অবস্থিত ইউনিভার্সিটির তথ্য ও প্রচার বিভাগ।

হলঘরে সারি সারি কম্পিউটার, প্রিন্টার, জেরক্স মেশিন। জায়গায় জায়গায় ইন্টারনেট পরিষেবার যন্ত্রগুলি মুখ থেকে উজ্জ্বল হলুদ আলোর অস্থির বিন্দুগুলি একনাগাড়ে পিট পিট করে চলছে। কম্পিউটার পরিচালনায় পারদর্শী ছেলে-মেয়েরা এক একটা সেট নিয়ে আপন মনে কাজ করে যাচ্ছে। কেউ কেউ অপারেটরদের কাছ থেকে সাহায্য নিচ্ছে।

হঠাৎ উর্বশীর চোখ পড়ল অদূরে একটি টেবিলে বসে থাকা একটা ছেলের দিকে।

সে তাকে পেছন থেকে দেখেও বুঝতে পারল সেই ছেলেটাই যে তাকে ভর্তির ফর্ম দিয়ে সাহায্য করেছিল। তাকে দেখে যুগপৎ আনন্দিত এবং বিস্মিত হল। সে তৎক্ষণাৎ তার সঙ্গে কথা বলতে তার কাছে ছুটে যেতে চাইল, কিন্তু অধ্যাপক সান্যালের উপস্থিতিতে তা করতে পারল না।

কর্মরত কিছু ছাত্রের সাথে কথা বলে সান্যাল তাকে আবার অনুসরণ করতে বললেন। এখন সে আরও অবাক হল যে প্রঃ সান্যাল তাকে সত্যিই সেই ছেলেটির কাছেই নিয়ে গেলেন।

'প্রীতম!'

'হ্যাঁ স্যার। বলুন!' প্রীতম উঠে দাঁড়াল।

'তুমিও ত ইংরেজী অনার্স নিয়েই ভর্তি হয়েছ?'

'হ্যাঁ স্যার'।

'আচ্ছা, তাহলে তুমি একে একটু সাহায্য করো। সে এখনও কম্পিউটার ততটা এক্সপার্ট নয়'।

প্রফেসর সান্যাল উর্বশীকে বললেন, 'তুমি এর সাথে থাক। ও সব বলে দেবে। তোমার কাজ হয়ে গেলে যাওয়ার আগে আমার সাথে দেখা করে যেও কেমন!' বলেই তিনি হলঘর থেকে বেরিয়ে গেলেন।

প্রীতম কলেজ ওয়েবসাইটে সাবজেক্ট সেলেকশন পোর্টালে গিয়ে ডান হাতে মাউজ নিয়ে একের পর এক অপশনগুলোতে ক্লিক করে যাচ্ছিল। তার মনোযোগ এতটাই বেশী ছিল যে ছেলে বা মেয়ে তার পাশে কে দাঁড়িয়ে আছে সে বুঝে উঠতে পারে নি। বিশেষত উর্বশী প্রঃ স্যন্যালের পেছনে থাকায় তাকে সেই ভাবে লক্ষ্য করে নি। এই সময় কথা বলা মানে গোটা প্রসেসটা নষ্ট হয়ে যাওয়ার সম্ভাবনা। তাছাড়া সে নিজেও কম্পিউটারে এখনও অত পাকা না। তাই সে খুব সাবধানে এগোচ্ছিল। ভুল হলে সব মাটি। সে ভাবল তাকে প্রথমে নিজের কাজ শেষ করতে হবে এবং তারপর অন্যের দায়িত্ব নিতে হবে।

উর্বশী পেছন থেকে প্রীতমকে দেখছিল। সে দেখল তার কালো টি-শার্ট, তার ফর্সা গায়ের সাথে কী সুন্দর মানিয়েছে। তার ঘন কালো চুল। দুই গালে সদ্য অঙ্কুরিত দাড়ি তাকে ভীষণভাবে আকৃষ্ট করছিল। কিন্তু প্রীতম তার দিকে মনোযোগ না দেওয়ায় সে একটু অপমানিত বোধ করল।

'প্রীতম কি আসলে তাকে দেখেনি নাকি সে তার উপস্থিতিকে গুরুত্ব দিচ্ছে না?' সে নিজেকে প্রশ্ন করল।

কিছুক্ষণ পর সে মুখ ঘুরিয়ে উর্বশীকে দেখতে পেয়েই অবাক হয়ে গেল। সম্ভবত তাব উপস্থিতি তার কাছে বেশ অপ্রত্যাশিতই ছিল।

'আরে! তুমি!'

প্রীতম ব্যস্ত হয়ে উঠে দাঁড়াল। সে তার বসার ব্যবস্থার জন্য কিছু খুঁজতে ব্যস্ত হয়ে উঠলে যেন কোন মূল্যবান অতিথি তার সাথে দেখা করতে এসেছে। উর্বশী একটু মুচকি হেসে তাকে দেখে প্রীতমের তৎপরতা উপভোগ করতে লাগল। এক কোণে একটা তুল ছিল। উর্বশী নিজে সেটা টেনে নিয়ে একটা যুৎসই জায়গা বেছে বসে পড়ল।

তুমিও ত ইংরেজি, তাই ত?' প্রীতম জিজ্ঞেস করল।

'হ্যাঁ।' সংক্ষিপ্ত জবাব দিল উর্বশী।

উর্বশী আরেকটা কী যেন বলতে গিয়ে প্রীতমের কথায় বলতে পারল না।

'কিন্তু তুমি জান, পাস সাবজেক্ট পছন্দ করা একটি ব্যক্তিগত বিষয়। তাই তোমাকে ব্যক্তিগতভাবে তোমার বিষয়গুলো বেছে নিতে হবে।'মাউজ ছেড়ে প্রীতম তার দিকে ফিরে তাকিয়ে বলল।

'ব্যক্তিগতভাবে! কিন্তু আমার সাবজেক্ট বেছে নেওয়ার ব্যাপারে আমার কোনো ধারণা নেই।' উর্বশী তার অজ্ঞতা প্রকাশ করল।

'আচ্ছা, তাহলে বিষয়টা ক্লিয়ার করি'। প্রীতম তার কাছে বিষয়টি পরিস্কার করতে চাইল।

'কাছে আস, আমার পাশে এসে বস'।

তার কথা শুনে উর্বশী নিশ্চুপ এবং নিশ্চল থাকল। সম্ভবত সে প্রীতমের এই নির্দেশে একটু বিব্রত বোধ করল।

প্রীতম তার দিকে তাকিয়ে আবার বলল,

'তুলটা নিয়ে আমার পাশে বস।' কিন্তু কাছে বসার কারন তার কাছে তখনও পরিস্কার না হওয়ায় উর্বশী ইতস্তত করতে লাগল। কিছু না বুঝেই সে তার আসন থেকে পোষা প্রাণীর মতো প্রীতমের দিকে চোখ রেখে সরে এসে একটু কাছে গিয়ে বসল।

'আরও কাছে'।

প্রীতমের আদেশ শুনে তার মনে মনে হাসি পেল। সেটা চেপে রেখে উর্বশী বাধ্য মেয়ের মত আরও কাছে সরে আসল। এই মুহূর্তে তার অবস্থান তাকে স্পর্শ করার জন্য যথেষ্ট ছিল। কিন্তু সহজাত নারীসুলভ সংরক্ষনশীলতা সে বজায় রাখতে ব্যস্ত থাকল।

'দেখ, এখানে পাস সাবজেক্ট অপশনের চারটি সেট আছেঃ 1) হিস্ট্রি, পল সাইন্স, 2) অর্থনীতি, দর্শন, 3)কম্পিউটার, সংস্কৃত ...ইত্যাদি। এখন তোমাকে এই চারটি সেটের মধ্যে থেকে যেকোনো একটি বেছে নিতে হবে। স্ক্রিনের দিকে একটু তাকাও', প্রীতম মাউজ হাতে নিয়ে মনিটারের দিকে মনোযোগ দিল।

উর্বশী একটু হেলে যখন পর্দার লেখা বোঝার চেষ্টা করছিল তখন তার মুখ প্রায় প্রীতমের মুখে স্পর্শ করার পর্যায়ে পৌঁছে গেল।

'বুঝতে পারছি না কিছু।' সে প্রীতমের মুখের দিকে তাকিয়ে বলল। সে কম্পিউটারের বিষয়বস্তু ছেড়ে শারিরীক স্পর্শের দিকেই বেশী মনোযোগ দিচ্ছিল।

'আচ্ছা, এখন দেখ।' প্রীতম আরেকটু সরে এসে বেশি জায়গা করে দিল যাতে করে তার মনিটরের স্ক্রীন দেখতে অসুবিধা না হয়।

'এখন ঠিকমতো দেখতে পাচ্ছো?' প্রীতম জিজ্ঞেস করল।

'সরি! আমি কিছুই বুঝতে পারছি না'।

উর্বশীর চিবুক সেই মুহূর্তে প্রীতমের ঠোঁটের একেবারে কাছে চলে এসেছিল। ইন্দ্রিয়ানুভুতির আড়ষ্ঠতা তার দেখার প্রচেষ্টাকে প্রায় অসাড় করে দিয়েছে।

হতাশ প্রীতম আবার আগের অবস্থানে এসে তার মাথা টেনে আবার তাকে দেখতে সুযোগ করে দিল। কিন্তু উর্বশী প্রীতমের নির্দেশ বা দ্রষ্টব্য বিষয় কোনটাতেই মনোযোগ দিতে পারছিল না ।

'দূর! বোকা মেয়ে! এই ত লিস্টটা পড়তে পারছ না!' প্রীতম বিরক্ত হয়ে বলল।

উর্বশীর মুখে একটা অপরাধবোধ ফুটে উঠল। কিন্তু তার বকুনি শুনে তার মন আনন্দে ভরে গেল। সে বলল,

'আমি ওসব পারব না, তোমার যেটা ভাল মনে হয় ওটাই করে দাও।' কম্পিউটার থেকে মুখ সরিয়ে সরাসরি প্রীতমের দিকে তাকাল উর্বশী।

পরনির্ভরতা কিছু মানুষের স্বভাব। উর্বশীর ক্ষেত্রে যা প্রতিফলিত। ভর্তির ব্যাপারে তার দিদির উপরে দায়িত্ব চাপিয়ে সে ছিল নিরুত্তাপ। আর এখানেও তার নিজের দায়িত্ব প্রীতমের উপর চাপিয়ে দিয়ে সে নিশ্চিন্ত থাকতে চায়।

'মানে কী?' প্রীতম একটু অবাক হয়ে জিজ্ঞেস করল।

'আমি বলতে চাই তোমার পছন্দই আমার পছন্দ। তুমি যা ভাল মনে কর তাই বেছে নাও।' উর্বশী বলল। 'আমার ব্যক্তিগত কোন মতামত নেই'।

'ঠিক আছে। কিন্তু পরে তোমার সমস্যা হলে আমাকে দোষারোপ করতে পারবে না।' প্রীতম তাকে সচেতন করল।

না, করব না। আমি কথা দিচ্ছি।' সে তার প্রতি তার পূর্ণ আস্থা প্রকাশ করল।

'ঠিক ত?' প্রীতম উর্বশীর দিকে একটা অর্থপূর্ন চাহুনি দিয়ে বলল।

'অবশ্যই!' উর্বশী হাসিমুখে তার মুখের দিকে তাকিয়ে দৃঢ়তা দেখাল।

'ঠিক আছে, তাহলে এখন সরে যাও'। কাজে স্বাচ্ছন্দের জন্য প্রীতম তাকে তার পাশ থেকে সরে যেতে বললেও সে রাজী হল না।

'থাকি না একটু, কীভাবে করছ দেখি একটু'।

উর্বশীর এই বিভ্রান্তিকর আচরনে প্রীতমের ঠোঁটে একটা প্রচ্ছন্ন হাসি ফুটে উঠল।

কাজ সেরে দুজনেই অফিস থেকে বেরিয়ে কিছুক্ষণ চুপচাপ একসাথে হেঁটে গেল।

'তুমি প্রীতম?' উর্বশী প্রথমে নীরবতার বরফ ভাঙল।

'হ্যাঁ। প্রীতম বোস'। প্রীতম তার উজ্জ্বল চোখ সরাসরি তার মুখের দিকে প্রতিফলিত করল।

'আমি উর্বশী। উর্বশী গোস্বামী'।

'তুমি আমার নাম জানলে কী করে?' সামনের দিকে তাকিয়ে প্রীতম বলল।

'কেন? প্রফেসর সান্যাল নিজেই তোমার নাম ধরে ডাকল!' হাসিমুখে বলল উর্বশী।

'সেদিন আমার হাতে ভর্তির ফরমটা দেখে দিদি অবাক হয়েছিল। সে ভাবতেই পারেনি যে তুমি আমাকে সেই মহামূল্যবান জিনিসটা আমার

হাতে তুলে দেবে। দিদি ত শুনেই তোমাকে দেখার জন্য পাগল!' উর্বশী তখনকার নিজের অনুভুতিটুকু দিদির মাধ্যমে প্রকাশ করল। প্রীতমের সঙ্গে সেদিনের মধুর সাক্ষাতের কথা মনে করাল সে। প্রীতম হাসল কিন্তু কিছু বলল না।

'ওখানে ত অনেক মেয়েই ফরমটার জন্য ছোটাছুটি করছিল, তাদের কাউকে না দিয়ে আমাকে দিতে গেলে কেন?'

'কি জানি কেন তোমাকে দিতেই ইচ্ছা করল!'

তার উত্তর শুনে উর্বশী মুখ টিপে হাসল, তারপর বলল,

'তুমি কোথায় থাক?'

'নিউটাউন, সি বি ব্লক' প্রীতম জবাব দিল।

উর্বশী কিছুক্ষন চুপচাপ থেকে সেদিনের ফর্ম দেওয়া নেওয়ার ব্যাপারটা সম্পর্কে আরো জানার জন্য উসখুস করছিল। সে ভাবছিল কোথাও নিরিবিলি বসে কথাগুলো বলবে সে। তাই উর্বশী প্রীতমকে কোথাও বসার প্রস্তাব দিল,

'চল ঐ গাছটার নীচে গিয়ে বসি'।

'সরি আমার দেরী হচ্ছে! আমার একটা জরুরী কাজ আছে। আমাকে এক্ষুনি যেতে হবে'।

একটু দূরে একটা চা-ক্যাফেতে একটা ভীড়-সম্ভবত নতুন যারা ভর্তি হয়েছে তাদেরই। ছেলে-মেয়ে উভয়েই একসঙ্গে হাসি-আড্ডায় ব্যস্ত। উর্বশী প্রীতমকে সেখানে চা খাওয়ার প্রস্তাব দিল,

'চল অন্তত এককাপ চা খাই!' কিন্তু প্রীতম সে প্রস্তাবেও রাজী হল না।

'প্লিজ এখন আমাকে যেতেই হবে, ডোন্ট মাইন্ড!' 'বাই!'

প্রীতম এক নিঃশ্বাসের মধ্যে সব বলে ফেলল এবং গেটের দিকে পা বাড়াল। এমনকি উর্বশীর তার প্রত্যুত্তরে 'বাই' বলাটাও হয়ত শুনল না।

প্রীতমের এই তড়িঘড়ি চলে যাওয়াটা তাকে মানসিকভাবে বিধ্বস্ত শুধু নয় অপমানিতও করল।

বাড়িতে তার দিদি তার উদাসীন বিষণ্ণ ভাব দেখে অবাক হল। কাছে এসে বলল,

'কীরে ছোট, মনটা ভার ভার কেন? প্রফেসর সান্যালের সাথে দেখা হয় নি?' উর্মিলা তার বিষন্নতার কারন বোঝার চেষ্টা করল।

'হ্যাঁ। হয়েছে'। কিন্তু তার উত্তরে একটু বিরক্তির মনোভাব প্রকাশ পেল।

'তিনি কী তোমাকে সাহায্য করেনি?' উর্মিলা জানতে চাইল।

'হ্যাঁ।' একইভাবে উত্তর দিল উর্বশী।

'তাহলে তোমার কাজ কী হয় নি?'

উর্বশী নীরবে শুধু মাথা নেড়ে জবাব দিল, 'হ্যাঁ হয়েছে।'

'বাঃ, খুব ভাল!' আসল কাজ সম্পন্ন হয়েছে সেটা জেনে নিয়ে উর্মিলা আশ্বস্ত হল।

'তাহলে বল ঐ বদ ছেলেটার সাথে তোমার আজকেও দেখা হয় নি, তাই ত?' উর্মিলা বিষন্নতার মূল কারন খোঁজার চেষ্টা করে।

ঐ ছেলের প্রতি আমার বিন্দুমাত্র আগ্রহ নেই। তার কথা উঠছে কেন?' উর্বশী উষ্মা প্রকাশ করল।

'দেখ ছোট! আমাকে কিছু লুকোবে না। সত্যি করে বল।'

'ওহ! দিদি, তুমি আমার কাছে কী জানতে চাও?'

'তুমি কি ছেলেটার সাথে দেখা করনি?' উর্মিলা জানার জন্য জেদ ধরে তার মুখের দিকে রহস্যভরা চাহুনি দিয়ে দেখতে লাগল।

উর্বশী দিদির চাহুনি দেখে হেসে ফেলল, এবং উর্মিলা হাসির অর্থ বুঝতে পারল।

তারপর গোটা দিনের সমস্ত ঘটনা সে দিদিকে শেয়ার করল। ▢

পাঁচ

সন্দেহমন

দিদির নির্দেশ মত, প্রথম কলেজের নতুন ক্লাসে যাবে বলে সে তার মায়ের কাছে আনুষ্ঠানিক অনুমতি নিতে গেল। মা আগেই বেরিয়ে এসেছিলেন, তিনি আদর করে মেয়ের মাথায় হাত বুলিয়ে দুর্গা দুর্গা বলে তার যাত্রার শুভ কামনা করলেন।

ক্লাসে ছেলে মেয়েরা আলাদা সারিতে বসেছে। শিক্ষক তখনও প্রবেশ করেন নি। তারা একেক জনের সাথে বা এক একটি গ্রুপে তাদের নিজ নিজ বিষয়ে আলোচনা করছে। গল্প করছে হাসছে এবং চিৎকার করে এক অপরকে ডাকছে।

স্কুল-জীবনের লালিত অভ্যাসগুলি এখনও তাদের কার্যকারিতায় সক্রিয় ছিল। বিশ্ববিদ্যালয় জীবনের প্রথম অভিষেকে তারা ছিল তারুণ্যের উচ্ছ্বাসে ভরপুর।

এদিকে, উর্বশী সতর্ক এবং সংগোপনে তাকিয়ে ক্লাসের ভেতরে প্রীতমের উপস্থিতি খুঁজে নিয়েছিল। সে দ্বিতীয় সারির ডেস্কের মাঝখানে বসে কারো সাথে কথা বলছে। উর্বশী ঠিক করে নিয়েছে সে তার সাথে কথা বলবে না বা তার সাথে কথা বলতে এলেও তার অনুমতিও দেবে না যদি সেরকম পরিস্থিতি আসে।

আধা ঘণ্টার মধ্যেই ক্লাস শেষ করে বাঙ্গলার অধ্যাপিকা ভাস্বতী ম্যাডাম বেরিয়ে গেলেন। প্রথম দিনে কোনো আনুষ্ঠানিক ক্লাস হয়নি। শুধু রোল কল, কিছু প্রচলিত বিষয়, কিছু বিশ্ববিদ্যালয়ের নিয়ম, কিছু একাডেমিক তথ্য, এবং কিছু ছাত্রদের নৈতিকতা, শৃঙ্খলা ইত্যাদি বিষয়ে অবতারনা করে তিনি ক্লাস ছাড়লেন। সম্মিলিত কলোরবে নবাগত পড়ুয়ারা সিঁড়ি দিয়ে নামল। ছেলে ও মেয়েরা তাদের নিজ নিজ পরিচিত, বন্ধু বান্ধব সঙ্গী সাথী নিয়ে দু চারজনের গ্রুপে ভাগ হয়ে ক্যাম্পাসের ভেতরে যে যার জায়গা বেছে নিয়ে আলাপচারীতায় যুক্ত হয়ে পড়ল।

উর্বশী কলেজ এবং স্কুলের পরিবেশের মধ্যে পার্থক্য খুঁজে পেল। এখানে সে দেখছে ছেলে-মেয়েরা স্বাধীনভাবে একসাথে মিশছে। সে তার এলাকার একটি বালিকা উচ্চ বিদ্যালয়ে পড়ত। ছেলেদের সাথে মিশতে বা তাদের সাথে খোলামেলা কথা বলার কোন অভিজ্ঞতাই তার ছিল না। তার স্কুলের ম্যামরা সবসময়ই মেয়েদের বাহ্যিক আচরণ নিয়ে সতর্ক দৃষ্টি রাখতেন।

তার মনে আছে, একবার ক্যাম্পাস ছেড়ে তার এক ছেলে আত্মীয়ের সাথে দেখা করার অপরাধে তার ক্লাস শিক্ষিকা তমালিকা দস্তিদার তাকে ক্লাসে গোটা সময়টা দাঁড় করিয়ে রেখেছিলেন।

তার কাছে মনে হয়েছিল তারা সবসময় তাদের মেয়েদের প্রতি আদেশ ও উপদেশ প্রচার করতে আগ্রহী। এখানে এই ধরণের স্বাধীনতা সম্ভবত এই অর্থে অনুমোদিত যে তারা আর ছোট নয়। আর সেটাই ছিল তার বিশ্ববিদ্যালয়ের প্রথম দিনের অভিজ্ঞতা।

উর্বশীর ঘনিষ্ঠতা করার মতো তার আপাতত একজনও নেই। এখন পর্যন্ত সে এমন একজনকেও তৈরী করতে পারে নি। আজকের ক্লাসে মধ্যে একসাথে বসা দুই বান্ধবী যাদের সাথে মোটামুটি পরিচিত হতে পেরেছিল তারা তাকে ছেড়ে কোথাও চলে গেছে। সম্ভবত তার বোকা বোকা উদাসী মনোভাব তাদের নিরুৎসাহিত করেছিল এবং তারা তাকে উপযুক্ত সঙ্গী মনে করতে পারে নি। নিঃসঙ্গ উর্বশী এদিক সেদিক উদ্দেশ্যহীন হাঁটাহাটি করে একসময় ক্লাস ঘরের দোতলার সিঁড়ির দিকে আসতেই সে একটা দৃশ্য দেখতে পেল যা তার কাছে একেবারেই অভাবনীয় ছিল।

সে লক্ষ্য করল সিঁড়ির মাঝখানে একটা মেয়ে প্রীতমের সাথে নিভৃতে কিছু কথা বলতে দেখল। মেয়েটিকে দেখতে যথেষ্টই স্মার্ট এবং সুন্দরী মনে হল। প্রীতমের হাতের একটা কাগজ থেকে কিছু দেখার জন্য সে তার এত কাছে গেছে যে তার শরীর প্রীতমের শরীর প্রায় ছুয়ে যাচ্ছিল। সে দেখল মেয়েটাকে একসময় তার সাথে কথা বলতে বলতে হেসে উঠল। দৃশ্যটা দেখামাত্র উর্বশীর মনের ভেতরে যেন কোন কিছু খন্ড খন্ড করে ভেঙ্গে চুড়মার হতে লাগল। প্রীতমের প্রতি রাগে ঘৃণায় তার মন বিষিয়ে উঠল।

এখন সে বুঝতে পারল কেন আগের দিন সে তার সাথে বসে কথা বলে এতটুকু সময় নষ্ট করতে চায় নি।

প্রীতমের সাথে অনেকক্ষন এভাবে থেকে মেয়েটি সিড়ি বেয়ে নেমে উর্বশীর দিকেই আসতে লাগল। উর্বশী তাড়াতাড়ি মুখটাকে ঘুরিয়ে নিয়ে অন্যদিকে হাঁটতে লাগল। কিন্তু মেয়েটি তাড়াতাড়ি হেঁটে তার সামনে চলে এল।

'দাঁড়াও, কোথাও যাচ্ছ?'

'আমাকে বলছ?' উর্বশী নিজেকে দেখিয়ে বলল।

'হ্যা, তোমাকেই। প্রীতম তোমাকে ডাকছে। ওই যে তোমার জন্য দাঁড়িয়ে আছে, যাও'!

'তুমি কী আমার সাথে ফাজলামো করছ? উর্বশী রাগে তার চোয়াল শক্ত করে বলল। মেয়েটি তার কথায় অবাক হয়ে বলল,

'কী বলছ!' তারপর মৃদু হেসে পেছনে দেখিয়ে বলল বিশ্বাস হয় না, ঐ দেখ!' বলেই দ্রুত সে অদৃশ্য হল।

সে প্রীতমের দিকে তাকাতেই বুঝল প্রীতম সত্যি তাকে ডাকছে। দূর থেকে ইশারা করছে তার কাছে আসার জন্য। ঠিক একইভাবে প্রথম দিনের ঘটনায় প্রীতম যেভাবে ভর্তির ফর্ম নিতে ডেকেছিল। সেই সময় তার ঐ আহ্বান এক অবর্ণনীয় সুখানুভূতি তাকে রোমাঞ্চিত করেছিল। কিন্তু এবারের সেই ইঙ্গিতের ডাক তার ক্রোধকে আরও তীব্র করতে সাহায্য করল। সে দৃঢ়প্রতিজ্ঞ, যে সে তাকে আর কিছুতেই পাত্তা দেবে না। এমনিতেই তার আগের দিনের বিশ্রী আচরণের কথা মনে করে তার মনে একটা প্রতিশোধের স্পৃহা জেগেছিল। তার উপর আজকের ঐ বেহায়া মেয়েটির সাথে তার ঢলাঢলি দেখে প্রীতমকে অসহ্য লাগছিল।

উর্বশী মূর্তির মত সেখানে ঠায় দাঁড়িয়ে থাকা দেখে প্রীতম সিঁড়ি থেকে নেমে উর্বশীর দিকে এগিয়ে গিয়ে আবার ডাকল। এবার হাত দিয়ে ইশারায় নয় একেবারে মুখ দিয়ে বলল,

'এস! কথা আছে!'

প্রীতম বারবার তাকে ডাকা এবং তার ব্যস্ত ভাবভঙ্গি দেখে কিছু মেয়েকে কৌতূহলী করে তুলেছিল। তাদের দুজনের আচরন তাদের কাছে উপভোগ্য হয়ে উঠল। কেউ কেউ উর্বশীকে অভিমান না রাখার উপদেশ দিয়ে মান্না দে'র একটা গানের কলি আওড়াল। নবাগত সহপাঠিনীদের তীর্যক বাক্যবান এড়াতে সে অনিচ্ছা সত্ত্বেও তার দিকে এগিয়ে গেল।

'আমাকে এভাবে ডাকছ কেন?' উর্বশী বিরক্তি দেখিয়ে বলল।

জরুরি ব্যাপার! শোন!' প্রীতমের কথায় উৎকণ্ঠা। সে বুঝতে পারল তার কথায় গুরুতর কোন বিষয় আছে।

তাই সে শান্ত হয়ে তার কাছে দাঁড়িয়ে বলল, 'কী হয়েছে বল'!

'আমাদের তরফ থেকে একটা বড় ভুল হয়ে গেছে। আগের দিন যে ঐচ্ছিক বিষয়গুলো আমরা কম্পিউটারের থেকে বেছে নিয়েছিলাম সেগুলো আমাদের অনার্স সাবজেক্টের সাথে ম্যাচিং হচ্ছে না! আরকেএস আমাকে এবং তোমাকে এক্ষুনি তার কাছে যেতে বলেছে!' প্রীতম ব্যস্ততা দেখিয়ে বলল।

'আরকেএস! সে আবার কে?'

'রূপক কুমার সান্যাল'।

'বুঝলাম! এখন বল'।

'শোন! আমরা যদি আমাদের চয়েস নতুন করে না দিতে পারি তাহলে আমাদের অনার্স কোর্স বাতিল হয়ে যেতে পারে!'

'এমা! কী হবে তাহলে'! উর্বশী হতাশ হয়ে বলল। কিন্তু সে বিষয়টির গভীরে যেতে পারল কিনা বোঝা গেল না।

'কী আবার হবে, এস আমার সাথে। তাড়াতাড়ি সময় নেই'।

প্রীতমের অস্থিরতায় উর্বশী একান্ত অনুগতের মত বিনাবাক্য ব্যায়ে তাকে অনুসরন করল। মেয়েরা এতক্ষন যারা ওদের রাগ অভিমানের আরও কিছু দৃশ্য দেখার জন্য উদগ্রীব ছিল তারা সম্ভবত তাদের চলে যাওয়ায় হতাশ হল।

উর্বশী দেখল প্রফেসর সান্যাল উর্বশীর জন্যই অধীর আগ্রহে অপেক্ষা করছে।

'এতক্ষণ কোথায় ছিলে? প্রীতম তোমাকে খুঁজে পাচ্ছিল না। এক্ষুনি এখানে এসে সই কর। আমাকে এখনই এখান থেকে উঠতে হবে। আমার অনেক দেরী হয়ে গেল'। স্যান্যাল উষ্মা প্রকাশ করে বলল।

প্রফেসর সান্যাল কাগজটা উর্বশীর দিকে বাড়িয়ে দিয়ে ঐচ্ছিক পাস সাবজেক্ট চয়েস করতে তাদের কোথায় ত্রুটি হয়েছিল, এবং সেটা এই মুহূর্তে সংশোধন করতে না পারলে কী বিপদ হত তা সংক্ষেপে বুঝিয়ে দিয়ে বলল,

'আগের এই ঐচ্ছিক বিষয়গুলো বেছে নিলে তোমার অনার্সের সাবজেক্ট বাতিল হয়ে যেত।' প্রফেসর সান্যালের এই কথায় প্রীতম ও উর্বশী দুজনেই অপরাধবোধ নিয়ে চুপ করে দাঁড়িয়ে রইল।

'ঠিক আছে, তোমরা এখন যেতে পার।' প্রফেসর সান্যাল কম্পিউটারের কীবোর্ডের বোতামটি সফলভাবে টোকা মেরে তাদের ছেড়ে দিলে নিশ্চিন্ত হয়ে দুজনেই অফিস থেকে বেরিয়ে এল।

যেতে যেতে উর্বশী বলল, 'প্রফেসর আরকেএসকে অশেষ ধন্যবাদ যে আমাদের ভুলটি তিনি ঠিক করে দিলেন'।

'আমার মনে হয় তিনি তোমাকে খুব পছন্দ করেন'। প্রীতম উর্বশীর দিকে তাকিয়ে বলল।

'কী করে বুঝলে?' উর্বশী বলল।

দেখ, তোমার জন্য উনি এতক্ষন বসে থাকলেন। ইচ্ছা করলে আমারটা শুধু ঠিক করে দিয়ে তিনি চলে যেতে পারতেন। ভাবছি তোমাকে এত তাড়াতাড়ি চিনল কী করে! তাই বলছিলাম...

'ঠিক তাই, আমারও মনে হয় আমি তার পছন্দ। আমিও তাকে পছন্দ করি। এই তোমার হিংসে হচ্ছে নাত?' লোকটি দেখতেও হ্যান্ডসাম। তাই না?'

'একদম! আরও বলতে হয়, তার ব্যাবহারও সুন্দর। আমি তাকে খুব পছন্দ করি এবং আমি ইতিমধ্যে তার ফ্যান হয়ে গেছি।' উর্বশীর কথার জবাবে প্রীতমের প্রতিক্রিয়া। উর্বশী অবশ্য বিষয়টিকে সম্পূর্ন গোপন রাখল যে তার এই সহযোগিতা এবং সৌহার্দ্যপূর্ন ব্যবহার সম্পূর্ন দিদির কল্যানই প্রাপ্ত। তার প্রতি এই ভালবাসাটাও দিদির কল্যানেই।

'তুমি হয়ত জান না আমিও তাকে ভালবাসি'। উর্বশী বলল।

তারপর হেসে প্রীতমের দিকে তীর্যক দৃষ্টিতে তাকিয়ে বলল, তিনি আমাকে প্রপোজ করলে আমি তাকেই বিয়ে করব।' এইটুকু বলে সে প্রীতমের মুখের ভাবান্তর তীক্ষ্ণ দৃষ্টিতে বুঝতে চাইল।

প্রীতম বলল, 'ওনার বয়স কত জান?'

'জানি। বয়স আজকাল কোন ফ্যাক্টর না। তাছাড়া আমার চয়েস আর তোমার চয়েস আলাদা'।

প্রীতম উর্বশীর এই রহস্যময় কথার মাথামুন্ডু কিছু না বুঝে তার দিকে হাবার মত তাকিয়ে থাকল। তার এই চাহুনি উর্বশীর হাসির উদ্রেক করলেও চেপে রেখে বলল, 'ওসব এখন থাক! এখন যাও ।'

তোমার ভালবাসার লোক যেখানে অপেক্ষা করে আছে। তার সাথে আলাপ কর গিয়ে। আমি চললাম'। উর্বশী অভিমানের সুরে বলল।

'তুমি কার কথা বলছ?' প্রীতম তার আকস্মিক বিষয় পরিবর্তনকে অনুসরণ করতে না পেরে দিশাহারা হয়ে পড়ল।

উর্বশী প্রীতমের বিব্রত ভাব দেখে বলল,

'মনে হচ্ছে আকাশ থেকে পড়লে! সে মেয়েটা যার সাথে নিভৃতে এতক্ষন কথা বলছিলে।'

'ওহ, তুমি ওর কথা বলছ। সে ত আমাদেরই ক্লাসে, সেও ইংরেজির। ক্লাসে তাকে দেখ নি?'

'না, দেখিনি'। উর্বশী রাগান্বিত হয়ে বলল।

'তোমার সামনেই ত বসেছিল'।

‘আমার সামনে পেছনে অনেক মেয়েই বসেছিল। কী করে জানব ওই মেয়েটাই তোমার সেই মেয়েটা!’

ওর নাম স্নেহা, নিউটাউনেই থাকে, আমরা যেখানে থাকি সেই এলাকায় ওড়াও থাকে’।

‘বাঃ নাম ধাম সব জানা হয়ে গেছে! তা কতদিনের পরিচয়?’ উর্বশী প্রীতমের দিকে তীর্যক দৃষ্টি শানল।

‘ওর সাথে একই বাসে আসা যাওয়া করি’। বাসেই আলাপ।

‘পাশাপাশি মানে একদম লাগালাগি বসে আস?’ উর্বশী বলেই হেসে দিল।

‘আরে না না কী বলছ! ওর সাথে প্রাইভেট টিউশন নিয়ে কথা হয়েছিল। আমাদের নিউটনে একজন ভাল ইংরেজী অধ্যাপক তার পাশেই বাড়ি। তিনি নাকি খুব ভাল পড়ান। সে ওখানে ভর্তি হয়েছে। আমি এখনও হয় নি’।

‘ও তাহলে তুমি ওখানেই পড়া ঠিক করেছ?’

‘এখনও সেরকম ভাবি নি’।

‘এখানে একটু আগে সে হেসে হেসে কী বলছিল তোমাকে?’

সে তখন আমার সাথে কথা বলছিল শুধুমাত্র সিলেবাস, নোট’ টিউশন এসব নিয়ে। মিনিমাম কোনটা কোনটা বেছে নিয়ে পড়তে হবে সেব্যাপারেই একটু কথা হচ্ছিল। তবে ও ছাত্রী হিসাবে খুবই ভাল!’

‘বাঃ তাহলে ত কোন কথাই নেই! তা এসব আলোচনা করতে গেলে এত হাসাহাসি গলাগলি করতে হয়!’

‘আরে না, সেটা হচ্ছে অন্য কারনে। উর্বশীর কথার এতক্ষনে গুঢ় কিছু বুঝতে পেরে সে বলল—‘আচ্ছা তুমি এত সন্দেহ বাতিক কেন?’

‘এমা আমি তোমাকে সন্দেহ করব কোন দুঃখে? জাস্ট কৌতুহল হল তাই’।

‘সরি! এই সহজ বিষয়টাকে অন্যভাবে তুমি ভাবছ কেন বুঝলাম না’। প্রীতম উষ্মা প্রকাশ করল। তারপর একটা সুন্দর হেসে বলল, ‘তাছাড়া তোমাকে যে রকম ভাবে দেখি তাকে আমি সেরকম ভাবি না। সে আমার প্রতিবেশী, একসাথে বাসে করে আসি যাই এইটুকুই। তুমি দয়া করে অন্য কিছু ভেব না।

শেষের দিকের কথা কয়েকটি উর্বশীর মনকে উৎফুল্ল করার পক্ষে যথেষ্ট ছিল। তার মনটা যেন অনেকটা হালকা হল। কিন্তু মুখে কিছু বলল না। কিছুক্ষন নীরবে হেঁটে উভয়ে ইউনিভার্সিটির মেইন গেটের কাছে এল।

‘ক্লাস ত আর হবে না। চল একটু ক্যাম্পাসের বাইরে ঘুরে আসি’। কফি হাউসে যাবে?’ প্রীতম তাকে জিজ্ঞেস করল।

‘আমি কফি হাউস জানি, কিন্তু কখনো যাইনি’। প্রীতমের প্রস্তাবটিতে উর্বশী মনে মনে খুশীর জোয়ারে ভাসল। কিন্তু সে উলটো গাইল,

‘কিন্তু সরি! আমার যাওয়া হবে না’।

'কেন? এখান থেকে মাত্র দুই মিনিটের হাঁটা।'

‘না যাব না।’উর্বশীর অস্বীকার প্রীতমকে একটু অবাক করে দিল।

‘কিন্তু কেন! এই ত কাছেই। সেখানে অনেক ছেলেমেয়ে গল্পগুজব করে!’

‘আমার একটা জরুরী কাজ আছে। আমার এখনি যেতে হবে, প্লিজ কিছু মনে কর না। ওকে বাই!' বলেই সে হেসে দিল। প্রীতমও হাসল। সে বুঝতে পারল উর্বশী সুযোগ বুঝে তার সেদিনের প্রস্তাবের জবাবটিকে ফিরিয়ে দিয়ে মজা করছে।

‘দয়া করে মনে কর না যে আমার সেদিনের ঐভাবে বলাটা আমার কোন অজুহাত ছিল। সেই দিন সত্যিই ব্যস্ত ছিলাম।’

‘তোমার কথা সত্যি হলে আমি খুশী তবে প্রীতম, সেদিন তুমি ঐভাবে বেপরোয়াভাবে চলে যাওয়ায় আমি সত্যি আঘাত পেয়েছিলাম’। উর্বশী বলল।

‘এরজন্য আমিও দুঃখিত! আমি বুঝতেই পারি নি। পরে অবশ্য আমি তোমার কথা ভাবছিলাম।’ প্রীতম আপসোস করার ভঙ্গীতে বলল।

‘ভাবছিলে? বাঃ! তাহলে ইট্‌স ওকে! কিন্তু প্লিজ তার সাথে আর কথা বলবে না। আমাকে কথা দাও।'

‘কী যা তা বলছ? সে আমদের ক্লাসমেট! সহপাঠির সঙ্গে কথা বলব না কেন? যে কোন সহপাঠি আমাদের সাথে কথা বলতে এলে তাকে অস্বীকার করা যায় না।’

‘আমি সেই বিশেষ একজনের কথা বলছি। তোমার সাথে কথা বলার সময় হাসলে আমার খুব কষ্ট হয়।’

‘আমি এই বিষয়ে তোমাকে আশ্বস্ত করতে পারছি না। তোমার মত ওর সাথে আমার কোন ঘনিষ্ঠতা নেই। কিন্তু সে আমার থেকে খারাপ ব্যবহার পাবে কেন? আমাদের সহপাঠী হওয়ায় তাকে অবশ্যই আমাদের সাথে নির্দ্বিধায় কথা বলতে দেওয়া উচিত। তাই আমি মনে করি তার বিরুদ্ধে তোমার বিদ্রোহের কারণ অর্থহীন।'

মেয়েরা খুব ঈর্ষাপরায়ন হয় তুমি কি এটা জানো না?’ তবে প্রীতমের ‘ঘনিষ্ঠতা’শব্দটি থেকে উর্বশীর মনে একটা গোপন আনন্দের ঢেউ খেলে গেল।

আমি এটা বিশ্বাস করি না। তারা যথেষ্ট উদার এবং সহিষ্ণু, আমি অন্তত মনে করি।’ প্রীতম উর্বশীর জবাবে বলল।

‘কিন্তু তুমি জানো না তারা এই বিশেষ বিষয়টির উপর খুবই স্বার্থপর।’ উর্বশী যুক্তি দিল।

কফি হাউসের দরজায় পৌঁছতেই কিছু মেয়ে ও ছেলে ক্যাম্পাসের দিকে ফিরছিল। সেসময় উর্বশী দেখতে পেল সেই লাবনী নামক বহু চর্চিত মেয়েটিও তাদের মধ্যে আছে। তারা একসাথে কথা বলতে বলতে অন্য দরজা থেকে বেরিয়ে গেল। প্রীতম অন্যদিকে তাকাচ্ছিল। সৌভাগ্যবশত তাকে দেখতে পায়নি। তবে মেয়েটি তাদেরও অনুসরণ করতে পারত।

'থ্যাংক গড!' সে আচমকা উচ্চারন করল। সে লক্ষ্য করলো প্রীতমও তাদের লক্ষ্য করে নি।

'কী হল, হঠাৎ ঈশ্বরকে ধন্যবাদ!' প্রীতম অবাক দৃষ্টিতে তাকিয়ে বলল।

'ওহ, না, কিছু না! আমি আমাদের ভাগ্যের কথা ভাবছিলাম যে আমরা আমাদের বিকল্প অপশনটা ঠিক সময়ে সংশোধন করতে পেরেছিলাম, তা না হলে...'

'নাহলে কেলেংকারী হয়ে যেত। কিন্তু ঈশ্বরের পরিবর্তে আপনি দয়া করে রূপক স্যারকে ধন্যবাদ দিন।' তিনি আমাদের বাঁচিয়েছেন। তার প্রতি আমাদের কৃতজ্ঞ থাকা উচিত।

'একদম!' সে একজন সত্যি চমৎকার মানুষ!' সে যোগ করল।

কফি হাউসে ঢুকে দুজনেই কোণের একটা টেবিলে বেছে নিয়ে বসল। সেখানে কোনো শিক্ষার্থী অবশিষ্ট ছিল না। শুধুমাত্র কয়েকজন বহিরাগতকে তখনও গল্প করতে দেখা যাচ্ছিল। প্রীতম দুই কাপ কফির অর্ডার দিয়ে বললো,

'মেয়েটা যথেষ্ট স্বার্থপর।' প্রীতম একা একা বলল।

'কার কথা বলছ!' উর্বশী ভয় পেয়ে জিজ্ঞেস করল।

'ওই সেই মেয়ে, যার নাম লাবনী। তিনি দেখি আমাকে ভ্রুক্ষেপই করল না, মহারানীর মত বেরিয়ে গেল'।

'তুমি ওকে দেখেছিলে!'

'দেখব না কেন? আমাকে দেখেও না দেখার ভান করে বন্ধুদের সাথে গল্প করার ছলে কেটে পড়ল'।

কথা শুনতে শুনতে উর্বশীর ততক্ষনে নাক কান চোখ আবার জ্বালা শুরু করে দিয়েছে। সে প্রীতমের উত্তেজিত মুখের দিকে তাকিয়ে বলল,

'রাগ হচ্ছে? হয়ত আমাকে দেখেই সে...'

‘আরে না! যেটা ভাবছ সেটা না। সে আমার থেকে অনার্সের সেকেন্ড পেপারের নোটগুলো নিয়েছিল যেগুলি আমাদের ক্লাসের স্যারের দেওয়া, বোর্ডে লিখে দিয়েছিল। তাকে আমি সেগুলি এই শর্তে দিয়েছিলাম যে, সে আমাকে তার টিউটরের দেওয়া ফার্স্ট পেপারের নোটগুলো দেবে। কিন্তু এখন তুমি দেখছ সে আমাকে এড়িয়ে গেল। আমার শিক্ষা হয়েছে আমি কাউকে আর এভাবে নোট হাতছাড়া করব না। ভাগ্যিস সেগুলিকে জেরক্স করে রেখে দিয়েছিলাম!’

উর্বশী এসব শুনে কিছুটা স্বস্তি পেলেও কিছু দুশ্চিন্তা মাথায় থেকেই গেল। তবুও সে বলল,

‘এসব ফ্রড, চিটিংবাজ মেয়েদের সাথে আর কথা বলবে না। এরা নিজের স্বার্থ ছাড়া কিছু বোঝে না’।

‘আবসলিউটলি! ঠিকই বলেছ’।

‘শোন! তোমার চিন্তা করার দরকার নেই। আমরা আমাদের নোট একে অপরকে দেয়া নেয়া করব। প্রফেসর সান্যাল আমাদের সাহায্য করবেন। আমার দিদি তার সাথে কথা বলেছেন। তারই সহকর্মী ইংরাজীর অধ্যাপক বিবিসি যিনি স্বয়ং আমাদের সেকেন্ড পেপারটা পড়াবেন। এবং ইতিমধ্যে তার সাথে যোগাযোগও হয়েছে।’

‘সত্যি!’ প্রীতম নির্জীব অবস্থা কাটাতে হঠাৎ যেন সঞ্জীবনী সুধা লাভ করল। সে আনন্দে চনমন করে উঠল। বাঃ খুব ভাল! এতদিন বলোনি কেন?’ প্রীতম বিস্ময়ের সঙ্গে জিজ্ঞেস করল।

‘আমি ভেবেছিলাম পরে বলব’।

‘ওহ, মাই *সুইট গার্ল!*’ প্রীতম অভিভূত হয়ে আবেগে উর্বশীর ডান হাত চেপে ধরে বলল। প্রীতমের এই আকস্মিক উচ্ছ্বাসে উর্বশী সংকুচিত হলেও তার মনের ভেতরটা যেন একটা বিজয়ের উল্লাসে প্লাবিত হয়ে গেল। সে ভাবতে পারে নি তার এই তুচ্ছ সাহায্যের প্রতিশ্রুতিটুকু তাকে এত আনন্দ এনে দেবে। উর্বশী বুঝতে পারল মেধাবী পড়ুয়া প্রীতমের সাথে ভাব ঠিক রাখতে হলে পড়াশুনার বিষয়টিকে মাথায় রাখতে হবে।◻

ছয়

পারিবারিক স্বীকৃতি

আর এইভাবেই কিছুদিনের মধ্যে উর্বশী ও প্রীতমের বন্ধুত্ব এক সত্যিকারের ভালবাসায় পরিনত হল এবং সেটা তাদের দুজনের মধ্যে সীমাবদ্ধ না থেকে উভয়ের পরিবারের পরিচিতি এবং স্বীকৃতি লাভ করল। দিদি উর্মিলা তাদের ঘনিষ্ঠতার সব কথা সরাসরি উর্বশীর কাছ থেকেই শুনতে পেত। যেহেতু সে প্রথম থেকেই প্রীতমের প্রতি উর্বশীর অনুরাগের ব্যাপারটি সম্পর্কে ওয়াকিবহাল ছিল সে কারনে দিদির সাথে অকপটে সবকিছু খুটিনাটি শেয়ার করা কোন অসুবিধা হয় নি।

প্রীতমের মেধা, পড়াশুনার চর্চা এবং আগ্রহ উর্বশীর থেকে অনেক বেশী ছিল। ক্লাসে শিক্ষকের দেওয়া নোট এবং লেকচার অনুসরন করা, লেখা এবং বোঝার ব্যাপারে প্রীতম উর্বশীকে সাহায্য করত। উর্মিলাও চাইত প্রীতমের সাথে মেলা মেশা করলে উর্বশীর পড়াশুনায় সাহায্য করবে। প্রীতম এবং উর্বশীর মেলামেশাকে উৎসাহিত করা উর্মিলার কাছে এটা অন্যতম কারন। উর্মিলা নিজে একদিন প্রীতমকে তাদের বাড়িতে আসার আমন্ত্রণ জানিয়েছিল। এবং তারপর থেকে ধীরে ধীরে তাদের বাড়িতে প্রীতমের অবাধ প্রবেশের অধিকার জন্মে।

ক্লাসে শিক্ষকদের দেওয়া নোট সংগ্রহের প্রক্রিয়ায় একে অপরের বাড়িতে প্রবেশের সূচনা হয়েছিল। উর্বশী প্রীতমের সাথে স্টাডি ম্যাটেরিয়ালস দেয়া নেয়া শুরু করে ঠিক লাবনীর কায়দায়। আসলে প্রেমিকের সাথে ঘনিষ্ঠতার এই অনন্য উপায়টির হাতে খড়ি হয়েছিল সেই মেয়েটির সৌজন্যে। লাবনী স্টাডি ম্যাটেরিয়ালস দেয়া নেয়ার ছলে প্রীতমের ঘনিষ্ঠতা লাভ করতে চেয়েছিল। প্রীতমও একই কাজ করত। লাবনী খুব ধূর্ত মেয়ে। যখনই সে উর্বশীর কেস হিস্ট্রি হাতে পেয়েছে কোন সম্ভাবনা না থাকায় সে সরে গেছে এবং প্রীতমের দেওয়া ক্লাসের মুল্যবান নোটগুলিও হাপিস করে দিয়েছে।

এই দেয়া নেয়ার সুবাদে উর্বশী প্রথম একদিন প্রীতমদের বাড়িতে হাজির হয়েছিল। প্রীতমের মা একজন সাধারন হাউজওয়াইফ হিসাবে উর্বশীকে প্রথম দেখেই ভাল লেগেছিল। তার মায়ের হাতের পায়েস এবং তালের বড়ি খেয়ে উর্বশীও তার মা'কে ভালবেসে ফেলেছিল।

প্রীতমের বোন বর্নালী, দশম শ্রেণিতে পড়া একটি মিষ্টি মেয়ে তাকে দেখে খুশিতে টগবগ করছিল যদিও সে তার প্রথম সাক্ষাতে সক্ষোচে নিজের পরিচয় না দিয়ে চুপচাপ দেখে যাচ্ছিল। প্রীতমের বাবা বারীন বোস কলকাতা লাল বাজারের একজন সিআইডি-র একজন বড় কর্তা হিসাবে সদ্য অবসর নিয়েছেন। অবসর নেওয়ার পর নিউ টাউনের এই বিলাসবহুল এইচআইজি ফ্লাটে পরিবার নিয়ে থাকেন।

বোস সাহেব একজন কড়া মেজাজের মানুষ। প্রীতমের কাছে মা যেমন সহজ এবং কাছের, বাবা তেমন কঠোর এবং দূরের। সেই কারনেই সে অতি সন্তর্পনে উর্বশীকে তাদের বাড়িতে প্রবেশ করাত, ঠিক যে সময়টায় তার বাবা সচরাচর অনুপস্থিত থাকেন না অথবা ঘরের ভেতর চোখের আড়ালে অবস্থান করেন। এ ব্যাপারে আগাম খবর দিয়ে সাহায্য করত বোন বর্নালী। কিন্তু দুর্ভাগ্যক্রমে একদিন উর্বশী তার নজরে পড়ে যায়।

'ওটা কে?' বারীন বোস উর্বশীর সাথে তার স্ত্রীর ডাইনিং হলে কথা বলতে দেখে জিজ্ঞেস করলেন। উর্বশী হঠাৎ একটা ভারী আওয়াজ শুনে চমকে উঠে মায়ের কাছে সরে আসল। প্রীতমের মা মৈত্রী দেবী উর্বশীর আড়ষ্ঠতায় একটু মুচকী হেসে বললেন,

'এস তোমাকে পরিচয় করিয়ে দেই'। তারপর স্বামীর সামনে নিয়ে এসে বললেন,

'এ হচ্ছে উর্বশী। প্রীতমের সহপাঠী, এর ওর একই সাবজেক্ট। খুব ভালো মেয়ে। আর ইনি হলেন প্রীতমের বাবা'।

উর্বশী লজ্জাবনত হয়ে সামনে ঝুঁকে বারীন বোসকে পা ছুঁয়ে প্রনাম করে উঠে দাঁড়াল।

বোস সাহেব তার সহজাত মেজাজে প্রথামত আশীর্বাদ জাতীয় কোন বাক্যব্যায় না করে সরাসরি বললেন,

‘নাম কি?’ তার দিকে তাকিয়ে স্বাভাবিকভাবে বললেও উর্বশীর মনে হল রেগে বললেন।

‘উর্বশী’!

‘পুরো নাম বল!’

‘উর্বশী গোস্বামী’।

‘হুম, গোস্বামী। কুলীন ব্রাহ্মন।’ বোস সাহেব উর্বশীর দিকে চেয়ে একা একা বললেন।

তারপর উর্বশীর পরিবার, বাড়ি, বাবা মা কী করতেন, দিদি কী করেন, এবং আরও কিছু সাধারণ প্রশ্ন করার পরে, তিনি আজকের দিনের ক্রমবর্ধমান সামাজিক অপরাধ, দারিদ্র বেকারিত্ব যুবসমাজের মধ্যে মুল্যবোধের অভাব, হতাশা, বেকারিত্ব ইত্যাদি সম্পর্কে গল্প শুরু করে দিলেন।

অপহরণ, খুন, নারী-নির্যাতন, নারী পাচার ইত্যাদি নিয়ে একের পর এক ননস্টপ বিবরণ তাকে বিব্রত করে তুলল। তার ঐসব বর্ননাগুলি অনিচ্ছা সত্ত্বেও ঠায় দাঁড়িয়ে থেকে উর্বশীকে শুনতে হচ্ছিল। ওখান থেকে সরে যাবার কোন সুযোগই সে পাচ্ছিল না। সে কী করবে বা কী এই মুহূর্তে বলা উচিৎ বুঝতে পারছিল না। অবশেষে বর্নালী তার ত্রাণকর্তা হিসেবে সেখানে পৌঁছাল।

‘আঃ বাবা! তুমি থামবে? ওকে ছেড়ে দাও না! দেখছ না কতক্ষন থেকে দাঁড়িয়ে আছে! দিদি, তুমি আমার সাথে আস’।

‘আংকল, আমি এখন যেতে পারি?’ উর্বশী শিষ্টাচার দেখাতে চাইল। বোসসাহেব অনুমতি সূচক তার মাথাটা কাৎ করলেও দৃশ্যত তাকে অসন্তুষ্ট দেখাল। কিন্তু উর্বশীর কিছু করার নেই। কিন্তু উর্বশী একটু এগোতেই আবার বাধা।

‘দাঁড়াও’।

‘তোমার নামটা যেন কী বললে? সরি, বলেছ, কিন্তু ভুলে গেছি,... ওহ হ্যাঁ উর্বশী! সুন্দর নাম। উর্বশী মানে জান? আই মিন হু ইজ উর্বশী, জান?’

উর্বশী নিরুত্তর দেখে বোস সাহেব নিজেই বলতে শুরু করলেন ইট্‌স আ ভেরী ইন্টারেস্টিং লেজেন্ডারি ওয়ম্যান ক্যারাক্টার। এই বলেই পুরানের উপাখ্যান শুরু করে দিলেন। বর্নালী অবশ্য উর্বশীকে তার পিতার হাত থেকে উদ্ধার করল তার উপাখ্যান সম্পূর্ন করতে না দিয়েই।

প্রথম পরিচয়ে প্রীতমের বাবার সঙ্গে মুখোমুখি হয়ে উর্বশীর ভয়ে গুটিয়ে ছিল। একজন হাই প্রোফাইল বয়স্ক মানুষ হিসেবে তার গাম্ভীর্য তাকে বেশ নার্ভাস করে তুলেছিল। কিন্তু দু একবার আসার পরে তার চেহারা সৌন্দর্য এবং মিষ্টি ব্যবহার বোস সাহেবকে আকৃষ্ট করল। বোস সাহেব পুলিশের লোক হলেও সাহিত্য এবং শিল্প কলার প্রতি তার প্রচুর আগ্রহ।

একবার, ইংরেজ লেখক চার্লস ডিকেন্সের একটি উদ্ধৃতি উল্লেখ করে উর্বশীকে নার্ভাস করে দিয়েছিলেন। তার রসবোধও ছিল দারুণ। লোকটি সংস্কার মুক্ত মুক্তমনা ছিল বলে ছেলে এবং মেয়েদের অবাধ মেলা মেশানোর বিষয়ে কোনও ছুতমার্গ নেই। সমাজে জাতপাত বা আর্থসামাজিক বৈষম্যকে তিনি অত্যন্ত ঘৃনার চোখে দেখেন।

খুব শীঘ্রই উর্বশীর 'রূপ গুন' মিঃ বারীন বোসের মনকে বিদ্ধ করল এবং প্রীতমের মা মৈত্রী দেবীর কাছে তার পুত্রবধূ করার ইচ্ছা প্রকাশ করলেন। শর্ত থাকল যে, বিষয়টি শেষপর্যন্ত দুই পরিবারের মধ্যে সঠিক আলোচনার মাধ্যমে নিষ্পত্তি হবে তখনই যখন তারা উভয়ই সুপ্রতিষ্ঠিত হবে।

মৈত্রী দেবী আগে থেকেই উর্বশীকে নিজের পরিবারের একজন হিসাবে মেনে নিয়েছেন, যদিও একজন রক্ষণশীল মধ্যবিত্ত গৃহবধূ হওয়ার কারণে, ছেলে এবং মেয়ের মধ্যে একটি বর্নগত তারতম্য এবং উভয়ের সমান বয়স তার ষোল আনা সন্তুষ্টির অন্তরায় হিসাবেই থেকে গেল। প্রীতমের বোন বর্নালী ইতিমধ্যে তার ভক্ত হয়ে উঠেছে। তার আগমনের জন্য সে প্রতিদিন অপেক্ষায় থাকত। তার দীর্ঘ অনুপস্থিতি তাকে বিষন্ন এবং অভিমানী করে তুলত। নির্দিষ্ট দিনে সে যদি না আসত বর্নালি দাদার কাছে খোঁজ নিত কেন আসে নি।

একদিন পড়ার ঘরে উর্বশীর ছবিটা বের করে প্রীতমকে দেখিয়ে বলল, 'দিদিটা কী মিষ্টি!' ঈশ কবে থেকে যে বৌদি করে ডাকবো!'

প্রীতম রেগে গিয়ে তার কানের পাশের কয়েকটা চুল টেনে ধরে বলল, 'এই তোর পড়া নেই, বেশী পেকে গেছিস?'

বর্নালী যন্ত্রনায় চীৎকার করে বলে, 'আউচ! আহ, দাদা, লাগছে, ছাড়!

বর্নালীও ছাড়বার পাত্র নয়। দাদা চুল ছেড়ে দিতেই সে ঝামটা মেরে বলল, 'তোর পড়াশুনা নেই?'

এই সময় প্রীতমকে মোবাইলে রিং করার জন্য ঘর থেকে বের হতে হল এবং কোন উত্তর দিতে হল না। কিন্তু পরে, সে তার বোনের অভিযোগের গুরুত্ব উপলব্ধি করে বুঝতে পারল তার পড়াশুনাও ক্ষতিগ্রস্ত হচ্ছে। ▢

সাত

উর্বশীর নৃত্য

কলেজ ক্যাম্পাস প্রাঙ্গনে শুরু হয়েছে পাঁচদিনের বার্ষিক সাংস্কৃতিক উৎসব। সংক্ষেপে যাকে বলা হয় এনুয়াল কালচারাল। অনুষ্ঠানের আজ তৃতীয় দিন। বিভীন্ন বিষয়ে অংশ নেওয়া প্রতিযোগীরা তাদের নিজ নিজ বিষয় নিয়ে বিভীন্ন ঘরে আলোচনা বা তালিমে ব্যস্ত।

উর্বশী ক্লাসিক্যাল ডান্সের(ভারত নাট্যম) বি গ্রুপ(আন্ডার গ্রাজুয়েট)- এর একজন প্রতিযোগিনী। প্রাথমিক বাছাই পর্বে সফল হয়ে চূড়ান্ত তালিকায় অন্তর্ভুক্ত হয়েছে। তবে সে এতটাই প্রমিজিং যে সে একটা পুরস্কার অবশ্যই পাবে।

বিভীন্ন বিভাগের প্রতিযোগীরা সবাই তাদের নিজ নিজ প্রশিক্ষক, অভিভাবক এবং সংশ্লিষ্ট সংগীত দলের সাথে আলোচনায় ব্যস্ত। কেউ কেউ প্রশিক্ষকদের নিয়ে তালিম নিচ্ছে। বিভীন্ন মুদ্রার নিখুঁত পরিবেশন নিয়ে হাতে কলমে শেখানো হচ্ছে। কেউ কেউ অনুষ্ঠানের আয়োজকদের কাছ থেকে মঞ্চ পরিকল্পনা, আলোকসজ্জা ইত্যাদি বিষয়ে জানতে ব্যস্ত।

কিন্তু উর্বশীর প্রোগ্রাম যা রাত আটটার মধ্যে শুরু হওয়ার কথা সেই প্রোগ্রামে অংশপ্রহনই একটা   অনিশ্চয়তা দেখা দিয়েছে। এই নিয়ে সে প্রীতমকে নিয়ে এইমুহূর্তে প্রঃ স্যান্যালের সাথে ব্যাপারটা নিয়ে গূঢ় আলোচনায় ব্যস্ত।

অনিশ্চয়তার মূল কারন উর্মিলার অনুপস্থিতি। এই গুরুত্বপূর্ণ মুহূর্তে উর্বশীর দিদি উর্মিলা যে তার নাচের শুধু মূল প্রশিক্ষকই নয় প্রতিযোগিতার মূল অনুপ্রেরণাও বটে সে অনুপস্থিত। সে নিজে ধ্রুপদী নৃত্যের একজন প্রতিষ্ঠিত কলাকার এবং ইউনিভার্সিটির এখনও অন্যতম সেরা পারফরমার। তাকে অনুসরন করেই উর্বশীর নাচের শিক্ষা ও অনুশীলন। দুর্ভাগ্যবশত সেই এই প্রোগ্রামে থাকতে পারবে না কারন সে হঠাৎ অসুস্থ হয়ে পড়েছে। যদিও উর্বশীর নাচের পেশাদারী প্রশিক্ষিকা যিনি তাকে নিয়মিত নাচ শেখান তিনি

উপস্থিত আছেন তবুও দিদির অভাবে ছোট বোনের প্রতিযোগিতায় অংশ করা কঠিন হয়ে পড়েছে।

তার বোনের অসুস্থতার খবরটি শুনে বিশেষত প্রফেসর সান্যালের কাছে বিনা মেঘে বজ্রপাতের সামিল বলে মনে হল। উর্বশী উর্মিলার বোন হওয়াতে অধ্যাপক সান্যালের কিছু বাড়তি দায়িত্ব ছিল। তিনি অবশ্যই চান উর্বশী প্রতিযোগিতায় একটি স্থান দখল করবে। এখন তাকে কার্যত হতাশ দেখাচ্ছে। অন্যদিকে দিদির এই আকস্মিক অনুপস্থিতিতে বেচারা প্রীতম কী করবে কিছুই বুঝতে পারছে না। হাজারেক হলেও সে উর্বশীর এই মুহূর্তে শুধু প্রেমিক নয়, নিজেকে এই মুহূর্তে তার অভিভাবকও ভাবতে শুরু করেছে।

উর্বশীর সঙ্গে তখন থেকে একটানা আছে প্রীতম। কিন্তু এই মুহূর্তে তার উপস্থিতি অপ্রাসঙ্গিক হওয়ায় তাকে অসহায় দেখাচ্ছিল। এই সাংস্কৃতিক অনুষ্ঠানে বিতর্ক প্রতিযোগিতা ছাড়া সে অন্য বিষয়গুলিতে তেমন পারদর্শী নয়, তাও সেটা প্রঃ স্যান্যালের উৎসাহেই অংশগ্রহন সম্ভব হয়েছে। অন্যান্য প্রতিযোগিতার সাথে যুক্ত না থাকায় বিশেষত নৃত্যের অনুষ্ঠানে তার কিইবা করার আছে? তাই সে কিছুক্ষনের জন্য একটু নির্জনে তফাৎ থাকল।

প্রীতমের আকস্মিক অন্তর্ধানে উর্বশীর দৃষ্টি এদিক ওদিক ঘুরে বেড়াচ্ছিল। সে সময় প্রঃ স্যান্যাল একটু উদ্বিগ্ন মুখে বলল, 'উর্বশী, তুমি কি নিশ্চিত যে সে সন্ধ্যায় আসবে না?'

প্রীতমকে খুঁজতে গিয়ে সে প্রফেসর সান্যালের প্রশ্ন হয়ত অনুসরণ করতে পারেনি। তাই বলল,

'হ্যা, স্যার বলুন!'

'তোমার দিদি কী সত্যি তোমার প্রোগ্রামে থাকতে পারছে না?'

'সে আমাকে বলেছে তার জ্বর, প্রচন্ড মাথাধরা, প্রঃ স্যান্যাল জিজ্ঞেস করলে বলবি সে ফাংশনে আসতে পারবে না'।

কিন্তু কে তোমার সাথে থাকবে, কেই বা সাজাবে। আমার মনে হয় যদি সে নাই আসতে পারে তাহলে তোমার প্রোগ্রামে অংশগ্রহণ করাই উচিত নয়।' প্রফেসর সান্যালকে বিব্রত দেখাচ্ছিল।

উর্বশী নিরুত্তর থাকল। তার দিদির অনুপস্থিতি তাকে শুধু অসহায় করেনি বরং তার মনে অপরাধবোধও নিয়ে এসেছে। তবে দিদি তাকে প্রফেসর সান্যালকে জানাতে বলেছিল যে তার জ্বর এবং মাথাব্যথার কারণে অনুষ্ঠানে উপস্থিত থাকতে পারবে না। এবং সম্ভব হলে তার প্রোগ্রামের ব্যবস্থা যেন তিনি করেন। তাই তার কোন দোষ ছিল না। ভাবল উর্বশী।

'আশ্চর্য! আমার আজ নজরুল মঞ্চে একটা সেমিনার ছিল। আমি প্রোগ্রামটা ক্যান্সেল করলাম। আর সে কীনা অসুস্থ হয়ে পড়ে রয়েছে। কি সুন্দর কৌতুক!' প্রঃ স্যান্যাল রাগে গজ গজ করতে লাগলেন।

উর্বশী ভাবল প্রফেসর সান্যাল ঠিকই বলেছেন। এই বিশেষ দিনে দিদি হঠাৎ অসুস্থ হয়ে পড়ল! এদিকে তিনি 'আমি একটু আসছি' বলেই ঘর থেকে বেরিয়ে কোথায় যেন অদৃশ্য হয়ে গেল। অনেকক্ষন পর ফিরে এসে উর্বশীকে বলল,

'এসো ত আমার সাথে।'

'কিন্তু স্যার, প্রীতম...!' উর্বশী প্রীতমের সান্নিধ্য ছাড়তে চাচ্ছিল না। প্রীতমকে না দেখতে পেয়ে সে দ্বিধাগ্রস্ত হয়ে বলল।

'আমি তাকে একজায়গায় পাঠালাম। আমিও এখন বাড়িতে যাচ্ছি। তোমার প্রোগ্রাম আটটায়, প্রায় দুঘন্টার মত দেরী। তুমি প্রীতম না আসা পর্যন্ত এখানে একা থেকে কী করবে? বাড়িও ত গিয়ে আসা সম্ভব নয়। তুমি বরং আমার বাড়ি চল, একটু রিফ্রেশ হয়ে আসি। বাইক আছে। বাইকে যাবে আমার সাথে?'

উর্বশী নিরুত্তর দেখে স্যান্যাল আবার বলল,

'নতুবা বন্ধু বান্ধব থাকলে তাদের সাথে থাক, তোমার খুশি'।

সে বুঝতে পারল প্রফেসর সান্যাল তার দিদির অনুপস্থিতিতে বিরক্ত এবং উদ্বিগ্ন। সুতরাং এই অবস্থায় তার কথার অবাধ্য না হওয়াই সমীচীন। কিন্তু প্রীতমকে আবার উনি হঠাৎ কোথায় পাঠালেন! মাথামুন্ডু সে কিছুই বুঝতে পারছে না। তবে তার দিদি তাকে প্রফেসর সান্যালের তত্ত্বাবধানে থাকতে বলেছে। তাই তার কথা মতই এখন চলতে হবে। তাছাড়া স্যান্যাল লোকটার বন্ধুত্বপূর্ন ব্যবহার তাকে ইতিমধ্যেই আকৃষ্ট করেছে। দেখতেও

দারুন! এখনও ব্যাচেলর। সে মনে মনে ভাবল স্যান্যাল তাকে কী পছন্দ করেছে? তার বাইকের পেছনে বসে যাওয়ার চিন্তা করে সে রোমান্স অনুভব করল। এমনকি তার বাড়ীতে যাওয়া এবং পরিবারের সাথে পরিচয় হওয়াটাও তার কাছে একটা নতুন অনুভূতি জাগাল।

এই মুহূর্তে তার বাড়ি থেকে যাওয়া এবং ফিরে আসার পর্যন্ত সময় ছিল না। তার পারফরম্যান্সের জন্য দুই ঘণ্টারও কম সময় বাকি ছিল। সে এখানেই প্রীতমের সাথে সময় কাটাতে পারত। কিন্তু তিনি আবার প্রীতমকে এইসময় কোথায় পাঠালেন!

'যাবে আমার সাথে?' উর্বশীকে চিন্তাগ্রস্ত দেখে স্যান্যাল আবার জিজ্ঞেস করলেন।

'আমার বাড়ি বেশী দুর না। বাইকে মিনিট পাঁচেকের রাস্তা। যাবে?'

উর্বশী লজ্জা এবং সংকোচ নিয়ে নীরব দেখে স্যান্যাল বললেন।

'চল ঘুরে আসি। এস আমার সাথে!'

উর্বশী প্রফেসর সান্যালের চকচকে কালো রঙের একটি বাইকের পিছনে গুটিসুটি হয়ে বসল। চলার সময় সে তার একটি হাত প্রঃ স্যান্যালের কাঁধে চেপে ধরল। স্বয়ং স্যারের সাথে এভাবে যাওয়া—তার লজ্জা এবং সংকোচের কারন হয়ে দাঁড়াল। প্রঃ স্যান্যালের বাসভবনটি কলেজ চত্বর পেরিয়ে বিবি গাঙ্গুলী স্ট্রিটে ধরে কয়েক মিনিটের পথ। এটি ছিল একটি বড় তিনতলা পুরনো মডেলের সান্যাল পরিবারের পৈতৃক বাড়ি। সান্যালের এই বাড়ি কিনেছিলেন এক মাড়োয়ারী ব্যবসায়ীর কাছ থেকে। একমাত্র ছেলে স্যান্যালের বাবা যিনি কোলকাতা কর্পোরেশনের বড় ইঞ্জিনিয়ার ছিলেন তিনি উত্তরাধিকার সুত্রে লাভ করেন। চাকুরী থেকে অবসর নেওয়ার পর বছর তিনেক আগে তিনি গত হয়েছেন। তার মা করবী দেবী একটি মাধ্যমিক বিদ্যালয়ের শিক্ষিকা ছিলেন। তাদের তিন কন্যা ও এক পুত্র। ছেলে রূপক কুমার সান্যাল সবার বড়। তিন মেয়েরই বিয়ে হয়ে গেছে, সবাই থাকেন বাইরে, একজন আবার আমেরিকায়।

বায়ো কেমিস্ট্রির এসোসিয়েট প্রফেসর স্যান্যাল অত্যন্ত মেধাবী ছাত্র ছিলেন, কলকাতা বিশ্ববিদ্যালয় থেকে কেমিস্ট্রিতে প্রথম শ্রেনিতে প্রথম স্থান

লাভ করে শিবপুর ইঞ্জিনিয়ারিং কলেজে বায়ো কেমিক্যাল টেকনোলজির উপর গবেষনা করে বিশেষ খ্যাতি লাভ করেন। লন্ডন বিশ্ববিদ্যালয় তাকে তিন বছরের ফেলোশিপ প্রস্তাব দিয়ে আমন্ত্রন জানায়। ছাত্রজীবন থেকেই রাজনীতি করার বাধ্য বাধকতায় এবং ইতিমধ্যে নানা সামাজিক কর্মকান্ডে জড়িয়ে পড়ায় তিনি সেই আমন্ত্রন গ্রহন করেন নি। প্রেসিডেন্সি কলেজ বিশ্ববিদ্যালয়ে উন্নিত হওয়ার পরে তিনি সেখানেই অধ্যাপনার কাজে যোগ দেন। বর্তমানে তিনি ডিন অফ ফ্যাকাল্টি পদের দায়ীত্বে আছেন। উর্বশীর দিদি তার বিশেষ প্রিয় ভাজন, তার ডিপার্টমেন্টের সেরা ছাত্রী এবং তার রিসার্চ গাইড।

উর্বশীকে নিয়ে গেট খুলে ঢুকতেই প্রঃ সান্যালের মা বেরিয়ে এলেন।

'কে?'

তারপর একটু দেখে নিয়ে ছেলের দিকে তাকিয়ে বললেন,

'উর্মির বোন?' করবী দেবী সম্ভবত দুই বোনের সাদৃশ্য দেখেই অনুমান করতে পারলেন। মহিলা এরপর এমন আচরন করতে লাগলেন যেন সে তার পরমাত্মীয়। যদিও সে আগে কখনো এই বাড়িতে প্রবেশ করেনি।

'বসো মা। তোমার নাম কি?' খুব আদর করে গায়ে হাত বুলিয়ে জিজ্ঞেস করলেন তিনি।

'উর্বশী'।

বাঃ কী সুন্দর নামে মিল, উর্মিলা, উর্বশী! উর্মি কেমন আছে মা? সে এখান বেশ কিছুদিন আসে না। কী ভালো মেয়ে সে। আমাকে ও খুব ভালবাসে। ও আসে না কেন? আমি একটু তাকে দেখতে চাই!' সম্ভবত বৃদ্ধার কাছে তার মুখ তার দিদির উপস্থিতি মনে করতে সাহায্য করল।

'আহ, মা, থামো ত! বিপাশাকে ডাকো, আমাদের খেতে দাও। খিদে পেয়েছে।' উর্বশীর সামনে তার মায়ের কথাবার্তা এবং আচরন প্রফেসর সান্যালকে বিব্রত করছিল কারণ সে এই বাড়িতে তার দিদির অবাধ প্রবেশের বিষয়ে কিছুই জানত না।

'বস তোমরা। আমি নিজেই বেড়ে দিচ্ছি। বিশাখা চলে গেছে। কতক্ষন থাকবে? ভাত তরকারী সব ঠান্ডা হয়ে গেছে। গরম করে দেই'।

'গরম করতে লাগবে না। দেরী হবে।'

উর্বশী একটু অবাক হয়ে বলল, 'সেকী! স্যার এখনও দুপুরের খাবার খান নি!'

করবী দেবী এবার কথা বলার সুযোগ পেলেন,

'তবেই বোঝ তোমাদের স্যার কেমন লোক! ওর নাওয়া খাওয়ার খেয়াল থাকে না। শুধু বাড়িতে আসলেই ওর খিদে পায়'।

উর্বশী তার স্যরের দিকে একটা বিস্ময়সুচক চাহনি মেলে ধরল।

'উর্বশী, তুমি ওয়াশরুমে গিয়ে ফ্রেশ হয়ে নাও মা?'

'হ্যা আমার ওয়াশরুমে যেতে হবে, কিন্তু আন্টি, আমি কিছু খাব না।' উর্বশী বলল।

'কেন, খাবে না কেন? উর্মি এলে ত নিজেই নিয়ে খায়। তুমি ত আমাদের নিজের লোক। খাবে অবশ্যই খাবে'।

করবী দেবীর জোড়াজুড়িতে শেষ পর্যন্ত উর্বশী ডাইনিং চেয়ারে বসতে বাধ্য হল এবং একরাশ সঙ্কোচ নিয়ে প্রফেসর সান্যালের পাশে বসেই তাকে ভাত ডাল মেখে খেতে হলো। সে এক দুঃসহ পরিস্থিতি। খেতে খেতেই শুনতে হল তার দিদির সহস্র প্রশংসা, কোনদিন এসে কী বলেছে, কী এনে দিয়েছে, কী রেঁধে খাইয়েছে। উর্বশী মনে মনে ভাবল আচ্ছা, দিদির এ বাড়িতে আনাগোনার কারন কী শুধু প্রঃ স্যান্যালের প্রিয় ছাত্রী হিসাবেই নাকি অন্য কিছু চলছে!

ফেরার পথে অবশ্য উর্বশীর মানসিক আড়ষ্টতা তখন অনেকটাই কেটে গেছে। বরং তার স্যারের বাইকের পেছনে বসে তাকে জড়িয়ে ধরে চলতে তার ভালই লাগছিল। চলতে চলতে স্যান্যালের মায়ের কষ্টের কথা, কাজের লোক, রাঁধুনির সমস্যা এবং তার নিজের সমস্যার কথা বন্ধুর মত করে তিনি অকপটে যখন বলে যাচ্ছিলেন তখন সে নিজেকে তার বন্ধু ভেবে আনন্দ লাগছিল।

ক্যাম্পাস গ্রাউন্ডে পৌঁছানোর সাথে সাথে উর্বশী তার দিদিকে দেখতে পেয়েই লাফিয়ে উঠল। অনুষ্ঠানের একজন মহিলা সংগঠকের সাথে কিছু বিষয় নিয়ে উর্মিলা আলোচনায় তখন ব্যস্ত।

'ওয়াও! দিদি! তুমি এসেছ!' উর্মিলার অপ্রত্যাশিত উপস্থিতি দেখে সে যেন বিশ্ব জয়ের আনন্দে দিশেহারা হয়ে উঠল।

'হ্যাঁ, এসেছি।' মহিলাটির সাথে কথা বলার মাঝখানেই উর্মিলা সংক্ষিপ্ত জবাব দিল। মহিলার সাথে কথা শেষ হতেই উর্বশী তাকে জড়িয়ে ধরে আবেগে বলতে লাগল,

'ওহ, আমার মিষ্টি দিদি, তুমি কত ভাল! তুমি না থাকায় আমি প্রায় মরতে বসেছিলাম গো।' উর্বশী আবেগাপ্লুত হয়ে তাকে আবার বেশী করে জড়িয়ে ধরল। কিন্তু সে যখন জানতে পারল উর্বশী তার স্যারের বাড়িতে সময় কাটিয়ে এতক্ষনে ফিরেছে তখন তার হঠাৎ মুখাবয়ব পরিবর্তন লক্ষ্য করে সে ঘাবড়ে গেল।

দিদি আসাতে উর্বশীর কাঁধ থেকে যেন বিশাল ওজনের পাথরটা সরে গেছে। সে যেন আনন্দে তুলার মত ভাসতে লাগল। এতক্ষন ধরে দিদির অনুপস্থিতিতে তার অবর্ণনীয় যন্ত্রণার কথা সে কাউকে বলতে পারেনি। সেই তার একমাত্র এই নৃত্য প্রতিযোগিতায় অংশগ্রহনের মূল অনুপ্রেরণা। সেই তাকে শাস্ত্রীয় নৃত্যের এই প্রতিযোগিতায় উপযুক্ত করার তালিম দিয়েছিল, তাকে উৎসাহিত করেছিল। তার পেশাদার প্রশিক্ষকের কাছ থেকে প্রশিক্ষন নিলেও, তার বোনের নির্দেশনায় শিখতে বেশী পছন্দ করত। তাই তার আগমন তাকে উজ্জীবিত করল। প্রীতম তাকে দূর থেকে ইশারা করছিল তার কাছে আসতে। দিদিকে ছেড়ে দিয়ে সে আস্তে করে তার কাছে গিয়ে বলল,

'তুমি ত শুধু আমাকে দূর থেকে ইশারা করে ডাকার জন্যই জন্মেছিলে, বল!' তারপর তার গায়ে একটা ধাক্কা দিয়ে বলল,

'কোথায় ছিলে এতক্ষন?'

'আমি ত কাজে গিয়েছিলাম'। প্রীতম একটু ভ্যাবাচ্যাকা খেয়ে বলল।

'আমাকে বলনি কেন? কেন আমাকে ছেড়ে দূরে দূরে থাক এভাবে?'

কিন্তু যখন সে শুনল যে তাকে প্রফেসর সান্যাল তার দিদিকে নিজের গাড়িতে করে এখানে নিয়ে আসার নির্দেশ দিয়েছেন তখন সে বলল,

'স্ট্রেঞ্জ! তাই ত বলি! উনি বাইকে আমাকে উঠিয়ে নিয়ে গেলেন কেন! ওনাকে ত কোনদিন গাড়ি ছাড়া বাইকে উঠতে দেখি নি! ভাবলাম ওনার গাড়িটা কী আজকের দিনেই খারাপ হয়ে গেল!'

উর্বশী খেয়াল করল, এইজন্যই তিনি তার দিদিকে দেখেও দেখলেন না!

'এতদিনে বুঝলাম, দিদি ফোনে কার সঙ্গে কথা বলে। তবে দিদি যদি সত্যি তার প্রেমে পড়ে তাহলে তার মত ভাগ্যবতী পৃথিবীতে আর কেউ নেই।' মনে মনে বলল উর্বশী।

এদিকে সে দেখতে পেল এই সময় একটু ফাঁকে তার দিদির সাথে প্রঃ স্যান্যালের হাত পা নেড়ে মুখোমুখি কোন একটা বিষয় নিয়ে কথা বলছে। উর্বশী নামটা কানে আসতেই তার মনে হল তাকে নিয়েই একটা ঝামেলা বেঁধেছে। তার দিদির স্যারের সাথে এহেন আচরনে শঙ্কিত হয়ে পড়ল। সে মনে মনে ভাবল দিদি কী তাহলে ওভাবে তার স্যরের বাড়িতে যাওয়াটা পছন্দ করে নি!

সন্ধ্যা প্রায় সাতটায় নাগাদ শাস্ত্রীয় নৃত্য প্রতিযোগিতা অনুষ্ঠান শুরু হল। অনুষ্ঠানের এই সময়টা সাধারনত দর্শকদের ভীড় থাকে। বিশেষত মেয়েদের নৃত্য প্রতিযোগিতা বলে বহিরাগত দর্শকদের ভীড়ে ঠাসা খোলা অডিটোরিয়াম। শিল্পীদের পারফরমেন্স দেখে উৎফুল্ল কিছু দর্শক নানারকম শব্দ করে উৎসাহ দিতে থাকে।

নৃত্যের সাজপোশাকে গ্রীন রুম থেকে বেরিয়েই উর্বশী প্রীতমের মুখোমুখী হল। সে তাকে নৃত্যের বেশে দেখার জন্য এতক্ষন অধীর আগ্রহে অপেক্ষা করছিল। স্বাভাবিক অবস্থায় উর্বশী সুন্দরী! তার উপর নৃত্যের সাজ! ঘন পল্লবের ঘেরে ঈষৎ প্রান্তভাগ সুরমায় টেনে দেওয়া তার আয়ত দেবীচক্ষু, তার ফুটন্ত পদ্মের মত কোমল চিবুকে উজ্জ্বল গোলাপী আভা, আকর্ন বিস্তৃত ভ্রমরকৃষ্ণ ভুরু, রুপালি চুমকি গ্রোথিত সর্পিল চুলের বেনী, দেহপল্লবী সজ্জিত নৃত্যের দ্যুতিময় রঙিন পোশাক, উন্নত সুডোল কুচযুগল শোভিত

বন্ধু অপরূপ উর্বশী যেন সত্যি অপ্সরী হয়ে স্বর্গ থেকে মর্তে আবির্ভূত হয়েছে! তার এই অলৌকিক আবির্ভাব দেখে প্রীতম ঘাবড়ে গেল। কিন্তু উর্বশী সেই মুহূর্তে এতই নিজের মধ্যে আত্মমগ্ন ছিল যে সে প্রীতমকে দেখেও দেখল না। এমনকি প্রঃ স্যান্যালের প্রশংসার উচ্ছ্বাসে হাত নাড়ানোকে সে সম্পূর্ন উপেক্ষা করল।

সে সরাসরি ড্রপ সিন ফেলানো মঞ্চে প্রবেশ করে তার দিদির মুখোমুখী হল। দিদি তাকে ধরে একজায়গায় দাঁড় করিয়ে তার কস্টিউম, মেক আপ, তার চোখের ভ্রু, তার চোখের তারা সব ঠিকঠাক আছে কিনা এপাশ ওপাশ, উপর নীচ দেখে পরীক্ষা করে নিল। মিউজিকের সাথে তাল মেলে হাত পা এবং চোখের ঈশারা, হাতের মুদ্রাগুলির নিখুঁত প্রদর্শন নিজে একবার পারফর্ম করে বুঝিয়ে দিল।

আলোকসজ্জা এবং ব্যাকগ্রাউন্ড মিউজিশিয়ানদের শুরু করার সংকেত দিয়ে উর্মিলা বোনকে সাহস যোগাতে মঞ্চের এক কোনে নিভৃতে দাঁড়িয়ে থাকল।

সাত মিনিটের একটি রুদ্ধশ্বাস নৃত্য পরিবেশন করে উর্বশী যখন নেমে এল তখন দর্শকদের করতালি এবং উচ্ছ্বাসের আওয়াজ, বেয়ারা দর্শকের বিচ্ছিন্ন চীৎকার, শিশধ্বনীতে কান পাতা যাচ্ছিল না। উর্মিলা আবেগে বোনকে জড়িয়ে ধরে পিঠ চাপড়িয়ে বলল,

'সাবাস! আমার মেয়ে! সাবাস! তুই এত ভাল করেছিস! আমার কল্পনার বাইরে। আমি নিজে এত ভাল করতে পারতাম না!' বলে সেও তাকে আবেগে জড়িয়ে ধরল।

'ব্রিলিয়ান্ট! ব্রাভো মাই গার্ল!' প্রফেসর সান্যালও তার দিকে এগিয়ে এসে তার কাঁধে আলতো চাপ দিইয়ে বলল।

কিন্তু এইসময় উর্বশী তার পেছন এবং আশপাশ অনুসন্ধানী দৃষ্টিতে কাউকে খুঁজতে লাগল। চতুর উর্মিলা তার বোনের মনের কথা পড়তে পেরে প্রফেসর সান্যালকে জিজ্ঞেস করল,

'প্রীতম কোথায়? সে ত এতক্ষন আমার সাথেই ছিল!'

'দেখি ফোন করে।' প্রফেসর সান্যাল প্রীতমকে মোবাইলে কথা বলার একাধিক চেষ্টা করলেন, কিন্তু সফল হলেন না।

'রিসিভ করছে না।' প্রঃ স্যান্যাল উর্মিলাকে বলল।

'আশ্চর্য! অডিয়েন্সে আছে কিনা দেখুন ত গিয়ে'।

তার দিদির এধরনের নির্দেশাত্মক ভঙ্গীতে কথা বলায় উর্বশী কিছুটা বিব্রত বোধ করল। স্যারের মতো একজন পূজনীয় ব্যক্তিকে এভাবে সে বলতে পারল! আর তিনিও সাথে সাথে চলে গেলেন প্রীতমকে খুঁজতে! কিন্তু সে তার দিদিকে কিছু বলতে পারল না। প্রীতমকে খুঁজে পেতেই হবে এমন ত কোন বিষয় নয়! তার দিদির উপর তার রাগ হল।

কিন্তু প্রীতমকে সত্যি কোথাও খুঁজে পাওয়া গেল না। আধা ঘণ্টার মধ্যে অনুষ্ঠানের বিচারক মন্ডলী বিজয়ীদের নাম ঘোষণা করলেন। ঘোষণা অনুযায়ী প্রথম, উর্বশী গোস্বামী, দ্বিতীয়, মিতালি পারভীন এবং তৃতীয়, সুকন্যা দস্তিদার। তাদের পুরস্কার এবং শংসাপত্র গ্রহণ করতে অনুগ্রহ করে আসার পরামর্শ দেওয়া হচ্ছে। উর্বশীর প্রথম হওয়া উর্মিলার কাছে প্রত্যাশিতই ছিল। নৃত্যশিল্পী হিসাবে সে মুল্যায়ন করেছিল যে তার বোন যে উচ্চতায় পারফর্ম করেছে বাকিরা তার ধারে কাছে যেতে পারে নি।

'তার নাচটি সত্যিই অতুলনীয় ছিল!'কিছু সংগঠক মন্তব্যও করল। উর্বশী অবশ্য তার শ্রেষ্ঠত্ব সম্পর্কে নিজে অত সচেতন নয়। পুরস্কারের প্রথম প্রাপক হিসাবে তার নাম ঘোষণা করার সাথে সাথে সে আনন্দে মুখ ঢেকে ফুপিয়ে কেঁদে উঠল এবং আবেগ আপ্লুত হয়ে তার দিদিকে দুবাহুর যথাশক্তি দিয়ে জড়িয়ে ধরল।

'দিদি, আমি ভাবতে পারছি না আমি পুরস্কার পাব!'

উর্মিলাও বোনকে জড়িয়ে ধরে বলল, 'কানছিস কেন! পাগলী! আনন্দে মানুষ হাসে ও কিনা কাঁদে'। উর্মিলা বলল বটে কিন্তু তার চোখেও তখন আনন্দাশ্রু। □

আট
খুনসুটি

মাননীয় উপাচার্যের হাত থেকে বই এবং সার্টিফিকেট নিয়ে, উর্বশী, তার দিদি এবং অধ্যাপক সান্যালকে নিয়ে ক্যাম্পাস থেকে বেরিয়ে এল।

শেষ পর্যন্ত প্রীতমের ফোন পাওয়া গেল। রাত হচ্ছিল বলে সে বাড়ি চলে গেছে। যাওয়ার আগে বলে আসতে পারে নি বলে সে দুঃখিত। প্রীতমের এই আচরনের আসল কারন উর্বশী ছাড়া প্রঃ স্যান্যাল বা উর্মিলা কেউ বুঝল না। উর্বশীকে কিছুটা ভারাক্রান্ত দেখাচ্ছিল। যাই হোক প্রীতমকে ছাড়াই রাত প্রায় দশটায় তারা বাড়ি ফিরতে শুরু করল।

প্রফেসর সান্যাল নিজেই ড্রাইভ করছিলেন। উর্মিলা প্রথমে প্রঃ স্যান্যালের গাড়িতে করে বাড়ি আসতে রাজী হয় নি। সে বলেছিল,

'থাক আপনাকে কষ্ট করতে হবে না, একটা ট্যাক্সি বা ওলা ডেকে দিলেই হবে'। কিন্তু রাত হয়েছে, তার উপর দুজনেই যুবতী মেয়ে। প্রঃ স্যান্যালের এরকম একটা ইঙ্গিত পেয়ে সে আর না করতে সাহস পায় নি।

প্রঃ স্যান্যাল সামনের সিটে একজন বসার কথা বলে উর্বশীকেই বসতে বললেন। কিন্তু উর্মিলা কী ভেবে তাকে পেছনে রেখে সেই নেমে সামনের সীটে এসে বসল। কিছুক্ষন যাওয়ার পর গাড়ির ভেতরের নীরবতা ভাঙতে প্রঃ স্যান্যাল শুরু করলেন,

'স্টেজে উর্বশীকে দেখে এত অসাধারন লাগছিল, মনে হয়েছিল সত্যি ও অলৌকিক রূপ নিয়ে স্বর্গ থেকে নেমে এসেছে!'

বাঃ! চমৎকার! ওকে দেখতেই অসাধারন লাগল! আর নাচটা নজরে পড়ল না!' উর্মিলার কথায় যেন একটু অসন্তুষ্টি ফুটে উঠল।

'অবশ্যই দেখেছি, এক্সেলেন্ট! কিন্তু ওটা ভাল বুঝবে যিনি শিল্পী, আমি ত আর শিল্পী নই। তবে আমি এইটুকু বুঝেছি উর্বশীর দিদিই তার জীয়ন কাঠি। সে না উপস্থিত হলে সবকিছুই মাটি হয়ে যেত। কী বল উর্বশী?'

উর্বশী শুধু বলল, 'হ্যা স্যার'।

'কেন? আমি ত তার নাচের দিদিমনিকে সব কিছুই বলে দিয়ে পাঠিয়েছিলাম। কোন কিছুই অসুবিধা হত না। আর তাছাড়া আমার বোনের একজন প্রিয় মানুষ ত ছিলেনই!'

'কী সব উলটো পালটা বলছ?' স্যান্যাল উত্তেজিত হয়ে বলল। কথাটি প্রঃ স্যান্যালের কাছে সম্ভবত অস্বস্তিকর মনে হল। উর্বশী সেটাকে উপলব্ধি করতে পেরে প্রসঙ্গ পরিবর্তন করে বলল,

'বলব না কেন! আমি অসুস্থ বললেও আমাকে আসতেই হবে! একেবারে গাড়ী পাঠিয়ে দিয়ে ধমক দিয়ে!'

'তোমাকে আমি ধমক দেওয়ার কে? আমার কথায় কি এসে যায়! আসতে না, আসতে না। আর তুমি অসুস্থ নাকি সুস্থ, নাকি নাটক সেটা ত বোঝাই গেল!'

'হ্যা নাটক! আর এই নাটকের জন্য আপনি নিজেই দায়ী!' উর্বশীর গলায় আওয়াজের মাত্রা একটু উচ্চতায় নিয়ে বলল।

'আমি!'

'তাছাড়া কে? কে দিতে বলেছিল আমার নামটা?'

'আশ্চর্য! তুমি ত আমাকে নিষেধ করনি!'

'অতবড় একজন পূজনীয় ব্যাক্তির মুখের সামনে কেউ না করতে পারে!' উর্মিলা গলার স্বর নামিয়ে যেন নিজে নিজেই বিড় বিড় করে বলল।

'ওসব বাজে অজুহাত দিয়ে নিজের দোষ ঢাকতে যাবে না। ভূলটা তোমার!'

কক্ষনও না! ভূল আপনার!'

বেশ মানছি। কিন্তু তুমি না এলে বোনের এই পারফরম্যান্সটা কী হত? তোমার কমনসেন্স থাকলে এভাবে বলতে না। তোমার থাকাটার কী গুরুত্ব ছিল! সেই মুহূর্তে তোমার বোনের মানসিক অবস্থা তুমি না বুঝলেও আমি বুঝেছিলাম!'

'তার জন্যই ত আদর করে বাইকের পেছনে বসিয়ে বাড়িতে নিয়ে গেলেন!'

'তাতে কী কোন অন্যায় হয়েছে!' স্যান্যাল একটু অবাক হয়ে উর্মিলার দিকে তাকাল।

'না, অন্যায় কেন হবে , ভালই ত করেছেন। তাছাড়া বাইকে একটা সুন্দর আউটিংও হল!'

'প্লিজ, স্টপ! আমার মনে হয় তোমার মাথা নষ্ট হয়ে গেছে।'

একথার পর উর্মিলা সম্ভবত আর কিছু বলার সাহস পেল না। তার ছাড়া কথাগুলো পেছনে বসে থাকা উর্বশী সব শুনতে পাচ্ছিল। তার মানসিক প্রতিক্রিয়ার কথা চিন্তা করে উভয়ে নীরব থাকল।

পথে যেতে যেতে উর্বশী তার দিদি এবং প্রফেসর সান্যালের মধ্যে আরও অনেক কথার সাক্ষী থাকল। কিন্তু এতক্ষন ধরে যে ওদের মধ্যে কী হচ্ছে—ঝগড়া না তর্ক, না খুনসুটি, না ভালবাসা কিছুই তার মাথায় আসল না। তবে সে এইটুকু বুঝতে পারল স্যারের সাথে ওভাবে তার বাড়িতে যাওয়াটা তার দিদির পছন্দ হয় নি। তাদের কথোপকথন থেকে এটাও জানতে পারল যে উর্মিলার অসুস্থতা প্রোগ্রামে না আসার একটি অজুহাত ছিল। সান্যাল নিজেই তার জন্য একটি আমন্ত্রণমূলক নৃত্য পরিবেশনের ব্যবস্থা করেছিলেন এবং সেটি ইতিমধ্যেই অনুষ্ঠানের মুদ্রিত প্রোগ্রামে তালিকাভুক্ত হয়েছিল। বিশ্ববিদ্যালয়ের একজন নামী শিল্পী হিসাবে আয়োজকরা তাকে দশ মিনিটের নৃত্য পরিবেশনের আমন্ত্রন দিয়েছিলেন। বলাবাহুল্য উর্মিলার সম্মতি নিয়েই প্রফেসর স্যান্যাল নিজের উদ্যোগই এই কাজটি করেছিলেন। কিন্তু উর্মিলা পরবর্তীতে গড়রাজী হওয়ায় উভয়ের মধ্যে তিক্ততার সৃষ্টি হয়। প্রঃ স্যান্যালের ভয়ে উর্মিলা শেষ পর্যন্ত ঐদিনের নৃত্যানুষ্ঠানে না আসার জন্য অসুস্থতার কারন দেখায়। উর্মিলা ও প্রফেসর সান্যালের ঝগড়া কমে যাওয়ায় কিছুক্ষণের জন্য পরিবেশ আবার নিস্তব্ধ হয়। নীরবতা ভাঙতে প্রঃ স্যান্যাল আবার মুখ খুললেন,

'উর্বশী, সোনা! চুপচাপ কেন? তুমি কিছু বল। আমরা কিছু শুনি। এত বড় একটা কান্ড করে ফেললে। তবুও চুপচাপ বিষন্ন কেন?'

অধ্যাপক সান্যাল গাড়ির ভিতরের অস্বস্তিকর পরিবেশ কাটাতে উর্বশীকে কথা বলতে উৎসাহিত করলেন।

'ওকে আবার কেন? ও চুপচাপ আছে চুপচাপই থাক না!' উর্মিলা বলল। তার কণ্ঠস্বরে রুষ্টতার রেশ তখনও কাটে নি।

'আমি ওর সাথে কথা বলছি। তোমাকে ত কিছু বলছি না?'

প্রফেসর সান্যালও একটু বিরক্তি এনে বললেন।

উর্মিলা খানিকক্ষন নীরব থেকে বলল,

'আপনি কী বুঝবেন, আপনাদের মত উদাসীন লোক এসবের কিছু বোঝে নাকি!' উর্বশী আবার বিড়বিড় করে প্রঃ স্যান্যালের উদ্দেশ্যে বলল।

'কী বুঝি কী না বুঝি, কী এসব বলছ?'

স্যান্যালের কথা শুনে উর্মিলা একটু নীরবে হাসল। তারপর বলল,

'মানে বলতে চাচ্ছি পুরুষরা মেয়েদের মনের কথা পড়তে পারে না। আপনি কী সেটা জানেন?' উর্মিলা অধ্যাপক সান্যালের কানের কাছে তার মুখটাকে নিয়ে গিয়ে বলল।

প্রঃ স্যান্যাল উর্মিলার কথা শুনে ভাবলেন, নারী চরিত্র দেবাঃ ন জানন্তি কুতঃ মনুষ্যাঃ - প্রাচীন বৈদিক যুগ থেকেই এই আপ্ত বাক্যের বৈধতা অদ্যাবধি অব্যাহত আছে। তিনি এটা ভাল জানেন। কিন্তু এই পরিবেশে এর যোগসূত্র কী সেটাই ত বোধগম্য হল না! তিনি গাড়ির স্টিয়ারিং এর মৃদু সঞ্চালনের মধ্য দিয়ে এই বাক্যের প্রাসঙ্গিকতা কী তার গভীরে যাওয়ার চেষ্টা করলেন।

কিন্তু চিন্তার গভীরে যাওয়ার আগেই উর্মিলা প্রঃ স্যান্যালের গায়ে মৃদু ধাক্কা দিয়ে সচেতন করল। সে তার পেছনে বসে থাকা বোনকে ইশারায় দেখিয়ে তার ভালবাসায় যে এক নিদারুন বিরহ পর্বের সূত্রপাত ঘটেছে তা একটি প্রতীকী শব্দগুচ্ছে বুঝিয়ে দিল। তবে সচেতন উর্বশী পেছন থেকে সেটা অনুধাবন করতে সক্ষম হল কিনা সুধী পাঠকই বলতে পারবেন।

'আই কুড গেজ।' প্রঃ সান্যাল মৃদুস্বরে বললেন।

রাত সাড়ে দশটা। গাড়িটা ওদের গেটের পাশে থামতেই গাড়ি থেকে নেমেই উর্মিলা বলল—

'অশেষ ধন্যবাদ! ভেতরে আসবেন না?'

'না'।

'একটু চা খেয়ে যান!'

'দুঃখিত, সময় নেই।' সান্যাল জবাব দিল।

'সময় নেই জন্যই, নাকি আমি অনুষ্ঠানে নাচলাম না সেইজন্য?'

প্রঃ স্যান্যাল কোন উত্তর না দিয়ে তিনি তার গাড়িটি ব্যাক গীয়ার দিয়ে পিছিয়ে নেওয়ার চেষ্টা করলেন।❑

নয়

ফাটল

পরদিন ইউনিভার্সিটি মুক্ত মঞ্চে প্রীতমের সঙ্গে দেখা হল উর্বশীর। দ্বিতীয় দিনের কালচারাল অনুষ্ঠান এখনও শুরু হয়নি। ইতিমধ্যেই দেখা করতে আসা শিক্ষার্থীরা ছিল উৎসবের মেজাজে। কয়েক জোড়া ছেলে মেয়ে একসাথে এখানে-সেখানে বসে গল্প করছিল। দূরে একটা নির্দিষ্ট কোন বেছে নিয়ে বসে পড়ল উর্বশী আর প্রীতম।

'গতকাল হঠাৎ তোমার নিখোঁজ হওয়া আমাদের সবাইকে খুব হতাশ এবং চিন্তিত করেছিল। কেন এমন করলে প্রীতম?' প্রীতমকে জিজ্ঞেস করল উর্বশী।

'আমাদের মানে কাদের?'

'আমাদের বলতে— দিদি রুপক স্যার এবং আমি!'

'ওরা হতাশ এবং চিন্তিত হয়েছিলে বলে তুমিও হয়েছিলে, তাই ত!'

'হ্যা তাই। আসলে ওদের কিছুই হয় নি। আমার হয়েছিল তোমার উপর প্রচন্ড রাগ এবং অভিমান! ঠিক করেছিলাম তোমার সঙ্গে কথাই বলব না!'

'আসলে আমি নিজেকে সেই মুহূর্তটা অবাঞ্ছিত মনে করেছিলাম। মনে হয়েছিল আমার উপস্থিতি কোনো ঝামেলার কারণ হতে পারে। তাই তোমার দৃষ্টি থেকে নিজেকে সরিয়ে নিয়েছিলাম।' প্রীতম তার অনুপস্থিতির পক্ষে যুক্তি দেখাল।

'আজব! তুমি কি বলছ! আমি বিশ্বাস করতে পারছি না।' উর্বশী অবাক হয়ে বলল।

সে আবার শুরু করল, 'গ্রিন রুম থেকে বেরিয়ে আসার পর তুমি যখন আমাকে দেখে মুচকি হাসছিলে তখন আমার রিয়্যাক্ট করা উচিত ছিল। আমি তোমাকে দেখেও দেখি নি। আমার আশংকা ছিল তুমি এটা নিয়ে মাইন্ড

করবে। যা ভেবেছিলাম সেটাই হয়েছে। কিন্তু আমি তখন কেমন যেন হয়ে গেছিলাম চেনা লোক সব অচেনা লাগছে। পাশে রূপক স্যারকে দেখেও এড়িয়ে গেলাম। তখন আমি আমার পারফরম্যান্স নিয়ে এতই আত্মমগ্ন ছিলাম যে আমার চোখে শুধু দিদি, স্টেজ আর সামনের হাজার হাজার দর্শক। তুমি বিশ্বাস কর এটা ইচ্ছাকৃত নয় তাৎক্ষণিকভাবে ঘটেছে। যাইহোক, আমি এই জন্য সরি! আমি তখন বুঝতে পারিনি। আসলে আমি নিজের মধ্যে সম্পূর্ণ আচ্ছন্ন ছিলাম। এত বড় একটি অনুষ্ঠানে উপস্থিত হওয়ার আগে আমার কোনো অভিজ্ঞতা ছিল না।'

'ঠিক আছে আমি কোন মাইন্ড করছি না। তবে এটা আমার দুর্ভাগ্য!'

'আবার দুর্ভাগ্য কীসের?'

'আমি আশা করেছিলাম যে আমাকে তোমার পোশাক দেখাবে আমি হাসব তুমি খুশি হবে এবং আমার দিকে তাকিয়ে তুমিও হাসবে!' কিন্তু দেখার পরও না দেখা... আমি সত্যি বিচলিত ছিলাম এবং অপমানিত বোধ করছিলাম'।

'সরি, প্রীতম, আমি সত্যিই দুঃখিত। তুমি আমাকে ক্ষমা কর!'

প্রীতমের শেষ পর্যন্ত সম্পূর্ন মানভঞ্জন হল কিনা বোঝা গেল না। তারা উভয়েই উঠে দাঁড়াল এবং প্রথমে উদ্দেশ্যহীন হেঁটে কফি হাউসের দিকে হাঁটা দিল।

'প্রায় জনশূন্য কফি হাউজে ওরা নিভৃতে এক জায়গায় বসল। উর্বশী কফি এবং স্যান্ডউয়িচ অর্ডার দিয়ে একটু নিবিড়ভাবে বসে বলল, আমার নাচ কেমন লাগল তোমার বললে না ত!'

'আমি স্যান্ডউইচ কফি কিছু খাব না, শুধু চা খাব'।

'কিন্তু কেন! আমিই অর্ডার করেছি!'

'না আমার ভাল লাগছে না'।

উর্বশী বুঝল প্রীতমের অভিমান এখনও ভাঙ্গে নি। '

'আমি ভাবতেই পারি না তুমি এত সেন্টিমেন্টাল!' উর্বশী একটা দীর্ঘশ্বাস ছেড়ে বলল।

প্রীতমকে কীভাবে বললে সে তার ব্যাপারটা বুঝতে সক্ষম হবে উর্বশী বুঝতে না পেরে হতাশ হল। তার নাচ সম্পর্কে প্রীতমের একটা সুন্দর মন্তব্যের জন্য সেদিন থেকে সে অপেক্ষা করে বসে আছে। আসলে সেই প্রশংসার ছোট্ট অথচ হৃদয় থেকে উঠে আসা অকৃত্রিম বানীটি তার নিজস্ব একান্ত সম্পদ হয়ে থাকার কথা। হাজার মানুষের প্রশংসা তার কাছে কিছু না। তাকে নিয়ে এত হৈ হুল্লোড় যদি ভালবাসার লোকেরই আনন্দ না জাগায় তাহলে এত সুন্দর নেচে তার কী লাভ হল!

'তাহলে বল, তুমি আমার নাচ দেখোনি।'

'আমি নাচের কী বুঝি? আমি শুধু তোমাকেই দেখেছি; তোমার চেহারা পোশাক!'

উর্বশী অবাক হয়ে নিজের মুখটা এক হাতে চেপে ধরে বলল,

'আর কিছু নয়!'

'হ্যাআ। তোমার চোখ, তোমার ঠোঁট, তোমার গাল, তোমার পেট, তোমার বুক। আমি ত তোমার শুধু মুগ্ধ হয়ে ওসবই দেখছিলাম!'

প্রীতমের কথা শুনে উর্বশী হেসে লুটোপুটি খেতে লাগল। তারপর হাসি থামিয়ে বলল,

'তুমি কী সত্যি বলছ?'

'প্রীতম বোস কোনদিন মিথ্যা কথা বলে না'।

উর্বশী যেন যুদ্ধজয়ের আনন্দে আপ্লুত হল। বলল,

'সে সময় আমাকে কেমন লাগছিল?'

'খারাপ না।' হাসিমুখে বলল প্রীতম। কিন্তু তার মজার উত্তর উর্বশীকে খোঁচা দিল।

'আমাকে এভাবে বলার তোমার অধিকার নেই। তুমি আসলে আমাকে ভাল করে দেখই নি।' উর্বশী ফুঁপিয়ে উঠল।

'উর্বশী, প্লিজ! সেই মুহূর্তে তুমি কেমন ছিলে তা আমি কীভাবে ব্যাখ্যা করব? আসলে তখন তোমাকে ঐ অবস্থায় দেখে আমার কেমন যেন গা জ্বালা করছিল, ভীষন রাগ হচ্ছিল'।

'রাগ হচ্ছিল! আমাকে দেখে! কেন?'

'কিছু ছেলে তোমার নাচ দেখে কী সব বাজে অঙ্গভঙ্গী করছিল আর আজে বাজে কথা বলছিল। কেউ আবার তোমার সাথে দেখা করার জন্য নিজেদের মধ্যে বলাবলি করছিল। কেউ কেউ ছবি তুলে নিচ্ছিল। আমি সব দেখছিলাম এবং শুনছিলাম, কিছুই বলতে পারছিলাম না'।

'প্রীতম! তুমি এসব কী বলছ!'

'সেই মুহূর্তে আমার মনে হয়েছিল তুমি আমাকে ভালোবাসতে পারোনি এবং আমিও তোমার যোগ্য নই। তুমি তোমার নাচের আগে আমাকে এড়িয়ে গেছিলে, নাচের পরে আমি তোমার সামনে উপস্থিত হওয়ার আত্মবিশ্বাস হারিয়ে ফেলেছিলাম।'

উর্বশী কাঁদো কাঁদো হয়ে বলল, 'দোহাই প্রীতম তুমি আর এভাবে বলে আমাকে কষ্ট দিও না! আমি তোমাকে ভালোবেসে ফেলেছি প্রীতম। তুমি আমার পাশে না থাকলে আমার কাছে সবই অন্ধকার লাগে। আমি তাহলে বাঁচব না প্রীতম, প্লিজ!'

প্রীতম আবার বলতে শুরু করল,

'দূরে নিভৃতে দাঁড়িয়ে থেকে দেখতে লাগলাম, তোমার ঐ মন জয় করা অভিনয়ের পরে অনেক সুন্দর সুন্দর যুবক তোমাকে অভিনন্দন জানাতে হ্যান্ডশেক করল। তুমিও হেসে হেসে কথা বললে। আমার নিজেকে সেখানে অবাঞ্ছিত মনে হচ্ছিল। আমি হীনমন্যতায় ভুগছিলাম। তাই নিজেকে গুটিয়ে নিলাম'।

'প্রীতম! তুমি এসব কী বলছ প্রীতম! মাত্র তিন জন ব্যক্তি আমার সাথে কথা বলেছিলেন, তাদের মধ্যে দুজন সাংবাদিক আরেকজন নৃত্য বিশারদ! তারা আর কেউ না! বাকি যারা হাত বাড়িয়ে দিয়েছিল আমি তাদের একেবারেই পাত্তা দেই নি।'

'নমস্কার! বিরক্ত করার জন্য ক্ষমা চাইছি। আমি কী মিস উর্বশীর সাথে কথা বলছি?'

তাদের অসম্পূর্ণ কথোপকথনের মাঝখানে একটি লোক হঠাৎ তাদের সামনে আবির্ভাব হয়ে উর্বশীকে জিজ্ঞেস করল। তার মাথায় পানামা ক্যাপ, গলায় ঝুলন্ত দামি ক্যামেরা। লম্বা, ফর্সা, দেখতে হ্যান্ডসাম এবং যথেষ্ট স্মার্ট, শ্মশ্রুহীন পরিস্কার মুখ। লোকটির বয়স বোঝা যায় না। ত্রিশও হতে পারে আবার চল্লিশও হতে পারে।

এহেন একজন ব্যক্তির হঠাৎ এই আবির্ভাবে চমকে উঠল উর্বশী।

তার মনে পড়ল তার স্টেজ থেকে বেরিয়ে এই সেই লোক প্রথম যার সাথে কথা বলতে হয়েছিল এবং হ্যান্ডশেকের জন্য হাত বাড়িয়ে দিতে হয়েছিল।

সে কিছুক্ষণ প্রীতমের দিকে তাকিয়ে থাকল এবং সঙ্গে সঙ্গে উত্তর দিতে পারল না।

হ্যাঁ আমি। কিন্তু আপনি কে?' উর্বশী একটু সতর্কতা অবলম্বন করে লোকটিকে জিজ্ঞেস করল।

'আচ্ছা, নমস্কার, আমি প্রবাল, প্রবাল চ্যাটার্জি। গতকাল আপনার সাথে আমার একটু পরিচয় হয়েছিল।' লোকটি একটা অমায়িক হাসি দিয়ে উর্বশীকে হাত জোড় করে অভিবাদন জানালো।

'তবে গতকাল আপনি ব্যস্ত থাকায় আপনার সঙ্গে আলাপ করার সুযোগ হয় নি। আমি আপনার নাচ দেখেছি, আমি মুগ্ধ। সত্যিই অনেকদিন পর অসাধারণ একটা পারফরম্যান্স দেখলাম। কিন্তু আমি আশ্চর্য হয়েছি কেন আপনার এই সুন্দর প্রতিভা এতদিনেও স্বীকৃতি পায় নি! জানেন ঐখানে আপনার প্রতিভার এই অবিচার সম্পর্কে আমার মতো অনেক লোকই বলাবলি করছিলেন'।

উর্বশী অবাক হয়ে তার প্রশংসাগুলি উপভোগ করতে লাগল। সে দেখল লোকটির কথাগুলির মধ্যে ব্যতিক্রমী ভাব আছে।

‘তাই!’ কী বলেন! আমি ভাবতেই পারছি না। আমার মনে হয় আপনি আমার নাচ ভাল করে লক্ষ্য করেছেন।’ উর্বশী গদগদ হয়ে বলল।

‘অবশ্যই! কিন্তু আমি বিশেষভাবে আপনার বিভিন্ন সিকোয়েন্স গুলি লক্ষ্য করছিলাম। চমৎকার পারফেকশন। বিচারকদের নির্বাচনে অন্যথা হলে আমাকে ভাবতে হত। জানেন উপস্থাপনার অভিনবত্ব, মুভমেন্ট, রিদম এবং মিউজিকের সাথে নিঁখুত সমন্বয় ধ্রুপদী নাচের আসল জিনিষ’।

‘তবে হ্যা, এর থেকেও আরো ভাল করা যায়। কেমন করে বলুন ত? ভ্যারিয়েশন! পাশ্চাত্যের মত ইন্ডিয়ান ক্লাসিক্যাল ডান্সেও মডার্ন কিছু বিষয় আমদানী হয়েছে। ঠিক যেমন রবীন্দ্রসঙ্গীত এবং নানান ফোক সংগুলিকে নিয়ে আজকাল যা হচ্ছে। একটা বৈচিত্র আনা, গতানুগতিক ধারা থেকে বেরিয়ে আসা’।

‘আমার মনে হয় আপনি এসব ব্যাপারে অনেক কিছু জানেন, তাই না?’ লোকটি সম্পর্কে উর্বশীর মনে একটা উচ্চ ধারনা তৈরী হল। সে উৎসাহ নিয়ে আরো কিছু জানতে চাইল।

‘হ্যা, এই বিষয়টিতে আমার একটু পড়াশুনা আছে।’ লোকটা কফিতে একটা চুমুক দিয়ে বিনয়ের সুরে বলল।

‘চল। এবার ওঠা যাক। আমার একটা জরুরী কাজ আছে’। উভয়ের কথোপকথনে প্রীতম এতক্ষন চুপ করে ছিল। তার বলারও কিছু ছিল না। অনেকক্ষন চুপ করে থেকে তার অস্বস্তি বোধ করছিল। তাই সে উঠার জন্য ব্যস্ত হয়ে পড়ল।

‘একটু থাকো। প্লিজ!’ প্রীতমকে থাকতে অনুরোধ করেই সে আবার লোকটিকে বলল-

‘ও তাহলে ডান্সের উপর আপনার কোর্স করা আছে!’

‘আমার ফাইন আর্টসে বিশ্বভারতীর ডিগ্রী আছে এবং ওরিয়েন্টাল ক্লাসিক্যাল নৃত্যের ওপর স্পেশালাইজেশন নিয়ে আমি মাস্টার্স করি’। লোকটির কথার মধ্যে একটা দাম্ভিকতা ফুটে উঠল।

লোকটির কথা শুনে উর্বশী উচ্ছসিত হয়ে বলল,

'বাঃ তাহলে ত আপনার কাছে গিয়ে আমার শিখতে হবে!'

'আমার হাতে সময় নেই। আমি এখানে আর থাকতে পারব না'। বলেই প্রীতম উঠে দাঁড়াল। তার এসব শুনে সম্ভবত আবার সেই হীনমন্যতা এবং উপেক্ষিত হওয়ার যন্ত্রনা তাড়া করছিল।

'আহ, প্রীতম! এত অধৈর্য হচ্ছ কেন? তুমি দেখছ আমি তার সাথে একটা গুরুত্বপূর্ণ বিষয়ে আলোচনা করছি। তুমি কি আমার জন্য একটু অপেক্ষা করতে পারো না?' উর্বশী প্রীতমের প্রতি বিরক্তি প্রকাশ করে বলল।

'দেখ, এটা তোমার নিজস্ব বিষয়। এখানে আমার কোন ভূমিকা নেই। তাই আমাকে এখান থেকে আমাকে যেতে দাও।'প্রীতম রেগে গিয়ে টেবিল ছেড়ে উঠে দাঁড়াল এবং দরজার দিকে এগিয়ে গেল।

'প্রীতম! দাঁড়াও! যেও না, আমিও তোমার সাথে যাচ্ছি!' কিন্তু প্রীতম তার কথা গ্রাহ্যই করল না।

'নাচ আমার খুব ফেভারিট বিষয়। কিন্তু এখন আমার নিজের জন্য প্রাকটিজ করার সময় নেই, অন্যদের জন্যও সময় নেই তবে কেউ এলে এক আধটু টিপস দেই।' প্রীতমের কথাবার্তা এবং বেরিয়ে যাওয়ার দিকে লোকটি খুব কমই মনোযোগ দিল। বরং উর্বশীর সাথে তার আলোচনা চালিয়ে যেতে আগ্রহী দেখাল।

কিন্তু এবার আর থাকতে পারল না উর্বশী। সে প্রীতমের চলে যাওয়ার গতিপথের দিকে তাকিয়ে বলল,

সরি স্যার! ডোন্ট মাইন্ড! আমাকে এখনি যেতে হবে। এই বলে উর্বশী তার সাইড ব্যাগটি কাঁধে ঝুলিয়ে কফি হাউস থেকে বেরিয়ে পড়ল।

লোকটি উর্বশীর গতিপথ লক্ষ্য করে বলল 'ঠিক আছে, কোনো সমস্যা নেই! বাই' লোকটি মৃদু হেসে হাত তুলে অভিবাদন জানাল।

'থ্যাংক ইউ! পরে আলাপ হবে।' সেও পেছন ফিরে তাকিয়ে একটা সুন্দর হাসি দিয়ে প্রীতমের খোঁজে ছুটে গেল।

'নিশ্চই! আমি আপনার অপেক্ষায় থাকব!' পরের বাক্যটি লোকটি পেছন থেকে প্রায় চিৎকার করে বলল।

কফি হাউস থেকে বেরিয়ে এসে হন হন করে হাঁটা দিল উর্বশী। তার চিন্তা প্রীতম রাগ করে উঠে এসেছে, একে নিয়ে প্রায় সময় বিব্রত হতে হচ্ছে। আবার অনেক কিছু তাকে বোঝাতে হবে। কিন্তু ঐ বেয়াক্কেলে লোকটি যে কথাটি চিৎকার করে অন্যদের শুনিয়ে বলল তাতে তার খুব অস্বস্তি হচ্ছিল। লোকটির চীৎকার আশপাশের অনেকেই শুনে ফেলেছে হয়ত। তার ঐ অপেক্ষা করে থাকার কথাটিও মনে অনেকক্ষন ধরে অনুরনিত হতে লাগল।

ক্যাম্পাসে পৌঁছে উর্বশী তার মোবাইলে প্রীতমের নম্বর টিপল এবং বেশ কয়েকবার কানের কাছে ধরল, কিন্তু প্রতিবারই কিছু বিরক্তিকর নেতিবাচক উচ্চারণে তাকে বিরক্ত করল। মোবাইলটা হাতে নিয়েই অনেক দুশ্চিন্তায় তাকে সে খুঁজতে লাগলো কিন্তু কোথাও খুঁজে না পেয়ে সে রাগে দুঃখে অভিমানে একটা দীর্ঘনিশ্বাস ছেড়ে ক্যাম্পাস থেকে একা বেরিয়ে এল।

পরের দিন উর্বশী যথারীতি কলেজে উপস্থিত হল। তার মানসিকতা ভাল নেই। প্রীতমের আচরণে সে উদ্বিগ্ন। সম্প্রতি তাকে অনেক আবেগপ্রবণ দেখাচ্ছে। সে বুঝতে পারে না কোন কথা বা আচরণ তার মেজাজের অনুকূলে যাবে। সে তার ফোনে এখনও সাড়া দেয়নি। তার এই অভিমানী নীরবতা উর্বশীকে অসহনীয় করে তুলছিল। তারও রাগ হচ্ছিল। প্রীতমকে আঘাত করতে পারে বা অন্য কোন কিছু যা তার বিরুদ্ধে যেতে পারে তেমন কিছু ক্রটি তার হয়েছে কিনা তা সে অনেক খুঁজেও পাচ্ছে না।

উর্বশী বুঝেছিল প্রীতমের তার প্রতি উন্নাসিক মনোভাব তার নাচের অনুষ্ঠানের পর থেকেই সূত্রপাত হয়েছে। সে বুঝতে পারেনি। তবে সেদিন সেই সান্ধ্য মুহূর্তে তাকে উপেক্ষা করার ধারনাটি তার সম্পূর্ন যে অমূলক তাকে সেটা বোঝাতে সক্ষম হয়েছে কিনা সেটা নিয়েও তার দুশ্চিন্তা।

উর্বশী চেয়েছিল প্রীতমের সঙ্গে সে ক্যাম্পাসে দেখা করে উভয়ে বসে একটি স্থায়ীভাবে ভূল বুঝাবুঝির অবসান করতে হবে। বিষয়টি খুবই জরুরি ছিল। তার এই মান অভিমান লুকোচুরি খেলার এই ভূমিকা তার কাছে অসহ্য লাগছিল।

'হাই! হ্যালো! মিস উর্বশী! এইদিকে!'

হঠাৎ অপরিচিত কন্ঠে তার নামোচ্চারন শুনে উর্বশীকে নার্ভাস দেখাল। সে এদিক ওদিক তাকাল এবং পরে পিছনে তাকিয়ে দেখল একজন লোক তার দিকে হাত তুলে ইশারা করছে। সে সহজেই সেদিনের অপরিচিত আগন্তুককে চিনতে পারল। নামটা মনে আছে তার—প্রবাল চ্যাটার্জী।

অদূরে দাঁড়িয়ে সে শব্দহীন ইশারা করে তাকে তার কাছে আসার আহবান জানাচ্ছে। তখন সে ক্যাম্পাসে ঢোকার মুখে। লোকটি সম্ভবত এই সময়ের জন্যই অপেক্ষা করছিল। এই মুহূর্তে তার কাঙ্ক্ষিত লোকের পরিবর্তে সে আবার অনাকাঙ্ক্ষিত লোকটির খপ্পরেই আবার পড়ল! হায় রে! ব্যাপারটা বেশ কৌতুকপূর্ন মনে হল তার। সে তার ওষ্ঠ বিকৃত করে কষ্টের মধ্যেও হাসল।

কিন্তু উর্বশী ঠিক করতে পারছিল না যে লোকটির আহ্বানে সে সাড়া দেবে কিনা! তার উদ্যোগ নেতিবাচক হওয়া উচিত নাকি ইতিবাচক হওয়াই বাঞ্ছনীয়! সে সত্যি দোটানায় পড়ে গেল। এদিকে দেখা না করাটাও একটা অভদ্রতা।

'চলুন না, আমরা কোথাও বসে গতকালের বিষয়ে আরেকটু কথা বলি।'উর্বশীর দোদুল্যমান পরিস্থিতি বুঝে লোকটি নিজেই তার কাছে এগিয়ে এসে প্রস্তাব দিল।

'সরি, আমাকে এখনই ক্যাম্পাসের ঢুকতে হবে। প্লিজ, আমি পরে একসময় আপনার সাথে কথা বলব।'

'প্লিজ, জাস্ট আ মিনিট!' প্রবাল তার হাত দিয়ে তার কথার ক্ষুদ্র আকার বোঝাল।

ঠিক আছে তাড়াতাড়ি করুন। আমার একদম সময় নেই। যা বলার এখানেই বলুন!' উর্বশীকে খুব বিচলিত মনে হচ্ছিল। সে একবার ক্যাম্পাসের গেটের দিকে তাকাচ্ছিল আবার লোকটির দিকে একবার।

'এখানে! কিন্তু! প্রাইভেট কিছু কথা বলার ছিল।'

'প্রাইভেট! মানে! আপনি কি বোঝাতে চান? আমি আপনার কিছুই জানি না আর আপনি কিনা...'

'সরি, আমার কথা অন্যভাবে নেবেন না প্লিজ! আমি বলতে চাচ্ছি, আপনার জন্য একটা ভাল খবর আছে. লোকটি প্রায় ফিস ফিস করে বলল.

'ভাল খবর! আমার জন্য! মানে সুখবর?' উর্বশী আরো কিছু একটা বলতে যাচ্ছিল কিন্তু ঠিক সেই মুহূর্তে তার হঠাৎ গেটের দিকে নজর যেতেই সে দেখতে পেল, স্বয়ং প্রীতম গেট পেরিয়ে ক্যাম্পাসের ভেতর ঢুকছে।

'সরি স্যার! আমার কাছে সময় নেই। পরে কথা বলব।' উর্বশী দ্রুত ক্যাম্পাসের গেটের দিকে ছুটে গেল।

লোকটি তার গমন পথ লক্ষ্য করে আবার সেই চীৎকার করে বলল,

'সমস্যা নেই! আই উইল ওয়েট ফর ইউ!' পরের বাক্যটি এমনভাবে চেঁচিয়ে বলল যে উর্বশীকে অপ্রস্তুত করে আশ পাশের অনেক ছেলেমেয়েরাই শুনতে পেল।

'অসভ্য, বেহায়া কোথাকার!...' সে রাগে বিড় বিড় করে লোকটিকে গালি দিতে দিতে অনুষ্ঠান মঞ্চের দিকে এগিয়ে গেল।

এদিকে আরেক অস্বস্তি তাকে চেপে ধরল এই ভেবে যে প্রীতম তাকে ঐ লোকটির সাথে আবার কথা বলতে দেখল কিনা! এই দুশ্চিন্তা নিয়ে উর্বশী বিষন্ন মনে ক্যাম্পাসের মাঠে উপস্থিত হল। ☐

দশ

বিতর্ক প্রতিযোগিতা

তখন প্রায় বারোটা। তৃতীয় দিন বা শেষ দিনের সাংস্কৃতিক অনুষ্ঠান শুরু হতে এক দেড় ঘটা তখনও বাকি। উপস্থিত ছাত্র ছাত্রীরা ছুটির মেজাজে এদিক সেদিক ঘুরে বেড়াচ্ছে। অনুষ্ঠানে দৌলোতে প্রায় এক সপ্তাহ ক্লাস নেই। শুধু আসা যাওয়া। অনুষ্ঠান দেখা, অনুষ্ঠানে অংশগ্রহ করা কিংবা সাহায্য করা। একটা বড় জমায়েতে ছেলে-মেয়েরা নিজেদের মধ্যে নানা প্রসঙ্গ নিয়ে কথা বলছিল, হাসাহাসি করছিল, অঙ্গভঙ্গি করছিল, ধাক্কাধাক্কি করছিল আবার কেউ কেউ গানও করছিল।

গ্রিন রুমে থেকে একটা চিত্তাকর্ষক শব্দ শোনা যাচ্ছিল। কিছু অংশগ্রহণকারী সম্ভবত ভিতরে কোথাও তাদের নিজ নিজ প্রশিক্ষকদের কাছ থেকে চূড়ান্ত প্রস্তুতি নিচ্ছিল। দিনের কর্মসূচীতে প্রধানত প্রতিযোগিতামূলক ইভেন্ট যেমন আবৃত্তি, কুইজ, বিতর্ক ইত্যাদি অনুষ্ঠিত হয়ে থাকে, যেখানে অল্প সংখ্যক দর্শক উপস্থিত থাকে। শুধুমাত্র প্রতিযোগীদের প্রশিক্ষক, সঙ্গী, অভিভাবক গুনমুগ্ধরা এবং আত্মীয়স্বজনরা মূলত সেসব অনুষ্ঠানের দর্শক হয়ে থাকেন। গান, নাচ, অভিনয়ের মতো বিনোদন জাতীয় অনুষ্ঠানগুলি সাধারণ দর্শকদের মধ্যে আকর্ষণ থাকায় সন্ধ্যায় মঞ্চস্থ করা হয়।

উর্বশী ক্যাম্পাস গ্রাউন্ডে প্রবেশ করার সাথে সাথেই তার কিছু সহপাঠী তাকে ঘিরে ধরল এবং তার গতকালের দুর্দান্ত পারফরম্যান্সের জন্য তাকে আরকবার অভিনন্দন জানাল। কেউ কেউ এমন নাচ কি করে সম্ভব হয় তাই ভেবে বিস্ময় প্রকাশ করে। দু একজন এমনও দেখা গেল তারা উর্বশীকে এমনভাবে পর্যবেক্ষন করছে যেন সে কোন মানবী নয় অন্য কিছু।

কিন্তু এই মুহূর্তে তার মানসিক অবস্থা যে কী তা বোঝানো বা জানানোর মত তার কেউ নেই। তাকে দেখে উদাসীন লাগছিল। সে তার আগের দিনের নাচের অসাধারন পারফরম্যান্স সম্পর্কে মোটেও সচেতন ছিল না। বন্ধুদের দু একজন বিষয়টা লক্ষ্য করল। তাদের মনে হচ্ছিল সে কাউকে খুঁজছে।

একজন বলল, 'তুমি কি কাউকে খুঁজছ?'

'তোমরা কেউ প্রীতমকে দেখেছ? প্রীতম বোস, দেখেছ?' উর্বশী সরাসরি জিজ্ঞেস করল।

'আচ্ছা! এখন বুঝলাম কেন তোমাকে এত উদাসীন লাগছে'। একজন বলল।

'আপনি আপনার আসল মানুষ খুঁজছেন! আর আমরা ভাবছিলাম কিনা কী!' একজন একথা বলতেই পাখীর কলোরবের মত হেসে উঠল।

একজন ছোট্ট করে আরেজনকে বলল, 'দেখছ ত! এরাও প্রেম করে!'

'সখী ভাবনা কাহারে...' একজন গানের কলিটা অর্ধেক গাইতেই কে যেন বাধা দিয়ে বলল, 'চুপ কর না, এমনিতেই দেখছিস না কেমন মন খারাপ হয়ে আছে!'

একজন বলল, প্রীতম বোস বড় ভাগ্যবান!'

একজন তার সত্যিকারের দরদী হিসাবে বলে উঠল,

'তুমি কি প্রীতমকে খুঁজছ? আমি তাকে একটু আগেই দেখেছি'।

ঠিক ঐ সময় প্রীতম ছেলেদের কমনরুমের করিডোর থেকে বেরিয়ে আসছিল। তাকে দেখেই তার দিকে প্রায় ছুটে গেল উর্বশী।

প্রীতমকে দেখেই একজন বলে উঠল, 'হ্যালো! বন্ধু! সে আপনার উপর ভীষণভাবে রেগে আছেন! দয়া করে তার মানভঞ্জন করুন।'

মেয়েদের কাছ থেকে প্রীতমকে সরিয়ে নিয়ে উর্বশী প্রীতমকে অভিযোগ করে বলল,

'কেন তুমি আমার সাথে এমন করছ'? কেন আমাকে বার বার কষ্ট দিচ্ছ!'

প্রীতম কিছু না বোঝার মত করে সহজ ভাবে বলল, 'আমার কোন আচরণ তোমাকে কষ্ট দিতে পারে তা ত আমি বুঝতে পারছি না।'

'তুমি আমার সাথে ভালভাবে কথা বলছ না, আমার ফোনও রিসিভ করছ না। আমাকে না জানিয়েই চলে যাচ্ছ! কেন তুমি এসব করছ?'

'সরি, আমি বুঝতে পারছি না কখন আমি তোমার সাথে ভালভাবে কথা বললাম না।ফোন রিসিভ না করার অনেক কারন থাকতে পারে। তবুও বলি, আমি অজান্তে এসব করে তোমার মনে যদি কোন আঘাত দিয়ে থাকি, আমি তার জন্য ক্ষমাপ্রার্থী।' প্রীতমের এই কথায় উর্বশীকে বিন্দুমাত্র খুশী করল না।

'কালকে কফি হাউস থেকে আমাকে এমন করে রেখে বেরিয়ে এলে কেন?' সরাসরি অভিযোগ করে বলল উর্বশী। প্রীতম কোনো প্রতিক্রিয়া না জানিয়ে চুপ করে থাকল।

'প্রীতম, প্লিজ, চুপ করে থেকো না। কেন তুমি একাজ করলে?' প্রীতমের নীরবতা তাকে অধৈর্য করে তুলল।

'গতকাল কফি হাউসে ওই লোকটির সঙ্গে কথা বলার সময় আমার অস্বস্তি হচ্ছিল'। উদাসভাবে অন্য দিকে তাকিয়ে বলল প্রীতম।

'তাই! আমি এই মতই একটা সন্দেহ করেছিলাম। তোমার ত আমার সব ব্যবহারেই খালি অস্বস্তিই হয়! কিন্তু আমি তোমাকে এতটা সংকীর্নমনা ভাবতে পারি নি। অপরিচিত কারো সাথে আমার কথাবার্তা তুমি সহ্য করতে পারবে না এতখানা তোমাকে মনে করি নি'।

তুমি আমাকে যা কিছু ভাবতে পার যা কিছু বলতে পার। আমার মনে হয়েছে যা, আমি তাই বলছি। আমার মনে হয়েছিল তোমার সঙ্গে ঐভাবে কথা বলার মধ্যে লোকটির একটা বিশেষ মতলব আছে'।

'মতলব!' উর্বশী শব্দটি বলার পর মনে হল শব্দটি যেন নতুন শুনল। তার অর্থ সম্পর্কে তার ধারনাই নেই।

তাই বলল, 'কথা বলার সময় অত কিছু কারো মাথায় যে আসতে পারে তা আজ প্রথম বুঝলাম'। তবে এইটুকু বুঝেছিলাম আমার নাচ সম্পর্কে তিনি যা জানেন তাই বলেছিলেন এবং তা আমার কাছে অন্তত অমঙ্গলের কোন বার্তা বহন করে না'।

'তোমরা উভয়ই আলোচনায় ব্যস্ত ছিলে আমি সেখানে বসে থেকে কী করব? আমার অস্বস্তি কাটাতে তাই আমি...'

'...তাই আমাকে একা রেখে বেরিয়ে এসেছ'। বাঃ খুব সুন্দর! আর আমার কথাটা একবারও ভেবে দেখলে না? উর্বশী প্রীতমের অসমাপ্ত কথা কেড়ে নিয়ে শেষ করল।

'তুমি মানে, তুমি কখনো তৃতীয় কাউকে কোন কিছু ব্যাপারে আমাকে কোন বলতে দেবে না। তাই ত!' উর্বশী তার কথায় যোগ করল।

'না, আমি তা মোটেই বলছি না'। প্রীতম শান্তভাবে বলল।

'আর তুমি এমন অবস্থায় আমাকে একা রেখে চলে এলে। এটা সত্যিই দুর্ভাগ্যজনক। তোমার কাছ থেকে এমন আচরণ আশা করিনি প্রীতম'। উর্বশী আক্ষেপ করে বলল।

দুঃখিত! আমি সেই অবস্থায় নিজেকে সামলাতে পারিনি এবং এটি তোমাকে কষ্ট দিতে পারে বুঝি নি। এটা তাৎক্ষনিক ভাবে আবেগের তাড়িত হয়ে ঘটে যেতে পারে। তবে তুমি যদি মোটিভ বা বিশেষ উদ্দেশ্য ব্যাপারটার কিছুই বুঝে না থাক তাহলে আমারই দোষ, আমি স্বীকার করছি এবং তার জন্য ক্ষমাপ্রার্থী'। উর্বশীর সঙ্গে ভুল বোঝাবুঝির কথা স্বীকার করল প্রীতম।

'প্রীতম আমি সরি! আমি অনেক কিছুই বুঝি না। তাই তুমিও আমার খারাপ আচরণ যা তোমাকে কষ্টের কারন হতে পারে, আমার অজান্তে ভুলভ্রান্তি, এসবের জন্য ক্ষমা করে দাও!' উর্বশীর গলা বিনয় এবং অনুশোচনায় ভরে গেল।

'আরে ঠিক আছে, ক্ষমা চাওয়ার কি আছে? এসব টুকিটাকি হতেই পারে। আমাদের দুজনের মধ্যে বোঝাপড়া যদি সঠিক থাকে তাহলে ওসব ভুল ভ্রান্তি তুচ্ছ ব্যাপার। ছাড় ওসব!' প্রীতম হাসিমুখে কথাগুলি বলল।

'তাহলে এখন থেকে আড়ি নয়, ভাব! এখন প্লিজ আমার সাথে চলো।' হঠাৎ প্রীতমের হাতের কব্জি ধরে নিজের দিকে টেনে নিল উর্বশী। হঠাৎ এমন আচরণ প্রীতমকে অবাক করল।

'এই অল্প সময়ের মধ্যে কোথায় যাবে? এখনই ত বিতর্ক প্রতিযোগিতা শুরু হবে!' প্রীতম উর্বশীর হাত ছাড়িয়ে নিয়ে বলল।

'চলো ক্যাম্পাসের বাইরে কোথাও যাই। আমরা অনেক কথা বলবো যা এখনো অব্যক্ত রয়ে গেছে।'বলার সময় উর্বশীকে উচ্ছ্বসিত দেখাল।

'তুমি আমাদের এই প্রোগ্রামে থাকবে না?' প্রীতম অবাক হয়ে জিজ্ঞেস করল।

'আমার এগুলো শুনতে ভাল লাগে না।'

'কিন্তু আমাকে ত উপস্থিত থাকতে হবে। ফাংশন শুরু হওয়ার সময় কিছু বন্ধুর আমাকে প্রয়োজন হবে। এই মুহূর্তে এখানে থাকাটা খুবই জরুরি।' প্রীতম তার সঙ্গে যেতে রাজি হল না।

'ওই একঘেয়েমি বক্তৃতা শোনার বদলে তোমার সাথে গল্প করা অনেক বেশি মজার'।

কিন্তু উর্বশীর আগ্রহের সাথে প্রীতমের আগ্রহ মিলল না। প্রীতম বলল,

'কী বলছ! বিতর্ক প্রতিযোগিতা একটি গুরুত্বপূর্ণ এবং আকর্ষণীয় বিষয়।'ঠিক আছে যদি তোমার আগ্রহ না থাকে তবে তুমি যেখানে যাওয়ার যাও। বাইরে বন্ধুদের সাথে কিছু সময় কাটাতে পার।'

'প্রীতম, প্লিজ! তোমার সাথে আমার অনেক কথা আছে, তোমার সাথে বসে প্রান খুলে গল্প করার সময় কোথায় পাই বল?'

'কিন্তু এই মুহূর্তে আমি অনুষ্ঠান ছেড়ে যেতে পারব না! আমার এখানে অনেক দায়িত্ব আছে। বুঝ না কেন?' প্রীতম তার সিদ্ধান্তে অটল থাকল। তার এই অনমনীয়তা উর্বশীকে বেশ বিরক্ত করল। তাকে একটু অসহায় লাগল। এই মুহূর্তে তার কি করা উচিত সে বুঝতে পারছিল না। অনেক মানসিক টানাপোড়েন নিয়ে পোষা প্রানীর মত উর্বশী অগত্যা অডিটোরিয়ামে প্রীতমের পাশেই মুখ হাড়ি করে বসে থাকল। ▢

এগারো

অসংরক্ষিতা

কলকাতার এই ঐতিহ্যপূর্ন নামী প্রতিষ্ঠানটির বিতর্ক সভা সবসময়ই চিত্তাকর্ষক এবং উত্তেজনাপূর্ণ হয়ে থাকে। এর একটি মহান ঐতিহাসিক পটভূমি রয়েছে। এই প্রতিষ্ঠানেরই একদা মহান শিক্ষক ডি রোজিও তার ছাত্রদের নিয়ে সত্যের সন্ধানে যে বিতর্ক সভা আয়োজন করতেন সেখান থেকে উঠে এসেছিল একদা দেশের তাবড় তাবড় বাগ্মী, যুক্তিবাদী, বিজ্ঞানী এবং সমাজসেবী মানুষ। তারই হাত ধরে এখনও এই বিতর্কসভা কিছু ব্যতিক্রমী বিষয়ের উপর প্রখর যুক্তি পালটা যুক্তির বৈচিত্রে আকর্ষনীয় হয়ে ওঠে।

বিতর্কের বিষয়বস্তু মূলত একটি জ্বলন্ত আর্থ-সামাজিক সমস্যা বা সংকট থেকে বেছে নেওয়া হয়েছে যে সিদ্ধান্তটি রাষ্ট্র শক্তির বিরুদ্ধেই অবস্থান করছে। দুই বিপরীত চিন্তাধারার অংশগ্রহণকারীরা তাদের নিজ নিজ যুক্তি প্রতিষ্ঠার জন্য প্রায় যুদ্ধকালীন প্রস্তুতি নিচ্ছে। অনেক শিক্ষক ছাত্র ও অন্যান্য বুদ্ধিজীবী মানুষ অনুষ্ঠানটিকে উপভোগ করতে দর্শকাসনে উপস্থিত হয়েছেন।

প্রীতম প্রতিযোগিতায় সরাসরি অংশগ্রহন না করলেও সে বিপক্ষীয় দলের সঙ্গে যুক্ত থেকে এই দলের একজন অন্যতম পরামর্শ দাতা। সে ইতিমধ্যেই শ্রোতাদের জায়গা ছেড়ে তার দলের প্রতিযোগীদের সাহায্য এবং উৎসাহিত করতে মঞ্চে গিয়ে তাদের সাথে যুক্ত হয়েছে। প্রসঙ্গত বিতর্ক সভা পরিচালনার প্রধান দায়ীত্বে আছেন প্রফেসর রুপক কুমার স্যান্যাল।

কলেজের এই উন্মুক্ত সাংস্কৃতিক কার্যক্রম সাধারণ দর্শনার্থীদের জন্যও অবাধ প্রবেশ। আগ্রহী বহিরাগতরা সাধারণত এই উন্মুক্ত অডিটোরিয়ামের অনুষ্ঠানগুলি উপভোগ করে থাকে। এই দর্শকের মধ্যেই একজন সম্ভবত পেছন থেকে উর্বশীকে খুঁজছিল।

তাকে খুঁজতে সে সন্তর্পনে এগিয়ে গিয়ে দর্শকাসনে বসা মেয়েদের মুখ এক নজরে দেখে নিচ্ছিল। উর্বশীকে দেখা মাত্রই সে এগিয়ে তার কাছে গেল।

'এক্সকিউজ মি ম্যাডাম, আপনি এখানে?' নীচু গলায় লোকটি বলল। হঠাৎ পেছন থেকে এরকম একটা কথা শুনে উর্বশী চমকে উঠল। সে মুখ ঘুরিয়ে দেখল সেই লোক যার নাম প্রবাল চ্যাটার্জি, সে সুন্দর ঝক ঝকে দাঁতের একাংশ বের করে হাসি মুখে দাঁড়িয়ে আছে।

তার বুকে ঝুলানো চামড়ার বাক্সে একটি বড় ক্যামেরা। পড়নে কলার যুক্ত মোটা বাদামী রঙের জ্যাকেট। তাকে দেখেই সে ঘাবড়ে গেল।

'থ্যাংক গড!' তার সৌভাগ্য যে এই মুহূর্তে প্রীতম তার পাশে নেই! মনে মনে বলল উর্বশী।

প্রবাল একটা বিরতি নিয়ে আবার বলল,

'আপনার সাথে একটা গুরুত্বপূর্ন কথা আছে'। আবার একটু বিরতি।

'হ্যালো ম্যাডাম, শুনতে পাচ্ছেন?'

আশপাশের দর্শকদের ডিস্টার্ব হচ্ছে ভেবে উর্বশী উঠে একটু ফাঁকে গিয়ে দাঁড়িয়ে বলল,

'হ্যা স্যার বলুন!'

'এখানে! মানে, আমার মনে হয় আমাদের ভালো হয় অন্য কোথাও গিয়ে কথা বলা'।

উর্বশী কিছুক্ষনের জন্য নির্বাক এবং নিশ্চল থাকল।

'না না, প্লিজ! এখন ওদিকে যাওয়াটা ঠিক হবে না'।

'জাস্ট আ মিনিট, প্লিজ! প্রোগ্রাম ত এখনো শুরু হয়নি। আমিও এই অনুষ্ঠান দেখব'।'

উর্বশীর প্রত্যাখ্যানের দুর্বল প্রচেষ্টা প্রবালের জেদের কাছে পেরে উঠল না। তার সাথে তাকে বিশ্ববিদ্যালয়ের অনুষ্ঠানমঞ্চ থেকে নিক্রমন করতেই হল। তাছাড়া উর্বশীর কাছে প্রবালের "সুসংবাদ" শব্দটি শোনার পর

থেকে একটা কৌতুহল কাজ করছিল এবং সেটাও তাকে তার সাথে নিভৃতে কথা বলতে প্রলুব্ধ করছিল।

বিতর্ক প্রতিযোগিতা শুরু হতে চলেছে। আয়োজকদের মাইক্রোফোন, ডেস্ক ও চেয়ার এবং প্রতিযোগী ও অন্যান্য কর্মকর্তাদের আসন সাজাতে ব্যস্ত দেখা গেল। ঘোষক আজকের বিতর্কের বিষয় ঘোষণা করলেন এবং পক্ষে বিপক্ষে প্রতিযোগীদের নাম একে একে বললেন। তিনি স্পিকার এবং বিচারকদের নামও ঘোষণা করলেন এবং তাদের আসন গ্রহণ করতে বললেন।

প্রীতম বিতর্কের বিরোধী দলের সাথে সম্ভাব্য যুক্তি পালটা যুক্তিগুলো নিয়ে প্রতিযোগীদের সাথে আলোচনায় ব্যস্ত থাকল।

মঞ্চের ভীতর প্রীতম যখন এই কাজে ব্যস্ত, উর্বশী সেই মুহূর্তে ক্যাম্পাসের এক কোনে এক নির্জন আলো আঁধারিতে স্বল্প পরিচিত কোন এক প্রবাল চ্যাটার্জিকে অনুসরন করল।

মঞ্চ থেকে একটু তফাতে দাঁড়িয়ে উর্বশী বলল, 'বলুন কি বলবেন'।

চলুন আরেকটু এগোই। লোকটির কথা সায় দিয়ে সে নীরবে আর একটু এগিয়ে একটা নির্জন জায়গায় দাঁড়াল।

'ঠিক আছে এবার বলুন'।

'না মানে, সেদিন কফি হাউসে ত অনেক কিছুই বলা হয় নি। তাই এসব ব্যাপারেই আরেকটু আলোচনা করতাম'।

'সে ত আপনার থেকে আমারই গরজ বেশী থাকার কথা। এটা নিয়ে যে কোন একদিন আলোচনা করা যেতে পারে, এটা ত কোন জরুরী বিষয় নয়! এজন্যই কী আপনি আমাকে এখানে ডেকেছেন?'

'না'।

'তাহলে?'

'মিস উর্বশী! একটা কথা বলি। প্লিজ! কিছু মনে করবেন না! আসলে যেদিন থেকে আপনার নাচ আমি দেখেছি, সেদিন থেকে দিনরাত আপনার সেই প্রতিচ্ছবিটা আমার মনের মধ্যে ঘোরা ফেরা করছে। আপনাকে দেখার

পর আমার যে কী হল! আমার কোন কাজে মন আসছে না। সব সময় আপনার সেই রূপ আমার চোখের সামনে ভাসে। বিশ্বাস করুন আমি স্বপ্নে, জেগে সে ছবি দেখতে পাই। আপনাকে একনজর দেখার জন্য আমি সারাক্ষন খুঁজে বেড়াই। কোন কিছু গোপন না করে সব বলে ফেললাম, এজন্য আমাকে ক্ষমা করবেন। কিন্তু এছাড়া আমার কিছু করার নেই, আমি অসহায়।'

উর্বশীর রূপে মুগ্ধ প্রবালের এই অকপট স্বীকারোক্তি সদ্য যৌবনের দরজায় পা দেওয়া উর্বশীকে বিচলিত করার পক্ষে যথেষ্ট ছিল। তার সৌন্দর্যের প্রশস্তি শুনে সে ক্ষুব্ধ হওয়ার পরিবর্তে পুলকিত এবং গর্বিত বোধ করল, যদিও সে বুঝল এইভাবে একজন অপরিচিতের পক্ষে এভাবে সরাসরি বলা নির্লজ্জতা এবং অন্যায়। কিন্তু বক্তার মন থেকে উৎসারিত কথাগুলি তাকে সংক্রমিত করল। একজন সুন্দর সুপুরুষের মুখ থেকে তার রূপের এমন খোলা মেলা স্বীকৃতি পেয়ে সে নিজের সৌন্দর্যকে আরও মেলে ধরতে ইচ্ছা করল।

সে কি জবাব দেবে বুঝে উঠতে পারছিল না। কিছুক্ষন পাথরের মুর্তির মত দাঁড়িয়ে থাকল। এরকম প্রশস্তি শুনে তার পক্ষে তাৎক্ষণিকভাবে কোন প্রতিক্রিয়া দেওয়া সম্ভব হল না।

নিজেকে স্বাভাবিক করতে সে কিছুটা সময় নিয়ে সে বলল,

'প্লিজ স্যার, এভাবে বলবেন না! আপনি একজন গুনী মানুষ, আপনি আমার থেকে বয়সেও অনেক বড়। আপনাকে আমি শ্রদ্ধা করি। আপনি বলেছিলেন আপনি একজন নাচের বিশেষজ্ঞ। একজন নৃত্য বিশারদ হয়ে একজন নৃত্যশিল্পীকে এভাবে বলাটা কী ঠিক? আমি আশা করেছিলাম যে আপনি আমার নাচের বিভীন্ন কলাকৌশল নিয়ে কথা বলবেন। আমার পারফরমেন্স আরও কেমন করে ভাল করা যায় সেসব বলবেন, আমার ক্রটি বিচ্যুতি, পারফেকশন নিয়ে কথা বলবেন তা না! আপনি আমার রূপ চেহারা নিয়ে কথা বলছেন। এসব বলা নিশ্চয় অনৈতিক। তাই না?'

উর্বশীর এই ভাষনে প্রবালের প্রতিক্রিয়া বোঝা গেল না। সে বলল,

অবশ্যই, সে বিষয়টা আমার মাথায় আছে। আপনি রাজী থাকলে আপনার ক্লাসিক্যাল ডান্স নিয়ে আমি অবশ্যই আপনাকে সাহায্য করতে চাই।

'আপনার চাওয়ার জন্য ধন্যবাদ! তবে ওসব আপাতত থাক। আমাকে শুধু আপনার 'গুড নিউজ' বা 'সুখবর' টি জানিয়ে দিলেই চলবে। আমার সময় নেই আমাকে এক্ষুনি যেতে হবে।

'অবশ্যই জানাব। আর এই জন্যই ত আপনাকে ডেকেছি।' প্রবাল এতক্ষনে মনে হল হালে পানি পেল।

'তাহলে এখনই বলে দিন। আমার ফাংশনে যোগ দেওয়ার তাড়া আছে।' উর্বশী ব্যস্ততা দেখিয়ে বলল।

'হ্যাং ইওর ফাংশন!' প্রবাল হঠাৎ উত্তেজিত হয়ে বলল। যার কারনে তার এত ব্যস্ততা সেটা সে বুঝতে পেরেছিল। তাই বলল,

'সেখানে কি আপনার জন্য কেউ অপেক্ষা করছে?'

হ্যাঁ, প্রীতম আমার জন্য অপেক্ষা করছে।'উর্বশী সরাসরি নাম করে বলল।

'প্রীতম! কে সে?'

'প্রীতম আমার বন্ধু!' সে উত্তর দিল।

'মানে সেই ছেলেটি, যাকে সেদিন আপনার সাথে কফি হাউসে দেখেছিলাম।'

'হ্যাঁ. ঠিক তাই।'

'ঠিক আছে যাবেন, সমস্যা নেই। আমি যেটা বলতে চাচ্ছি আমার মনে হয়েছে আপনার মধ্যে একটা সুপ্ত অভিনয় প্রতিভা আছে। আপনার চেহারা, আপনার গায়ের স্কিন, আপনার স্মার্টনেস সব থেকে বড় কথা আপনার মধ্যে ফিগারে একটা বিশেষ আবেদন আছে যা অভিনয় জগতে খুবই মুল্যবান। আপনার জন্য একটা স্টুডিও এবং ছোট্ট একটা প্রশিক্ষন পেলেই ব্যাস!' প্রীতমের প্রসঙ্গ বেমালুম বাদ দিল প্রবাল।

'আমার আর কত প্রসংশা করবেন? কিন্তু আমি অভিনয় পছন্দ করি না। এখন দয়া করে আমাকে এখান থেকে যেতে দিন। খুব দেরী হয়ে গেল। আমার মনে হয় আপনার কাছে কোনো 'গুড নিউজ' নেই। আমি চললাম।

উর্বশী যাওয়ার জন্য এক পা বাড়াতেই প্রবাল তাকে থামিয়ে দিয়ে বলল,

'তাহলে আপনি বলতে চান আমি আপনাকে প্রতারনা করছি এবং শুধু শুধু আপনার সময় নষ্ট করছি। তাই ত?'

'সেটা আপনিই ভাল বুঝবেন। তবে যদি সত্যিই আমাকে গুরুত্বপূর্ন কিছু বলার থাকত তাহলে এতক্ষনে তা বলতেন। তাই এক্সকিউজ মি! আমাকে এখন যেতে দিন!' প্রবালের অযথা দীর্ঘসূত্রিতা উর্বশীকে অধৈর্য এবং বিরক্ত করে তুলছিল। কিন্তু সে সেখান থেকে চলে যেতেও পারছে না।

ক্যাম্পাসের এক কোনে নির্জনে তারা কথা বলছিল। ইতিমধ্যে শীতের সন্ধ্যা নেমে এসেছে। সেখানে পাশেই দাঁড়িয়ে থাকা একটা ইউকেলিপটাস গাছের ছায়ায় চারপাশটা একটা আলো আধারী তৈরি করেছে। মঞ্চে লাউডস্পিকারে কারো ভাষন শোনা যাচ্ছে। উপস্থিত দর্শকেরা ততক্ষনে সবাই মঞ্চের কাছে গিয়ে ভীড় করেছে। নির্জনে ওরা মাত্র দুইটি প্রানী দাঁড়িয়ে। উর্বশী ভাবল বিতর্ক প্রতিযোগিতা শুরু হয়ে গেছে। প্রীতম কী এতক্ষনে নেমে এসে তাকে খুঁজছে! সে কী কোন অপরাধ করছে! এই সব চিন্তা উর্বশীকে নার্ভাস করে তুলল।

'বেশ, তাহলে ত আমাকে বলতেই হয়। আসলে এটা সুখবর না বলে আমার পক্ষ থেকে একটা অফার এবং যেটা আমরা বর্তমানে যে বিষয়টা নিয়ে আলোচনা করছি তার সাথে সম্পর্কযুক্ত।' এসব বলে প্রবাল এবার উর্বশীকে কৌতূহলী করে তুলল।

সে প্রবলের কথার প্রতিক্রিয়া না দিয়ে আরো কিছু শুনতে চাইল।

আর ঠিক এই সময় তার নক্সা করা সুন্দর সাইডব্যাগের পকেটে লুকিয়ে থাকা মোবাইল বেজে উঠল। সে সেটাকে হাতড়িয়ে নিয়ে সুদৃশ্য সেই আয়তকার বস্তুটির উজ্জ্বল রঙ্গিন পর্দাটার নির্দিষ্ট একটা জায়গায় টিপে দিল। তারপর ব্যস্ততা দেখিয়ে বলল,

'প্লিজ স্যার আমাকে এক্ষুনি যেতে হবে। কী বলবেন তাড়াতাড়ি বলুন'। বলতে বলতে সে অস্থির ভাবে একটু পায়চারী করল।

'ঠিক আছে বিষয়টাকে আমি পরিষ্কার করেই বলছি, আমি আপনাকে মডেলিং এবং সাথে অভিনয় পেশায় যোগদানের প্রস্তাব দিতে চাই। আপনি কী রাজী?' প্রবালের কথায় প্রত্যয়ী মনোভাব ফুটে উঠল।

'মডেলিং!'

এই অপ্রত্যাশিত প্রস্তাবটি শুনে উর্বশী যেন একটু ঘাবড়ে গেল। মডেলিং পেশা কী সে জানে। টিভির পর্দায় বিভীন্ন বিজ্ঞাপনে যে মেয়েদের নানান ভঙ্গীতে অভিনয় করতে দেখা যায় সেটাকেই মডেলিং বলে। তার দিদি উর্মিলার কাছেই একদিন শুনেছিল মডেলদের নাকি অনেক টাকা। তার ইউনিভার্সিটির দু একজন বন্ধুকেও ইতিমধ্যে এই শব্দটি নিয়ে সে আলোচনা করতে শুনেছিল। টিভিতে ঐ মেয়েগুলিকে দেখে তারও মনে একটা সুপ্ত বাসনা উঁকি দিয়েছিল। কিন্তু সেটা তার কাছে আকাশ কুসুম কল্পনাই থেকে গেছে।

তার ধারনা তার চেহারা সুন্দর হলেও সম্ভবত ঐ পেশায় যোগ্যতা অর্জনের জন্য যথেষ্ট নয়। তাই প্রবালের এই অপ্রত্যাশিত প্রস্তাবে তার মন পুলকে ভরে গেল। এই প্রস্তাবে তার একটা আত্মবিশ্বাসও জাগল যে সে অবশ্যই এমন একজন সৌন্দর্যের অধিকারী। কিন্তু বাইরে উর্বশী উন্নাসিক ভাব দেখিয়ে একটু হেসে ন্যাকা ন্যাকা সুরে বলল,

'মডেলিং! ওরে বাবা! না না ওসব আমার দারা হবে না!'

প্রবাল হাল ছাড়ল না। সে বলল, 'আসলে আমি আমার নিজের ব্যবসার পাশাপাশি একটি মডেলিং এজেন্সির সঙ্গেও যুক্ত। কলকাতার কয়েকটি অডিসন সংস্থার সঙ্গে আমার সামান্য যোগাযোগ আছে। আমাদের এজেন্সির কাজ হল এই কাজের জন্য উপযুক্ত প্রার্থী সংগ্রহ করা। তাই আপনি রাজি হলে আমি সাহায্য করতে পারি।'

এই প্রস্তাবে উর্বশী উচ্ছ্বসিত হলেও মুখে কিছুই বলল না।

'রাজী হলে তোমার একটা ছবি এখনই তুলে নিয়ে বায়োডেটা সহ এখনি মেল করব!'

উর্বশী বিব্রত বোধ করল। 'কী বলবো?' তারপর ইতস্তত করে বলল,

'দেখুন এ্যাপারে এই মুহূর্তে আমি হাঁ কিংবা না কিছু বলতে পারছি না। আমি দিদির সাথে কথা বলে তারপর আপনাকে জানাব'।

কিন্তু আমি মনে করি এটা আপনার নিজস্ব বিষয় হওয়া উচিৎ। আপনি এখন নাবালক নন। আপনি কলেজে পড়েন। আপনার নিজের সিদ্ধান্ত নেওয়ার অধিকার আছে। আপনার জীবনের ভালমন্দের বিচার করার দায়ীত্ব আপনাকে নিজেই নিতে হবে। আমি এসব কথা বলছি এইজন্য যে অভিভাবকরা সাধারণত এ পেশা নিয়ে এক ধরনের বিরূপ মনোভাব পোষন করে থাকেন এবং তাই, বেশিরভাগ ক্ষেত্রে সুন্দর এবং প্রতিভাবান মেয়েরাও এই অফারগুলির সুযোগ নিতে ব্যর্থ হয়'।

'আপনার কথা আমি মানছি। কিন্তু আমি দিদির সাথে কথা বলব, তারপর আপনাকে জানাব'।

'দিদি কী করেন, তিনি ত কোন চাকুরী করেন না!'

'দিদি প্রেসিডেন্সীতেই পড়েন, পোস্ট গ্রাজুয়েশন করে রিসার্চ করছেন'।

'আপনার পরিবারে ত বাবা নেই, মা ত চাকুরী করেন না, তাহলে?'

'আমার পরিবার সম্পর্কে আপনি কী করে জানলেন?'

'কেন, জানাটা কী দোষ? আসল প্রশ্ন সেটা নয়। আপনার সামনে একটা বিরাট সুযোগ, সেটা হাতছাড়া করাটা ঠিক নয়। দেখুন হলে আপনারই লাভ। আপনি উৎরে গেলে আমি কোম্পানির থেকে একটা সামান্য কমিশন পাব মাত্র। ঐ সামান্য টাকা আমার না হলেও চলবে। কারন আমার ব্যবসা আলাদা। কিন্তু আপনি এই কাজে প্রচুর টাকা পাবেন। প্রান খুলে খরচ করতে পারবেন, পরিবারকে সাহায্য করতে পারবেন এবং সব থেকে বড় কথা আপনি একজন সেলিব্রিটি হবেন! আপনার অভিনয় ক্যারিয়ার তৈরী করারও সুযোগ পাবেন'। প্রবাল উর্বশীকে এই কাজে অনুপ্রাণিত করার চেষ্টা করল'।

'এই আমার অফিসিয়াল আইডি কার্ড। ওখানে আমার মোবাইল নম্বর দেয়া আছে।'সে একটা ঝকঝকে কিছু সুন্দর লেখা ছাপানো কার্ড উর্বশীর হাতে দিল। উর্বশী কার্ডটির লেখা পড়লঃ

'Probal Chatterjee. CEO,
Global Construction Consultancy Ltd. Mumbai 400012.
Kolkata Branch, Shibani
Apartment, Lake Town
Phone No. 8790045320'

'প্লিজ আপনার মোবাইল নম্বরটা...।' নম্বর সেভ করতে প্রবাল তার মোবাইল রেডি করল।

উর্বশী তার নম্বর উচ্চারণ করা ছাড়া আর কোনো উপায় ছিল না। প্রবাল সঙ্গে সঙ্গে ওই নম্বরে মিস কল পাঠাল এবং তারপর বলল,

'আমি সম্ভবত তোমার দিদিকে অনুষ্ঠানে দেখেছি। সেও তোমার মত সুন্দর এবং হ্যান্ডসাম।   যাইহোক, তুমি তাদের সাথে কথা বল এবং তাড়াতাড়ি আমাকে জানাও, কারণ আমাদের অডিশনে প্রচুর কেন্ডিডেট ওয়েট করে আছে।'

'ঠিক আছে, স্যার, আমি কথা বলব। এখন আমি যেতে পারি?' উর্বশীর গলায় একটা অদ্ভুত পরিবর্তন লক্ষ্য করা গেল।

'আমাকে আবার স্যার কেন? আমি এখন তোমার বন্ধু. আমার নাম ধরে ডাকো।'

কিন্তু আপনি ত বয়সে অনেক বড়'। উর্বশী একটা মৃদু লজ্জা মেশানো হাসি দিল।

'আমার বয়স তেমন বেশী নয়, অল্প ছোট বড় হতে পারি। আজ থেকে আমরা দুজনেই বন্ধু। তুমি আমার নাম ধরে ডাকবে আর আমাকে কখনো স্যার বলে ডাকবে না, ঠিক আছে!'

এই সময় উর্বশীর মোবাইল আরেকবার বেজে উঠল। এইটি সহ চারবার।

'তোমার সেই বন্ধুটিই ডাকছে, ধর।' প্রবাল পরামর্শ দেয়।

কিন্তু সে স্ক্রিনে প্রীতম লেখা দেখেই আবার একইভাবে কেটে দিল।

এখন আমাকে যেতে দিন, প্লিজ!'

নিশ্চয়, তবে আমার প্রস্তাবটা মনে রাখবে।'

উর্বশী তার দিকে একটা ইতিবাচক ভঙ্গী করে মুখ ঘুরিয়ে হাঁটা দিল।

উর্বশী! জাস্ট এ মোমেন্ট প্লিজ!' প্রবাল ওকে আবার থামিয়ে দিল।

উর্বশী আবার মুখ ঘুরিয়ে নিয়ে প্রবালের দিকে তাকাল। '

'আমাকে একটা তোমার শট নিতে দাও, প্লিজ।' প্রবাল তার ক্যামেরাকে তার দিকে লক্ষ্য করে প্রস্তুতই ছিল। অগত্যা ক্যামেরা ফ্ল্যাশ না হওয়া পর্যন্ত উর্বশীকে হাসি মুখে দাঁড়িয়ে থাকতে হল।

প্রবাল তার ক্যামেরা গুটিয়ে নিতে নিতে বলল,

'আমরা কি আগামীকাল আবার দেখা করতে পারি?' প্রবাল পিছন থেকে আবার তাকে থামালো।

উর্বশী এইবার সরাসরি না বলতে পারল না। সে ঘুরে দাঁড়িয়ে বলল,

'কিন্তু কেন? কাল আর একটা সারপ্রাইজ দেবেন নাকি?' উর্বশী প্রবালের সঙ্গে হাঙ্কা রসিকতায় জড়িয়ে পড়ল।

'অবশ্যই! আগামীকাল বিকেল পাঁচটায় সেটাকে প্রকাশ করা হবে'।

'বলেন কী!' প্রবালের এরকম রহস্যময় প্রতিশ্রুতি শুনে উর্বশী হেসে প্রায় লুটোপুটি খেল। হাসি থামিয়ে বলল, পাঁচটা ত সন্ধ্যা! তখন কী করে সম্ভব! বেলা তিনটা হতে পারে'।

'তাহলে বেলা তিনটাই হোক!'

উমম..., দেখা যাক।' সে তার ঘন অবাধ্য চুলগুলি এক ঝটকায় পেছনে নিয়ে গিয়ে একটা ছন্দময় ভঙ্গিতে এগিয়ে গেল।

কিন্তু সে ক্যাম্পাসে ঢুকলেও আর অনুষ্ঠান মঞ্চে গেল না। তার এমনিতেই সেখানে বসে থাকতে ভাল লাগছিল না, তার মধ্যে একটা অপরাধবোধ মনের মধ্যে কাজ করছিল। ইতিমধ্যে সে প্রীতমের ফোন চার চারবার কেটে দিয়েছে। তাই অনুষ্ঠান মঞ্চে গিয়ে প্রীতমের মুখোমুখী হওয়ার সাহস হল না। সে এদিক সেদিক ঘোরাফেরা করে ডানলপগামী 44/B নম্বর বাসে উঠে পড়ল। ▢

বারো

তাস

'**এখন**, আপনার সারপ্রাইজটা কী কাইন্ডলি একটু বলবেন?' উর্বশী সাগ্রহে প্রবালের কাছে জানতে চাইল।

কলেজ স্ট্রিটের একটি ফুড ক্যাফের কেবিনে নিরিবিলি ওরা দুজন বসেছিল।

তখন প্রায় বেলা তিনটে। উর্বশী ক্লাস ফাঁকি দিয়ে প্রবালের কথামত অনেক দ্বিধা দ্বন্দ নিয়ে এখানে এসে মিলিত হতে হয়েছে। একই টেবিলে মুখোমুখী বসে উর্বশী প্রবালের 'সারপ্রাইজ' শোনার অদম্য কৌতূহলকে শান্ত করতে ব্যস্ত হয়ে পড়ল।

'আরে দাঁড়াও, কয়েক মিনিট অপেক্ষা কর! এত ব্যস্ত হলে চলবে? আস, প্রথমে একটু রিফ্রেশ হওয়া যাক। মেনু চার্ট হাতে দিয়ে প্রবাল উর্বশীকে খাবারের অর্ডার দিতে বলল। কিন্তু উর্বশী সে চার্ট ঠেলে দিয়ে বলল, শুধু এক কাপ ব্ল্যাক কফি হলেই চলবে। কিন্তু কিছুক্ষনের মধ্যেই একটার পর একটা খাবারের ডিস যখন সামনে আসতে লাগল উর্বশী ব্যস্ত হয়ে বলল, 'আরে আরে! এসব কেন! প্রবাল এত ভাল ভাল খাবার এবং ড্রিংকস অর্ডার দিয়েছিল যে উর্বশী খাবারগুলো দেখে অভিভূত হয়ে পড়ল। কিন্তু এত খাবার সে ভাবতে পারছে না। চিকেন তনদুরি, মালাই চিংড়ি, ফিশফ্রাই এর সঙ্গে আরও যে দুই তিনটি পদ তার সামনে হাজির হল সেগুলির সে দেখেই নি নাম জানা ত দুরের কথা।

প্রবাল কাটা চামচ দিয়ে একটা ফিশফ্রাই নাড়াচাড়া করতে করতে বলল, 'আচ্ছা, মিস উর্বশী! একটা কথা বলি, কিছু মনে কর না'।

কথা শুনে উর্বশী প্রবালের দিকে সতর্ক হয়ে চোখ বড় বড় করে চেয়ে রইল।

'আমার মনে হচ্ছে তোমার জন্য কোন 'সারপ্রাইজ' দেওয়ার প্রতিশ্রুতি না থাকলে তুমি নিশ্চই এখানে এতদূর আমার সাথে আসতে না'।

শুনে উর্বশী কিছুটা লজ্জিত বোধ করল। তারপর একটু হেসে স্বাভাবিক ভাবে বলল,

'না, সে কেন? আপনি কী আমাকে এত স্বার্থপর মনে করেন? গতকাল আপনি যখন আমাকে আবার দেখা করতে বলেছিলেন আমি ত অনায়াসে রাজী হয়েছিলাম। পরে সারপ্রাইজ শব্দটা উল্লেখ করে মজা করেছিলাম, আর তাছাড়া সারপ্রাইজ দেওয়ার কথাটা ত আপনি বলেন নি, আমি বলেছি। আপনার কাছে সত্যি সত্যি ত কোন সারপ্রাইজ নেই!'

'আমি এটা জানি. আমিও একটু মজা করলাম। যাই হোক, কিছু মনে কর না'।

প্রায় এক ঘন্টা ক্যাফেতে গল্প, খাওয়া দাওয়া করে প্রবাল তার পকেট থেকে তাসের সেটের মত দেখতে একটা কার্ডের সেট তার সামনে তুলে ধরে বলল,

'এটা একটা তাসের সেট।' উর্বশীর দিকে দুষ্টামির হাসি দিয়ে বলল প্রবাল।

'তাস! আমরা কী এখন তাস খেলব? উর্বশী রহস্য করে বলল।

'হ্যাঁ তাস খেলব।'প্রবাল উর্বশীর নিষ্পাপ বিভ্রান্ত মুখ দেখে হেসে উঠল। তারপর সেগুলি সে হাতে নাড়াচাড়া করে বলল,

'নাও, এখান থেকে একটা যে কোন তুলে নাও'। কৌতুহলী উর্বশী একটা হাতে নিয়ে উল্টিয়ে দেখল সেটি তারই একটি নৃত্যরত ছবি।

'ওয়াও! কী সুন্দর!' উর্বশী অবাক হয়ে তার নিজের ছবিটা দেখতে লাগল। প্রবাল তার দামী হাই রেজলুশ্যন ক্যামেরায় তোলা তার সেদিনের নাচের বিশেষ মুহূর্তের রঙিন ঝকঝকে ছবিগুলি একে একে উর্বশীর হাতে তুলে দিতে লাগল। উর্বশী তার নিজের সেই অদ্ভুত সুন্দর ছবিগুলি দেখে উত্তেজিত হয়ে বলল,

'এই ছবিগুলি সব কী আমার! বিশ্বাসই হচ্ছে না'।

ক্যামেরায় শটগুলি পেশাদারীত্বের সাথে নেওয়া হয়েছিল এবং সেগুলিকে কম্পিউটারে আপলোড করে এডিট করে নেওয়া হয়েছিল। যার

ফলে সেগুলি আরও বেশী আকর্ষনীয় দেখাচ্ছিল। ছবিগুলি দেখা হয়ে গেলে প্রবাল তাকে তার মোবাইলে তোলা নাচের একটি ভিডিও দেখাল।

একটা মজার ব্যাপার হল যে, প্রশংসার যে জিনিষগুলি তার প্রীতমের কাছ থেকে প্রত্যাশিত ছিল তার জায়গায় সমস্তই প্রবাল যেন দুহাত ভরে তার হাতে উপহারের মত তুলে দিল। আর এজন্য প্রবালের প্রতি তার আবেগ মিশ্রিত একধরনের শ্রদ্ধায় মন ভরে গেল।

'এবার, এই ছবিটা একবার দেখ।' প্রবাল উর্বশীকে আলাদা করে রাখা একটা ছবি হাতে দিয়ে বলল।

'আরেব্বাস! অসাধারন! আচ্ছা এটাকে আবার আলাদা করে রেখে দিয়েছিলেন কেন?'

'এই সবগুলোই তোমার, আমি শুধু এই বিশেষ ছবিটাই নিজের কাছে রাখব'। ছবিগুলো সব খামে ঢুকিয়ে সেটি প্রবাল উর্বশির দিকে এগিয়ে দিয়ে বলল।

সন্তর্পনে পুরো খামটা হাতে নিয়ে উর্বশী উচ্ছ্বসিত হয়ে বলল সব আমার!'

'হ্যাঁ সব। শুধু এইটি বাদে।'

'অশেষ ধন্যবাদ! কিন্তু ঐ ছবিটাতে কী এমন আছে যে আপনি ওটা রেখে দিচ্ছেন!'

তারপর একটু ভেবে বলল, 'ছবিটা আরেকবার দেখতে পারি?'

উর্বশী ছবিটা হাতে নিয়ে অনেকক্ষন তাকিয়ে দেখল। ছবিটার মধ্যে এমন কিছু অসাধারনত্ব তার চোখে পড়ল না। সে দেখল তার নাচের বিশেষ একটি ভঙ্গী — তার পায়ের দুপাতা একরেখে দু হাটু দুদিকে বেঁকে প্রসারিত হয়ে আছে। বিশেষ মুদ্রায় দুহাত একখানে অবস্থান করছে। সুরমায় আঁকা বড় বড় চোখদুটি উপরের দিকে বিস্ফারিত।

প্রবাল এতক্ষন চুপ করে থেকে উর্বশীর দিকেই তাকিয়েছিল। দেখা শেষ হতেই সে বলল,

'দাও!'

'আমার মনে হয় ছবিটা আপনার কাছে থাকা উচিত নয়।' উর্বশী একটু মুচকী হেসে বলল।

'কিন্তু এগুলো তো আমারই সৃষ্টি, আমার কী একটা নেওয়ারও অধিকার নেই! ইচ্ছে করলে আমি ত সবই রেখে দিতে পারি'।

'সবগুলো রেখে দেওয়া এবং একটি মাত্র রেখে দেওয়ার মধ্যে অনেক তফাৎ, বুঝেছেন প্রবালবাবু?'

রহস্য করে বলতে গিয়ে উর্বশী হঠাৎ প্রবালকে নাম ধরে সম্বোধন করল। প্রবাল সেটা লক্ষ্য করল।

কিন্তু সে নিরাসক্ত ভাব দেখিয়ে বলল,

'তফাৎটা কোথায় একটু বুঝিয়ে বললে ভাল হত না!'

'আমি বলতে চাচ্ছি ঐ বিশেষ জিনিসটি আপনার পরিবারে অবাঞ্ছিত একটা সমস্যা তৈরি করতে পারে।'

'সমস্যা! আমার পরিবারে! দুঃখিত! বুঝতে পারছি না।'

'মানে, আমি বলতে চাই আপনার স্ত্রী যদি এই ছবি দেখেন তাহলে তিনি একটু অন্যরকম ভাবতে পারেন'।

'ও, আই সী! এটা আমার মাথায় ছিল না। তারপর হেসে বলল, শুন, আমি ব্যাচেলর। সুতরাং এসব নিয়ে আমার কোন সমস্যা নেই'।

'মাই গড! আপনি এখনও বিয়ে করেন নি!'

'না। সুতরাং আমি তোমার ঐ ছবি নিশ্চিন্তে পকেটে নিয়ে ঘুরে বেড়াতে পারি।'

'বিয়ে করেন নি ত কি হয়েছে! আপনি যাকে বিয়ে করবেন, মানে আপনার গার্লফ্রেন্ড ত সমস্যা তৈরি করতে পারে'।

'তুমি ছাড়া আমার কোনো গার্লফ্রেন্ড নেই।'গম্ভীর গলায় বলল প্রবাল।

উর্বশী একথা শুনে যেন আকাশ থেকে পড়ল। নিজের মুখটাকে হাঁ করে একটা অস্ফুট আওয়াজ করল। তারপর বলল, 'আমি আপনার গার্লফ্রেন্ড হতে যাব কোন দুঃখে!'

'হও নি হবে। আচ্ছা এখানে আরেকটু সময় কাটালে তোমার আপত্তি নেই ত?' প্রবাল এই ব্যাপারে উর্বশীকে আর কোন বলার সুযোগ দিতে চাইল না।

কিন্তু সন্ধ্যা পেরিয়ে বাড়িতে গেলে দিদির কাছে জবাবদিহি করতে হবে বলে সে আর দেরী করতে রাজী হল না। তাই বলল,

'সরি, স্যার! আমাকে এখুনি যেতে হবে'।

'উহু! স্যার নয়! বল প্রবাল!'

উর্বশী হেসে বলল, 'আরেকদিন!'

প্রবাল বলল, 'কালকে যে প্রস্তাবটা দিয়েছিলাম, সেটার কোন খবর আছে?'

'এখনও বলি নি, সময় পেলাম কে? আমাকে সাত দিন সময় দিন!'

'বেশ, কিন্তু সাতদিনের বেশী নয়। কালকে আবার দেখা হচ্ছে ত?'

'আবার! কেন?'

'কথা আছে। এখন চল'। ☐

তের

নষ্টনীড়

কলেজে নির্দিষ্ট সময়ে এসে এইভাবে ক্লাস ফাঁকি দিয়ে, প্রীতমকে ফাঁকি দিয়ে প্রতিদিন প্রবাল নামক অজ্ঞাতকূলশীল লোকটির সাথে সময় কাটিয়ে ঘরে ফেরা উর্বশীর বিবেকবোধকে যেন খান খান করছিল। কিন্তু তবুও সে ছাড়তে পারছে না। প্রবালের সাথে এইভাবে সময় কাটানো এবং এর সাথে নৃত্য নতুন প্রাপ্তি এবং প্রত্যাশা উর্বশীর মনকে যেন ক্রমশ টানতে লাগল।

লোকটির প্রতি ক্রমশ তার মনে কী দুর্বলতা তৈরী হচ্ছে! তার সুন্দর দাঁতের হাসি, তার কামনার্ত লোভী চাহনি অপরাধমুলক হলেও তাকে রোমাঞ্চিত করে। তার বাকা ঠোটে হাসি এবং হাল্কা মনযোগানো কথাবার্তায় এমন একটি আবেদন আছে যার মাধ্যমে সে একটা ভাললাগার নেশা পেয়ে বসেছে। তাই তার দেওয়া গতকালের প্রস্তাব মত আজও সে ক্লাস ফাঁকি দিয়ে প্রীতমকে এড়িয়ে প্রবালের দেওয়া ঠিকানা মত সে ঠিক সময়েই পৌঁছেছিল।

বিকেল তিনটেয় প্রবালের নিজস্ব টয়টা সুপ্রীম মডেলের গাড়িতে করে দুইজনে দক্ষিন কলকাতার গড়িয়ার একটি নামকরা স্ন্যাকবারে প্রবেশ করল। উর্বশীকে পাশে বসিয়ে প্রবাল নিজেই ড্রাইভ করছিল। প্রথমে উর্বশী এভাবে গাড়িতে চেপে তার সাথে এতদূরে আসতে চায় নি। প্রবালের একান্ত জেদে সে না করতে পারে নি। তার জীবনে এভাবে একটা অভাবনীয় জার্নি এই প্রথম। দামী হ্যাট পরে প্রবালকে স্টিয়ারিং হাতে সত্যিকারের রোমান্টিক সিনেমার নায়কই মনে হচ্ছিল। আর ঠিক তার পাশে তার সঙ্গিনী হিসাবে বসে থেকে সে একরাশ সংকোচ এবং লজ্জা নিয়ে সারা রাস্তা চলছিল।

'গতকালের ছবিগুলো দেখে কেমন লাগল বললে নাত!'

'দুর্দান্ত! আপনি এত সুন্দর ছবি তুলতে পারেন!'

'ছবিগুলো কাউকে দেখিয়েছ?'

'না, এখনও কাউকে দেখাই নি'।

'কেন?'

'লজ্জা লাগে। যদি বলে এসব কে তুলেছে?'

'কেন! বলবে আমার বয়ফ্রেন্ড প্রবাল তুলেছে!'

'তাই! কিন্তু আপনি ত আমার সত্যি বয়ফ্রেন্ড নন!'

'তাহলে তোমার বয়ফ্রেন্ড কে?'

একথার উত্তরে উর্বশী চুপ করে থাকল। প্রীতমের কথাটা সে এই মুহূর্তে মুখে আনতে পারল না।

একটু চুপ থাকার পর বলল, 'আমার বয়ফ্রেন্ড কেউ না'।

'তোমার বয়ফ্রেন্ডের নাম প্রবাল চ্যাটার্জি, ওকে?'

উর্বশী লজ্জিত হয়ে প্রতিবাদ করার মত একটা কিছু বলতে যাচ্ছিল, কিন্তু তার আগেই তারা বিড়লা মন্দির গেটের সামনে উপস্থিত হল। গাড়ি পার্কিং করে তারা বিড়লা মন্দিরের মূল ফটক দিয়ে মন্দিরের মূল চত্বরে প্রবেশ করল। মন্দিরের শান্ত অনাবিল পরিবেশ দেখে উর্বশীর খুব আনন্দ হল। এখানকার মন্দির থেকে বিগ্রহ মায় বিভীন্ন ঠাকুরের প্রতিমা পর্যন্ত সবই শ্বেত পাথর নির্মিত। প্রতিদিন এই সুন্দর স্থাপত্যকলা মণ্ডিত উপাসনালয়ে বহু পূন্যার্থী এবং সাধারন দর্শনার্থী ঘুরতে আসে।

জুতা নীচে রেখে উর্বশী নিজের উদ্যোগেই মন্দিরের বিভীন্ন চাতাল ঘুরে ঘুরে বিভীন্ন ঠাকুরকে সে প্রনাম করল। প্রবালের কাছ থেকে খুচরা় টাকা নিয়ে প্রনামী বাক্সে ফেলল। বলাবাহুল্য এই ক্ষেত্রে প্রবাল নীরবে তাকে সারাক্ষন অনুসরন করছিল। এই পরিবেশে উর্বশীর আরও মনে হল তার চুড়িদার না পরে শাড়ি পড়ে এলেই বেশী মানাত। তবে মনে মনে সে আরেকটি বিষয় ভেবে লজ্জায় সংকুচিত হচ্ছিল যে, অনেক ভ্রমনার্থী তাদের দুজনকে হয়ত দম্পতি ভেবে তাকিয়ে দেখছিল!

উর্বশী এখানকার কিছুই চেনে না। প্রবাল যেখানেই নিয়ে যাবে এই মুহূর্তে তাকে তাই অনুসরন করতে হবে। তাই প্রবালের কথামত নীচের তলায় সিড়ি বেয়ে নেমে তারা মন্দির চত্বর থেকে বেরিয়ে এল।

বিকালের ফুরফুরে হাওয়ায় অদূরেই একটা ছোট্ট পার্কের মত জায়গায় একটা গাছের চারিদিক বেষ্টিত ইটের তৈরী মসৃন পাটাতনে গিয়ে তারা বসল। দু একটি আনুষ্ঠানিক কথা বলার পর প্রবাল বলল,

'জান উর্বশী, কিছু মেয়ে আছে যারা বেশ সুবিধাবাদী, তারা আমার বন্ধু হতে চায়। তাদের কেবল আমার ব্যবসা, অর্থ এবং প্রতিপত্তির দিকেই নজর! সত্যিকারের ভালবাসার লোক একজনও আমার নেই!'

'তাই! সেই মেয়েগুলি ত আচ্ছা বদ!' উর্বশী একটা দায়সারা উত্তর দিয়ে বসল।

'উর্বশী! আমি আমার জীবনে এমন একজনকে খুঁজছি যে আমাকে সত্যিকারের ভালবাসতে পারে। আমার বাবা-মা নেই, আত্মীয় নেই, আমার নিজের কেউ নেই সেই বেচারী আমার পিসি ছাড়া। শৈশবে আমি আমার মা বাবাকে হারিয়েছি। আমি বাবা মায়ের উষ্ণ স্নেহ থেকে বঞ্চিত। আমি অনেক কেঁদেছিলাম। কেউ আমাকে সাহায্য করে নি। পিসির আর্থিক সাহায্যে আমি অনেক কষ্টে কলেজে পড়ে এম বি এ করে নিজের প্রচেষ্টায় আজ এই গাড়ি বাড়ি প্রতিপত্তি করেছি। এখন আমার চোখের জল শুকিয়ে গেছে। আমার চারিদিকে শূন্যতা । আমাকে এতটুকু সান্ত্বনা দেওয়ার লোক নেই!'

প্রবালের আবেগমিশ্রিত কথাগুলি তাদের আলাপের পরিবেশকে ভারী করে তুলল। কথাগুলি হৃদয় দিয়ে উপলব্ধি করে উর্বশীর চোখ ছলছল করে উঠল। সে কী বলে তাকে সান্ত্বনা দেবে বুঝতে পারছিল না।

'উর্বশী! আমি বড় একা! আমি তোমার মত একজন জীবনসঙ্গিনী খুঁজছি যে সত্যিকারের আমার বন্ধু হবে। আমি একজন নির্মল ভালোবাসার ভিখারি। এবং আমি মনে করি শুধুমাত্র তুমিই আমাকে তা দিতে পার!'

প্রবালের এই মরিয়া আবেদন উর্বশীকে বিব্রত করল। সে হতভম্বের মত শুধু একদিকে স্থির তাকিয়ে থাকল।

কিন্তু প্রবাল তার প্রেম নিবেদনে এতই মরীয়া যে সে সরাসরি বলল,

'তুমি আমাকে বিয়ে করবে উর্বশী? আমার মনে হয় তোমাকে ছাড়া আমি বাচব না!'

এই বলেই আচমকা প্রবাল উর্বশীর হাতটা দুহাতে চেপে ধরে বলল, 'আমি তোমাকে ভালোবাসি উর্বশী!' আমি তোমাকে আমার সব কিছু দিতে চাই!'

প্রবালের এই অপ্রত্যাশিত আচরনের জন্য উর্বশী একেবারেই প্রস্তুত ছিল না। সে লজ্জায় আরক্ত মুখে তার হাত ছাড়িয়ে নেওয়ার চেষ্টা করল। কিন্তু তার দুর্বল প্রতিরোধ পরিনত প্রবালের ভেতরের পৌরুষের কাছে খড় কুটোর মত ভেসে গেল। এক ঝটকায় তার শরীরটাকে সামনের দিকে টেনে এনে তাকে আবেগে জড়িয়ে ধরতেই উর্বশী তার শক্তিশালী বাহুবন্ধনের কাছে সম্পূর্ন আত্মসমর্পন করল। আলিঙ্গনাবদ্ধ অবস্থায় সে জোর করে উর্বশীর ঠোটের সাথে তার ঠোট চুম্বকের মত একত্রিত করে রাখল। কিছুক্ষন বাদে বাহুবন্ধ থেকে কোনমতে মুক্ত হয়ে সে তার রক্তিম যন্ত্রণাকাতর মুখখানি লজ্জায় দুই হাঁটুর মধ্যে লুকিয়ে ফুপিয়ে কাঁদতে লাগল।

সেদিন রাত্রে বাড়িতে এসে উর্বশী সোজা বিছানায় গিয়ে শুয়ে পড়ল। শোয়ার আগে যদিও দিদি উর্মিলার কাছে তার দেরী করে ফেরা এবং না খেয়ে সটান শুয়ে পড়ার উপযুক্ত ব্যাখ্যা দিতে পারল না। বিছানায় শুয়ে সে একা একা অনেকক্ষন কাঁদল। তার যৌবনের প্রথম অন্তর্নিহিত নারীত্বের পবিত্রতাকে প্রবাল নামক নির্লজ্জ বেহায়া লোকটি আজ যেন তছনছ করে দিয়েছে। কিন্তু তার এই নারীত্বের অবমাননার মর্মবেদনা কাউকে বলার নয়। পাশাপাশি ভেতরে এক অস্বস্তিকর ইন্দ্রিয়ানুভূতির দহন তাকে যেন স্থির থাকতে দিচ্ছিল না। তার জীবনে এই প্রথম একজন কামনাসক্ত পুরুষের বেপরোয়া আলিঙ্গনের অনুভূতি তাকে বারংবার শিহরিত করে তুলতে লাগল।

প্রীতমের কথা মনে হতেই সে নিজেকে অপবিত্র, ঘৃনিত এবং অপরাধী ভাবতে লাগল। ছিঃ ছিঃ!সে কুলটা, সে প্রতারক, সে প্রীতমকে প্রতারনা করেছে! সে ভাবতে পারছে না এরপরে সে তার সামনে দাঁড়াবে কী করে! না না! সে প্রতিজ্ঞা করল এই অসভ্য লোকের সাথে সে আর কোনদিন দেখা করবে না। গোটা রাত্রি তার না ঘুমিয়ে অস্বস্তির মধ্যে কাটল। ◻

চৌদ্দ

মেরামত

পরের দিন একরাশ দুশ্চিন্তা এবং সংকোচ নিয়ে উর্বশী ইউনিভার্সিটিতে পৌঁছল। সে বিভিন্ন কারনে এইমুহূর্তে উদ্ভ্রান্ত এবং দিশেহারা। প্রথমত প্রীতমের কথা মাথা আসতেই প্রবালের সাথে গতকালের ঘটনায় সে শরমে মরমে কুঁকড়ে যাচ্ছিল। প্রীতম যদি কোনভাবে বিষয়টি জানতে পারে তাহলে তার প্রতিক্রিয়া কী হবে তা সহজেই অনুমেয়।এসব ভেবে তার দুশ্চিন্তার শেষ নেই। কিন্তু এসব কিছু গোপন রেখেও সে প্রীতমের প্রতি অনেক অবিচার করেছে, সে তার মোবাইল ধরে নি, তাকে না জানিয়েই বাড়ি চলে গেছে। পর পর দুদিন ক্লাসে আসে নি। এসবের কী জবাব হবে; এগুলি নিয়েও সে উদ্বিগ্ন হয়ে পড়ল। প্রীতমের সরলতা এবং তার প্রতি অগাধ বিশ্বাসের সুযোগ নিয়ে প্রবালের সাথে লুকিয়ে ঘুরে বেড়ানো এবং এইভাবে তার সাথে নোংরামি করা, এসব ভেবে তার লজ্জায় মাথা হেঁট হয়ে যাচ্ছিল। ঈশ্বর জানে প্রীতমের মনে ইতিমধ্যেই কী নতুন ঝামেলা তৈরি হয়েছে এবং কীভাবে তা স্বাভাবিক হবে!

দ্বিতীয়ত প্রবাল কী এক জরুরী বার্তা দিতে আজকেও তার সাথে কফি হাউসে দেখা করতে বলেছে। সে তাকে কোথায় নিয়ে যেতে চেয়েছে।গতকালের আচরনের কথা চিন্তা করে সে যাবে কিনা তা নিয়ে বিশাল মানসিক দ্বন্দ্বে সে ভুগছে। কিন্তু সে ত প্রতিজ্ঞা করেছে সে তার সাথে আর কোথাও যাবে না বা দেখা করবে না। সে প্রতিজ্ঞা রক্ষা করা সত্যি কী সম্ভব! দেখা না করলে ত তাকে সে যে মডেলিং পেশার প্রস্তাব দিয়েছিল সেটা নিয়ে তার সাথে ত কথাই বলা হবে না! সমস্যাসংকুল উর্বশী অনেক দুশ্চিন্তা নিয়ে সে ইউনিভার্সিটি ক্যাম্পাসে প্রবেশ করল।

প্রবেশ করেই তার ব্যাগের ভেতর রিং টোনের মিউজিক বেজে উঠল। 'এই অসভ্য লোক আবার ফোন করেছে!' মনে মনে প্রবালকে গালি দিয়ে সে ফোন কেটে দিয়ে রেখে দিল। কিন্তু তিন চারবার করার পর একসময় ধরতেই সে কিছু বলার আগেই আওয়াজ আসল,

'কফি হাউসে চলে আস্, আমি অপেক্ষা করছি'।

উর্বশী প্রবালের কথার কোন উত্তর না দিয়ে কিছুক্ষন চুপ থাকল। সে ভাবতে লাগল, কোথায় সে ক্লাসে গিয়ে প্রীতমের দেখা করবে তা না আবার এই লোকের খপ্পরে পড়তে হবে!

হ্যালো! সরি! আজকে আমার ইম্পর্টেন্ট ক্লাস আছে। তাই দেখা করা সম্ভব না, দুঃখিত!'

সে ফোনের সুইচ অফ করে ক্লাসে ঢোকার জন্য প্রস্তুতি নিচ্ছিল, আচমকা প্রীতম পেছন থেকে হ্যালো বলে হাসতে হাসতে সামনে দাঁড়াল। সে একটু ভয় পেল। প্রীতমের এমন আচরন সে কোনদিন দেখে নি।

আজ প্রীতমেই প্রথম তাকে বলল, তাদের উভয়ের মধ্যে ভুল বোঝাবুঝির অবসান ঘটাতে বিস্তারিত কথা বলতে অবিলম্বে কোথাও বসা উচিৎ বলে প্রস্তাব দিল। প্রীতমের এই প্রস্তাব উর্বশীকে চিন্তিত করল। না জানি সে কতকিছু জেনে ফেলেছে! তার ভয় হল। কিন্তু তা মনের মধ্যে দমিয়ে রেখে তার কথামত তারা দুজনেই কলেজ গেট পেরিয়ে বাইরে একটি নিরিবিলি জায়গায় বসল।

উর্বশী প্রীতমকে কিছু বলার সুযোগ না দিয়ে নিজেই শুরু করল,

'প্রীতম আমি তোমাকে ভালোবাসি। তুমি আমার সবকিছু! কিন্তু তোমার মধ্যে ইদানীং কেন যেন অন্যমনস্ক ভাব আমি লক্ষ্য করছি। একদিন তুমি আমাকে না দেখলে আমাকে পাগলের মত খুঁজতে। আর এখন তোমাকে দেখে অন্যমনস্ক লাগে, এমন কী আমার সাথে দেখা করতেও আগ্রহী নও। কেন? আমার জানা উচিত তোমার সাথে আসলে কোথায় ভূল বোঝাবুঝি হচ্ছে'।

প্রীতম কোন জবাব দিল না। মনে হল তার কথা শুনতেই পেল না। সে নিরাসক্তের মত একদিকে চেয়ে রইল।

'প্রীতম আমার কথা শুনতে পাচ্ছ?' উর্বশী প্রীতমের মুখের দিকে ভাল করে তাকিয়ে নিয়ে বলল।

কিন্তু এবারেও প্রীতমকে প্রতিক্রিয়াহীন দেখে উর্বশী বলল, 'প্রীতম! চুপ করে থেকো না। কিছু একটা বল'।

'এসব অবান্তর কথার আমি কী জবাব দেব! অন্যমনস্কতা, ভূল বোঝাবুঝি এগুলোর অর্থ তুমিই ভাল বোঝ'।

'প্রীতম তুমি আমার উপর মনে হচ্ছে খুবই রেগে আছ, তাই না?'

'মোটেই না! আমি তোমার উপর রাগ করব কোন অধিকারে!'

'প্রীতম প্লিজ, তুমি এভাবে বল না! তোমার আমার ভালবাসা আমাদের পরিবারশুদ্ধ মেনে নিয়েছে। আমাদের মধ্যে ভূল বোঝাবুঝির ফলে যদি সেটা ভেঙ্গে যায় তাহলে তারাও কষ্ট পাবে'।

'ভেঙ্গে যদি যায় তাহলে তার জন্য তুমিই দায়ী হবে এবং হয়ত বা তুমি সেটাই চাচ্ছ!'

'আমি! কীভাবে!' উর্বশী শঙ্কিত মনে জানতে চাইল।

বলছি। কিন্তু আমি বললে তুমি আমাকে বলবে একজন সন্দেহ বাতিক! আমাদের বিতর্ক প্রতিযোগিতা শুরুর মুখে আমি তোমাকে রেখে মঞ্চের ভেতর চলে আসি। একটু পরে পর্দা সরে গেলে মঞ্চ থেকেই দেখলাম তুমি আর তোমার জায়গায় নেই। আমি তখন ডিবেটের অংশগ্রহনকারী বন্ধুদের নিয়ে ব্যস্ত। শেষ হওয়ার পরেও, আমি কোথাও খুঁজে পাইনি। আমি আশা করেছিলাম তুমি বিতর্ক অনুষ্ঠান শেষ না হওয়া পর্যন্ত দর্শকদের মধ্যে বসেই থাকবে। যাই হোক, আমি তোমাকে মোবাইলে কয়েকবার চেষ্টা করেছি কিন্তু ফোন রিসিভ করলে না' জানি না কার সাথে তখন কী কথায় মশগুল ছিলে!'

'আমি তোমার ফোন রিসিভ করতে পারিনি, স্বীকার করছি। এবং আমি এই জন্য দুঃখিত. কিন্তু আমি তোমাকে পরবর্তীতে কয়েকবার ফোন করেছি কিন্তু তুমি ইচ্ছা করে সেগুলি কেটে দিতে থাকলে'। প্রবালের অভিযোগের উত্তরে উর্বশী জবাব দিল।

'তুমি বলতে চাও, তোমার ফোন রিসিভ না করাটা কোন অপরাধ নয়, আমার রিসিভ না করাটাই অপরাধ!'

'ইচ্ছাকৃত এবং অনিচ্ছাকৃতর মধ্যে অনেক তফাত আছে প্রীতম! কোন এক অনিবার্য পরিস্থিতিতে যদি কেউ ফোন ধরতে না পারে, তাহলে ত কিছু উপায় থাকে না! কিন্তু তোমার ক্ষেত্রে ত তা হয় নি! তুমি ইচ্ছাকৃত আমার ফোনগুলো কেটে দিচ্ছিলে!'

'কী এমন পরিস্থিতির শিকার হয়েছিলে সেসময়, একটু জানতে পারি কী?'

উর্বশী অনেকক্ষন চুপ থেকে তারপর বলল,

'আমি সেসময় খুব ব্যস্ত ছিলাম, তোমার ফোনে কথা বলার মত পরিস্থিতি ছিল না'। উর্বশী মুখস্থ বলার মত করে টপাটপ বলল।

'সেসময় কী কোন একসিডেন্ট নাকি কারো ঘরে আগুন লেগেছিল?' প্রীতম নিরাসক্তের মত করে বলল। উর্বশীকে আবার নীরব দেখে প্রীতম বলল,

'আর তা না হলে নিশ্চই কোন তোমার কারো সাথে প্রাইভেট ব্যাপার ছিল?'

'তুমি কী বলতে চাচ্ছ প্রীতম?' প্রাইভেট কথাটির মানে কী? তুমি এত নীচ স্বভাবের মনে কর আমাকে? আমি তোমার কাছে এতখানি আশা করি নি'।

'আমি দুঃখিত! তাহলে বল কেন বলত পারছ না।' উর্বশীকে জব্দ করতে পেরেছে ভেবে তার মুখ খুশীতে ভরে গেল।

'বলতে না পারার কী আছে! আমি আমার সেদিনের নৃত্য বিশেষজ্ঞ লোকটির সাথে...

বলার সময় উর্বশী আমতা আমতা করতেই প্রবাল অসমাপ্ত কথা নিজের মুখে নিয়ে বলল,

'লোকটির সাথে নিভৃতে অনেক কথা বলে আমার ডান্স সম্পর্কে অনেক কিছু শিখতে পারলাম। তাই ত!'

'একদম ঠিক বলেছ! আর এসব আগে থেকেই জেনে নিয়েছ বলে অসংখ্য ধন্যবাদ!' উর্বশী তার রাগকে প্রশমিত করে একটু ব্যঙ্গ করে বলল।

সে অবশ্য মনে মনে আশ্বস্ত হয়ে বলল, থ্যাংক গড! প্রীতম এর থেকে অধিক আর কিছু জানতে পারে নি!

কিন্তু প্রীতম আবার জানতে চাইল,

'তোমাকে একটু আগে কে ফোন করেছিল?'

এই প্রশ্নে উর্বশী দৃশ্যতই বিব্রত দেখাল। সে মুখ ফ্যাকাসে করে কিছুক্ষন বোবার মত চেয়ে রইল। তারপর বলল, 'কে কেউ করে নি ত!'

তুমি আমার সামনে মিথ্যা বলছ কেন? ফোনে কথা বলার সময় আমি ত তোমার পেছনেই দাঁড়িয়ে ছিলাম!'

'ও, হ্যা, আরে ঐ সেই লোকটা যে আমাকে নাচ শেখাতে চেয়েছিল। দূর! একটা বাজে লোক। আমি না করে দিয়েছি। ওর সাথে আর কোনদিনও দেখা করব না।'

'দেখ উর্বশী তোমাকে আমি কতখানি ভালবাসি তা তোমাকে বোঝাতে পারব না। আমার মা বাবা পর্যন্ত তোমাকে মেয়ের মত স্নেহ করে। তারপরেও যদি তোমার মনে অন্যকিছু থাকে তাহলে আজ এখানেই পরিষ্কার কর। আমি নিশ্চিত, তোমার ঐ নাচের মাস্টার তোমার দুর্বলতার সুযোগ নিয়ে তোমার ঘাড়ে চেপে বসেছে। তোমাকে নিয়ে আমার খুবই চিন্তা হচ্ছে!'

'আমি আর কোনদিন প্রবালের সাথে দেখা করব না বা ফোন করব না। এই তোমার গা ছুয়ে প্রতিজ্ঞা করছি!'

নির্দিষ্ট সময়ের পর তাদের দুজনের মধ্যে তর্ক বিতর্ক, মান অভিমান থেমে গেল। উর্বশী তার কৃতকর্মের স্বপক্ষে তেমন জোড়ালো যুক্তি উপস্থাপন করতে ব্যর্থ হয়ে আত্মসমর্পন করল। উপরন্তু সে প্রীতমের বুদ্ধিদীপ্ত বক্রোক্তির কষাঘাতে জর্জরিত হতে লাগল, এবং অবশেষে তার অন্যায় স্বীকার করে ক্ষমা চেয়ে হাত জোড় করে হাউ মাউ করে কাঁদতে লাগল।

উর্বশীর ভূল স্বীকার, প্রতিজ্ঞা, কান্না এবং আত্মসমর্পন প্রীতমের সংবেদনশীল মনকে নরম করে দিল।

সে দুঃখ প্রকাশ করল তার অনিচ্ছাকৃতভাবে তাকে আঘাত করার জন্য। অবশেষে তারা তাদের মানসিক দূরত্বকে কাটিয়ে আবেগাপ্লুত হয়ে একে অপরকে জড়িয়ে ধরল।

সবকিছু ভুলে দুই সমবয়সী অপরিনত তরুন তরুনী মনের সমস্ত ক্লেদ মুছে দিয়ে নির্মল আনন্দে উদ্দেশ্যহীন হাঁটতে লাগল। তারপর উর্বশীর প্রস্তাবে আজকের দিনটা দূরে কোথাও কাটানোর জন্য তারা একটি ওলা ভাড়া করে নিউটাউনে প্রীতমের বাড়ির কাছাকাছি পৌঁছাল। নিউটাউন এখন বৃহত্তর কলকাতার প্রস্তাবিত স্মার্ট সিটি। তারা সেখানকার একটি সুন্দর মিলনায়তন 'নজরুল তীর্থ-এ ঘোরাঘুরি করে বিকেল ৫টার দিকে ইকো-পার্কে পৌঁছাল।

পার্কের ভেতরে একটি ফুড-ক্যাফেতে স্যান্ডউইচ এবং কফি খেয়ে তারা পার্ক সংলগ্ন লেকে বোটিং উপভোগ করল, তারপর সেখানকার প্রজাপতি উদ্যান ঘুরে তারা সেখানকার নির্মিত পিরামিড, তাজমহল এবং আইফেল টাওয়ারের মত পৃথিবীর সেরা কীর্তিসমূহের রেপ্লিকাগুলি দেখল।

সেখান থেকে বেরিয়ে তারা আবার লেকের ধারে পৌছাল। লেকের ধার বরাবর দর্শনার্থীদের জন্য বসার জায়গাগুলি ইতিমধ্যে ভরে গেছে। চারিদিকের রঙ্গিন আলোকসজ্জায় লেকের জলে আলোর প্রতিবিম্ব পড়ে গোটা এলাকাটায় একটা মায়াজাল সৃষ্টি করেছে। তারা দুইজন একটা কর্ন ফ্লাওয়ারের প্যাকেট হাতে করে একটা লোহার হেলান দেওয়া বেঞ্চিতে বসল। উদ্যান কর্তৃপক্ষের উদ্যোগে লাইট এন্ড সাউন্ড অনুষ্ঠানে জলের ফোয়ারার নৃত্যের সাথে রবীন্দ্র সঙ্গীত ভেসে আসছে—আমি চিনি গো চিনি তোমারে, ওগো বিদেশিনী... । আর ঠিক এই সময় উর্বশীর পার্সে থাকা মোবাইলটা বেজে উঠল। উর্বশী তাড়াহুড়ো করে সেটা সংগ্রহ করে স্ক্রীনটা দেখে নিয়ে সেটাকে দ্রুত টিপে দিয়ে আগের জায়গায় রেখে দিল।

'কে ফোন করল, দেখলে না!' প্রীতম স্মিত হেসে জিজ্ঞেস করল।

'আমি জানি না কে। আন্নোন নম্বর।'

বলতে বলতেই সে বেয়াড়া জিনিষটি আবার বেজে উঠল এবং উর্বশী বিরক্ত হয়ে একই কাজ করল।

'কেন বন্ধ করলে? ধরো! জরুরী কিছু বিষয় হতে পারে!'প্রীতম বিনয়ের সাথে উপদেশ দেওয়ার মত করে বলল।

কিন্তু সে প্রীতমের পরামর্শ উপেক্ষা করে আবার সেটাকে স্তব্ধ করে পূর্বের জায়গায় রেখে দিল।

কিন্তু সেটা রাখা মাত্রই আবার বেজে উঠল।

'আহ! জঘন্য!' কিছু কোম্পানি আছে এত জ্বালাতন করে! অসহ্য!'

এবার সে জোর করে সুইচ অফ বোতাম টিপে আবার ভিতরে ফেলে দিল।

মোবাইলের উপর উর্বশীর এই নিষ্ঠুর ব্যবহার এবং বিষয়টি গোপন করার ব্যর্থ চেষ্টা প্রীতমের যথারীতি হাসির উদ্রেক করল। সে মজাও পাচ্ছিল আবার তার উপর করুনাও হচ্ছিল। সে জানত যে ফোনটি অবশ্যই তার নতুন মাস্টার প্রবালের কাছ থেকেই এসেছে।

কিন্তু প্রেমের গোলকধাঁধায় অনভিজ্ঞ বেচারী উর্বশীর ধারণা ছিল না যে একটি মেয়ের বয়ফ্রেন্ড এই বিশেষ ব্যাপারটিতে কতখানি সংবেদনশীল।

'কিন্তু আমি ভালো করেই জানি কে তোমাকে ফোন করছিল। তার নাম্বারটা তুমি ব্লক করে দাও নি। এবং তুমি এটাও ভাল করে জান যে তোমার নতুন নাচের মাস্টার যে কোনও মুহূর্তে তোমাকে বিরক্ত করতে পারে। আমার ত মনে হচ্ছে সে ইচ্ছাকৃতভাবে আমাদের মধ্যে আরেকটি ভুল বোঝাবুঝি তৈরি করার জন্য তোমাকে ফোন করছে। অথচ তুমি তার লাইনটাকে খুলে রেখে দিয়েছ যাতে করে যখন খুশী ফোন করতে পারে আর আমি আরেকবার তোমার সম্পর্কে ভুল বুঝি এবং রেগেমেগে তোমার সাথে সব সম্পর্ক ছিন্ন করি'। এবং সেটা করতেই কী তুমি এখানে বসেছ?' প্রীতম তাকে ভর্ৎসনা করতে লাগল।

'কী সব আজেবাজে বলছ! উনি আমাকে ফোন করছে না।' গলায় একটা জোর দিয়ে বলল উর্বশী। সে তার অসততাকে লুকানোর মরীয়া প্রচেষ্টা চালাল।

'আমাকে বোকা বানাতে গিয়ে তুমি নিজেকে বোকা বানাচ্ছ! কেন আমাকে আবার মিথ্যা বলছ? দেখি তোমার মোবাইল বের কর!' প্রীতম উত্তেজিত হয়ে বলল।

'আজ্ঞে হ্যাঁ সেই ফোন করেছিল। দেখবে? এই নাও!' সে প্রবালের ছবি শুদ্ধ মোবাইলটা প্রীতমের হাতে দিল। প্রীতম সেটা হাতে নিয়েই একপাশে রেখে দিল।

'কিন্তু তুমি ত লোকটির সাথে আর কোন সম্পর্ক রাখবে না বলে প্রতিশ্রুতি দিয়েছিলে।'

একথা বলার পরই উর্বশী বোকার মত চেয়ে রইল। সম্ভবত তার কাছে এর কোন জবাবেই ছিল না। উর্বশীর রাগ সম্পূর্ন তার মোবাইলের উপর গিয়ে পড়ল। সে হঠাৎ উত্তেজিত হয়ে মোবালটা হাতে নিয়েই 'ধুর ছাই!' বলে সেটা একেবারে দূরে নিক্ষেপ করে বসল। প্রীতম দেখল সেটা লেকের ফেন্সিং অতিক্রম করে গড়িয়ে গিয়ে জলে পড়ে যাওয়ার উপক্রম হয়েছে।

প্রীতম তৎক্ষনাৎ উঠে গিয়ে সেটিকে হাত বাড়িয়ে কোনক্রমে উদ্ধার করতে সক্ষম হল। এদিকে কাজটি করে ফেলেই উর্বশী অঝোরে কাঁদতে লাগল। প্রীতম মোবাইলটা হাতে রেখে কী করবে বুঝতে না পেরে হতভম্বের মত কিছুক্ষন দাঁড়িয়ে থাকল। সে খুবই বিব্রত বোধ করতে লাগল, কারণ এখনও তাদের আশপাশে অনেক দর্শনার্থী চলাফেরা করছিল। উর্বশীর অসহায় মুখটা দেখে প্রীতমের মায়া হল।

'উর্বশী! আমি সরি! আমি কিছু মনে করিনি। দয়া করে চুপ কর! এত অবুঝ হইও না। লোকে দেখছে!' প্রীতম অনেক চেষ্টা করে তাকে চুপ করাতে পারল। উর্বশী শান্ত হলে সে বলল,

'নাম্বারটা ব্লক করে দেব?'

উর্বশীর কান্না থামলেও তার রেশ তখনও কাটে নি। ঐ অবস্থায় ধরা গলায় বলল, 'দাও!'

উর্বশী সম্পূর্ন স্বাভাবিক হলে প্রীতম মোবাইলটা তার হাতে তুলে দিল যেটাকে সে আবার যথাস্থানে রেখে দিল। ▢

পনের

উর্বশীর অপহরন

পৌষের মাঝামাঝি। একটা ঠান্ডা বাতাস পরিবেশে একটা শীতের সর্তকতা বয়ে আনছিল। কলকাতার বাইরের এই বিশাল উদ্যানটিতে প্রতিদিন হাজার হাজার দর্শনার্থী এখানে তাদের মুক্ত অবসর উপভোগ করতে আসেন। উর্বশী আর প্রীতম কম বয়স্ক অপরিনত প্রেমিক প্রেমিকা তাদের নিজেদের মনের জটিলতাকে সরিয়ে দিয়ে আবার খোশ মেজাজে কিছুক্ষন সময় সেখানে কাটাল। সন্ধ্যা প্রায় সাতটা নাগাদ তারা বাড়ি মুখো হল। প্রীতমের বাড়ি খুব একটা দূরে নয়, কিন্তু উর্বশীর বাড়ি অনেক দূর। তাই তারা গেট পার হয়ে ট্যাক্সি ধরতে রাস্তায় নেমে হাঁটতে শুরু করল।

পরিষ্কার ঝকঝকে রাস্তা। উপর দিয়ে নির্নীয়মান মেট্রো রেলের লাইন অজগরের মত বেঁকে এয়ারপোর্টের দিকে চলে গেছে। ট্যাক্সি, ম্যটাডোর, মিনি, অটো চললেও পথচারীরা খুব কমই চলাচল করছিল, ইউনিফর্ম পরা মাত্র দু-তিনজন ট্রাফিক পুলিশ দুরে দাঁড়িয়ে অলস গালগল্প করছিল। তারা যখন মেট্রো লাইন থেকে সরে এসে একটা ট্যাক্সি বা ওলা ধরার জন্য রাস্তা ধরে এগোচ্ছিল, হঠাৎ একটা কালো রঙের গাড়ি তাদের সামনে এসে থামল।

গাড়ি থেকে মুখোশ পরা কালো কাপড়ে আবৃত তিনজন লোক বেরিয়ে এল, মুহূর্তের মধ্যে তাদের একজন পেছন থেকে বাহুশুদ্ধ উর্বশীকে জাপটে ধরল, উর্বশীর চীৎকার করার আগেই আরেকজন মোটা একটা পেস্ট লাগানো প্যাড তার মুখে আটকিয়ে দিয়ে গাড়ির দরজা খুলে দিল। অপরজন তার দুই হাঁটু শক্ত করে চেপে ধরে চ্যাংদোলা করে তুলে নিয়ে পেছনের খোলা দরজা দিয়ে তাকে ভেতরে ঠেলে দিল।

প্রীতম প্রথমে ঘটনার আকস্মিকতায় হতভম্ব হয়ে কয়েক সেকন্ড দাঁড়িয়ে থেকে— 'কী করছেন! ওকে ছেড়ে দিন! ওকে কোথায় নিয়ে যাচ্ছেন!' বলে গাড়ির দিকে ছুটে যেতেই তাদের একজন তার থুতনির তলা দিয়ে একটা প্রচন্ড ঘুসি মারতেই সে চিৎপটাং হয়ে প্রায় অজ্ঞান হয়ে পড়ে

গেল। তিন মাস্কেটিয়ার গাড়ি স্টার্ট করে এগিয়ে গেল। চোখের সামনে যেন এক হিন্দি ছবির দৃশ্য। আশ্চর্যের ব্যাপার এই যে এই আকস্মিক আক্রমনে একটি অসহায় তরুনীর সাথে যখন এই ঘটনাটি ঘটছিল তখন পথচারীরা ত বটেই অদূরে দাঁড়ানো নিরাপত্তা কর্মীরাও দাঁড়িয়ে থেকেই সে ছবির দৃশ্য উপভোগ করছিল। তবে হিন্দি থ্রীলারের হুবহু এই ঘটনার শেষ দৃশ্যটির তখনও বাকি ছিল।

অপহরনকারীর গ্যাঙটি গাড়ি নিয়ে এগিয়ে যেতেই আরেকটি গাড়ি পেছন দিক থেকে তীব্র বেগে ধাওয়া করে পলায়মান গাড়িটির গতি পরাস্ত করে সামনে এসে গতিপথ আটকে দিল। একজন স্মার্ট লম্বা চওড়া বলিউড হিরোর মত সুদর্শন যুবক নেমে এসে অপহরণকারীদের নামতে বাধ্য করল। তারপর শুরু হল সেই রোমাঞ্চকর তিনজনের বিরুদ্ধে একজনের অসম যুদ্ধ। হাত এবং পায়ের বিস্ময়কর কৌশল এবং ক্ষিপ্রতায় কয়েক মিনিটের মধ্যে দুষ্কৃতিরা বিধ্বস্ত হয়ে রনে ভঙ্গ দিল। তারা গাড়ি নিয়ে পালিয়ে গেল।

দুর্বৃত্তরা ঘটনাস্থল থেকে ছত্রভঙ্গ হয়ে পালিয়ে যাওয়ার সাথে সাথে অপহরন কান্ডের শিকার উর্বশী এই মহান ত্রান কর্তাকে চিনতে পেরে তার বুকে ঝাঁপিয়ে পড়ল এবং যন্ত্রনায় আতংকে লজ্জায় তার দুই হাত দিয়ে তাকে জড়িয়ে ধরল। নিজের জীবনকে বাজি রেখে তাকে এইভাবে রক্ষা করতে এগিয়ে আসায় তার প্রতি ভালবাসা এবং শ্রদ্ধায় মন ভরে গেল, সে তার বুকে মুখ লুকিয়ে ফুঁপিয়ে কাঁদতে লাগল।

প্রায় আধা ঘণ্টা একটানা গাড়ি চালানোর পর লেক টাউন এলাকায় একটি বহুতল ভবনের সামনে গাড়ি থামল।

উর্বশীর ট্রমা তখনও কাটে নি। সে প্রবালের কোন কথার জবাব দিতে পারে নি। মানসিক এবং শারিরীক যন্ত্রনায় সে মাথা নীচু করে মাঝে মাঝেই কাঁদছিল। গাড়ি থামতেই সে আতংকে জিজ্ঞেস করল

'এটা কোন জায়গা?'

রিল্যাক্স! চিন্তা কর না। এটা আমার অফিস। আমাদের এখানে একটু বিশ্রাম নেওয়া উচিত।'উর্বশীকে লক্ষ্য করে বলল প্রবাল।

'কিন্তু আমি এক্ষুনি বাড়ি যেতে চাই। প্লিজ আমাকে আমার বাড়িতে পৌঁছে দিন!' সে কাকুতি মিনতি করতে লাগল।

কিন্তু ততক্ষণে দুজন ব্যক্তি, একজন পুরুষ এবং একজন মহিলা, যাদেরকে সম্ভবত ফোনে প্রোবাল আগাম তৈরী থাকতে বলেছিল, উর্বশীকে গাড়ি থেকে নামিয়ে ভিতরে নিয়ে গেল এবং তারা সবাই লিফটে করে চার তলার একটি অফিস বাড়িতে পৌছাল। সেখানে তাকে একটি বিছানায় শুয়ে দেওয়া হল। হামলাকারীদের সাথে ধস্তাধস্তির সময় তার শরীরের বিভিন্ন স্থানে যন্ত্রনা এবং আঘাতের জন্য ব্যাথার ঔষধ খাওয়ানো হল এবং আহত জায়গা গুলিতে মলম লাগানো হল।

প্রবালকে কিছুটা ক্লান্ত লাগছিল। তার মুখের একপাশে লালচে ফোলা ভাব এবং সামান্য রক্তপাতের চিহ্ন ছিল। মুখ মন্ডলের বিভীন্ন জায়গায় একজন পেশাদারী নার্স ব্যান্ডেজ করে দিল। তার বা হাতেও একটি প্লাস্টার করতে হল।

উর্বশী তাদের কথামত বিশ্রাম নিতে অস্বীকার করল এবং অবিলম্বে তাকে বাড়ি পৌছে দিতে আবার অনুরোধ করল। প্রবাল তাকে আশ্বস্ত করে বলল, যে তারা কয়েক মিনিটের মধ্যে তার বাড়ির দিকে যেতে শুরু করবে।

প্রীতমের কথা মনে পড়তেই উর্বশীকে একটু বিচলিত দেখাল। সে বলল,

'প্রীতম কোথায়!'

প্রবাল ছুটে এসে তার ডান হাতটা ধরে বলল, 'এত ব্যস্ত হচ্ছ কেন? প্রীতম ভাল আছে। আরেকটু সুস্থ হয়ে নাও সব বলছি'।

উর্বশী পাশ ফিরে শুয়েই এপাশ ওপাশ হাতড়িয়ে তার মোবাইল খুঁজে না পেয়ে বলল, 'আমার মোবাইল কোথায়!' কারো কাছ থেকে এর সদুত্তর না পাওয়ায় উর্বশী বুঝল তার মোবাইল খোয়া গেছে। সম্ভবত দুস্কৃতিরা তাকে গাড়িতে তুলতে গিয়ে সেটা হাতিয়ে নিয়েছে। উর্বশীর মোবাইল না থাকায় তার কারো সাথে যোগাযোগ করার কোন উপায় থাকল না।

প্রীতম এই মুহূর্তে কেমন আছে! কোথায় আছে, দুষ্কৃতীরা তাকেও আঘাত করেছে কীনা এসব চিন্তা তার মাথায় আসায় এক অজানা আশংকায় তার বুকটা কেঁপে উঠল। সে প্রীতমের হদিস জানতে ব্যস্ত হয়ে পড়ল। একবার ভাবল সে প্রবালকে তার সম্পর্কে জানতে অনুরোধ করবে। কিন্তু প্রবালের সাথে প্রীতমের কোন যোগাযোগই ছিল না। তার নম্বরও উর্বশীর সম্পূর্ন মনে নেই।

'প্রীতম কেমন আছে?' তার খবর জানার প্রবল ইচ্ছায় উর্বশী প্রবালকে জিজ্ঞেস করতে বাধ্য হল।

'কোন প্রীতম! ও বুঝেছি সেই বদমাসটা! যে ঐ সময় তোমার সাথেই ছিল! আর তোমার ঐ বিপদ দেখে সঙ্গে সঙ্গে গা ঢাকা দিল। সত্যি! এই না হলে বন্ধু। এইরকম ভীরু স্বার্থপরদের সাথে চলা ফেরা কর! ছিঃ এরা এত নীচ! আমার ত মনে হয় ঐ গুন্ডাদের গ্যাঙে সেও আছে। তুমি আমার সাথে মিশছ জেনে সেই চক্রান্ত করে একাজ করেছে। কিডন্যাপারদের সঙ্গে ওর চুক্তি হয়েছিল। আমি সেই মুহূর্তে সেখানে এসে পড়ায় তার প্ল্যানটাই ভেস্তে গেছে। আর তুমি জানতে চাচ্ছ সে কেমন আছে! তুমি নিশ্চিন্ত থাক সে বহাল তবিয়তেই আছে!'

রাত আটটার দিকে প্রবাল উর্বশীদের বাড়িতে পৌছাল। পথে প্রবাল তাকে অনেক কথা বলে তার ভয় এবং হতাশা কাটানোর চেষ্টা করল। সে সবসময় তার পাশে থাকবে। কেউ তার ক্ষতি করার সাহস পাবে না, যতক্ষণ সে তার সাথে থাকবে। ইত্যাদি কথা বলে তার প্রতি উর্বশীর ষোল আনা আস্থাভাজন হওয়ার চেষ্টা করল।

'আমাদের যত তাড়াতাড়ি সম্ভব আজকের মর্মান্তিক ঘটনাটি ভুলে যাওয়ার চেষ্টা করা উচিত। কিন্তু আমি সহজে ঐ দুষ্কৃতিদের পালিয়ে যেতে দেব না। তুমি আমার উপর ভরসা রাখ। এই অপকর্মের সাথে জড়িত গ্যাংকে আমাকে ধরতেই হবে। সেই ছেলেটা, যার নাম কী যেন...ওহ, হ্যাঁ, প্রীতম! তার ভূমিকা খুবই সন্দেহজনক! ডায়েরীতে তার নামও দিতে হবে। এই অপহরন কান্ডে প্রীতমের নামও জড়িয়ে যেতে পারে শুনে চমকে উঠল উর্বশী।

'প্রীতম!'

'হ্যাঁ এই প্রীতম। অপরাধীরা তোমাকে আক্রমণ করতে দেখেই আমি তাকে পালিয়ে যেতে দেখেছি। সে এত কাপুরুষ আর স্বার্থপর! আমার মনে হয় গ্যাং এর সাথে তার একটা সম্পর্ক আছে!'

উর্বশী কিছু বলতে পারল না। এটা তার কাছে কল্পনাতীত। কিছুক্ষণের মধ্যেই এই পৃথিবীর প্রতি তার দৃষ্টিভঙ্গি বদলে গেল। তার নিজের আশেপাশের সবাই তার অচেনা মনে হতে লাগল।

অনেকক্ষন চুপ থেকে উর্বশী বলল,

কিন্তু আমার মনে হয় না, প্রীতম কোনো এমন একটি জঘন্য কাজে জড়িত থাকতে পারে। ও খুব ভালো ছেলে!' প্রীতমকে সন্দেহ এবং দোষারোপ করার জন্য কষ্ট পাচ্ছিল উর্বশী।

'মানুষের মনের কথা আমরা কতটুকু জানি!' প্রবাল দার্শনিকের মত করে উর্বশীর উদ্দেশ্যে বলল। তারপর সতর্ক করে বলল,

'আমার মতে এর পরে তোমার ঐ নাম মুখে নেওয়াই উচিত না'।

প্রীতম সম্পর্কে প্রবালের এই মন্তব্যগুলি উর্বশীর মনে কী প্রতিক্রিয়া হল বোঝা গেল না। তবে বাড়ি পৌঁছানোর আগ পর্যন্ত তার মুখ থেকে আর কোন কথা বেরল না।

বাড়িতে পৌঁছে মানসিকভাবে ভেঙে পড়া উর্বশী কাউকে কিছু না বলে তার বিছানায় শুয়ে মুখ ঢেকে অঝোরে কাঁদতে লাগল। বিশেষ করে প্রীতমের বিরুদ্ধে এমন অপরাধের অভিযোগ আনার কথা শুনে আরো সে ভেঙ্গে পড়েছিল।

প্রবাল উর্বশীর দিদি এবং মা'কে ঘটনার সব কিছু বিশদভাবে বর্ণনা করল—কীভাবে উর্বশীর সাথে দুর্ঘটনা ঘটেছিল এবং কীভাবে সে তিনজনের বিরুদ্ধে লড়াই করে অনেক বিপদের ঝুকি নিয়ে তাকে উদ্ধার করেছিল!

ঘটনার বিবরন শুনে উর্বশীর দিদি এবং মা হতবাক। মেয়ের বাড়ি ফিরতে দেরি হওয়ায় দিদি বেশ কয়েকবার যোগাযোগ করার চেষ্টা করেছিল। সে সাধারণত তার দিদি মাকে বাড়িতে আসতে দেরি হলে ফোন

করে জানাতে ভোলে না। কিন্তু সে তা করে নি। উপরন্তু দিদির কোন কলও সে রিসিভ করেনি। কোলকাতার বুকে এরকম যে একটা ঘটতে পারে তা, অন্তত উর্মিলা কল্পনাও করতে পারেনা।

সত্যি যদি সে অপহৃত হত! প্রবাল যদি ঐ সময় উপস্থিত না হত! সে যদি লড়াই করে তাকে না রক্ষা করত! তাহলে কী সর্বনাশটা হত! তারা তাদের আদরের মেয়ের সম্ভাব্য দুর্ভাগ্যের কথা ভেবে আতংকে শিউরে উঠল। পাশাপাশি প্রবালের প্রতি তাদের কৃতজ্ঞতা, শ্রদ্ধা এবং ভালবাসায় মন ভরে গেল।

'ঈশ্বর তোমার মঙ্গল করুক বাবা!' উর্বশীর মা কৃতজ্ঞতায় প্রবালের হাত চেপে ধরে কান্নার গলায় বলল।

'দিদি! আমি কী এখন থানায় যাব?' উর্মিলা একথা শুনে একটু বিব্রত হয়ে বলল,

'থানা!'

কেন, এই বদমাশ গুলোকে ধরতে হবে না? অবশ্য পুলিশকে জানালে বিষয়টি অনেকদূর পর্যন্ত গড়াবে। উর্বশীকে বার বার থানায় যেতে হবে। বাড়িতে এসে আপনাদেরও নানা প্রশ্নের উত্তর দিতে হবে। নানা লোক নানা কথা বলবে। তবুও আমি বলব দুষ্কৃতিদের উপযুক্ত শাস্তি হওয়া উচিৎ'।

প্রবালের কথা শুনে উর্বশীর মা অহমিকা দেবী বলল, 'এসব থানা পুলিশ আর কেন বাবা? ভালয় ভালয় সবই যখন মিটে গেছে, খামোকা নতুন ঝামেলায় আমরা যেতে চাই না। তুমি ওসব বাদ দাও'।

'ঠিক আছে আপনারা যখন বলছেন! তবে ওদেরকে ছেড়ে দেওয়াও যাবে না আমি ব্যাপারটা অন্যভাবে দেখছি। আর হ্যা, দিদি, উর্বশীর একজন ক্লাস ফ্রেন্ড প্রীতম না কী যেন নাম সে কিন্তু এই দুষ্কৃতীদের সাথে যুক্ত আছে বলে আমার সন্দেহ, কারন ঘটনার সময় সে উর্বশীর সাথেই ছিল। কিন্তু উর্বশী আক্রান্ত হতেই যখন উর্বশী বাঁচাও! বাঁচাও! করে আর্ত চীৎকার করছিল সে তখন গা ঢাকা দেয়। ঈস! ভাগ্যিস ঐ সময় রাজারহাটে একটা হাউজিং কনস্ট্রাকশন দেখতে বেরিয়েছিলাম। তা নাহলে ওকে আর খুঁজে পাওয়া যেত না!'

'আচ্ছা মাসীমা এখন আসি' বলেই সে অহমিকা দেবীকে একটা প্রনাম করল। তারপর উর্মিলাকে দিদি সম্বোধন করে 'আসি' বলে, উর্বশীর বিছানার কাছে গিয়ে সন্তর্পনে মাথায় হাত বুলিয়ে তাকে সবকিছু ভুলে সাহসী এবং আত্মবিশ্বাসী হতে পরামর্শ দিল। মডেলিংয়ের বিষয়টিও সে আরেকবার চুপি চুপি মনে করিয়ে দিল তারপর আরেকবার তাকে আসি এবং গুড নাইট বলে প্রবাল তাদের বাড়ি থেকে বেরিয়ে এল।

উর্বশীর এই ঘটনার পর কয়েক সপ্তাহের জন্য নিজেকে সে গৃহবন্দী করে রেখেছিল। মানসিকভাবে বিপর্যস্ত উর্বশীর শরীরেও তার প্রভাব পড়ল। তার কোন মোবাইল ছিল না এবং কারো সাথে তার যোগাযোগের কোন মাধ্যম ছিল না। ধস্তাধস্তির সময় অপহরণকারীরা তার মোবাইল ছিনিয়ে নেয়। সে কারো সঙ্গেই কোন কথা বলে না এমন কী মা এবং দিদিকেও না, প্রয়োজনে কিছু জিজ্ঞেস করলে শুধু উত্তর দেয়।

একদিন সে তার দিদিকে হঠাৎ একান্তে বলেছিল, 'দিদি প্রীতম কেমন আছে?'

উর্মিলা প্রশ্ন শুনে অবাক এবং আনন্দ দুটোই হয়েছিল। প্রীতম সম্পর্কে সঠিক কিছু না জানলেও সে জবাবে বলল, সে ভাল আছে। ওর জন্য কোন দুশ্চিন্তা করবে না'।

প্রীতমের এইটুকু আংশিক খবর শুনে তার মন উৎফুল্ল হল। পরক্ষনই একটা যন্ত্রনা তাকে অস্থির করে তুলল।

প্রীতমের ব্যাপারটা ওর কাছে সত্যিই একটা রহস্য। তাকে নিয়ে একটা মানসিক দ্বন্দ তার এই অবসাদের অন্যতম কারন। শরীরে এমন কিছু তার আঘাত ছিল না। দুষ্কৃতীরা কোন অসভ্যতাও করে নি। তার আঘাত শুধু মানসিক। এই অপকর্মের পেছনে কি তার কোনো সত্যি হাত ছিল? প্রশ্নটা তার মনে বার বার ধাক্কা দিয়ে ব্যতিব্যস্ত করে তোলে।

সে মাঝে মাঝে স্থির বিশ্বাসে অবিচল থাকে যে, প্রীতমের সততা এবং ভালবাসা তার কাছে প্রশ্নাতীত। তার সহপাঠি এবং সমবয়সী প্রীতমের মধ্যে এসব দুষ্কৃতীর যোগাযোগ কী করে সম্ভব। প্রবাল তার উদ্ধারকারী তার পরিত্রাতা কিন্তু তাই বলে তার কথাই সব!

সে একসময় স্থির করেছিল, তার দিদিকে না জানিয়ে সে প্রীতমের বাড়িতে গিয়ে তার সাথে এবং তার পরিবারের সাথে কথা বলবে। কিন্তু নতুন কোন বিড়ম্বনার আশংকায় তার সেই ইচ্ছা ফলপ্রসূ হয় নি। এদিকে উর্বশীর পরিবারে প্রবালের সর্বগ্রাসী প্রভাব ধীরে ধীরে প্রীতম নামক ছেলেটির অস্তিত্বকে ভুলিয়ে দিল।

প্রবাল সবসময় উর্বশীর উজ্জ্বল ভবিষ্যতের কথা বলে তাকে তার পরিবারকে উজ্জীবিত করতে থাকে। সে উর্বশীর প্রতিভা, দক্ষতা এবং সৌন্দর্যের মর্যাদা দিতে সে তার কাছে অনেক সুযোগ এনে দিতে চায়। বিনোদন জগতে প্রভাবশালী এবং আর্থিক ভাবে সুপ্রতিষ্ঠিত এই যুবককে দেখে উর্মিলা নিজেও প্রভাবিত হল। সব থেকে বড় কথা তার উদারতা, সাহস এবং বীরত্বকে তারা অস্বীকার করবে কোন মূল্যে?

মূলত প্রবালের চেষ্টাই উর্বশী তার অবসাদ থেকে সম্পূর্ন মুক্ত হয়ে ইউনিভার্সিটি যাওয়া শুরু করল। প্রবাল তার বিড়ম্বিত জীবনে একটি নতন অধ্যায় সূচনা করতে সফল হয়েছে, যা এরকম পরিস্থিতিতে একটি মেয়ের খুবই প্রয়োজন ছিল। তবে উর্বশীর পরিবার প্রবালের সাথে তার পূর্ব পরিচিতি এবং পূর্বের গোপন মেলামেশার খবর বিন্দু বিসর্গও জানত না। ❑

ষোল

আক্রান্ত প্রেমিক

এদিকে প্রীতমের কী হল! চলুন একবার দেখি। ঘটনার আকস্মিকতায় প্রীতম হতভম্বের মত এদিক ওদিক কিছুক্ষন চেয়ে দেখল। আতংকের অভিঘাতে দুষ্কৃতিদের আঘাতের যন্ত্রনা সে টেরই পেল না। সে সামনের দিকে তাকিয়ে দেখল সেখানে উর্বশী নেই, কোন গাড়ি নেই, সামনে শুধু একটা জটলা। উর্বশী হঠাৎ কোথায় উধাও হল! কে তাকে হরন করল! কোথায় তাকে নিয়ে গেল! এসব তার মাথায় আসতেই বুকের মধ্যে একটা যন্ত্রনার সৃষ্টি হল। মোবাইল খুঁজতে সে পকেট হাতিয়ে দেখল একদম ফাঁকা। মোবাইল, পার্স কিছু নেই। সে কী করবে, একটু ধৈর্য ধরে ভাবার চেষ্টা করল। কিন্তু সামনে জটলাটা মনে হয় তার দিকেই এগিয়ে আসছে! বুঝতে পেরেই সে আবার বেশী ভীত সন্ত্রস্ত হয়ে উল্টোদিকে দৌড়াতে শুরু করল। এসব রাস্তা দিয়ে বিশেষত রাতের বেলা দৌড়ানর অনেক বিপদ। সে কিছুদূর গিয়ে দেখতে পেল জটলাটা আর দেখা যাচ্ছে না। তাই সে দৌড় থামিয়ে জোরে জোরে পা ফেলতে লাগল। একটা স্টপেজে একটা বাস থামতেই সে সেটাতে উঠে পড়ল এবং একটা ফাকা সীটে বসে পড়ল। সে দেখল বাসটি ধর্মতলা যাচ্ছে। রাতে ভালভাবে তেমন দেখা না গেলেও দু একজন যাত্রী হয়তবা তার মুখের দিকে তাকিয়ে সন্দেহজনক কিছু দেখছিল। তার নিজের বাড়ি এতক্ষনে পার হয়ে এসেছে। সে ঠিক করল সে তার নিজের বাড়িতে না গিয়ে প্রঃ স্যান্যালের বাড়িতেই যাবে, কারন তার এই বিড়ম্বনা বাড়িতে গেলে পরিবার সহ্য করতে পারবে না।

উর্বশীর দুর্দশার কথা চিন্তায় আসতেই সে খুব ঘাবড়ে গেল। তাকে উদ্ধার করতে অবিলম্বে কিছু একটা করা উচিত। মোবাইল না থাকায় কারও সঙ্গে যোগাযোগের কোন উপায় নেই। সে একবার ভাবল তার এই মুহূর্তে থানায় যাওয়া উচিত। কিন্তু তার একা সাহস কুলাচ্ছিল না। তার থানা পুলিশের কোন অভিজ্ঞতাই নেই। উপরন্তু সে এতটাই বিচলিত এবং ভয় পেয়েছিল যে একা ইতিবাচক কিছু করার মানসিক শক্তি হারিয়ে ফেলেছিল।

সব কিছু চিন্তা করে তার প্রঃ স্যান্যালের বাড়িতেই যাওয়া সমিচীন মনে হল। কিন্তু প্রীতম কখনও তার বাড়িতে যায়নি। উর্বশীর মুখ থেকে সে কেবল তার বাড়ির ঠিকানা জানতে পেরেছিল। সেই মোতাবেক সে কলেজ স্ট্রিটে নেমে অনেক খুঁজে খুঁজে প্রঃ স্যান্যালের বাড়ির গেটে উপস্থিত হল।

প্রীতমকে এই সময় এই অবস্থায় দেখে প্রফেসর সান্যাল অবাক হয়ে গেলেন। সে কিছু বলতে পারছিল না শুধু হাঁপাচ্ছিল। তাকে হাঁপিয়ে উঠতে দেখে সে চমকে উঠল। জানতে চাইলেন—কী হয়েছে বল? কিন্তু প্রীতম শুধু এক গ্লাস জল চাইল। সে খুব তৃষ্ণার্ত ছিল. জল খাবার পর সে অসংলগ্নভাবে সেই ভয়ঙ্কর ঘটনাটির বর্ণনা করল।

এতবড় একটা ঘটনা শুনে প্রফেসর সান্যাল নিজেই বিচলিত হয়ে পড়লেন। কিন্তু এই মুহূর্তে প্রীতমকে সাহস জোগানো দরকার। অল্পবয়স্ক অনভিজ্ঞ প্রীতম ঘটনার অভিঘাতে সে ট্রমাতে ভুগছে। তাই তিনি প্রীতমকে বললেন,

'কিচ্ছু ভেব না সব ঠিক হয়ে যাবে!' বলেই তিনি কাকে যেন ফোন করতে লাগলেন। কিছুক্ষনের মধ্যেই একজন মাঝবয়সী মহিলা একটা টিনের বাক্স নিয়ে ঢুকলেন। তিনি এসেই বাক্স খুলে একটা ইঞ্জেকশনের সিরিঞ্জ, কিছু ঔষধের শিশি কিছু তুলা এবং ব্যান্ডেজ বের করলেন। ভদ্র মহিলা সম্ভবত কোন স্বাস্থ্য কর্মী হবেন। তিনি শান্ত গলায় কী ঘটেছে, কীসের আঘাত জেনে নিয়েই পেশাদারীত্বের সাথে ইনজেকশন, খতের জায়গায় ওয়াশ করে মলম লাগিয়ে সুন্দর ভাবে ব্যান্ডজ করে দিলেন। এরপর প্রীতমকে একটা ট্যাবলেট খাইয়ে দিলেন এবং তাকে পরবর্তী ফলো আপ উপদেশ দিয়ে তিনি একটি কাগজে আঘাতের কারন, কোথায় কোথায় এবং কীসের আঘাত ইত্যাদি লিখে প্রঃ সান্যালের হাতে দিয়ে নিঃশব্দে সর্বকিছু গুছিয়ে নিয়ে চলে গেলেন।

প্রথমে প্রঃ স্যান্যাল উর্মিলাকে ফোন করার চেষ্টা করলেন। কিন্তু পরে তিনি ভাবলেন উর্বশীকে উদ্ধার করা এবং অপরাধীদের ধরা এই মুহূর্তে সবথেকে জরুরী। তাই প্রথমে পুলিশের সাহায্য নেওয়াই সমিচীন মনে করলেন।

তিনি প্রীতমকে নিয়ে স্থানীয় থানায় পৌঁছালেন। প্রীতমের হয়ে তিনি উর্বশী গোস্বামী নামক এক তরুনীর অপহরণের বিস্তৃত ঘটনা লিপিবদ্ধ করে ডায়েরী করলেন।

প্রঃ স্যান্যাল প্রেসিডেন্সির একজন নামকরা শিক্ষকই নন তিনি একজন এলাকার জনপ্রিয় সমাজকর্মী। সমাজ বদলের রাজনীতির সাথেও ওতপ্রোতভাবে যুক্ত। পুলিশ তাকে ভালভাবেই চেনে। উপরন্তু তার বাবা একজন করপোরেশনের বড় ইঞ্জিনীয়ার ছিলেন। তাই পুলিশ তাকে যথেষ্ট সমীহ করেন। তাকে তারা ইমেডিয়েট ব্যববস্থা নেবেন বলে আশ্বস্ত করলেন।

তিনি সঙ্গে সঙ্গে উর্মিলাকে ফোন করে উর্বশীর খবরটা জানাতে গেলেন। কিন্তু উর্বশী আগেই বাড়িতে আছে শুনে তিনি হতবাক হলেন। উর্মিলা ফোনে জানাল প্রবাল চ্যাটার্জি নামে একজন তাকে অপহরনকারীদের কাছ থেকে উদ্ধার করেছে এবং এখন সে ভালো আছে।

উর্বশীর নিরাপদ প্রত্যাবর্তনের খবর শোনার সাথে সাথে প্রীতম যেন নতুন করে প্রান ফিরে পেল। মুহূর্তে তাকে সহজ এবং স্বাচ্ছন্দ্য দেখাল। কিন্তু প্রঃ সান্যাল আরেকটি ঝামেলার আশংকায় অস্বস্তিতে মোবাইল কানের কাছে রেখেই বিড় বিড় করে পায়চারী করতে লাগল।

'কিন্তু পুলিশের কাছে ত আমরা ডায়েরী করে এলাম। ও কিডন্যাপড হয়েছে তাকে উদ্ধারের জন্য পুলিশ ইতিমধ্যেই হয়ত বেড়িয়ে পড়েছে। দেশের সমস্ত থানায় হয়ত ব্যাপারটা জানিয়েও দিয়েছে! সে এরই মধ্যে কখন আবার বাড়ি ফিরে এল!'

উর্মিলার কোনও জবাব না পেয়ে তিনি আবার বললেন,

'সে এখন কেমন আছে?'

'ওর তেমন কিছু হয় নি। কোনো শারীরিক আঘাত নেই। কিন্তু সে মানসিকভাবে ভেঙে পড়েছে।' জবাব দিল উর্মিলা।

প্রঃ স্যান্যাল উর্মিলাকে বলল,

'আজকাল শহরে গঞ্জে, নারী পাচার কোনো নতুন ঘটনা নয়। কিন্তু নিউটাউনের মত একটি ব্যস্ত জায়গা ভরসন্ধ্যায়, এই ধরনের ঘটনা সত্যিই অবিশ্বাস্য! আবার কিডন্যাপ হওয়ার সাথে সাথে উদ্ধারও হল! এ দেখছি হিন্দি ছবিকে হার মানায়! ঘটনা যাই হোক আমি যে পুলিশে ডায়েরী করেছি! তার কী হবে!'

উর্বশী এর জবাবে কিছুই বলতে পারল না।

প্রফেসর সান্যালকে আবার পুলিশকে জানাতে হল যে ভিকটিমকে ইতিমধ্যেই উদ্ধার করা গেছে এবং নিরাপদে বাড়ি ফিরে এসেছে। খবরটা পেয়ে পুলিশ অবাক হল, আশ্বস্ত হল, আবার বিরক্তও হল।

পুলিশ প্রঃ স্যান্যালকে জানাল,

'কীভাবে এটা সম্ভব? একই সময়ে অপহরণ এবং উদ্ধার! এটা কি হিন্দি ছবির কাহিনী?'

আমরা ত আপনার কথামত ইতিমধ্যে মেয়েটিকে উদ্ধার করার জন্য আমাদের অভিযান শুরু করে দিয়েছি। আমার মনে হয় ঘটনাটি সম্পর্কে প্রথমে আপনার নিশ্চিত হওয়া উচিত ছিল।'

'আমি দুঃখিত অফিসার। আমার জন্য আপনাদের অনর্থক হয়রানি হতে হল, এরজন্য আমি সত্যি লজ্জিত'।

'ঠিক আছে স্যার! কোন সমস্যা নেই। এবং আমরা এটা জানতে পেরে খুশি হলাম যে ঘাম দিয়ে জ্বর সেরে গেছে। বলেই অফিসার একটা জোরে হাসি দিলেন। তবে ডায়রিটা করেছেন, ভালই করেছেন। এবার আপনার কথামত 'ভিকটিম রেসকিউড' বলে আমরা আবার সব থানায় মেসেজ পাঠিয়ে দিচ্ছি। তবে হ্যাঁ, অপরাধ যেহেতু সংঘটিত হয়েছে এবং অপরাধী যখন এখনো ধরা পড়ে নি সেইহেতু মামলাটি কিন্তু প্রত্যাহার করা যাচ্ছে না'।

'ঠিক! ধন্যবাদ।' বললেন সান্যাল।

এরপর প্রফেসর সান্যাল প্রীতমের কাছ থেকে ঘটনাটি কোথায় কীভাবে, কেমন করে ঘটল বিশদ জেনে নিলেন। প্রবাল সম্পর্কেও সব তথ্য

জেনে নিলেন। প্রবাল যে উর্বশীর নতুন বন্ধু এবং দুই নৌকায় পা দিয়ে তার যে বর্তমান মানসিক দ্বন্দ সেটাও প্রঃ স্যান্যাল বুদ্ধিমান প্রীতমের কাছ থেকে জেনে নিলেন। স্যান্যাল প্রীতমকে স্বাভাবিক হতে এবং যে কোনো উদ্বেগ থেকে মুক্ত হওয়ার পরামর্শ দিলেন।

প্রীতম তার মুখে হাতে ব্যান্ডেজ নিয়ে বাড়ি যেতে ভয় এবং সংকোচ হচ্ছিল। বিশেষত তার এই আঘাত এই ঘটনার পরিপ্রেক্ষিতে হয়েছে জানলে তার পরিবার খুবই ভেঙ্গে পড়বেন। তাই সে যাওয়ার আগে সেগুলি খুলে ফেলতে চাইল। স্যান্যাল স্যারকে অনুরোধ করল আপাতত কারো কাছে এমনকি তার পরিবারের কাছেও বিষয়টি প্রকাশ না করতে। প্রঃ স্যান্যাল প্রীতমের সমস্যা উপলব্ধি করলেন। তারপর তাকে আস্বস্ত করে বললেন,

'আমি তোমাকে বাবা মার কাছে অস্বস্তিতে ফেলতে চাই না। কাজেই নিশ্চিন্ত থাক'।

তিনি এই বলে প্রীতমকে উৎসাহিত করলেন যে শীঘ্রই সবকিছু ঠিক হয়ে যাবে এবং তার পড়াশোনায় মনোযোগ বাড়াতে হবে।

এরপর তিনি প্রীতমকে গাড়িতে করে তার বাড়িতে পৌছে দিলেন এবং তার বাবা-মাকে জানালেন যে রাস্তায় পথ দুর্ঘটনায় সে সামান্য আহত হয়েছে এবং এতে তাদের উদ্বিগ্ন হওয়ার কোন কারন নেই। ◻

সতের

তীরস্কার

পরের দিন সকালে উর্মিলা প্রবালের সাথে মোবাইলে যোগাযোগ করল।

'আমি উর্বশীর দিদি বলছি। প্রীতমের খবর কী? ও এখন কেমন আছে বলতে পারেন?' উর্মিলা জানতে চাইল।

'হ্যালো দিদি, গুড মর্নিং! আমাকে আপনি করে বলবেন না প্লিজ! আমি আপনার ছোট ভাইয়ের মত। আর প্রীতমের মত অপরাধীদের খোঁজ যত কম নেওয়া যায় ততই ভাল। ও ভাল আছে সে ব্যাপারে নিশ্চিন্তে থাকতে পারেন। তবে তার দ্বারা গুরুতর যে ক্ষতি থেকে রক্ষা পাওয়া গেছে এরজন্য ঈশ্বরকে ধন্যবাদ দিন।

'কিন্তু তাকে ত সেরকম কিছু মনে হয় না। খুব ভদ্র, বিনয়ী, বয়সও কম। আমি তার সম্পর্কে এরকম চিন্তাই করতে পারি না। তার পরিবারও খুব ভাল'। উর্মিলা জবাব দিল।

একটা শ্লেষের হাসি দিয়ে প্রবাল বলল, 'আমিও ত তাই ভেবেছিলাম। অথচ সে একজন সহজ সরল ছেলের অভিনয় করে আপনার বোনকে কীভাবে বশীভূত করে শেষ পর্যন্ত দুষ্কৃতিদের সাথে যুক্ত হয়ে এই কাজ করতে গিয়েছিল!'

কিন্তু আপনার পারসেপশনে মনে হয় ভুল আছে। আচ্ছা ঠিক আছে, একজন ফোন করছে, আপাতত রাখছি। ধন্যবাদ!' উর্মিলা ফোন কেটে দিয়ে দেখল প্রঃ স্যান্যাল তাকে কয়েকবার ফোন করেছেন।

নম্বরটি ক্লিক করে বলল,

'হ্যাঁ স্যার, বলুন'।

'কার সাথে এতক্ষন কথা হচ্ছিল?' প্রঃ স্যান্যাল জানতে চাইলেন।

প্রবালের কথোপকথনের মধ্যেই, প্রফেসর সান্যাল তার ফোনে উর্মিলাকে ফোনে চেষ্টা করে বিরক্ত হয়েছিলেন। কিন্তু তিনি তবুও শান্ত গলায় জিজ্ঞেস করলেন।

উর্বশী সংকোচ নিয়ে জবাব দিল,

'প্রবালের সাথে'।

'হুজ দ্যাট প্রবাল?' প্রঃ স্যান্যাল হঠাৎ উত্তেজিত হয়ে ধমকের সুরে বললেন।

উর্মিলা হঠাৎ এই ধমক খেয়ে একেবারে চুপ হয়ে গেল। সে বুঝতে পারছিল না এই রাগের কারন কী! কিছুক্ষণ অপেক্ষা করে কোন উত্তর না পেয়ে ওপাশ থেকে জানতে চাওয়া হল,

'কী হল চুপ কেন?'

প্রঃ স্যান্যালের এই আকস্মিক অকারন রাগ সম্ভবত উর্মিলার আত্মসম্মানে আঘাত দিল। তাই সেও রেগে গিয়ে বলল,

'প্রবাল আর যেই হোক আমার বয়ফ্রেন্ড নয়!'

'বাজে কথা না বলে উর্বশীর ঘটনাটা আমাকে জানাও নি কেন?'

'আমি জানাতে পারি নি কারন আমার তখন কোন কিছুই মনে আসছিল না! এছাড়া প্রবাল তাকে নিরাপদে ফিরিয়ে আনতে পেরেছিল বলে বিষয়টা আর কাউকে বলতেও চাই নি'। উর্মিলা তার রাগ এবং অভিমান মিশিয়ে কথাগুলি বলল।

'কিন্তু আমার মনে হয় তুমি ভেবেছ আমি তোমাদের কেউ না তাই আমাকে কিছু জানাওনি! ঠিক কীনা?'

উর্মিলা আবার নীরব। তার কোন উত্তর না পেয়ে তিনি আবার বললেন,

'জান ত তোমার এই না জানানোর ফলে আমাকে পুলিশের কাছে কত হেয় হতে হয়েছে?' বলেই তিনি প্রীতমের বর্তমান অবস্থা সহ সমস্ত ঘটনার উল্লেখ করলেন।

প্রীতমের খবর শুনে উর্মিলা আশ্বস্ত হল আবার কষ্টও পেল। সে মুখে কিছু বলল না। সে শুধু তারই কথা প্রঃ স্যান্যালকে বলল,

'আমি সরি! আমি এতটাই বিহ্বল হয়ে গেছিলাম যে কোন কিছুই মনে আসছিল না। ভেবেছিলাম পরে জানাব।' অনুতপ্তের সুরে উর্মিলা জানাল।

'অন্তত তুমি আমার সাথে এই ভয়ানক বিষয়টি জানিয়ে পরামর্শ নিতে পারতে! জানো, তোমার বোন হিসেবে উর্বশীকে আমি কত ভালোবাসি। এত সুন্দর একটি নিষ্পাপ মেয়ের সাথে যে উপদ্রব ঘটল তা শুনে আমি তোমার কথাই ভেবেছিলাম। কেন সে কিছু জানাল না। আমার কাছে বিষয়টি ভাবতে কষ্ট হচ্ছে'।

একটা অপরাধবোধ উর্মিলাকে অনুতপ্ত করল। কিন্তু সে ভাবল, এ ব্যাপারে তার কোনো দোষ নেই। উর্বশীর ভয়ঙ্কর ঘটনা তাকে শুধু হতবাক করেনি, তার পারিবারিক সম্মানও ক্ষতিগ্রস্ত হয়েছে। তাই এটা কাউকে জানানোর মানসিকতা তার ছিল না, এমনকি অধ্যাপক সান্যালকেও না। সে ফোন হাতে নিয়ে চুপ করে রইল। সে কোন উপযুক্ত উত্তর খুঁজে পাচ্ছিল না।

'হ্যালো...' প্রফেসর সান্যাল উর্মিলার গলা শুনতে চেষ্টা করলেন।

প্রঃ স্যান্যালের পীড়াপীড়িতে তাকে জবাব দিতে হল,

'আসলে প্রবাল অনেক ঝুঁকি নিয়ে একাই তাকে অপহরণকারীদের হাত থেকে উদ্ধার করেছিল। তাই সবকিছুই এখন তার কথায় চলছে।'

'হ্যাং ইউর প্রবাল! ওটা ত আস্ত একটা বদমাশ! তুমি কী জান উর্বশী ক্লাস পালিয়ে তার সাথে সময় কাটাত? তাকে ফুসলিয়ে নানান প্রলোভন দেখিয়ে তাকে প্রীতমের থেকে সরিয়ে দেওয়ার চেষ্টা করেছিল? প্রীতমের কাছ থেকে আমি সব শুনেছি!'

উর্মিলা প্রঃ স্যান্যালের কথা শুনে বিস্মিত এবং বাকরুদ্ধ হয়ে পড়ল। অনেকক্ষন চুপ থাকার পর বলল,

'এসব কথা আপনাকে কে বলল?'

'প্রীতম আমাকে সব জানিয়েছে'।

'উর্বশী ত আমাকে কোনদিন কিছু প্রকাশ করে নি! সে ত প্রতিদিন কলেজ করেই বাড়ি ফিরত! আমার মাথায় কিছু আসছে না'।

'আমার মনে হয় তুমি কিছুটা জান, নাহলে এভাবে তাকে সায় দিতে না। তুমিও সেই পাষন্ডটার খপ্পরে পড়েছ। এইজন্যই বিষয়টি আমার কাছে প্রকাশ কর নি। তাই না?' প্রফেসর সান্যাল আবার তাকে অভিযুক্ত করলেন।

'প্লিজ স্টপ!' উর্বশী ধমকের সুরে বলল। বারবার তার সাথে প্রবালকে জড়িয়ে নিয়ে ইঙ্গিতপূর্ন অভিযোগ শুনে সে তিতিবিরক্ত হয়ে পড়ছিল।

'ঠিক আছে, তাহলে বল বিষয়টি আমাকে না জানানোর কারণ কী? তুমি জান না প্রীতমের উপর আক্রমণ তাকে এতটাই বিচলিত করেছে যে সে এখনও স্বাভাবিকভাবে কথা বলতে পারে না। তার পরিবার হতবাক এবং শোকাহত। শুধু তাই নয় দুশ্চিন্তা ও আতঙ্কে নিদ্রাহীন রাত কাটাচ্ছেন তারা। প্রীতমের পরিবারের সবাই তোমার বোনকে ভালবাসত এবং তাদের পরিবারের একজন সদস্যের মত দেখতেন। আর এখন তারা হতাশায় ভুগছে।'

প্রঃ স্যান্যাল এসব বলার পরে উর্মিলার কিছু বলার ছিল না এবং তাই সে অপর প্রান্তে চুপ করেই রইল।

প্রঃ স্যান্যাল বলতেই থাকলেন, 'আর তুমি এখন তাদের ভালোবাসাকে উৎসাহিত করছ। তাই না?' প্রফেসর সান্যাল সম্ভবত তার নীরবতা ভাঙার জন্য তাকে প্ররোচিত করার চেষ্টা করলেন।

'হ্যাঁ আমি! প্রবাল আমার খুব পছন্দ ত, তাই ওদের যাতে বিয়ের ব্যবস্থা করা যায় সেই জন্যই চেষ্টা করছি, ঠিক আছে!' উর্মিলা রাগে অভিমানে মরিয়া হয়ে জবাব দিল।

'চুপ কর! আমাকে ঠাট্টা করার সাহস কি করে হয় তোমার! তোমার আস্কারায় যে ক্ষতি হয়েছে আমি এই সম্পর্কে কিছুই জানতে পারি নি! আর আমার সঙ্গে রসিকতা!' রেগে বললেন অধ্যাপক সান্যাল।

'এটা আমার নিজের ব্যাপার। আমি আপনার সাথে এই বিষয়ে পরামর্শ করার কোন প্রয়োজন বোধ করিনি।' উর্মিলা এবার ক্ষিপ্ত হয়ে উত্তর দিল।

'ও আচ্ছা তাই! এখন আমি বুঝতে পারছি এটা আমার অনধিকার চর্চা হচ্ছে! দুঃখিত! আমি ভুলে গেছি আমি তোমার বা তোমার পরিবারের কেউ নই। কারো প্রতি একটি নিঃস্বার্থ স্নেহ এই ধরনের অধিকার জন্মায় না।

আমি ভুল করেছি, আমাকে ক্ষমা কর। আমি আর কখনোই এরকম প্রশ্ন করব না...' সান্যাল তার দুঃখ প্রকাশ করতে থাকে।

'স্টপ, স্টপ!' উর্মিলার প্রায় চীৎকার করে উঠল। একটু বাদে স্যান্যাল তার নিঃশব্দ ফুপিয়ে কান্নার আওয়াজ শুনতে পেলেন। তিনি আর কিছু না বলে তার মোবাইল সরিয়ে নিলেন।

কথা শেষ হতেই উর্মিলা রাগে দুঃখে অভিমানে ভেঙে পড়ল। তার বোনের দুর্ঘটনার হতাশায় তার সব ধরনের ভালো চিন্তা গুলি চাপা পড়ে গেছে। প্রফেসর সান্যাল তার রিসার্চ গাইড হওয়ায় তাকে বই, জার্নাল, তার ব্যক্তিগত উপকরণ এবং তার পিএইচডি ডিগ্রি সম্পর্কিত অন্যান্য প্রাসঙ্গিক জিনিস দিয়ে সাহায্য করেন। তাই অনেক ক্ষেত্রে সে তার কাছে ঋণী।

বিশ্ববিদ্যালয়ের ক্লাসে সে ছিল প্রফেসর সান্যালের সবচেয়ে প্রিয় ছাত্রী। সে কেবল মেধাবীই নয়, শারিরীক সৌন্দর্যের দিক থেকেও সে ছিল ক্লাসের মধ্যে সেরা। আর সে কারনেই অন্যান্যরা ভাবত সে অনেক দিক থেকে সান্যালের কাছ থেকে বেশী সুবিধা পেয়ে থাকে। মেয়েদের মধ্যে ঈর্ষা পরায়ণরা এও আলোচনা করে থাকে যে তার প্রতি সান্যালের দুর্বলতা তাকে পক্ষপাতদুষ্ট হতে পরিচালিত করেছে এবং বিষয়টা তারা ভাল চোখে দেখে না। উর্মিলা অবশ্য এসব ব্যাপার ভালভাবেই ওয়াকিবহাল ছিল। সে কিছু বলত না। বরং সে তাদের ঈর্ষাপরায়নতাকে উপভোগ করত।

বায়ো-কেমিস্ট্রিতে পিএইচডি অর্জনের জন্য সে প্রধানত অধ্যাপক সান্যাল দ্বারা অনুপ্রাণিত হয়েছিল। সে তার একমাত্র সফল প্রার্থী ছিল যার তত্ত্বাবধানে এই বিষয়ে সে নিবন্ধিত হয়েছিল। আর সেই ব্যক্তিকে এভাবে অসম্মান করে কথা বলা তার বিবেক বুদ্ধিতে আঘাত করতে লাগল। তার উপর উর্বশী এবং প্রীতমের এই পালাবদল তার মানসিক উৎপীড়নের কারন হয়ে দাঁড়িয়েছে। এসব নানা চিন্তা মাথায় নিয়ে সে একটা বিনিদ্র রজনী কাটাল।

উর্বশীর সাথে দুর্ভাগ্যজনক ঘটনাটি শেষ পর্যন্ত আইনি প্রক্রিয়ায় চলে গেল। প্রফেসর সান্যাল মামলা প্রত্যাহার করেননি। এবং পুলিশকে সংশ্লিষ্ট কর্তৃপক্ষের পক্ষ থেকে বিষয়টি তদন্ত করে দুষ্কৃতীদের খুঁজে বের করার অভিযান চলল।◻

আঠারো

অন্তঃসলিলা

পরের দিন সকালে অনেক চিন্তা করে উর্মিলা প্রঃ স্যান্যালের বাড়ি যাওয়ার সিদ্ধান্ত নিল। ফোনে আগের দিন তার স্যারের সাথে যে অসম্মানজক ভাষায় যে বাক্য বিনিময় করেছিল তার জন্য সে অনুতপ্ত। আর এজন্যই তার কাছে এব্যাপারে ক্ষমা চাওয়ার উদ্দেশ্যেই তার বাড়িতে যাবে বলে ঠিক করল। তখন প্রায় বেলা সাড়ে দশটার মত। ঘরে ঢুকতেই সান্যালের অসুস্থ মা ঘরে প্রবেশের মূল দরজা খোলার আওয়াজ পেয়ে সচেতন হলেন।

'কে? রুপক?' রুপক ফিরল কিনা তিনি বিছানায় শুয়ে থেকেই জানতে চাইলেন। তিনি রুপকের তাড়াতাড়ি ফিরে আসা অনুমান করেছিলেন হয়ত। কারণ কলিং বেল বা বাইরে থেকে কথা না বলে তাদের ঘরের ভিতরে কেউ আসার কথা নয়। তবে রুপকের মা ভুলে গেছেন হয়ত যে সেরকম ব্যক্তি আরো একজন আছেন যে এরকম আগাম কিছু না জানিয়েই, বিনা অনুমতিতে অনায়াসে ঘরের অভ্যন্তরে ঢুকে যেতে পারে।

'মাসী মা, আমি উর্মিলা।' উর্মিলা খুব নরম গলায় জবাব দিল।

'কে! উর্মিলা! এসো মা। ঈশ্বর তোমার মঙ্গল করুক! এতদিন পর আমার কথা মনে পড়ল বাবা! কেমন আছ মা?'

'আমি ভালো আছি মাসী মা। আপনি কেমন আছেন?' বিছানার কাছে এসে অসুস্থ মায়ের দিকে হাতটা বাড়িয়ে দিয়ে সে বলল।

'আমি তেমন ভালো নই বাছা। কোমর ব্যথার কারণে আমি ঘরের কোনো কাজ করতে পারি না, রান্নাঘরেও যেতে পারি না। ডাক্তার বলছেন লুম্বাগো। এটা নাকি সাড়বে না। তিনি কিছু থেরাপি এবং একটা গরম জলের ব্যাগ ব্যবহারের পরামর্শ দিয়েছেন'। বৃদ্ধার গলায় অস্বস্তির সুর।

'আপনি কেন রান্নাঘরে যাবেন? আপনাদের রাঁধুনি কোথায়?' উর্মিলা অবাক হয়ে জিজ্ঞেস করল।

'বিপাশা ত তার ছেলের অসুখের জন্য এক সপ্তাহ হল আসছে না এবং পল্টুটাও মেদিনীপুরে নিজের বাড়িতে গিয়েছে প্রায় একমাস হল।

রূপক নিজেই সব করে। আমি তার কষ্ট দেখতে পারি না। সে কলেজে যায়, মিটিং মিছিলেও যায়, বক্তৃতা করে, দোকান বাজার করে, আবার আমারও অনেক ফাই ফরমাশ খাটে।'

'তার নিজের ক্ষতি করে সংসার বহিৰ্ভুত নানা রকম সামাজিক কাজের ব্যস্ততায় আমি মাঝে মাঝে অসহনীয় হয়ে যাই। অথচ তার সংসারের কাজে সহযোগিতা করার কেউ নেই। আমি তাকে কতবার বিয়ে করতে বলি। কিন্তু সে মোটেই আমার কথা শোনে না। তুমি একটু আমার হয়ে বল ত মা! ও আর কবে বিয়ে করবে বল ত! আমার জন্য ওর কত কষ্ট সহ্য করতে হবে! আমি এখন অসহায়!' বৃদ্ধা তার সংসারের সংকটের কথা জানিয়ে একটা দুঃখের দীর্ঘশ্বাস ফেলল।

উর্মিলা দেখল ড্রয়িং রুমে মেঝেতে অনেক কিছু এদিক সেদিক ছড়িয়ে ছিটিয়ে আছে। প্রঃ স্যান্যালের মা তখনও বিছানায় শুয়ে। তার সকালের চা খাওয়াও তখনও হয় নি। সে তাকে বিছানা থেকে উঠতে সাহায্য করল। তার জন্য গরম জল করে দিল। সে তার মায়ের বিছানাটা পরিষ্কার করে গুছিয়ে ভাল করে পেতে দিল।

'মাসীমা কোন চিন্তা করবেন না। আমি রান্নাঘরে যাচ্ছি। আপনি এখনো চা খাননি, মাসী মা?'

'না মা। কিন্তু তোমার ব্যস্ত হওয়ার দরকার নেই...' বৃদ্ধা উর্মিলার ব্যস্ততায় বিব্রত বোধ করলেন।

'ঠিক আছে মাসী মা আমি চা বানাচ্ছি। আমি এটা নিয়মিত করি। আপনি ততক্ষনে ফ্রেশ হয়ে নিন। চায়ে সামান্য চিনি মেশাবো ত? মাসী মা?' সে জিজ্ঞেস করল।

'হ্যাঁ, একটু, তুমি ত সবই জান বাছা!'

উর্মিলা প্রঃ স্যান্যালের জন্যও চা বানাল। সে টোস্টের সাথে মাসি মাকে চা পরিবেশন করল। টি টেবিলে প্রঃ স্যান্যালের চায়ের কাপ ঢাকনা দিয়ে রেখে দিল। তারপর সে নিজে চা খেয়ে রান্নাঘরের দিকে গেল।

'আহ্, কী সুন্দর চা! হঠাৎ এত সুন্দর চা কে করল, মা?'

উর্মিলা যখন রান্নার জিনিসপত্র বের করছিল ঠিক তখনই সে শুনতে পেল প্রফেসর সান্যালের গলা।

'উর্মিলা এসেছে'। সান্যালের মা খুশি হয়ে খবরটা জানাল।

'আচ্ছা!' তিনি রান্নাঘরের দিকে উঁকি দিয়ে উর্মিলাকে একনজরে দেখে নিয়ে বললেন,

'এই সারপ্রাইজ দেওয়ার কারণ জানতে পারি?' সান্যাল একটু মজা করে বলল।

উর্মিলা কোন উত্তর দিল না। সে তখনও তার স্যারের চায়ের প্রসংশাটুকু উপভোগ করছিল। সে রান্নাঘরের কাজে ব্যস্ত থাকল। সে ফ্রিজ খুলে মাছ এবং অন্যান্য কিছু জিনিষ বের করে সেগুলো রান্নার জন্য রেডি করতে লাগল।

'আপনি কী শুনতে পাচ্ছ না?' উর্মিলা উত্তর না দেওয়ায় সে আবার বলল। কিন্তু সে তার কথার সামান্যই গুরুত্ব দিল। সে যথারীতি নীরবে তার কাজ চালিয়ে যেতে লাগল।

'রূপক! বাছা! সে যা করছে, করতে দাও! আমিই তাকে রাঁধতে বলেছিলাম।'তার শ্লেষাত্মক প্রশ্নগুলো উর্মিলাকে কষ্ট দিচ্ছিল বুঝে স্যান্যালের মা হস্তক্ষেপ করল।

'কিন্তু মা, তিনি একজন ইউনিভার্সিটির রিসার্চ ফেলো এবং এর বেশি কিছু নয়। তাহলে সে আমাদের জন্য রান্না করাটা কী ঠিক!' উর্মিলা চুপ করে সব শুনে গেল। তার স্যারের এসব মন্তব্যের তাৎপর্য সে বোঝে। এসব তার গা সওয়া হয়ে গেছে। তাই সে নির্বিকার থাকল।

কিন্তু স্যান্যালের মা তার হয়ে বলতে থাকলেন,

'সে আমাদের ভালোবাসে তাই করছে। তুমি বাবা এসব বলে তাকে কষ্ট দিও না। সে এখানে আগে অনেকবার রান্না করেছে এবং তার রান্না তুমি খুবই ভালবাস আমি জানি. তাই তাকে অন্তত আজকের দিনটা রাঁধতে দাও। আমি প্রতিদিন তোমার ঐ হোম ডেলিভারির অখাদ্যগুলো খেতে পারব না।

সান্যাল তার অসুস্থ মায়ের কথা শুনে দুঃখ পায়। তার রান্না সত্যিই চমৎকার সে ভাল করেই জানে। তাই সে যা করতে পছন্দ করে তাই করুক। মনে মনে কথাগুলি বলে তিনি ওয়াশরুমে ঢুকে গেলেন।

উর্বশী রান্নাঘর থেকে বেরিয়ে বলল, 'তেল নেই'।

'কী জানি! কি আছে না আছে আমি কিছু জানি না!' রান্নাঘরের সংকট প্রফেসর সান্যালকে বিরক্ত করে। তিনি রান্নার মাসীর একবার নামোচ্চারন করে বিড় বিড় করে বকাঝকা করতে লাগলেন।

'পার্স থেকে টাকা নিচ্ছি'।

উর্মিলা তার ঐ সব কথার সামান্যই মনোযোগ দিল। ওয়াশরুমের দরজা বন্ধ দেখে সে নিজেই তার প্যান্টের ব্যাক পকেট থেকে পার্স বের করে, কয়েকটি নোট বের করে নিয়ে গেট খুলে বেরিয়ে গেল।

সে যত্ন করে বিভিন্ন পদ রান্না করল। তেল ছাড়াও সে তার প্রয়োজন মতো অন্যান্য মশলাপাতিও এনেছিল। সে তার স্যার ও তার মাকে ডাইনিং টেবিলে সুন্দর করে সাজিয়ে পরিবেশন করল। যদিও সান্যালের মা তাকে তাদের সাথে একসাথে খাওয়ার জন্য পিড়াপীড়ি করেছিল কিন্তু উর্মিলা রাজি হয়নি।

'আঃ! ছেড়ে দাও না, মা! ও তোমার কথা শোনার লোক? আমার খিদে পেয়েছে, আমার থালাটা দাও!' প্রঃ সান্যাল বিরক্ত হয়ে বলল।

সান্যালের মা তাকে আর জোর করলেন না। অনেক দিন পর উর্মিলার রান্না করা গরম গরম সুস্বাদু রান্না সামনে পেয়ে তিনি তৃপ্তি সহকারে খেতে শুরু করলেন।

উর্মিলা দেখল তার স্যার পাতের তরকারী দ্রুত শেষ হয়ে যাচ্ছে। ভোজনরত স্যারের বাধা উপেক্ষা করে সে আবার পাতে দিতে লাগল। সেগুলিকে অতিরিক্ত মাত্রায় দেখে তিনি রাগ করে বলে উঠলেন,

'আরে কী করছ! এত দিচ্ছ কেন? আমি কী রাক্ষস!'

উর্মিলার পেটের ভেতর থেকে একটা হাসি প্রায় বেরিয়ে এসেছিল সেটা কোনরকমে দমন করে বলল,

'আমি সেরকম কিছু বলিনি! তবে যা দিলাম সব খেয়ে উঠতে হবে!' উর্মিলা নির্দেশ দেওয়ার মত করে বলল।

তাদের খাওয়া শেষ হলে, নিজে খেয়ে অবশিষ্ট খাবার ভালভাবে সংরক্ষণ করে, চেয়ার টেবিল ভালভাবে পরিষ্কার-পরিচ্ছন্ন করে সব ঠিকঠাক গুছিয়ে সে তার মাসীমার পাশে এসে বসল। সে তার পারিবারিক সমস্যাগুলি নিয়ে অনেকক্ষন আলোচনা করল। তারপর বলল,

'এখন আমি যাই মাসীমা!' তার পাশে ঘণ্টাখানেক বসে থাকার পর সে ঘর থেকে বেরিয়ে এল।

মাসীমার ঘর থেকে বেরিয়ে সে দেখল প্রঃ সান্যাল চেয়ারে বসে ডেস্কট্যাবে মনোযোগ দিয়ে কিছু একটা করছে।

ঘরের দরজা খোলাই ছিল। কিন্তু উর্মিলা প্রবেশ করল না। বাইরে থেকে দাঁড়িয়েই বলল,

'আমি আসছি।'

'কী ব্যাপার! কিছু না বলে আসা আবার এভাবেই চলে যাওয়া, এর মানে কী! একটা সৌজন্যবোধও ত থাকবে!' স্যান্যাল রিভলভিং চেয়ারে মুখ ঘুরিয়ে কথাগুলি বলল। প্রঃ স্যান্যাল হয়তো উর্মিলার তার ঘরে আসার অপেক্ষায় এতক্ষন ছিল।

উর্মিলা কোন জবাব দিল না।

তার নিঃশব্দে দাঁড়িয়ে থাকা দেখে সে তার কাছে গিয়ে মুখোমুখী দাঁড়াল।

চুপ করে থেকো না। বল কেন এসেছিলে?' সান্যাল জোর দিয়ে বলল।

'আমি কি বলবো? আমি কি কারণ ছাড়া এখানে আসতে পারি না?'

'না, পার না!' সান্যাল উত্তেজিত হয়ে বলল।

'কিন্তু আমি এর আগে কোনো কারণ ছাড়াই এখানে বহুবার এসেছি'।

'না, তুমি আর এখানে এভাবে আসবে না। তুমি আমাদের জন্য কেন এত করবে! দয়া করে আমাদের এত সহানুভূতি দেখাতে যাবে না। আমরা তোমার কে? তুমি আমাকে এসব করে আমাদের কষ্ট বাড়াতে এস না। আমার এসব ভাল লাগছে না।'

কিন্তু স্যান্যালের এসব ভর্ৎসনা উর্মিলাকে একটুও বিচলিত করল না।

'ঠিক আছে! আমি মাসীমাকে দেখতে এসেছিলাম। তিনি ভালো নেই। তাই দেখতে এসেছিলাম এবার হয়েছে?'

উর্মিলা দৃঢ়ভাবে উত্তর দিল। তবে সে আসল কারনটা বলতে পারল না যে সে তার গতকালের অসম্মানজনক মন্তব্যগুলির জন্য ক্ষমা চাইতে

এসেছিল। আসলে গতকালের প্রসঙ্গ নিয়ে কথা বলার কোন পরিস্থিতিই খুঁজে পায়নি সে।

'রূপক!' মায়ের কণ্ঠস্বর সান্যালকে সচেতন করল।

'উর্মিলা আমাকে তার পরিবারের অনেককিছু দুঃখজনক গুরুতর ব্যাপার বলেছে। কিছু দিন আগে তার বোনকে অপহরনের মত ঘটনা ঘটে। সেই মিষ্টি মেয়েটি একবার আমাদের বাড়িতেও এসেছিল। তুমি আমাকে কিছু জানাও নি। উর্মিলার মনের অবস্থা এখন খুবই খারাপ! গতকাল তুমি তাকে অযৌক্তিকভাবে ধমক দিয়ে কথা বলেছিলে এসব বলে সে আমার সামনে অনেক কেঁদেছে।'

এ কথা শুনে অধ্যাপক সান্যাল কিছু বলতে পারলেন না। তিনি জানেন তার উপর অযথা কটু কথা বলে অন্যায় কাজ করেছেন। এবং তিনি সেটা ইচ্ছা করে উর্মিলাকে রাগানোর জন্যই করেছিলেন আর এজন্য নিজেকে অপরাধী মনে করেন। তিনি বুঝতে পেরেছিলেন যে তার উপর বেপরোয়া অভিযোগগুলি এনে তাকে খেপিয়ে মজা করা মোটেই উচিৎ হয় নি। কিন্তু সেকথা তিনি কোনমতেই প্রকাশ করতে পারলেন না।

উর্মিলা নীরবে সিঁড়ি বেয়ে নামছিল। মাসীমার গলা শুনে আবার সে উঠে এল। সে তার স্যারের সামনে দাঁড়িয়ে তার চোখের দিকে স্থির তাকিয়ে থেকে মাসীমাকে শোনানোর মত করে বলল,

'মা বলেছিলেন তাড়াতাড়ি বিয়ে করতে।'

একথায় স্যান্যালের কি প্রতিক্রিয়া বোঝা গেল না। তিনি শুধু উর্মিলার দিকে চেয়ে থাকল। মনে হল তিনি তার কথাগুলি কিছুই বুঝলেন না।

তাকে নীরব দেখে উর্মিলা একটু মুচকী হেসে বলল, 'এখন আমি আসি?' উর্মিলা তার যাওয়ার অনুমতির অপেক্ষায় দাঁড়িয়ে থেকে সাড়া না পেয়ে ধীরে সিঁড়ির দিকে অগ্রসর হল। সিঁড়ি বেয়ে নামতে গিয়ে উর্মিলা তাকে আরেকবার দেখার জন্য মুখ ঘোরাতেই লক্ষ্য করল স্যানাল তার দিকেই অপলক চেয়ে আছেন। সে তার দিকে তাকিয়ে একটা অর্থপূর্ণ হাসি হেসে নিঃশব্দে সিঁড়ি দিয়ে নেমে গেল। ▢

উনিশ

বাগদত্তা

সেদিন মিস প্রিয়াংকার জন্মদিন উপলক্ষ্যে প্রবালের অফিসেই কেক কাটা হচ্ছিল। বলাবাহুল্য উর্বশী সেখানে বসের গার্লফ্রেন্ড হিসাবে প্রধান অতিথি হয়ে জন্মদিন অনুষ্ঠানের মধ্যমণি হিসাবে থাকল। মিস ভাদুড়ি কলকাতার লেকটাউন অফিসেরই স্টাফ, উর্বশীর কাছে অন্তত সেটাই তার পরিচয়। তাকে ঘিরে নাচগান খাওয়া দাওয়া হৈ হুল্লোড় হবে। কিন্তু তার আগে একটি বিশেষ ঘোষনা সবাইকে অবাক করল কিনা জানা গেল না, তবে উর্বশী শুনে আকাশ থেকে পড়ল।

অতিথিবর্গের উপস্থিতিতে উর্বশী এবং প্রবালকে পাশাপাশি রেখে স্বয়ং প্রিয়াংকা ভাদুড়ী ঘোষনা করলেন,

'আজ আমার জন্মদিন পালনের সাথে আমরা আরও একটি পবিত্র অনুষ্ঠান উদযাপন করতে চলেছি তা হল দুটি জীবনের মিলনের শপথ গ্রহন অনুষ্ঠান। অর্থাৎ আমাদের বস আমাদের সবার প্রিয় মিঃ প্রবালের সাথে আমাদের সবার ভালবাসার পাত্রী অসাধারন রূপসী মডেল সুন্দরী উর্বশীর শুভ এনগেজমেন্ট অনুষ্ঠান সুসম্পন্ন হবে'।

'কিন্তু আমি ত এসবের কিছুই জানি না!' উর্বশী প্রবালের দিকে তাকিয়ে মুখ হা করে চেয়ে থাকল।

প্রবাল তাকে ঈশারায় 'এবিষয়ে আর কোন কথা উচ্চারন নয় এবং চুপ' থাকতে বলল।

প্রবাল যখন তাকে যত তাড়াতাড়ি সম্ভব এনগেজমেন্টের ব্যাপারটাকে সেরে ফেলতে বলেছিল তখন সে তার পরিবারের জন্য যথেষ্ট উদ্বিগ্ন ছিল। দিদিকে এবিষয়ে কিছুতেই রাজী করানো সম্ভব নয়। সে প্রবালের সাথে বিয়ের ঘোর বিরোধী। সে একা এই ধরনের চরম সিদ্ধান্ত নিতে ভয় পাচ্ছিল। কিন্তু প্রবাল নাছোড়বান্দা।

প্রবালের যুক্তি ছিল বিয়ের আনুষ্ঠানিক সম্মতি ছাড়া মুক্তভাবে ঘোরা ফেরায় বাধ্যবাধকতা ঝুকিপূর্ন থেকে যায়। বিশেষ করে উর্বশীর দৃষ্টিকোণ থেকে এটি বেশী প্রয়োজন বলে সে বোঝায়। তবে সে এনগেজমেন্টের আগে তাদের বিয়ের রেজিস্ট্রেশন কাগজপত্রে স্বাক্ষর করতে চেয়েছিল। বিশেষ অসুবিধার কারনে সেই লিগ্যাল ব্যাপার স্যাপারগুলি তাদের এনগেজমেন্টের পরই হবে বলে কথা হয়। কিন্তু সেই অনুষ্ঠান যে আজকেই এই মুহূর্তে অনুষ্ঠিত হবে তা উর্বশীকে প্রবাল বা অন্য কেউই জানাই নি।

প্রবালের অফিসে দুজন মহিলা কর্মী কর্মরত আছেন। তাদের পরিচয় আমরা আগেই জানি। তাদের মধ্যে একজন যার নাম প্রিয়াঙ্কা ভাদুড়ী ছিলেন অত্যন্ত সৌহার্দ্যপূর্ণ এবং প্রিয়ভাষিণী। তিনি তাকে একটি আংটি হাতে দিয়ে কন্যাপক্ষের প্রতিনিধি হওয়ার আশ্বাস দিলেন। একজন প্রবালের প্রতিবেশী আঙ্কল তাকে অনুষ্ঠানের তার পক্ষের অভিভাবক হিসেবে উপস্থিত থেকে অনুষ্ঠান শুরু করলেন।

এভাবে প্রবালের কিছু সহকর্মীর উপস্থিতি এবং উদ্যোগে তার পরিবারকে অন্ধকারে রেখে উর্বশী প্রবালের সাথে বৈবাহিক প্রক্রিয়ার প্রথম পদক্ষেপটি সমাধা করল।

উর্বশী আচার অনুষ্ঠানের আগে শপথ নেওয়ার সময় নার্ভাস হয়ে পড়েছিল। মা দিদির কথা মনে হল। বিশেষত তার দিদি যে তাকে মায়ের মত স্নেহ করে তাকে অগ্রাহ্য করে এই কাজ তার বুকটা কেঁপে উঠল। প্রীতমের জন্য তার আপশোষ হল। তার পরিবারের সাথে মধুর মুহূর্তগুলোও তার হঠাৎ মনে পড়ে তার চোখ অশ্রুসিক্ত হল। প্রীতমের বাবার মেয়ের মত স্নেহ ভালবাসার কথা সে কোনদিনও ভুলতে পারবে না।

মিষ্টি মেয়ে বর্ণালীর কথা মনে পড়ে, তাকে সে নিজের দিদির মত ভালবাসত। সে তাকে বৌদি বলে ডাকতে চেয়েছিল। এসব নানা স্মৃতির বেদনায় উর্বশীর চোখ জলে ঝাপসা হয়ে কিছুই সে দেখতে পাচ্ছিল না।

বাগদানের পরই সে প্রায় ভেঙে পড়েছিল। তবুও সে নিজেকে সামাল দিয়ে অবিচল থাকার চেষ্টা করল। এক অজানা অশুভ চিন্তা, একধরনের নিরাপত্তাহীনতা তাকে মুহ্যমান করে তুলল। সে ভাবল যেন সে বাস্তবের জগৎ থেকে কল্পনার অনিশ্চয়তার জগতে প্রবেশ করছে।

সে জানত না এটা নিছক একটা মিথ্যা মোহজাল কিনা। কিন্তু তার ফিরে আসার উপায় ছিল না। তাই তাকে সাহসী হতে হয়েছে। সে ভাবল তার আত্মবিশ্বাস হারানো উচিত নয়। তাকে এগিয়ে যেতে হবে। প্রবাল সত্যিই তাকে ভালবাসে এই আত্মবিশ্বাসটুকু তাকে রাখতেই হবে। সে তাকে তার ধ্বংস থেকে একদিন নিজের জীবনের ঝুঁকি নিয়ে রক্ষা করেছিল। সে মহান সে পরোপকারী। সব থেকে বড় কথা যে সে অভিজাত, সমগোত্রীয় এবং সুপ্রতিষ্ঠিত। এসব চিন্তা করে উর্বশী নিজেকে বোঝানোর চেষ্টা করল। সে তার মনের দুর্বলতাকে সরিয়ে দিয়ে স্বাভাবিক হতে চাইল।

বিয়ের করার ব্যাপারে প্রবালের দিক থেকে যত সহজ তার ক্ষেত্রে সেটা ততোধিক কঠিন। প্রবালের মা বাবা নেই। প্রায় অভিভাবকহীন প্রবালের কোন পিছটান নেই। তার তারাতলার ভাড়া বাড়িতে কেবল একজন আন্টি থাকেন। আন্টি একেবারে মাটির মানুষ। উর্বশীকে মেয়ের মত স্নেহ করে। তিনিও চান তারা যত তাড়াতাড়ি সম্ভব বিয়ে করে মুম্বাইতে সেটল হোক।

কিন্তু উর্বশীর আনুষ্ঠানিক বিয়ে কোনমতেই সম্ভব না। তার গরীব অসুস্থ মায়ের কথা ভাবতেই তার কান্না পায়। দিদির বকুনির যৌক্তিকতা সে উপলব্ধি করে। তাদের প্রতিও তার মায়া হয়। তারা কিছুতেই প্রবালের সাথে বিয়ে মেনে নেবে না। তাই তাদের প্রতিটি কথায় তাকে অবাধ্য, অসংযত এবং উদ্ধত হতে হচ্ছে, এবং তার ফলে তারা কষ্ট পাচ্ছে। তারা কষ্ট পাচ্ছে বলে সেও কষ্ট পাচ্ছে। প্রবাল স্পষ্টতই এই পারিবারিক বাধ্যবাধকতা থেকে মুক্ত। প্রবালের একমাত্র বিধবা পিসী তার প্রতি স্নেহ ভালবাসায় অন্ধ। তিনি প্রবালের একান্ত অনুগত। বাগদান অনুষ্ঠানে উর্বশীকে দেখে তিনি খুবই অভিভুত হয়েছিলেন এবং তাদের অবিলম্বে বিয়ে করতে উৎসাহিত করেছিলেন।

'ওহ মাই গড! তুমি এখানে! আমরা সবাই তোমাকে ডাইনিং হলে খুঁজছি!' প্রিয়াঙ্কা তাকে একা দাঁড়িয়ে থাকতে দেখে অবাক হল।

উর্বশীকে আনমনা দেখে তার কাছে এল।

'উর্বশী ! তোমাকে একটু চিন্তিত দেখাচ্ছে! মাই সুইট গার্ল! চিন্তা করছ কেন? আমি জানি এই পরিস্থিতিতে প্রতিটি মেয়েই একটু নার্ভাস বোধ করে।

তবে তোমার এমন হওয়ার কোন কারন নেই। তুমি তার স্ত্রী হিসাবে খুব ভাগ্যবান, এবং আমি মনে করি তোমার জীবন সুখ সমৃদ্ধিতে ভরে উঠবে’।

‘দিদি আমি ভয় পাচ্ছি।আমার ভবিষয়ৎ যে কী হবে আমি এখনও বুঝতে পাচ্ছি না। আমার পরিবার এই অনুষ্ঠান সম্পর্কে অজ্ঞ। তাছাড়া আমার দিদি সবসময় আমাকে এই হঠকারী সিদ্ধান্ত সম্পর্কে সচেতন হতে বলে। কিন্তু আমি একাই তার প্রস্তাবে রাজী হয়ে গেলাম। প্লিজ হেল্প মি!’

আমি সর্বদা তোমার সাথে আছি। কিন্তু আমাকে অনেক সময় তোমার প্রতিদ্বন্দ্বী মনে কর। ভুল বোঝ। আমি জানি তুমি আমার প্রতি ঈর্ষার চোখে দেখ, কারণ তুমি ভাব আমি তোমার থেকেও সুন্দর যেটা তোমার ভ্রান্ত ধারনা। আমি তোমাকে সত্যিই সাহায্য করতে চাই। কিন্তু তোমার মনে আমার প্রতিটা কথাই সন্দেহজনক এবং নেতিবাচক হয়ে যায়। আমি যদি এখনই তোমাকে বলি ‘প্রবালকে বিয়ে করো না।’তুমি কি আমার উপদেশ মানবে? অবশ্যই না। কেন না সেটা হলে আমার রাস্তা পরিস্কার হবে। অন্তত তোমার ধারনা সেটাই। তাই দয়া করে আমার সাথে আস ওরা সবাই অপেক্ষা করছে’।

প্রিয়াঙ্কা তাকে টেনে নিচের দিকে নিয়ে গেল যেখানে অতিথিরা তার জন্য অপেক্ষা করছিলেন। ❏

কুড়ি

জিজ্ঞাসাবাদ

উর্বশীর অপহরনকান্ড নিয়ে প্রঃ স্যান্যালের করা এফ আই আর-এর ভিত্তিতে পুলিশ ইতিমধ্যে বেশ কয়েকজনকে থানায় ডেকে জিজ্ঞাসাবাদ করেছে। প্রীতম এবং প্রবাল ছাড়াও প্রবালের লেকটাউন অফিসের দুই মহিলা কর্মী এবং এক পুরুষ কর্মীকে থানায় ডেকে পুলিশ জেরা করেছে। পুলিশ যদিও ঘটনার সময় চাক্ষুষ সাক্ষী থাকা কাউকেই জেরা করতে পায় নি। উর্বশীকেও পুলিশ জিজ্ঞাসাবাদ করে কিছু তথ্য জানার চেষ্টা করেছে। কিন্তু তারপর তদন্ত বেশীদূর আগায় নি, মাঝপথে থেমে আছে।

পুলিশ এপর্যন্ত যে মূল পাঁচ ব্যাক্তিকে জেরা করেছে তার হুবহু বিবরন শুনে তাদের মানসিক দৃষ্টিভঙ্গী, প্রবাল চ্যাটার্জির অফিসের তথ্য এবং অপহরন কান্ডের আগে এবং পরে কী ঘটেছিল এবং কী দেখেছিল তা শুনে আসুন আমরা ঘটনার কোন কিনারা খুঁজে পাই কিনা।

প্রথমে স্বয়ং উর্বশীরই থানায় ডাক পড়ল। তদন্তকারী অফিসার জিজ্ঞাসাবাদ শুরু করলেন;

প্রঃ- আপনার নাম, বাবার নাম, বয়স, ঠিকানা এবং পেশা বলুন।

উঃ- উর্বশী গোস্বামী পিতা প্রয়াত দেবাঞ্জন গোস্বামী, বাসভবন, বাংকুবিহারী লেন, সিঁথি মোড়, কলকাতা ১০০০২৪। বয়স: ১৯, পেশা: প্রেসিডেন্সি বিশ্ববিদ্যালয়ের আন্ডার গ্র্যাজুয়েট ছাত্রী।

প্রশ্নঃ আচ্ছা উর্বশী দেবী সেদিন ঐ সন্ধ্যায় যা যা আপনার সাথে ঘটেছিল তা যদি একটু সংক্ষেপে বলতেন!

উত্তরঃ আমি প্রীতমের সাথে সন্ধ্যা সাতটার দিকে গল্প করতে করতে পাশাপাশি হেঁটে যাচ্ছিলাম এমন সময় একটি কালো গাড়ি আমাদের সামনে এসে দাঁড়াল। তিনজন কালো রঙের পোশাকের মুখোশধারী গাড়ি থেকে নেমে আমাকে জাপটে ধরল। তারা আমার চীৎকার থামাতে আমার মুখে আঠালো কাপড় চেপে দেয় এবং আমাকে গাড়ির ভিতরে জোর করে ঠেলে

ঢুকিয়ে দেয়। আমি আক্রমণকারীদের শনাক্ত করতে পারিনি কারণ তারা মাস্কেট পরা ছিল।

প্রঃ- তারপর?

উঃ- প্রবাল হঠাৎ সেখানে তার গাড়ি নিয়ে উপস্থিত হয়।

প্রঃ- প্রবাল কে?

উঃ-(প্রথমে কিছুক্ষন নীরব থেকে) সে আমার বন্ধু।

প্রঃ- সেকি আপনার ক্লাস ফ্রেন্ড? বা ঐ কলেজের কেউ?

উঃ- না।

প্রঃ-তাহলে বন্ধুত্ব কী করে হল?

উঃ- নিরুত্তর।

প্রঃ-আচ্ছা ঠিক আছে এরপর বলুন।

উঃ- সে আমার আক্রমনকারীদের গাড়িটার সামনে তার গাড়িটা দাঁড় করায়। তারপর আক্রমণকারীদের সাথে প্রচন্ড ফাইট শুরু করে। কিছুক্ষন পর আক্রমনকারীরা আমাকে ছেড়ে গাড়ি নিয়ে চম্পট দেয়। প্রবাল আমাকে তার গাড়িতে তুলে নিয়ে প্রথমে তার অফিসের ফ্লাটে নিয়ে যায় কিছুক্ষন সেবাশুশ্রুষার পর সে আমার বাড়িতে নিয়ে আসে।

প্রঃ- প্রীতম কে?

উঃ প্রীতম আমার সহপাঠী এবং বন্ধু।

প্রঃ- কেমন বন্ধু?

উঃ- উর্বশী একটু চুপ থেকে বলল, 'আমরা দুজনে দুজনকে ভালবাসি'।

প্রঃ- ঐদিক দিয়ে ঐসময় তার সাথে কেন যাচ্ছিলেন?

আমরা দুজনে ইকো পার্কে সময় কাটিয়ে একসাথে বাড়ি ফিরছিলাম। রাত হচ্ছিল, তাড়াতাড়ি বাড়ি পৌঁছানোর জন্য আমরা একটা ট্যাক্সি খুঁজছিলাম।

প্রঃ- এখন বলুন এই প্রবাল, মানে যে আপনাকে উদ্ধার করতে এল তার সাথে কীভাবে পরিচয় হইয়েছিল, তিনি তো আপনার সহপাঠি নন?

উঃ- তিনি একজন নাচের বিশেষজ্ঞ। তিনি কলেজ কালচারালে নাচের ফাংশনে আমার নাচ দেখে মুগ্ধ হন এবং সেই সূত্রে তার সাথে পরিচয় হয়। নাচের ব্যাপার নিয়ে তিনি আমাকে সাহায্য করবেন বলে কথা হয়।

প্রঃ এছাড়া অন্য কিছু?

উঃ- উর্বশী একথায় সরাসরি জবাব দিতে পারল না। একটু চুপ করে থাকার পর বলল, হ্যা হয়।

প্রঃ- কী কথা হয়? এই প্রশ্নে উর্বশী আবার চুপ করে থাকে।

প্রঃ- তার সাথে কোনও ঘনিষ্ঠতা, মানে আপনার সাথে প্রেম ভালবাসার কোন সম্পর্ক তৈরী হয় কী?

উর্বশী আবার নিরুত্তর। কিন্তু তদন্তকারী অফিসারের সন্দেহ হওয়ায় আবার একই প্রশ্ন করলে

উর্বশী শুধু বলল, 'হ্যাঁ'।

প্রঃ- আপনি বললেন প্রীতম আপনার প্রেমিক, অথচ প্রবালের সাথেও প্রেম করতেন। তার অর্থ আপনি দুই ষাড়ের লড়াই বাঁধিয়ে দিয়েছেন! তাই ত? উর্বশী হঠাৎ এধরনের নিম্নমানের কথা শুনে লজ্জায় কিছু না বলে মাথা হেঁট করে আঙুল খোটাতে থাকে। তদন্তকারী অফিসার বিষয়টি নিয়ে আর ঘাটালেন না, বললেন 'ঠিক আছে আপাতত আসুন!'

২। প্রঃ- আপনার নাম?

উঃ- প্রবাল চ্যাটার্জি।

প্রঃ- বাবার নাম ঠিকানা এবং পেশা বলুন।

উঃ- পিতা প্রয়াত শান্তনু চ্যাটার্জি, ঠিকানা: বেইজ ব্রিজ, তারাতলা, কলকাতা ৭০০০৬৮। পেশা: বিজনেস, কনসার্নের নাম: 'গ্লোবাল কনস্ট্রাকশন কনসালটেন্সি লিমিটেড। পোর্টফোলিও: পরিচালনা পর্ষদের সদস্য এবং সি ই ও।

প্রঃ- আপনার অফিসের ঠিকানা বলুন।

উঃ- শিবানী এপার্টমেন্ট, পঞ্চম তল, লেক টাউন, কলকাতা।

প্রঃ- এটা কী আপনার হেড অফিস?

উঃ- না ব্রাস। আমার হেড অফিস, ৩/২৩ মান্ডবী ম্যানশন, টুয়েলভথ ফ্লোর, টেম্পল স্ট্রিট, চেম্বুর, মুম্বাই।

প্রঃ আপনার ব্যবসার লাইসেন্স, ক্যাপিটাল, প্রপার্টির পরিমান, ব্যাঙ্ক ট্রাঞ্জেকশন, কারেন্ট ব্যালান্সশীট, ট্যাক্স ক্লিয়ারেন্স ইত্যাদি কাগজ আমাদের দেখাবেন।এবার সেদিনকার উর্বশী অপহরনের এবং উদ্ধারের পুরো ঘটনাটা বলুন।

উঃ- সন্ধ্যা প্রায় সাতটা। আমার লেক টাউন অফিস থেকে বেরিয়ে চিনার পার্ক দিয়ে নিউটাউনের দিকে যাচ্ছিলাম। সামনে দেখতে পেলাম একটি গাড়ি থেকে তিনজন মুখোশধারী লোক একটি মেয়েকে ধরে টানাটানি করছে। একটু পরে দেখি তার মুখ চেপে ধরে জোর করে তাদের গাড়িতে তোলার চেষ্টা করছে। অল্পদুরে একটি ছেলে দাঁড়িয়ে ছিল। সে অল্প কিছুক্ষন দাঁড়িয়ে থেকে আস্তে করে অন্ধকারে গা ঢাকা দিল।আমি দূর থেকে বুঝতে পারলাম মেয়েটি কিডন্যাপ হচ্ছে। কাছাকাছি গিয়ে দেখলাম মেয়েটি স্বয়ং আমার গার্লফ্রেন্ড উর্বশী। আমি আমার গাড়ির গতি বাড়িয়ে দিলাম এবং যথাসময়ে তাদের গাড়ি আটকে দিলাম। আমি জীবনের ঝুকি নিয়ে একা তিনজনের সাথে লড়াই করে তাকে ছিনিয়ে নিয়ে আমার গাড়িতে তুললাম। তারা রনে ভঙ্গ দিয়ে গাড়িতে চড়ে পালিয়ে যায়। এই উদ্ধার কাজে যদিও আমাকে যথেষ্ট আঘাত সহ্য করতে হয়।

প্রঃ- কিরকম আঘাত?

উঃ- আমি বাজেভাবে আহত হই। আমার নাক দিয়ে রক্তপাত হয়, মুখ ফুলে যায় এবং আমার দুটি দাঁত গুরুতরভাবে ক্ষতিগ্রস্ত হয়েছে। কিন্তু আমি খুশি হয়েছিলাম যে আমি তাকে বিপর্যয় থেকে উদ্ধার করেছি। একইসঙ্গে লজ্জার বিষয় ছিল যে উর্বশীর সহপাঠী যার সাথে সে হেঁটে যাচ্ছিল দুর্বৃত্তদের দেখতে পেয়ে সাথে সাথে গা ঢাকা দিয়েছিল। আমার সন্দেহ ঐ কিডন্যাপকারীদের সাথে তার যোগসাজস আছে।

প্রঃ- ছেলেটি কী মেয়েটির শুধুই সহপাঠি আর কিছু নয়?

উঃ- পরে সব জেনেছি। তার সাথে উর্বশীর একটা ঘনিষ্ঠতা তৈরী হচ্ছিল।

প্রঃ- দুষ্কৃতীদের কাউকে চিনতে পেরেছিলেন?

উঃ- না। তাদের মুখ ঢেকে রাখা ছিল তাদের কাউকে আমি চিহ্নিত করতে পারিনি। আর পোশাকগুলো ছিল কালো।

প্রঃ আপনার উদ্ধার হওয়া প্রেমিকাকে ডাক্তারখানা না নিয়ে গিয়ে অফিসে সেবাশুশ্রূষা করতে নিয়ে গেলেন কেন? সেখানে কী সেসব ব্যবস্থা ছিল?

উঃ হ্যা ছিল। ব্যান্ডেজ, ওষুধপত্র, লোকজন সব রেডি ছিল।

প্রঃ- বাঃ! তাই নাকি? তার মানে আপনি জানতেন আপনার প্রেমিকা কিডন্যাপ হয়ে গিয়ে আবার উদ্ধার হবেন! প্রবাল এই ধরনের প্রশ্নের উত্তর দিতে না পেরে বিব্রত বোধ করল।

প্রঃ- আচ্ছা, প্রবালবাবু, উর্বশীর মুখ থেকে শুনেছি আপনি একজন নৃত্যবিশারদ, আপনি কী তাহলে নাচ টাচও শেখান?

উঃ- আগে শেখাতাম, এখন সময় পাই না।

প্রঃ- কিন্তু আপনি উর্বশীকে নাচের কলা কৌশল শেখাবেন বলে তাকে কথা দিয়েছিলেন।

উঃ- হ্যা, অবশ্যই! বিশেষ বিশেষ ক্ষেত্রে এখনও শেখাই।

প্রঃ- আপনি নৃত্যশিল্পী, আবার একটি বড়সড় কোম্পানির দায়িত্বপূর্ন পদে আসীন! তারপরেও এই রকম একজন জাঁদরেল পেশাদারী ফাইটার হলেন কী করে, যিনি তিনজনের সাথে ফাইট করে একটি মেয়েকে অপহরন থেকে রক্ষা করতে পারেন!

উঃ- আজ্ঞে স্যার ঠিকই ধরেছেন, ব্যাপারটা কিছুটা আশ্চর্যজনক ত বটেই। আসলে স্কুল জীবনে আমি ক্যারাটে শিখতাম। আমার ক্যারাটের উপর থ্রী ইয়ার্স ট্রেনিং সার্টিফিকেট আছে। আমি এখনও নিয়মিত ক্যারাটে প্রাকটিস করি।

প্রঃ- বাঃ! আপনি আবার ক্যারাটেও শিখতেন! আপনার ক্যারাটে সার্টিফিকেট, নাচের সার্টিফিকেট এসব কোর্টে দেখাবেন। অপহরণকারীর গাড়ির নম্বরটা বলতে পারবেন?

উঃ- হুন্ডাই স্যান্ট্রো গাড়িতে WGS.KOL/-109-2345 লেখা নম্বর প্লেট ছিল।

প্রঃ আপনি যে গাড়ি নিয়ে উদ্ধার করতে গিয়েছিলেন তার নম্বরটা বলুন।

উঃ- টয়টো সুপ্রীম, নম্বর WGS/KOL/889-5832

৩। প্রঃ- পূর্ববৎ।

উঃ- প্রীতম বোস। পিতা বারীন বোস। কাকলি অ্যাপার্টমেন্ট, ৩/ডি সেভেনথ ফ্লোর, নিউ টাউন, কলকাতা, ৭০০০৮৮। বয়স ১৯, আন্ডার গ্র্যাজুয়েট ছাত্র, প্রেসিডেন্সি বিশ্ববিদ্যালয়।

প্রঃ- আপনার সামনে সেদিন যা ঘটেছিল, বলুন।

উঃ- ১২ জানুয়ারী, প্রায় সাতটা আমি উর্বশীর সাথে পাশাপাশি হাঁটছিলাম। সে আমার সহপাঠী এবং ভাল বন্ধু। আমরা তার বাড়ি ফেরার জন্য একটি ট্যাক্সি খুঁজছিলাম। হঠাৎ একটি গাড়ি আমাদের সামনে এসে থামল। মুখে মাস্কেট পরা তিনজন এগিয়ে এসে উর্বশীকে দুহাতে শক্ত করে জড়িয়ে ধরল। আমি কিংকর্তব্যবিমূঢ় হয়ে পড়লাম। আমি ব্যাপারটা দেখে প্রতিবাদ করতে এগিয়ে আসলাম। উর্বশীর সঙ্গে ধস্তাধস্তি দেখে আমি ছুটে এসে, কি হচ্ছেটা কী বলেই একজনকে ধাক্কা দিতেই তাদের একজন আমার নীচের চিবুকে একটা প্রচন্ড ঘুষি মারল এবং আমি তৎক্ষনাৎ জ্ঞান হারিয়ে ফেলি। আমি একটি ঝোপের মধ্যে পড়ে গিয়েছিলাম। আমার বোধশক্তি আসার পর আমি সামনে একটা শুধু জটলা দেখতে পেলাম। সেখানে উর্বশী নেই গাড়ীও নেই! আমি প্রচন্ড ভয় পেয়ে দৌড়তে শুরু করলাম। আমার পকেট হাতড়িয়ে দেখি আমার মোবাইল এবং পার্স কোনটাই নেই। একটা ধর্মতলা গামী বাস দেখে উঠে পড়লাম আমার বাড়ি কাছে সত্বেও সেখানে নামলাম না । আমার আঘাত নিয়ে বাড়ি ঢুকতে সাহস হচ্ছিল না। আমি প্রফেসর সান্যালের বাড়িতে গিয়ে তাকে পুরো ঘটনাটা জানালাম। উর্বশীর কী হল আমি কিছুই জানতে পারি নি।

অপহরনকারীরা মুখোশধারী ছিল বলে কাউকে চেনা সম্ভব হয় নি। তবে উর্বশীকে যে লোকটি জাপটে ধরেছিল আমি সেই লোকের বাঁ হাতের তর্জনী কাটা দেখেছিলাম।

প্রঃ- উর্বশীর সঙ্গে আপনার কী সম্পর্ক?

উঃ- সে আমার সহপাঠি, বন্ধু।

প্রঃ- কেমন বন্ধু? গার্ল ফ্রেন্ড?

উঃ- নিরুত্তর।

প্রঃ- আপনি কলেজে ভর্তি হয়েছেন পড়াশুনার জন্য নাকি প্রেম করার জন্য?

উঃ- নিরুত্তর।

প্রঃ- আপনার গার্লফ্রেন্ড উর্বশীর আপনি ছাড়াও আরেকজন বয়ফ্রেন্ড ছিল আপনি সেটা জানেন?

উঃ- কিছু ঘনিষ্ঠতা ছিল এইটুকু জানি।

প্রঃ-জানেন!

প্রীতমকে নীরব দেখে তদন্তকারী অফিসার বললেন, ঠিক আছে আপনি এখন যেতে পারেন!

৪। আপনার নাম?

উঃ- প্রিয়াঙ্কা ভাদুড়ি

প্রঃ- আপনার পিতার নাম, স্বামীর নাম, ঠিকানা, পেশা এসব বলুন।

উঃ- পিতা মৃত অভয়চরন ভাদুড়ি। বাসস্থান, শিবানী এপার্টমেন্ট, লেকটাউন, কোলকাতা। পেশা, অফিস এসিস্ট্যান্ট, গ্লোবাল কনস্ট্রাকশন কোম্পানি লিমিটেড, কোলকাতা শাখা।

প্রঃ- আপনি কী বিবাহিত? মানে আপনি মিস, নাকি মিসেস, সেটাই জানতে চাইছি।

উঃ অবিবাহিত।

প্রঃ- তাহলে আপনার নিজস্ব বাড়ি, মানে বাবা মার ঠিকানা না বলে এই অফিসের ঠিকানা বলছেন কেন? এটা ত প্রবাল চ্যটার্জির অফিস। সেটা আপনার বাসস্থান হবে কেন?

উঃ আমার বাবা, মা কেউ নেই। বাড়ি ঘর ছিল আগে এখন নেই।

প্রঃ- আশ্চর্য! ভাই বোন আত্মীয় স্বজন কেউ নেই!

উঃ- আজ্ঞে যোগাযোগ নেই।

প্রঃ- যোগাযোগ নেই কেন? প্রিয়াংকা নিরুত্তর।

প্রঃ- অফিস ত কাগজ পত্র কম্পিউটার ফাইল আলমারী চেয়ার টেবিল এইসব থাকে। খাওয়ার এবং শোয়ার ব্যবস্থাও আছে নাকি?

প্রিয়াংকা এবার নিরুত্তর।

প্রঃ- আপনি অফিসে কাজ করে অফিসেই থাকতেন। ওটা কী ফ্ল্যাটবাড়ি না অফিস?

উত্তরদাতা নিরুত্তর দেখে প্রশ্নকর্তা বললেন, আপনি এই অফিসে কদ্দিন ধরে আছেন?

উঃ-একবছর। প্রশ্নকর্তা আর কিছু না জিজ্ঞেস করে তাকে যেতে বললেন।

৫। তনয়া আচার্য

প্রঃ পূর্ববৎ।

উঃ- আমার নাম তনয়া আচার্য। পিতা মৃত স্বস্তিক আচার্য। ঠিকানা একই। পেশা অফিস এসিস্ট্যান্ট।

প্রঃ আপনি কী বিবাহিত?

উঃ- হ্যা।

প্রঃ স্বামীর নাম বলুন।

উঃ- তনয়া একটু ইতস্তত করে বলল, আমি ডিভোর্সি।

প্রঃ ডিভোর্সি! আপনার বয়স?

উঃ- তনয়া আবার ইতস্তত করে জবাব দিল, একুশ।

প্রঃ- বাঃ এই বয়সেই বিয়ে করেছেন আবার স্বামীকে ডিভোর্সও দিয়ে দিয়েছেন। খুব ভাল।

আপনি থাকেন কোথায়?

উঃ- মিঃ প্রবালের অফিসের ফ্ল্যাটেই।

প্রঃ- অফিসে শুনলাম আরেকজন মহিলাও থাকেন। আবার আপনিও থাকেন। অফিসে বেডরুম কয়টি?

উঃ- তিনটি।

প্রঃ- একটি অফিসের ভেতরে তিনটি বেডরুম! মানে কী! সেখানে আরও কেউ থাকেন?

তনয়া নিরুত্তর দেখে অফিসার আবার 'বলুন কে থাকে?'

উঃ- গেস্টরা এলে থাকে।

প্রঃ- মালিকও থাকে। কি থাকে না?

উঃ- নিরুত্তর।

প্রঃ- আপনাদের অফিসে আমাদের যেতে হবে। ঠিক আছে এখন আপাতত আসতে পারেন।

তদন্তকারী অফিসার দুই মহিলার স্টেটমেন্ট শুনে তাদের রহস্যময়ী মনে হল। তারা দুজনেই সুন্দরী, স্বাস্থ্যবতী। তারা অফিসের কর্মচারী হয়ে অফিসেই থাকবেন কেন? প্রবাল সম্পর্কে তদন্তকারী সংস্থা আগাগোড়াই সন্দেহ ছিল। তার বহুমুখী পাণ্ডিত্য জাহির করা তাদের আরও সন্দেহভাজন করে তুলল।

এটা তাৎপর্যপূর্ণ যে পুলিশ তবুও শেষ পর্যন্ত প্রবালের বক্তব্যের উপরে গুরুত্ব দিয়েছিল। অপহরন কান্ডে সে প্রীতমের চলাফেরা ও কাজকর্মে দুষ্কৃতিদের সাথে একটা ষড়যন্ত্রের আভাস পেয়েছে বলে জানায়। পুলিশ সেই অভিযোগকে একেবারে উড়িয়ে দিতে পারেনি।

কিন্তু পুলিশ তার অভিযোগের স্বপক্ষে তেমন কোন জোড়ালো প্রমান খুঁজে পাচ্ছিল না। তাছাড়া প্রঃ স্যান্যালের স্টেটমেন্ট অনুযায়ী প্রবাল একজন মেধাবী ছাত্র এবং সম্ভ্রান্ত বংশীয়। সর্বোপরি যখন নিউ টাউন থানার দারোগা জানতে পেলেন যে প্রীতম প্রাক্তন পুলিশ কর্তা স্বয়ং বারীন বোসের ছেলে তখন তার বিরুদ্ধে প্রবালের সমস্ত অভিযোগ নস্যাৎ করে তার নাম অভিযুক্তের খাতা থেকে কেটে দিয়ে সব কিছু পরিস্কার করে বসে থাকলেন।

ইতিমধ্যে প্রঃ সান্যাল প্রীতমের বাবার সাথে তার বাড়িতে দেখা করার সিদ্ধান্ত নিয়েছেন। যদিও তাদের মধ্যে কোনো পূর্ব পরিচয় ছিল না।

পরিচয় হওয়ার পর প্রঃ স্যান্যাল প্রীতমের আসল দুর্ঘটনার কাহিনীটি বিস্তারিত বললেন। তার আহত হওয়ার আসল ঘটনাকে চাপা দিয়ে মামুলি এক্সিডেন্ট বলেছিলেন সেই মিথ্যা বলার জন্য দুঃখ প্রকাশ করে ক্ষমা চেয়ে নিলেন। প্রীতমের বাবা বারীন বোস আসল ঘটনা শুনে অবাক হলেও বিচলিত বোধ করলেন না। ভদ্র এবং উদার মনের মানুষ ছাড়াও পুলিশের পোড় খাওয়া অফিসার হওয়ায় তিনি প্রঃ স্যান্যালের আসল সত্য না বলার জন্য কিছু মনে করলেন না। ঘটনা শুনে তার নিজের ছেলে প্রীতমের থেকে উর্বশীর বিষয়টিই তাকে বেশী ভাবিয়ে তুলল এবং তার সাথে ঘটে যাওয়া পুরো ঘটনাটি মনোযোগ দিয়ে শুনলেন।

অধ্যাপক সান্যাল জানালেন যে বিষয়টি ইতিমধ্যে আইনী প্রক্রিয়ায় চলে গেছে এবং পুলিশ তদন্ত শুরু করে দিয়েছে। আর এই কারনেই প্রীতমকে আবার জিজ্ঞাসাবাদ করতে তাদের বাড়িতে আসতে পারে।

‘পুলিশ এসে যা খুশি জিজ্ঞেস করুক। এটা কোন ব্যাপার না. কিন্তু আমার প্রশ্ন ভীন্ন। উর্বশী একটা বুদ্ধিমতী মেয়ে হয়েও কীভাবে এক অচেনা ব্যবসায়ীর ফাঁদে পড়ল সে ব্যাপারটা তিনি ভেবে কুল পান না। একজন বিপদে উদ্ধার করতেই পারে তার মানে এই নয় যে সে তার সব কিছুর অধিকার থাকবে!’

‘আমি মনে করি এই নিষ্পাপ মেয়েটি পরিস্থিতির শিকার হয়েছে। সে ঐ ব্যক্তির হীন অভিসন্ধির দ্বারা পরিচালিত হয়ে সম্পূর্ণ বিপথগামী হয়েছে। তিনি প্রীতমের বিরুদ্ধে অপহরনের মিথ্যা অভিযোগ এনে সরলমতী উর্বশীর মনকে বিষিয়ে তুলেছে। এছাড়া তাদের পরিবারের কোনো পুরুষ সদস্য নেই এমন অসহায় অবস্থার সুযোগ নিয়ে সেই কালপ্রিট তাদের পারিবারিক অভিভাবকত্বের সুবিধা ভোগ করছে। কিন্তু প্রফেসর সান্যাল! এ ব্যাপারে আমি চুপ করে থাকব না। আপনি আপনার পুলিশ তদন্ত নিয়ে এগিয়ে যান. আমি আপনাকে সহযোগিতা করব। দেখা যাক কি প্রকাশ পায়। কিন্তু মনে রাখুন, এর কোন বিহিত না হলে আমি চুপ করে বসে থাকব না। □

একুশ

জগৎ রহস্যময়

খুব সকালে প্রবাল উর্বশীকে ফোন করে জানাল যে সে অবশেষে কলকাতার একটি বিখ্যাত কসমেটিক পণ্যের মডেলিং অডিশনের জন্য নির্বাচিত হয়েছে।

শুনেই উর্বশী আনন্দে আত্মহারা। সে বিশ্বাস করতে পারছে না যে সে সত্যি সত্যি একজন মডেল তারকা হতে যাচ্ছে। সংবাদটা শুনে উর্বশী এতই খুশী হল যে খুশি হল যে সে প্রবালকে তার সুসংবাদের জন্য তাকে চুম্বনের প্রস্তাব দিল। উত্তরে প্রবাল অবশ্য শুধু চুম্বনে সন্তুষ্ট নয় বলে জানাল।

সেদিন রাতে সে তার দিদির সাথে মডেলিংয়ে জগতে নামার কথা বললে তা পত্রপাঠ নাকোচ হয়ে যায়। তাই তার মডেলিং পেশায় যোগদানের বিষয়ে ছুটাছুটি চলছিল তার পরিবারের স্বীকৃতি ছাড়াই। যাই হোক এর মধ্যেই প্রবাল একদিন তাকে এজেন্সির কাছে নিয়ে গিয়েছিল তাকে পরিচয় করিয়ে দেয় এবং উর্বশীর কিছু দুর্দান্ত ছবি তাদের হাতে তুলে দেয় যা তাকে প্রাথমিক নির্বাচনের জন্য সুবিধা দেয়। তৃতীয় দিনে চূড়ান্ত অডিশন এবং একটি সাক্ষাৎকারে উপস্থিত হওয়ার আমন্ত্রণ জানিয়ে সে একটি চিঠি পায়। এখন তাকে কোম্পানির স্টুডিওতে শুটিংয়ের জন্য তাকে নির্বাচিত করা হয়েছে।

প্রবালের কাছ থেকে খবর পেয়ে অনেক উত্তেজনা নিয়ে উর্বশী তার দিদিকে খবরটি জানাল। উর্মিলা যথেষ্ট লিব্যারাল এবং প্রগতিশীল হওয়ায় তার সিলেকশনের চিঠিগুলি দেখে সেও আনন্দিত হল। তাকে সাবধান করে দিল যে মা'র কানে যেন বিষয়টি না যায়। সে উর্বশীকে এও মনে করিয়ে দিল যে তার এই সাফল্যের পেছনে প্রবালের খুব সামান্যই কৃতিত্ব আছে।

কিন্তু অডিশন সেন্টারে উপস্থিত হওয়ার নির্দিষ্ট দিনে প্রবাল অনুপস্থিত থাকাটা বেশ আশ্চর্যজনক লাগল। সে উর্বশীকে একেবারে শেষ মুহূর্তে জানায় যে সে কলকাতার বাইরে হঠাৎ একটা জরুরী অ্যাপয়েন্টমেন্টের

কারনে তার সাথে যোগ দিতে পারছে না। তবে সে তাকে আশ্বস্ত করল যে কোনও সমস্যা হবে না এবং তার উদ্বিগ্ন হওয়ার কোন কারন নেই। এই গুরুত্বপূর্ণ মুহূর্তে তাকে মিস করার জন্য সে ক্ষমা চাইল।

স্টুডিওতে পৌছানোর পরই সে মোবাইলে প্রবালকে সব খুলে বলল। তাকে অসহায় এবং নার্ভাস লাগছে, কিন্তু সেসব বলে আর কী লাভ! অল্প সময়ের মধ্যেই উর্বশীকে স্টুডিওর ভিতরে নিয়ে যাওয়া হল, একটি অত্যাধুনিক হলঘরে মডেলিং তারকাদের অনেক ছবি দিয়ে সাজানো হয়েছে, যার বেশিরভাগই ছিল দৈহিক আবেদনে পূর্ন। সেখানে তাকে তাদের নির্দেশ অনুযায়ী শরীরের কিছু ভঙ্গি প্রদর্শন করতে হয়েছিল। কিন্তু তারপরেই তাকে অনেক ভেতরে ছোট একটা শ্যুটিং ফ্লোরে নিয়ে যাওয়া হল। সেখানে তার দুই একটা মামুলি শট নিয়ে তাকে তার দেহের অন্তর্বাস বাদে সব খুলে ফেলতে বলল। কিন্তু এবার তার সম্ভ্রমে আঘাত করলএবং সে তা করতে অস্বীকার করল।

উর্বশী স্টুডিওর দেওয়া অফারগুলির প্রলোভনকে উপেক্ষা করে হলঘর থেকে বেরিয়ে এল এবং সেখান থেকে নেমে এসে সে ফোনে প্রবালকে বিষয়টি জানাল যে সে অনিবার্য কারণে নির্বাচন বোর্ডের সামনে উপস্থিত হচ্ছে না। তার এই রাজী না হওয়ার জন্য কোন বিশদ ব্যাখ্যা দেওয়ার মানসিকতা তার নেই। একরাশ দুশ্চিন্তা ও হতাশায় নিয়ে উর্বশী বাড়ি ফিরল।

পরের দিন উর্বশী সত্যিই তার ক্লাসে উপস্থিত হল। দীর্ঘদিন অনুপস্থিত থাকায় তার বন্ধুদের কিছু প্রাসঙ্গিক প্রশ্নের সম্মুখীন হতে হয়েছে তাকে। সে একবার প্রীতমকে খুঁজে বের করার চেষ্টা করল তাকে দেখতে না পেরে প্রীতমের এক বন্ধুকে বলতেই সে জানাল প্রীতম ক্যাট পাশ করে ভুবনেশ্বরে আই আই এম পড়ছে। একথা শোনার পর হতাশায় সে মুহ্যমান হয়ে পড়ল।

তার মনে পড়ল সে একদিন বলেছিল সে ক্যাট পরীক্ষার প্রিপারেশন নিচ্ছে। তার জ্যঠতুতো দাদা যার জন্য সেদিন ফর্মটা সে নিয়েছিল সে ক্যাট পাশ করে ইতিমধ্যে আইআইএম এ ভর্তি হয়েছে। তার পরিবারেরও ইচ্ছা ঐ লাইনে পড়তে, কারন জেনারেল লাইনে বর্তমানে চাকুরী পাওয়া খুবই কঠিন।কিন্তু প্রীতম বলেছিল তার দূরে কোথাও গিয়ে পড়াশুনা করতে ইচ্ছা

নেই। উর্বশীও এই ব্যাপারটা আমল দেয় নি। এখন সত্যি সে দূরে চলে গেছে! ইচ্ছা ছিল তাকে একবার চোখের দেখা, দেখা করে ক্ষমা চাওয়া। এ খবর শুনে নতুন করে ভালবাসার প্রায় নিভে যাওয়া প্রদীপটিকে জ্বালানোর ক্ষীণ আশাটুকুও তার নির্বাপিত হল।

ক্লাস শেষ হওয়ার সাথে সাথে ছেলে-মেয়েরা দল বেঁধে মিশ্র আওয়াজ করে মাটিতে নেমে আসল। সেও নেমে এল। কিন্তু আজ সে একা । তার মনে হল এ পৃথিবীতে তার আর কেউ নেই। তার একাকীত্বের চিন্তার মাঝেই হঠাৎ মোবাইল বেজে উঠল।

'তুমি কোথায়? আমি তোমাকে বেশ কয়েকবার কল করলাম কিন্তু পেলাম না। মোবাইল সুইচড অফ বলছে। প্রবাল কিছুটা বিরক্তি সহকারে বলল।

'আমি আমার ক্লাসে উপস্থিত ছিলাম বলে এটি বন্ধ ছিল। এবং ক্লাসে ঢোকার সময় এরোপ্লেন মোড ব্যবহার করা নিয়ম অনুযায়ী বাধ্যতামূলক। এখন বল তুমি কোথায় আছো।' উর্বশী তার পাশে কেউ নেই তা নিশ্চিত করার জন্য একবার তাকাল।

'এখন আমি আমার মুম্বাই অফিসে আছি। তোমার ঘটনাটা কী হয়েছে একবার বলবে?' প্রবাল জানতে চাইল।

'তুমি এই জঘন্য কাজটি আমার সাথে কেন করলে সেটার আগে জবাব দাও!' উর্বশী উত্তেজিত হয়ে বলল।

'সরি, ডার্লিং হঠাৎ কোম্পানির একটা জরুরী বিদেশী এপয়েন্টমন্ট আটেন্ড করতে হল যে আমার আর কোন বিকল্প অপশনই ছিল না'।

'রাখ তোমার আপয়েন্টমেন্ট, এগুলো তোমার অনেক শুনেছি আমাকে ঠকিয়ে এখন চালাকী মারছ!'

প্রবাল তাকে বোঝানোর চেষ্টা করেছিল যে তার হঠাৎ চলে যাওয়া তার অজুহাত নয় এবং তার পক্ষ থেকে ইচ্ছাকৃতভাবে কিছুই করা হয়নি। তার কোম্পানি তাকে জরুরি ভিত্তিতে একটি আলোচনায় ডেকেছিল এবং সেটা এড়াতে তার কোন বিকল্প পথ ছিল না।

অনেক বোঝানোর পর প্রবাল তাকে মডেল গার্ল হিসেবে তার উচ্চাকাঙ্ক্ষার সফল করার পুনরায় অঙ্গীকারবদ্ধ হল।

'আমি বুঝছি না কেন তুমি আমাকে বার বার এমন ফলস পজিশনে ফেলছ! আমি তোমার কী অন্যায় করেছি! তুমি আমার নাচের ব্যাপারেও একই কান্ড করলে! তুমি আমাকে একটি টিভি চ্যানেলের স্টুডিওতে নিয়ে যাওয়ার প্রতিশ্রুতি দিয়ে নিয়ে গেলে যেখানে নাচের অনুষ্ঠানের প্রতিযোগিতামূলক রিয়েলিটি শো চলত। কিন্তু যখন আমি অংশগ্রহণের জন্য আমার দিদির সাথে মহা উৎসাহে প্রস্তুতি নিচ্ছিলাম ঠিক তখনই তুমি আমাকে জানালে যে প্রোগ্রামটি বাতিল করা হয়েছে। কিন্তু আমি পরে জেনেছিলাম আসলে কী হয়েছিল।'উর্বশী তার পুর্বেরর ক্ষোভও যুক্ত করল।

পরের দিন উর্বশী প্রবালকে মডেলিং স্টুডিওর অভ্যন্তরে কী ঘটেছিল তা বিস্তারিতভাবে জানিয়েছিল। সে জানাল তারা আসলে তার চূড়ান্ত নির্বাচনের জন্য কী দাবি করেছিল এবং যা ছিল একেবারেই অসম্ভব।

উর্বশীর সাথে এই সমস্ত অবাঞ্ছিত বিষয় শুনে সে তাকে কলকাতার যে কোনও মডেলিং এজেন্সির সাথে আরও যোগাযোগ করতে নিষেধ করল।

'আমার একটা অভিজ্ঞতা আছে যে কলকাতা একটা বাজে জায়গা। এখানকার মডেলিং ইন্ডাস্ট্রিগুলোকে নিছক নারীদেহের ব্যবসা হিসেবে ধরা হয়। আর তাই এখানে অভিজাত শ্রেণীর মেয়েরা এই পেশায় যোগ দেন না।'

প্রবাল তাকে নিশ্চিত করল যে বিষয়টি শুধু তার ক্ষেত্রেই বিশেষভাবে ঘটেনি। এসব ঘটনা আকছার হচ্ছে।

'এখন আমার পুরো স্বপ্ন ভেঙে গেল। আমাকে কাল থেকে বিশ্ববিদ্যালয়ে যেতে হবে। আমার পুরো স্বপ্ন ভেঙে গেল। আমাকে এখন থেকে ক্লাস করতে হবে। আমি সত্যিই একজন প্রতারিত। এই মিথ্যা মোহে পেছনে ছুটে আমার পড়াশোনার অনেক কিছুই ইতিমধ্যে ক্ষতি হয়েছে।'

উর্বশী সমানে বিলাপ করতে লাগল। সম্ভবত প্রবালকে এই কাজে যেভাবেই হোক তাকে যুক্ত করার জন্য আরও বেশি চেষ্টা করতে প্ররোচিত করল।

চিন্তা করো না, ডিয়ার! আমি তোমাকে কথা দিচ্ছি তোমাকে এই শিল্পে আমি প্রতিষ্ঠিত করবই, আই প্রমিজ! কিন্তু সেটা এখানে নয়। আমি তোমাকে মুম্বাইয়ে নিয়ে যাব। মুম্বাইতে এই শিল্প সম্পর্কে ধারণাটি সম্পূর্ন আলাদা। সেখানে এই পেশার প্রতি একটি উচ্চ ধারনা আছে । শুধু তাই নয় আর্থিক দিক থেকে এই পেশা অত্যন্ত লোভনীয়।

'মুম্বাই! মাই গুডনেস! আমি মুম্বাই যাব!এটা কি সত্যিই!'

'মুম্বাই'শহরের নাম শুনে উর্বশী যেন আকাশ থেকে পড়ল। কিন্তু এমন একটি স্বপ্নের শহরে যেতে এবং সেখানে এই পেশায় যোগ দিতে তার অক্ষমতা প্রকাশ করল।

'কোনো সমস্যা নেই, বান্দ্রায় আমার ব্যক্তিগত ফ্ল্যাট আছে। এবং মুম্বাইতে আমার কোম্পানির হেড অফিস হওয়ায় আমাকে সাধারণত মুম্বাই যাওয়ার ফ্লাইট ফ্রিতে সরবরাহ করা হয়। মুম্বাই ভিত্তিক মডেলিং এবং ফিল্ম স্টুডিওতে আমার একটি ছোট পরিচিতিও রয়েছে কারণ আমি নিজে একবার বলিউড ইন্ডাস্ত্রিতে আমন্ত্রিত হয়েছিলাম।'

'বলিউড ইন্ডাস্ত্রি'-এর নাম শুনে উর্বশী সত্যিই অভিভূত হয়ে পড়ল। সে এটাও বিশ্বাস করল যে এটি প্রবালের অতিরঞ্জিত বা মিথ্যা কোন বাগাড়ম্বর নয়। তার মতো আকর্ষণীয় চেহারার এমন একজন সুদর্শন ব্যক্তি যে সাবলীলভাবে ইংরেজি, বাংলা এবং হিন্দি বলতে পারে, সত্যিই বলিউড নায়ক হওয়ার সম্পূর্ন যোগ্যতা তার আছে। নায়ক হিসাবে তাকে সত্যিই যদি কোন চলচ্চিত্রকার আমন্ত্রণ জানিয়ে থাকে তাহলে অবাক হওয়ার কিছু নেই!

প্রীতম থেকে প্রবালের দিকে উর্বশীর প্রেমের এই নিভৃত অপসারনের অন্যতম কারন ছিল এইটিই যা তার পরিবারের আজকের প্রধান উদ্বেগের বিষয় হয়ে দাড়িয়েছে। ▢

বাইশ

এ নাইট ইন দিঘা

প্রবালের বেশ কয়েকটি কল উর্বশী উপেক্ষা করার পর অবশেষে ধরল,

'দুঃখিত। এখন বলো।

'মনে হয় খুব রেগে আছ?' শান্ত গলায় বলল প্রবাল।

'যদি কোনো জরুরী বিষয় না থাকে তাহলে প্লিজ ফোনটা রেখে দাও।'

'একটা খবর তোমাকে বলার আছে—কিন্তু ঠিক আছে, তোমার মেজাজ যখন অনুমতি দেবে তখন আমি সেটা জানিয়ে দেব।' প্রবাল শান্তভাবে বলল।

'নাটক করার চেষ্টা কর না। যদি সত্যিই কোন গুরুত্বপূর্ণ বিষয় থাকে তাহলে এখনই জানারে পার। নইলে আমি কখনই না।' সে বিরক্ত হয়ে বলল।

'তোমার কি মনে হয় আমি সব সময় নাটক করি? তাহলে নিশ্চই আমি নাটকে অভিনয় করেছিলাম যখন আমি তোমাকে সেই পশুদের হাত থেকে বাঁচিয়েছিলাম, যারা তোমাকে টুকরো টুকরো করার চেষ্টা করেছিল। তাই না?' প্রবালের কণ্ঠ এবার সাহসী এবং আক্রমণাত্মক শোনাল।

উর্বশী চুপ করে গেল। তার দিক থেকে এমন আকস্মিক কঠোর উত্তর শোনার জন্য সে প্রস্তুত ছিল না। আসলে সে তার কাছ থেকে ঐ ঘটনার পরের থেকে চিরদিনের জন্য ঋণী হয়ে আছে এবং তার উপর প্রবালের এই একটি কারনেই সবার থেকে বেশী অধিকার।

'আমি দুঃখিত!' কিছুক্ষণ নীরব থেকে মৃদু কণ্ঠে দুঃখ প্রকাশ করল সে।

'ঠিক আছে, সমস্যা নেই. এখন শুনবে আমি কিসের জন্য ফোন করেছি?' প্রবাল জিজ্ঞেস করল।

'অবশ্যই। তুমি আমাকে এভাবে কথা বলছ কেন?'

'আচ্ছা শোন। আমরা কাল সকালে দিঘা যাচ্ছি। তুমি কি আমার সাথে যেতে রাজি?'

প্রবালের কথা তাকে বিভ্রান্ত করল। সে তার কথা স্পষ্ট বুঝতে পারল না।

'আমি যদি না যাই, তাহলে তুমি একাই যাবে, তাই না?' সে প্রবালকে ব্যাপারটা পরিষ্কার করতে বলল।

'কেন তা হবে? প্রিয়াঙ্কা আমাদের সঙ্গে যাবে।' প্রবল জবাব দিল।

'ও, আচ্ছা! প্রিয়াঙ্কা ভাদুড়ি এখন আপনার দিঘা সফরের সঙ্গী। তাহলে ওর সাথেই দাও। আমাকে জিজ্ঞেস করছ কেন?' উর্বশী উত্তেজিত ভাবে বলল।

'ওহ ডিয়ার! তুমি এত আবেগপ্রবণ কেন? প্রিয়াঙ্কা আমাদের স্টাফ সেও নিশ্চই আমার সাথে থাকার দাবি রাখে!'

'আমি ওকে সহ্য করতে পারি না।'

'তবে ভুলে যাবেন না যে তিনি এনগেজমেন্ট অনুষ্ঠানে আপনার পাশে দাঁড়িয়েছিলেন। সে আপনার প্রতি খুব সহানুভূতিশীল ছিল।' প্রবাল প্রিয়াঙ্কার পক্ষে যুক্তি দেন।

'আমি সেই ধূর্ত মহিলার পক্ষে তোমার ওকালতি শুনতে চাই না। আমি তোমাকে অনেকবার তার প্রতি ঝুঁকতে দেখেছি। আর আমিই সেই অভ্যাস বন্ধ করে দিয়েছিলাম। আমি শুধু তোমার সাথে দীঘা যেতে রাজি হতে পারি, অন্য কাউকে না নিলে।'

'ঠিক আছে, সমস্যা নেই. আমি ওর যাওয়া বাতিল করে দিচ্ছি।'উর্বশীর কথায় প্রবাল সহজেই রাজি হওয়ায় উর্বশী হয়ত খুশীই হল।

উর্বশীর আগে এমন আউটিংয়ের অভিজ্ঞতা নেই। সে এখনও পর্যন্ত সমুদ্র দেখেনি। তাই যখন প্রবাল শুধুমাত্র তার সাথে যেতে রাজি হল, তখন তার মুখে বিজয়ীর হাসি ফুটল। প্রবালের সাথে দীঘার সমুদ্র তীরে ঘোরাঘুরি উপভোগ করা একটি রোমাঞ্চকর অভিজ্ঞতা হবে, এই ভেবে সে রোমাঞ্চিত হল।

সে জানে প্রতিদিন প্রচুর পর্যটক সেখানে আসে। সে তাদের সাথে পরিচিত হবে। সে তার বয়ফ্রেন্ড প্রবালকে সেই মহিলা পর্যটকদের সাথে পরিচয় করিয়ে দিতে গর্ববোধ করবে যারা প্রবালের সুন্দর চেহারা দেখে ঈর্ষান্বিত হবে।

কিন্তু কল্পনা আর বাস্তব যে ভিন্ন তা উর্বশীর জানা ছিল না।

তখন প্রায় বিকেল তিনটা যখন তারা দিঘায় পৌঁছল। গাড়ি থেকে নামার পরই খুব কাছ থেকে সমুদ্র দেখতে পেয়ে সে আনন্দে চীৎকার করে উঠল। বঙ্গোপসাগরের ঢেউইয়ের গর্জন তীরভূমির বালিতে একের পর এক আছড়ে পড়তে দেখে সে রোমাঞ্চ অনুভব করল।

একটি কম বয়স্ক ছেলে এগিয়ে এল তাদের লাগেজ বহন করে হোটেলে নিয়ে যেতে। সে তাদের অনুসরণ করতে বলল। সে তাদের জিনিসগুলি একটি দোতলা দীর্ঘাকার অত্যাধুনিক বিল্ডিংয়ে নিয়ে গেল।

বাইরে নেম প্লেটে মোটা অক্ষরে লেখা, 'RESORT SEAGUL'। উর্বশী সাগরের উলটো দিকে দাঁড়িয়ে এরকম বিভিন্ন নামেরর সুন্দর সুন্দর হোটেল এবং রিসোর্টের সারি দেখতে পেল।

'হ্যালো, মিস্টার চ্যাটার্জি! হাউ ডু ইউ ডু?' তারা রুমে ঢুকতেই ঠিক পাশের ঘর থেকে একজন লোক বেরিয়ে এল। তার উদরের নিম্নদেশ অস্বাভাবিক স্ফীত, মোটা লোকটি হাসতে হাসতে প্রবালের কাছে গেল।

'হ্যালো, স্যার! হাউ ডু ইউ ডু? ভেরী নাইস টু মীট ইউ।'

দুজনেই ডান হাত বাড়িয়ে দিল। হ্যান্ডশেক করায় পর প্রবাল উর্বশীর সঙ্গে পরিচয় করিয়ে দিতে বলল।

'ওয়েল, উর্বশী, তিনি হলেন মিস্টার এস এস চাড্ডা, আমাদের কোম্পানির মাননীয় ম্যানেজিং ডিরেক্টর। আর এ হল মিস উর্বশী, যার সাথে আমার সম্প্রতি এনগেজমেন্ট হয়েছে।

'উউউ! সো ইয়ং সো বিউটিফুল! চাড্ডা সাহেব হ্যান্ডশেকের জন্য তার দিকে হাত বাড়ালেন।

ইতস্তত করে উর্বশী প্রবালের দিকে এক ক্রুদ্ধ দৃষ্টি নিক্ষেপ করলো এবং একটা করুণ হাসি দিয়ে তার নরম তুলতুলে হাতটা এগিয়ে দিল।

'আই থিংক ইউ আর সো লাকি মিঃ চ্যাটার্জি।' লোকটি বলল।

লোকটা প্রবালের সাথে হিন্দিতে কিছু আলোচনা করতে লাগলো। মনে হচ্ছিল বিষয়টা তাদের ব্যবসা সম্পর্কিত। সে পাকরাশি, চৌতালা এবং নটরাজনের মতো কিছু ব্যক্তির নাম শুনল এবং আলোচনায় মুম্বাই, দুবাই এবং সিঙ্গাপুরের নাম স্থানগুলির মধ্যে অন্তর্ভুক্ত ছিল। লোকটি তার আলোচনার মাঝখানে তার দিকে ঘন ঘন তাকিয়ে বিশ্রীভাবে হাসছিল। মনে হচ্ছে লোকটি তার উপস্থিতিতে তার হাসি উপভোগ করছে।

আমরা এখন এখানে কেন আছি?' লোকটা চলে যেতেই বিরক্ত হয়ে প্রশ্ন করল উর্বশী।

'এটাই আমাদের থাকার রিসোর্ট, আমাদের এখানে ফ্রেশ হতে হবে তারপর আমরা সমুদ্র স্নান করতে যাব'। প্রবাল জানাল।

'আমাদের ফ্রেসের কী কোন দরকার আছে?' উর্বশী তার ক্ষোভ প্রকাশ করল।

'কিন্তু তোমার এত বাধা কীসের আমি বুঝি না। আমরা এখানে আজকের রাত এনজয় করতে এসেছি!'

'আমরা এখানে সমুদ্র দেখতে এসেছি রাত কাটিয়ে এনজয় করতে আসি নি। তাছাড়া ওই লোকটার আচরণ আমার কাছে মোটেই ভালো লাগেনি। আমি তার সাথে আর দেখা করব না।'

কিন্তু প্রবাল তার অভিযোগে তেমন গুরুত্ব দিল না। সে বলল,

'ওহ, তুমি এখনও বাচ্চাদের মত কথা বলছ। আসলে মিস্টার চাড্ডা একজন খুব বিখ্যাত মানুষ একজন বড় শিল্পপতি কিন্তু খুবই সাধারণ। তুমি তাকে নিয়ে যা ভাবছ তিনি মোটেই সেরকম নয়।'

'কিন্তু আমি মনে করি তার মনোভাব খুবই ন্যাস্টি আমাকে ভাল লাগছে না। তিনি জোরে আমার হাত চেপে ধরেছিলেন। তিনি আমার হাত ছাড়ছিলেন না। আমার প্রায় কান্না পাচ্ছিল!'

'ওহ! মাই ডিয়ার তুমি এত অবুঝ!' প্রবাল তার অবস্থা দেখে হেসে ফেলল।

প্লিজ, আমি তার সাথে আর দেখা করব না।' উর্বশী তার অবস্থানে স্থির থাকে।

ঠিক আছে, সমস্যা নেই । তুমি শুধু কিছু ফরম্যালিটিস বজায় রাখবে। শোন, হাই সোসাইটিতে এসব মামুলি ব্যাপার। প্রথম প্রথম তোমার একটু অস্বস্তি লাগবে পরে এগুলো দেখবে সেট হয়ে যাবে। আমার বস বা কলিগরা সবাই হাই সোসাইটির লোক। তাই তারা সাধারণত কিছু বিশেষ পরিস্থিতিতে তাদের সীমাবদ্ধতা ভুলে যায়। আমি তাকে বলে দেব তুমি চিন্তা করো না।' প্রবাল তাকে আশ্বস্ত করল।

এসব কথার কোন উত্তর খুঁজে পায় নি উর্বশী। সে এই হোটেলে রাত যাপনের সিদ্ধান্তে খুশী নয়। তার ধারনা ছিল তারা বাইরে কোথাও ভাল খাবারের দোকানে ফাস্ট ফুড ড্রিংক্স ইত্যাদি কিনে খেয়ে নেবে। ঘোরাঘুরি করে আবার ব্যাক করবে। আসলে এব্যাপারে উর্বশীর আগাম কোন পরিকল্পনাই জানা ছিল না। সে নিজেও তা জানতে চেষ্টা করে নি।প্রবালের একান্ত অনুরোধে তাকে তার আচরণে কিছুটা লিবারেল হতে রাজী হল বটে কিন্তু তাতে করে তার ভীতি আরও বেড়ে গেল।

কথামত সমুদ্র স্নানের জন্য বেলাভূমিতে দাঁড়িয়ে উর্বশী লক্ষ্য করল, সমুদ্রের জলের ঢেউয়ে ভাসমান গাড়ির টায়ারগুলি নিয়ে নুলিয়ারা জলের মধ্যে ঘুরে ঘুরে পর্যটকদের সাঁতারে নামার আহবান জানাচ্ছে। ইতিমধ্যে স্বল্প পোষাক পরিহিত কিছু দেশী বিদেশী সাহেব মেম সাহেবরা সমুদ্রের গভীর জলে নিয়ে গিয়ে সাঁতার কাটাতে সাহায্য করছে। ডাঙ্গায় বেলাভূমির বালিতে কেবল মুখমন্ডলটুকু খোলা রেখে গোটা শরীর বালির তলায় ঢুকিয়ে দিয়ে কেউ কেউ বালিস্নান উপভোগ করছে। নুলিয়াদের কাছে এরা সবাই সাহেব কিংবা মেম সাহেব। প্রথমে সে দর্শকের ভূমিকায়ই ছিল। কিন্তু নিজের কৌতুহল এবং প্রবালের একান্ত অনুরোধে তাকে অনিচ্ছা সত্ত্বেও সাঁতার কাটতে ভাড়া করা সুইমিং স্যুট পড়তে হল।

সাহেব মেমরা এমনকি অল্প বয়স্ক ছেলে-মেয়েরাও নুলিয়াদের সাহায্য ছাড়াই মাঝ সমুদ্রে মোটর গাড়ির টায়ার সাথে নিয়ে ঢেউয়ের তালে তালে দোল খাচ্ছে। উর্বশী সুইমিং স্যুট পরে জলে নামতে লজ্জা লাগছিল। সে কোনদিনও এইরকম আটসাঁটো পোষাক পড়ে শরীরের অধিকাংশ অনাবৃত রেখে জনসমক্ষে আসে নি। সে তার নিজের শরীরের দিকে তাকিয়ে নিজেই

সংকুচিত হচ্ছিল। হঠাৎ বেড়িয়ে আসা অস্বাভাবিক শুভ্র উড়ুভাগ, অনাবৃত বাহুসন্ধি, পাতলা পোশাকের আড়ালে যৌবনের উদ্ধত ইঙ্গিত, প্রকটভাবে উন্মোচিত হয়ে পড়ছিল।

জলে নামার পরেই প্রবাল জানাল তার প্রচন্ড মাথা ধরেছে, সমুদ্রের নোনা জল নাকি গিলে ফেলে বুক ধড়ফড় করছে। তাই সে ডাঙ্গায় বালিতে শুয়ে থাকছে। কিন্তু উর্বশীর তখন কিছু করার ছিল না। নুলিয়া তাকে ইতিমধ্যে জলে নামিয়ে দিয়েছে। অনেক চীৎকার চেচামেচি করে নুলিয়ার হাত ধরে টায়ার নিয়ে ভীত সন্ত্রস্ত অবস্থায় উর্বশী প্রথম সমুদ্রে ভাসল। নুলিয়া বলেছিল ঢেউ আসলে মাথা নীচু করে রাখতে। নুলিয়াকে সে সতর্ক করেছিল সে যেন কখনই তাকে না ছাড়ে। জলে কিছুক্ষন ভেসে থাকার পর সে দেখল নুলিয়ার বদলে চাড্ডা সাহেব কখন তার কাছে এসে তাকে সাঁতার শেখানোর অজুহাতে তাকে ডানবাহতে জাপটে ধরেছে। সে তার হাত থেকে বাঁচার জন্য যতই মরীয়া হয়ে চীৎকার করছে চাড্ডা সাহেব ততই বেশি করে জলের নীচে অসভ্যতামি করে চলছে।

চাড্ডা সাহেব যখন বেপড়োয়া হয়ে উঠছিল তখন উর্বশী অসহায়ের মত বাঁচাও বাঁচাও বলে চীৎকার করতে লাগল। নুলিয়া পাশেই চাড্ডা সাহেবের টায়ার নিয়ে ছিল। লোকটির সাথে অনেক ধস্তাধস্তি হচ্ছিল দেখে বেগতিক মনে করে এগিয়ে আসতেই সে নুলিয়ার সাহায্য নিয়ে কোনরকমে জল থেকে বেরিয়ে এসে ক্ষোভে ভয়ে হাঁপাতে লাগল।

প্রবালের আচরনে উর্বশী প্রচন্ড রেগে গেল। এমন বদমাশের সাথে জলে যেতে বাধা দিতে সে একটি শব্দও উচ্চারণ করল না! সে তার চীৎকার শুনেও নিস্ক্রিয় থাকল! এটাই কি আভিজাত্যের নমুনা! ছিঃ!

রিসোর্টে ফেরার সময় উর্বশীকে যথেষ্ট বিষণ্ণ লাগছিল। একই বিছানায় রাত যাপনের কথা দুশ্চিন্তা নিয়ে সে মানসিক অস্থিরতার সম্মুখীন হল। সে জানতো চাড্ডার ঘর তাদের ঘরের লাগোয়া ভিতরে একটি খোলা দরজাও আছে। দুই ঘরের মাঝখানে একই ডাইনিং টেবিল। আসলে উর্বশী জানতই না এটা গোটাটাই একটি স্যুট।

উর্বশী নিশ্চিত, সেই লোক তাকে টার্গেট করে অত্যন্ত খারাপ উদ্দেশ্য নিয়ে ঘরে ওৎ পেতে আছেন। সাতারের সময় সে তার নরম শরীরের বিভীন্ন গোপন অঙ্গের স্পর্শে ক্ষুধার্ত হয়ে উঠেছে এবং নিশ্চই সুযোগ বুঝে রাত্রে

আবার হাজির হবে। এরই মধ্যে উর্বশী লক্ষ্য করেছিল লোকটি এবং প্রবাল উভয়ে নেশাগ্রস্ত অবস্থায় নিভৃতে অগোছালো কী সব কথা বলে যাচ্ছে। সব থেকে তাকে অবাক লাগছে প্রবালের আচরন। লোকটির প্রতি প্রবালের মনোভাব তার কাছে বেশ রহস্যময় লাগল। তার প্রতি প্রবালের কোথায় যেন একটা বাধ্যবাধকতা আছে।

দীঘাযাত্রা আগে সে তার মনে একটা রোমান্টিক ধারণা নিয়ে রেখেছিল। তারা বেশিরভাগ সময় হোটেলের বাইরে সমুদ্রসৈকতে ঘুরবে। তারা অনেক গান বাজনা উপভোগ করবে। প্রবাল খুব ভালো গিটার বাজায়। সে গান গাইবে এবং গানের সাথে প্রবালের অনুরোধে সে নাচবে। তারা প্রচুর সেলফি তুলবে এবং পেশাদার ফটোগ্রাফারদের কাছ থেকে কিছু বিশেষ ছবি তুলবে। তারা শুধুমাত্র সমুদ্র সৈকতে উপলব্ধ দ্রব্যসামগ্রী গুলি প্রচুর পরিমানে কিনবে। তারা বিভিন্ন দ্রষ্টব্য সাইটগুলি ঘুরে ঘুরে উপভোগ করবে। তৃতীয় ব্যক্তির এই উপস্থিতি তার সব কিছুকে লন্ডভন্ড করে দিয়েছে। সে এখন খুবই অস্বস্তি বোধ করছে।

রিসোর্টে ভেতরে রাত যত গভীর হচ্ছে সে ততই নিরাপত্তাহীনতায় ভুগতে শুরু করল। রাতের ডিনার পার্টিতে থাকতে সে ইতিমধ্যে অস্বীকার করেছে। সে সার্ভিস বয়কে তার রুমে তার খাবার পাঠিয়ে দিতে বলেছে। প্রবাল তাকে বোঝানোর চেষ্টা করেছিল হাই সোসাইটিতে এরকম করতে নেই। 'প্লিজ উর্বশী! ডোন্ট বি সিলি!' কিন্তু উর্বশী তার কোন কথাই আমল দেয় নি।

রাত্রি এখন অনেক। উর্বশী একা হোটেলের করিডোরে পায়চারী করে বেড়াচ্ছে। গোটা হোটেলের বোর্ডাররা নিঝুম। প্রবাল বলল,

'উর্বশী, তুমি এখানে কি করছ? শোবে না?'

'না!'

'কিন্তু কেন? তুমি শিশু নও। তুমি এখন যথেষ্ট ম্যাচিওর্ট। তুমি ভালো করেই জানো কেন আমরা দিঘায় এসে এই বিলাসবহুল গেস্ট হাউসে রাত কাটাচ্ছি।

'কিন্তু আমরা এখনও অবিবাহিত। আমরা এখনো আইনত স্বামী স্ত্রী নই'।

'মূর্খামি কর না। প্লিজ ভেতরে আস!' প্রবাল তার কাঁধে হাত রেখে বলল।

'আমাকে স্পর্শ করো না। তুমি ইনটক্সিকেটেড। তোমার মুখ দিয়ে গন্ধ বেরচ্ছে। আমাকে একা থাকতে দাও, নাহলে আমি চিৎকার করব! প্রয়োজনে পুলিশ হেল্প লাইনে ফোন করব!' এসব বলতে বলতে উর্বশী তার হাত মুক্ত করে সে এক সিটকে সরে দাঁড়াল।

'উর্বশী, প্লিজ! পাগলামি কর না? আমি তোমার স্বামী. অন্য বোর্ডাররা আমাদের সম্পর্কে ভুল ভাববে।'

'না, তুমি এখনো তা হও নি। আর যদি আমি মেনে নিই যে তুমি আমার স্বামী তাহলে তুমি কীভাবে তোমার স্ত্রীকে অন্য পুরুষের হাতে মলেস্ট করার সুযোগ করে দিচ্ছ? আমি তোমার এই জঘন্য মানসিকতাকে ঘৃণা করি। আমি নিশ্চিত ঐ লোক রাত্রে আমাকে আবার জ্বালাতন করবে আর তুমি তার বিরুদ্ধে কিছুই করবে না।'

প্রবাল প্রথম থেকেই তার প্রতিকুল মনোভাবের জন্য চিন্তায় ছিল। সে বিজয়িনির উচ্ছ্বাস নিয়ে দীঘায় পৌঁছেছিল কিন্তু পরে তাকে ধীরে ধীরে বিষণ্ণ এবং অসহিষ্ণু দেখাচ্ছিল বিশেষ করে চাড্ডার সাথে পরিচয়ের পর থেকে সে প্রবালের সাথে কথা বলা বা শেয়ার করা থেকে বিরত থাকার চেষ্টা করছিল।

প্রবাল চিন্তা করল খুব বেশি পিড়াপিড়ি বৃহত্তর সমস্যা তৈরি হতে পারে। তাই সে তাকে করিডোরেই ছেড়ে দিয়ে বিছানায় শুতে গেল। এভাবেই দিঘার হোটেলের ঘরে, করিডোরে হেঁটে, বসে এবং দাঁড়িয়ে থেকে এক নিদ্রাহীন রাত কাটাল উর্বশী। ❑

তেইশ
অশান্তি

প্রবালের সাথে উর্বশীর ঘনিষ্ঠতা তার পরিবারের বিড়ম্বনার কারন হয়ে দাঁড়িয়েছিল। ঐ লোকের বড়লোকি কথাবার্তা তাদের মোটেই পছন্দ নয়। সেগুলো তাদের অপমানিত এবং শঙ্কিত করে। কিন্তু উর্বশী তাদের পছন্দ অপছন্দের তোয়াক্কা করে না।

জীবনের ঝুঁকি নিয়ে অপহরনকারীদের সাথে মরনপন লড়াই করে তাদের আদরের মেয়েকে উদ্ধার করে ফিরিয়ে এনেছিল সে একদিন, এর জন্য তারা চিরকৃতজ্ঞ। সেদিন যখন তাকে নিরাপদে প্রায় অক্ষত অবস্থায় বাড়িতে পৌঁছে দিয়েছিল উর্মিলা এবং তার মা তাকে দেবতুল্য জ্ঞান করেছিল। সেসময় সে তাদের পরিবারের একজন সত্যিকারের হিতৈষী বলেই তাকে মনে হয়েছিল।

কিন্তু পরবর্তীতে তার ভাবভঙ্গী এবং আচরন উর্মিলাকে হতাশ করেছে। সে তার আচরণে এক ধরণের ব্যতিক্রম খুঁজে পেয়েছিল। প্রবাল নিঃসন্দেহে সুদর্শন যুবক। আর্থিক প্রেক্ষাপটও খুবই উন্নত। কিন্তু তার সর্বক্ষন বড়লোকি কথাবার্তা এবং আত্মপ্রচার তাকে কোনোভাবেই খুশি করেনি।

তার কথাবার্তার মাধ্যমে তার নিজের অজ্ঞতাকে লুকানোর এক ধরণের কৌশল বলে মনে হয় উর্মিলার। তার নিম্নমানের রসিকতা, অশালীন ভাষা তার চারিত্রিক দিকটি প্রকট ভাবে উন্মোচিত করে।

উর্মিলা এবং তার মা আশা করেছিল যে উর্বশীর স্বামী তাদের সামাজিক মর্যাদার সাথে সামঞ্জস্যপূর্ণ হবে। সে একজন উচ্চ নৈতিক মূল্যবোধের এবং ব্যক্তিত্বপূর্ণ মানুষ হবে। কিন্তু প্রবালের পরিচয় যা তাদের কাছে উন্মোচিত হয়েছে তাতে তারা অত্যন্ত আশাহত। সে কলকাতায় একটি বড় এক নির্মান সংস্থার অধিকারী যার প্রধান কার্যালয় মুম্বাইতে। বান্দ্রায় তার নিজস্ব ফ্ল্যাট আছে। সে এখানে বেশ কিছু কর্মচারী নিয়ে একটি বড় অফিস

চালাচ্ছে। তবে এসব তথ্য উর্বশীর মুখ থেকেই শোনা। সরেজমিনে তারা খতিয়ে দেখে নি, দেখার সুযোগও নেই।যদি সত্যিও হয় তাহলেও তার সাথে তাদের সামাজিক ব্যবধান ভবিষ্যতে উর্বশীর দুঃখের কারন হতে পারে।

তাদের উভয়ের যে ইতিমধ্যে এনগেজমেন্ট পর্যন্ত সম্পন্ন হয়েছে সেটাও তারা জানে না। অসুস্থ মা তার ছোট মেয়ের প্রবালের সাথে খুব বেশি মেশার জন্য খুবই অসন্তুষ্ট। প্রকৃত পক্ষে প্রবালের তুলনায় সে যথেষ্ট কম বয়সী । প্রবালের বয়স দেখে মনে হয় চল্লিশ বা তার কাছাকাছি, যেখানে উর্বশী এখন মাত্র কুড়ি। উভয়ের বয়সও তাদের ম্যাচকে অস্বীকার করে। কিন্তু উর্বশী কথা শোনেনি। তার এই একগুয়েমি তার মায়ের স্বাস্থ্যের আরও অবনতির কারন হয়ে দাঁড়িয়েছে।

উর্বশী এখন বিলাসীতা নিয়েই থাকে। সে অন্য মেয়েদের ঈর্ষা তৈরি করার লক্ষ্যে তার প্রেম প্রদর্শন করে উপভোগ করে। তার মধ্যে বড়লোক ঘেষা মানসিকতা এবং উচ্চাকাংখা তাকে এখন গ্রাস করে বসেছে।

সে এও ভবতে শুরু করেছে যে তার উচ্চাকাঙ্ক্ষা, তার মতে, তার বিয়ের পর অবশ্যই পূরণ হবে। তার ধনী এবং হাই প্রোফাইল স্বামী প্রবালই তার জন্য সবকিছু করবে।

নারীর আত্মনির্ভরশীলতার মতাদর্শর ব্যাপারে, তার নিজের কোন বিশ্বাস নেই। এসব ভেবে উর্মিলার দুশ্চিন্তার শেষ নেই। প্রবালের সান্নিধ্যে এসে তার বোন উচ্ছন্নে গেছে। উর্বশী আগে ত এমন ছিল না! সে সুন্দর এবং নিষ্পাপ ছিল! সে তার দিদির সম্পূর্ন অনুগত ছিল। কিন্তু এখন তার পড়াশোনা একেবারেই নষ্ট হওয়ার পথে। এখন তার কোন উপদেশ কোন নিষেধ কর্নপাত করে না। এরজন্য দায়ী প্রবালের সাথে বেপরোয়া মেলামেশাই তার এই নৈতিক অধঃপতনের জন্য দায়ী।

একদিন সে যখন ইউনিভার্সিটি যাওয়ার জন্য সাজগোজ করছিল সে সময় উর্মিলা এসে তার সামনে হাজির হল।

'কোথায় বেরুচ্ছিস এখন তুই?' উর্মিলা তার বোনকে রূঢ়ভাবে জিজ্ঞেস করল।

দিদির প্রশ্নে উর্বশী কোন প্রতিক্রিয়াই দেখাল না। তার প্রসাধনের কাজ সে চালিয়ে যেতে লাগল। সম্ভবত উর্মিলার প্রশ্নের ভাষা তাকে নীরব থাকতে সাহায্য করল।

'তুই কি শুনতে পাচ্ছিস?' উর্মিলা আবার বলল।

ভার্সিটি! দেখতেই ত পাচ্ছ! উর্বশীও তার দিদিকে কড়া জবাব দিল। মনে হল সে মুখের সামনের আয়নাটাকেই বলল।

সে তারপর পারফিউমের শিশির মুখ টিপে ধরে শরীরের দুপাশ স্প্রে করলো, তার দু ঠোট চেপে ধরে লিপস্টিক পরীক্ষা করল এবং ড্রেসিং টেবিল থেকে সরে আসার আগে সে তার ছবিটা আয়নার সামনে শেষ বারের মত ঘুরিয়ে ফিরিয়ে দেখে নিল।

তার এহেন কার্যকলাপ স্পষ্টতই তার দিদিকে উত্তেজিত করার জন্যই করছিল।

'কাল ত কলেজে যাসনি। গিয়েছিলে কী?' উর্মিলা নিজেকে শান্ত রেখে বলল।

এবার সে প্রশ্নটির গুরুত্ব দিল। সে দিদির দিকে তাকিয়ে বলল— 'কী বলছ! অবশ্যই গিয়েছিলাম'।

'আমি তোকে ক্লাস আওয়ারে প্রবালের সাথে চলাফেরা করতে দেখেছি। মিথ্যে বলিস না'।   গম্ভীর গলায় বলল উর্মিলা।

'ওই সময় ক্লাস অফ ছিল।' উর্বশীর উত্তর যেন তৈরী করাই ছিল।

'আমাকে বোকা বানানোর চেষ্টা করবি না। অফ পিরিয়ডে কেউ কি কলেজ স্ট্রিট থেকে বেহালা যেতে পারে?' উর্মিলা এবার কড়া করে বলল।

ধ্যেৎ!কী যাতা বলছ! কে বলেছে তোমাকে এইসব আজেবাজে কথা?' উর্বশীও একইভাবে তার বোনকে পাল্টা জবাব দিল এবং আত্মবিশ্বাসের সাথে তার অভিযোগকে ভিত্তিহীন বলে উড়িয়ে দিল।

'আজেবাজে নয় আমি নিজে বেহালায় গিয়েছিলাম এবং সেখানে তোকে ওই বদমাশটার সাথে দেখেছি।' উর্মিলা তার বোনের মিথ্যাচারের মোক্ষম প্রমান হাজির করল।

'আশ্চর্য! দিদি! তুমি বেহালায় গেছ! সত্যি!' উর্বশী কৃত্রিম আনন্দে লাফিয়ে উঠল।

উর্বশীর উপস্থিত বুদ্ধি তারিফ করার মত। ধরা পড়েও নাটক করে সে দিদিকে সহজ করে নিতে চাইল। সে অদ্ভুত ভঙ্গিমায় হাসতে হাসতে উর্মিলার দিকে দুই হাত বাড়িয়ে আলিঙ্গন করতে উদ্যত হল।

'এটা আমার উত্তর নয়।'রোবটের মত নীরস গলায় বলল উর্মিলা। সম্ভবত সে তার বোনের অভিনয় প্রতিভা সম্পর্কে যথেষ্ট ওয়াকিবহাল।

এসব নাটক 'বন্ধ কর! সিরিয়াস হও! শোন, প্রবালের বিরুদ্ধে অনেক অভিযোগ আছে। আমি তার সম্পর্কে বেশকিছু জেনেছি, এখনও সময় আছে ব্রেক আপ কর।'উর্মিলা সতর্ক করার ভঙ্গীতে বলল।

'অভিযোগ! তার সম্পর্কে আবার কি অভিযোগ শুনেছ? বল!'

'আমি তাকে অন্য এক মহিলার সঙ্গে ক্যাফেতে দেখেছি।' উর্মিলা একই ভঙ্গীমায় বলল।

উর্মিলা এবার জোরে জোরে হাসতে লাগল। তার হাসির মিষ্টি আওয়াজ ঘরের বাতাসে ভাসতে লাগল। অনেকক্ষণ হাসার পর সে থামল তারপর বলল-

'তোমার অভিযোগ শুনে সত্যি না হেসে পারি না। দিদি, তুমি এই অভিযোগ এখনকার মেয়ে হয়ে করছ!'

'কিন্তু এটা কি গুরুতর বিষয় নয়? কি মনে হয় তোমার?' উর্মিলা উত্তেজিত হয়ে ওঠে।

'আমি তা কখনোই বিশ্বাস করি না! প্রবাল উদার প্রকৃতির একজন লোক। সে সকলের সাথে বন্ধুত্ব করতে ভালোবাসে। স্মার্ট এবং হ্যান্ডসাম হওয়ায় প্রতিটি মহিলা তার সঙ্গ পছন্দ করে। এ নিয়ে অবাক হওয়ার কিছু নেই। আমি নিজেও তাকে একাধিক তরুণীর সাথে কথা বলতে দেখেছি। আমি কিছু মনে করি না। এর জন্যও আমার কোনো হিংসা নেই। এমনকি আমি এর কোনো ব্যাখ্যাও চাইনি। এটাই আজকের সমাজ। আমি আশা করি

তুমি বুঝতে পেরেছ।' উর্বশী বর্তমান সমাজ সম্পর্কে তার দিদির অজ্ঞতার কথা তুলে ধরে।

'তাই!' উর্মিলা তার বোনের মুখের দিকে একদৃষ্টে তাকিয়ে থাকল।

'আপনি নিজেকে যে কারোর চেয়ে জ্ঞানী মনে করতে পারেন। ক্ষতি নেই, কিন্তু দয়া করে আমাকে জ্ঞান দেওয়ার চেষ্টা করবেন না।' উর্মিলা দৃঢ়ভাবে বলল।

কিন্তু দিদি, তোমার অভিযোগের কোনো ভিত্তি নেই। একজন পুরুষের অন্য কিছু মহিলার সাথে অনেক ঘনিষ্ঠতা থাকতে পারে। কিন্তু তার মানে এই নয় যে সে সবাইকে ভালোবাসে'। উর্বশী তার নিজের অবস্থানে অটল রইল।

'কিন্তু আমি ওদের দেখেছি আপত্তিকর অবস্থায়।' উর্মিলা গলাটা নিচু কিন্তু দৃঢ়ভাবে বলল।

'কী এমন দেখেছ? আমি কি জানতে পারি?' উর্বশী তার দিকে অবিশ্বাসের ভঙ্গিতে ভ্রূকুটি করল।

'না, আমি এইসব নোংরা কথা নিয়ে তোমার সাথে আর বেশী কিছু আলোচনায় রাজী নই। আমার সম্ভ্রমে আঘাত করে। যে মেয়ে প্রেম করে কলেজ ফাঁকি দিয়ে নিজের ভবিষ্যৎ নিজে নষ্ট করে সে আর যাই হোক চালাকের পর্যায়ে পড়ে না। এবং আমি মনে করি সে সত্যিকারের একজন প্রতারক যখন সে তার নিজের অপকর্ম আড়াল করে তার সব থেকে কাছের লোককেও মিথ্যা বলে বিভ্রান্ত করে।'

উর্মিলা সম্ভবত তার ছোট বোনের এই ধৃষ্টতায় কিছুটা আহত হয়ে চুপ করে গেল। তার বোনের ভবিষ্যতের মন্দভাগ্যের অনিবার্য পরিনতিগুলির কথা বিড়বিড় করে বলতে বলতে সে ঘর থেকে বেরিয়ে গেল।

ইউনিভার্সিটির ক্লাস করার নামে সে আসলে সেদিন প্রবালকে নিয়ে দিঘা বেরাতে গিয়েছিল এবং সে সেখানেই রাত কাটিয়েছিল। অনেক রাতে মা এবং দিদি যখন উদবেগের প্রহর গুনছিল ঠিক তখনই উর্বশী দিদিকে ফোনে জানায় যে সে একটি বিখ্যাত কসমেটিক ব্র্যান্ডের মডেল হিসাবে

একটি আউটডোর শুটিংয়ে যোগ দিতে কলকাতা থেকে দূরে একটি গ্রামে এসেছে। প্রত্যন্ত এলাকায় যাতায়তের সমস্যায় তাকে পুরো দলের সাথে সেখানে থাকতে হচ্ছে। তিনি দিদিকে উদ্বিগ্ন না হওয়ার জন্য অনুরোধ করে এবং মাকে বিষয়টা বুঝিয়ে বলতে যেন চেষ্টা করে।

কিন্তু কার্যত তার মা খবরটি শুনতে পেয়ে আরেকটি নিদ্রাহীন যন্ত্রনার রাত কাটিয়েছিল।

উর্মিলা অবশ্য নিশ্চিত ছিল না যে সে সত্যিই শুটিং করতে গিয়েছিল এবং সেখানেই রাত কাটিয়েছিল। তার সন্দেহ, গল্পটি সম্ভবত তার বোনের কাল্পনিক ভাবে তৈরী করা কারণ সে নিজেই তাকে বলেছিল যে কলকাতায় তার মডেলিং পেশায় প্রবালের কোনো সম্মতি নেই এবং ফলস্বরূপ সে তার মডেল হওয়ার স্বপ্নকে সে জলাঞ্জলি দিয়েছে।

পরের দিন বাড়িতে ফিরেই উর্মিলাকে তার দিদি উর্বশীর কঠিন জেরার মুখে পড়তে হয়েছিল। এবং তাকে আসল সত্যিটা স্বীকার করতে হয়েছিল।

উর্মিলা যখন সত্যটা জানল, তখন সে রাগে দুঃখে এবং লজ্জায় বাক্যহারা হয়ে পড়ল। সে হতবাক হয়ে পড়েছিল যে তার নিজের সহোদরা এতদূর নীচে নামতে পারে।

অনেকক্ষন চুপ থাকার পর উর্মিলা আক্ষেপ করে বলল, 'আমি ভাবতেই পারি না, বিয়ের আগে একটা মেয়ে কীভাবে তার প্রেমিকের সঙ্গে একই হোটেলে রাত কাটাতে পারে'।

'আমাকে অত বোকা ভেবো না। আমি তার সাথে বেড শেয়ার করি নি'। একথা শুনে উর্মিলা তেলেবেগুনে জ্বলে উঠল।

'চুপ কর অসভ্য মেয়ে কোথাকার! লজ্জা করে না এসব কথা আমার সামনে বলতে!' উর্মিলা গর্জে উঠেই পরক্ষনে শান্ত নিচু গলায় করে বিড়বিড় করতে থাকল। সম্ভবত সে বিষয়টিকে মায়ের থেকে গোপন রাখতে চাইল।

'তাহলে মিথ্যাই আপনি মডেলিংয়ের গল্প ফেঁদেছিলেন। কিন্তু আপনার আসল মডেলিং পেশাটি গেল কোথায়? যেটাতে অডিশনে অংশ

নিয়ে অবশেষে নির্বাচিত হয়েছিলেন? উর্বশীকে চুপ করে দাঁড়িয়ে থাকা উর্বশীর দিকে তাকিয়ে উর্মিলা জিজ্ঞেস করল।

‘এটা বাতিল করা হয়েছে কারণ তোমরা আমাকে মডেল গার্ল হিসেবে দেখতে চাওনি। আমার মডেল ক্যারিয়ার শেষ হয়েছে এবং তোমরা এর জন্য দায়ী। তোমরা আমাকে ছবি, পত্রিকা, সংবাদপত্র এবং টিভিতে দেখতে চাওনি। তোমার এবং মায়ের রক্ষণশীলতা আমার স্বপ্নকে ভেঙে দিয়েছে।' উর্বশী কাঁদো কাঁদো হয়ে জবাব দিল।

শুরুতে আমি তোকে বাধা দিয়েছিলাম শুধুমাত্র মায়ের সতর্কতার কারণে। অনেক খারাপ পরিস্থিতির সম্মুখীন হতে হয় মাঝেমধ্যেই মেয়েদের এই ক্ষেত্রে। কিন্তু যখন তুই তোর প্রথম অডিশনে নির্বাচিত হয়েছিলি তখন আমি সত্যিই নিজে উচ্ছ্বসিত হয়েছিলাম এবং তোর পক্ষের হয়ে মাকে বুঝিয়েছিলাম। আর এই ব্যাপারটা তুই ভালো করেই জানিস, তুই আমার সামনে যখন তোর অসাধারন সুন্দর ছবিগুলি আমার সামনে তুলে ধরেছিলে আমি কেমন আনন্দে আত্মহারা হয়েছিলাম’।

‘হ্যা, এজন্য তোমাকে আমি আনন্দে জড়িয়ে ধরেছিলাম আর আমকে আদর করে চুমুতে ভরিয়ে দিয়েছিলে’।

‘তাহলে আমাকে এখন অযথা দায়ী করছ কেন? আসলে এটা তোর দুর্ভাগ্য যে এর পরপরই তোমার জীবনে ঐ অপ্রীতিকর ঘটনাটা ঘটে গেল। আর তুই প্রবালের মায়াজালে ফেঁসে গেলি।’উর্মিলার এই অমোঘ সত্যটি উর্বশীকে খোঁচা দিল।

আমার কোনো ফেঁসে যাওয়ার বিষয় ছিল না। আমি তাকে আন্তরিকভাবে ভালবাসি। সেই মুহূর্তে আমার আর কোন উপায়ও ছিল না। তুমি ভাল জান যে প্রবাল আমার জন্য সবকিছু করেছে। আসলে তিনিই একমাত্র ব্যক্তি যিনি আমার চরম হতাশার দিনে আমাকে উজ্জীবিত করেছিলেন’, উর্বশী একটা দীর্ঘশ্বাস ছেড়ে বলল।

উর্মিলা কথাগুলি চুপ করে মনোযোগ দিয়ে শুনছিল । তার কথা শেষ না হতেই বলল,

এবং তারপরই তোমার সেলিব্রিটি হওয়ার স্বপ্ন শেষ হয়ে গেল। আমি মনে করি, প্রবাল স্বয়ং এর জন্য দায়ী ছিল এবং সে তোর এই লাইন থেকে সরিয়ে আনতে কলকাঠি নেড়েছে'। উর্মিলা যুক্তি দিল।

তুমি যা ভাবছ ঠিক তা নয়। সে হয়ত এখানে মডেলিং এ নামতে নিষেধ করেছিল তবে সে প্রতিশ্রুতি দিয়েছে সে মুম্বাইতে আমার এই কাজে সর্বোতভাবে সহায়তা করবে। এমন কী আমার নাকি বলিউড ইন্ডাস্ট্রিতেও প্রবেশের একটা বিশাল সম্ভাবনা আছে'।

ওহ, আচ্ছা, এই ব্যাপার!' উর্মিলা প্রবালের এই নতুন প্রতিশ্রুতির কথা প্রথম জানতে পেরে অবাক হয়েছিল। উর্বশী আবার বলতে থাকে 'সে আমাকে বলেছে আমার এমনকি বলিউড ইন্ডাস্ট্রিতে প্রবেশের অনেক সম্ভাবনাও রয়েছে।সে বলে এসব পেশার ক্ষেত্রে কলকাতা একটা বাজে জায়গা। 'মডেলিংয়ের নামে এখানে সাধারণত মেয়েদের কুপথে পরিচালনা করে। তারা নগণ্য পারিশ্রমিক দেয় এবং নানাভাবে তাদের শোষণ করে। মুম্বাইয়ে এসব হয় না'।

'এই বোকাটার ব্রেনওয়াশটা প্রবাল ভালভাবেই করেছে!' কথাগুলো শুনে উর্মিলা মনে মনে বিড়বিড় করে আক্ষেপ করল।

বিয়ের আগে ওইসব মিথ্যা প্রতিশ্রুতির ফুলঝুড়ি উর্বশী মনেপ্রানে বিশ্বাস করলেও উর্মিলার একটুও বিশ্বাস নেই। তাই বলল, 'কিন্তু আমার সন্দেহ, ওইসব মিথ্যা মোহে ছুটতে ছুটতে তোর ফুলের মত জীবনটা নষ্ট না হয়ে যায়'।

'ওহ, দিদি, প্লিজ এভাবে বলবে না আমার কষ্ট হয়'। উর্বশী আশা করেছিল যে তার দিদি তার ভবিষ্যতের ইচ্ছা শুনে উৎসাহিত হবে।

'আমি এখন বুঝতে পারছি কেমন করে তোমার প্রানের থেকেও অধিক মানুষকে একেবারেই ভূলে গেলে! দুজনের মধ্যে অল্প অল্প করে গড়ে ওঠা ভালোবাসার স্বপ্লের ইমারত মুহূর্তে ভেঙ্গে গুড়িয়ে দিলে! উর্মিলা মনে করিয়ে দিল তার বোনের প্রথম প্রেমের অকৃত্রিম সম্পর্কের কথা।

'তুমি প্রীতমের কথা বলছ? তার দিদির কথায় উর্বশী নড়ে চড়ে উঠল।

হ্যাঁ! তোমার কি মনে পড়ে না তার কথা- তোমার সেই সহপাঠী? ইউনিভার্সিটির অফিসের কাউন্টারে যাকে প্রথম দেখেই প্রেমে পড়েছিলে। তুমি তখন আমার কাছে কত নিষ্পাপ কত ভালবাসার পাত্র ছিলে! তোমার ইচ্ছায়, তোমার প্রেমের স্বীকৃতি দিতে প্রীতমকে একদিন আমাদের বাড়ির অন্যতম সদস্য করে নিয়েছিলাম। আমরা এটা করেছি কারণ তারমধ্যে কপটতা বা স্বার্থপরতা বলে কিছু ছিল না। পড়াশুনায় অত্যন্ত মেধাবী, আদর্শবান, উচ্চাভিলাষী একটি মিষ্টি ছেলে। তার পারিবারিক মর্যাদাও অহংকার করার মত। তার মার্জিত ব্যবহার, স্মিত হাসি এবং সুন্দর কথার জন্য আমি নিজেই প্রায় প্রেমে পড়ে গিয়েছিলাম। কিন্তু হায়! এত তাড়াতাড়ি একটা মেয়ে কী করে তার জীবনের প্রথম মানুষটিকে অবলীলায় বিস্মৃতির গহ্বরে ঠেলে দিতে পারে।

কিন্তু দিদি, আমি আর যাই হোক প্রীতমকে বুঝতে পারিনি। কলেজে তাকে সবসময় উদাসীন দেখাত। সর্বোপরি, আমার দুর্ঘটনার পর সে আমার সাথে কোনো যোগাযোগই করেনি।

'এখন আর এসব বলে কী লাভ? সে ত আর এখানে নেই!'

'তার সাথে আর যোগাযোগ করারও চেষ্টা করনি। এমনকি তার মোবাইলটিও সেদিনের দুষ্কৃতরা কেড়ে নিয়েছিল সেটাও তুমি হয়ত জান না'।

কীকরে জানব? তোমার কাছেই প্রথম শুনলাম!' প্রীতমের মোবাইল ছিনতাই শুনে উর্বশী শুধু অবাক হয় না সম্ভবত তার মনে আরো অনেক কিছু নতুন চিন্তার সূত্রপাত ঘটাল। ▢

চব্বিশ

তুরুপের তাস

পরের দিন বিকেলে উর্মিলা একা একা চুপচাপ বসে ছিল। সে কিছু একটা ভাবছিল।

উর্বশীর জেদ নিয়ে সে অনেক দুশ্চিন্তায় ভুগছিল। সে কোনভাবেই প্রবালের সাথে তার বিয়ে মেনে নিতে পারছে না। বিশেষত প্রঃ স্যান্যালের কাছ থেকে তার এনগেজমেন্ট পর্যন্ত হয়ে গেছে শুনে সে আরও বেশি উদ্বিগ্ন হয়ে পড়েছে। যার গতিবিধি রহস্যময় এবং পরিচয় এখনও অস্পষ্ট তার মত একটা অজ্ঞাত কূলশীল লোকের হাতে তার বোনের জীবনটাকে সঁপে দিতে তার মন কিছুতেই রাজী হচ্ছিল না। কিন্তু তার বোনকে দুর্বৃত্তদের হাত থেকে বাঁচানোর বীরত্বপূর্ণ কাজ তার আবেগকে তীব্র করে তোলে এবং তার প্রতিরোধের প্রচেষ্টা দুর্বল হয়ে পড়ে।

এই চিন্তার মাঝেই তার মোবাইল বেজে উঠল।

'হ্যালো, উর্মিলা, গুড মর্নিং!' প্রফেসর সান্যাল তাকে ফোন করছেন।

'হ্যাঁ স্যার, গুড মর্নিং!'

'তুমি মনোযোগ দিয়ে আমার কথা শোন। প্রবালের সাথে উর্বশীর বিয়েতে আমার তীব্র আপত্তি আছে। আমি এবং মা বিষয়টা শুনে মর্মাহত এবং হতাশ। প্রীতমের মত একজন সোনার টুকরো ছেলেকে সে কীভাবে বেমালুম ভুলে যেতে পারে তা আমি ভাবতেই পারছি না!'

'শুন একটা খবর জানাচ্ছি, অপহরণের মামলার নিস্পত্তি না হওয়া পর্যন্ত তাদের বিয়ে আদালত স্থগিত করে দিয়েছে। এ নিয়ে উচ্চ পর্যায়ের তদন্তও শুরু হয়েছে।এই বিষয়ে তোমার সাথে আমার একটা খোলাখুলি আলোচনা দরকার এবং তার মাধ্যমে একটি সমাধান খুঁজে বের করা প্রয়োজন। গতকাল তুমি আমাদের বাড়িতে এসেছিলে কিন্তু এ বিষয়ে কিছু কথাই হল না।'

'আসলে আমি আপনার বাড়িতে গিয়েছিলাম আমার গতকালের রাগ করে আপনাকে অপমানজনক কথাবার্তাগুলির জন্য ক্ষমা চাইতে এবং তার সাথে আমার আসল মনের কথাগুলো বলতেও এসেছিলাম। কিন্তু সেগুলি বলার কোনো পরিবেশেই ছিল না। দেখলাম আপনার রাঁধুনি ও বাড়ির কাজের মেয়ের দুজনেই অনুপস্থিত। আন্টির কাছে সব শুনে চুপ থাকতে পারলাম না। আসলে আপনার মা আমাকে এত ভালবাসে যে ওনার যে কোন কষ্টের কথা আমার মনে কষ্ট হয়। আমি দেখলাম আপনি এবং আন্টি খুব সমস্যায় পড়েছেন।'

'কিন্তু তোমার ঐ অপমানজনক কথাগুলি আমার ভালই লেগেছে। আমি এনজয় করেছি।আর সেজন্যই আমার কথাগুলি বেশি আক্রমনাত্মক ছিল। সত্যি বলতে কী তুমি যখন রেগে গিয়ে ফোঁস ফোঁস শব্দ করছিলে, নাকের জলে চোখের জলে একাকার করছিলে আর তখন তোমার রাগ মেশানো আক্রমনাত্মক কথাগুলি আমি এনজয় করছিলাম'।

'রাবিশ!'

উর্মিলা তার অদ্ভুত ইচ্ছা শুনে কৃত্রিম রাগ দেখাল। একটু চুপ থাকার পর তার মনে হল সান্যাল তার কণ্ঠের জন্য অপেক্ষা করছে। তাই সে বলল,

'আপনি জানেন, আমার নিজের অফেন্সিভ কথাগুলো বলার পরে আমার কত খারাপ লেগেছে? সর্বোপরি আপনি আমার স্যার। তাই আমার উচিৎ... ও প্রান্ত উর্মিলা কথায় বাধা দিল,

'রাখো তোমার স্যার! তোমার মুখ থেকে স্যার শুনতে আর আমার ভালো লাগে না।'

উর্মিলা শব্দহীন একটু হেসে বলল, 'ঠিক আছে। মাসীমা এখন কেমন আছেন?'

'মাসী মা ভালো নেই। আমি তাকে সবসময় বলতে শুনি-- সে আজ আসবে। কিন্তু সে আর আসে না।'

'মাই গুডনেস! আগামীকাল আমাকে তার কাছে যেতেই হবে। আসলে আমার মায়ের স্বাস্থ্যও ভালো যাচ্ছে না। আমাকে সবসময় তার

পাশে থাকতে হয়। আমাদের বাড়ির কাজের মেয়ে নবীনা পিশি তার জন্য উপযুক্ত নয়।'

একটু থেমে উর্মিলা আবার বলল, 'কে এখন রান্না করছে?'

'আমি নিজেই। ডিমের ঝোল ব্যাস, খুব টেস্ট হয়। এস খাওয়াব'।

'সত্যি!' উর্মিলা অবাক হয়ে হাসতে লাগল।

'শুধু লবণটাই গণ্ডগোল হয়ে যায়, কখনও ডবল পড়ে, কখনও বা একবারও না।' সান্যাল হেসে বলল। তার হাসার সাথে সাথে উর্মিলাও খিলখিল করে হেসে দিল। কিন্তু তার মনের মধ্যে একটা অব্যক্ত ব্যথা তার মুখে ধরা পড়ল। সে গম্ভীর হয়ে বলল,

'কেন হোম ডেলিভারি রান্নাগুলি কী খুবই খারাপ?'

'মা খেতে চায় না, তুমি ত সেদিন শুনলেই!'

'আমার গতকালের রান্না কেমন ছিল? আমার মনে হয় ভাল হয় নি।' উর্মিলা জানতে চাইল।

'অবশ্যই ভাল হয় নি!'

'কিন্তু সেই সব খারাপ রান্নাগুলিই চেটে পুটে খেয়ে নিলেন ত। এমনকি যেগুলো পরে অতিরিক্ত দিয়েছিলাম সেগুলি সুদ্ধ!' উর্মিলা অভিমান করে বলল।

'তুমি যেগুলো একপাশে সরিয়ে রেখেছিলে, আমি সেগুলোও শেষ করতে পারতাম।' সান্যালের কথায় উর্মিলা আবার হেসে উঠল।

'তাহলে আমাকে বলেন নি কেন?' সে অবাক হয়ে বলল।

'বলিনি কারণ আমি দেখলাম তুমি রাতের জন্য সেগুলি ভাল করে সাজিয়ে রাখলে, ফ্রিজে ঢোকাবে বলে। রাতের খাদ্যসংকট বিবেচনা করে আমি তাদের রেহাই দিয়েছিলাম।' সান্যাল বলল।

'আমার মনে হয়, আপনি আসলেই একটা রাক্ষস'।

'বিশেষ করে তোমার হাতের বানানো খাবারগুলি যদি পাই!' সান্যাল মন্তব্য করল।

'তাই নাকি, তাহলে মশাই! আর দেরী না করে সেই উপাদেয়গুলো খাবার জন্য একটা পাকাপোক্ত ব্যবস্থা করুন?' উর্মিলা হাসির সাথে লজ্জা মিশিয়ে বলল।

'কিন্তু সেসব করতে ত অনেক কাঠখড় পোড়াতে লাগে। আমার দ্বারা সেসব ত হবার নয়'।

'তা ত আমি বুঝতেই পারছি! ভরসা আমার একমাত্র মাসীমাই!'

তারপর বলল, 'আমি আগামীকাল আসছি'।

'সিওর!' তবে মনে রাখবেন, আপনি রান্নাঘরে যেতে পারবেন না। আর যদি আপনি তাই করেন তাহলে আমাদের মূল উদ্দেশ্যটাই মাটি হয়ে যাবে'। সান্যাল তাকে সচেতন করে দিল।

'কিন্তু আমি বেচারী মাসীমার জন্য কষ্ট পাই। সে আমার হাতের রান্না খুব পছন্দ করে। তাই আমাকে আগে যেতে দিন।' প্রত্যুত্তরে প্রঃ স্যান্যাল কী একটা বলতে যাচ্ছিল ঠিক সেইসময় উর্বশী পেছনে দাঁড়িয়ে পড়েছে দেখে সে বলল,

'স্টপ, বাই!' মোবাইল নামিয়ে আনল উর্মিলা।

উর্মিলা আজ তার বোন এবং প্রবালের সম্পর্কের বিষয়ে সান্যালের সামনে তার আসল মতামত পরিস্কার করতে পেরেছে ভেবে স্বস্তি অনুভব করল। এব্যাপারে এদিন সান্যাল তার সম্পর্কে একটি ভুল ধারণা পোষণ করছিলেন। .

প্রবালের সাথে উর্বশীর এনগেজমেন্টের ঘটনায় প্রফেসর সান্যালও খুব চিন্তিত ছিলেন। কিডন্যাপিংয়ের পিছনের রহস্য খুঁজে তাকে বের করতেই হবে। আসল রহস্যটা সেখানেই লুকিয়ে আছে। এই ঘটনার মাধ্যমেই সেই বদমাশটা উর্বশীকে গ্রাস করার সুযোগ পেয়েছে। কিন্তু পুলিশের পক্ষ থেকে রহস্য উদঘাটনের কোনো আশা না থাকায় প্রফেসর সান্যাল হতাশ হয়ে পড়েন। দুই মাস পর তিনি আবার প্রীতমের বাবা বারীন বোসের সঙ্গে বিষয়টি নিয়ে যোগাযোগ করলেন।

পুলিশ তদন্তের গল্প শোনার পর মিস্টার বোস গড় গড় করে একধরনের গম্ভীর আওয়াজ করলেন। তারপর বললেন,

'তাহলে আমাকে আমার লুকানো তুরুপের তাসটা বার করতেই হবে। আপনি চিন্তা করবেন না প্রফেসর সান্যাল। আমি যা করব তাই করতে দিন। একটি জিনিস আমি আপনাকে নিশ্চিত করতে পারি যে সত্য প্রকাশ করা আবশ্যক'।

'কিন্তু কীভাবে? কোন বিকল্প পথে?' প্রঃ স্যান্যালের এই উদ্বিগ্নতার জবাবে মিঃ বোস বললেন,

'রিল্যাক্স স্যান্যাল রিল্যাক্স। আপাতত বিষয়টাকে নিয়ে শুধু আমাকেই ভাবতে দিন'। ◻

পঁচিশ

মানব ব্যবসা

কয়েকদিন আগে দিল্লি পুলিশের একটি বিশেষ টাস্ক ফোর্স কলকাতা পুলিশের হেড কোয়ার্টারে পৌঁছেছে। তারা সম্প্রতি তিনটি মেয়ে শিশুকে উদ্ধার করেছে, একটি মুম্বাই থেকে এবং দুটি দিল্লি থেকে। উদ্ধার করা নাবালিকারা কলকাতারই আশেপাশের বাসিন্দা। কেন্দ্রীয় পুলিশের বিশেষ টাস্কফোর্সটি উদ্ধার করা মেয়েদের তাদের পিতামাতা বা আইনী অভিভাবকের কাছে সমর্পন করতে হবে। আর তাই তারা পশ্চিমবঙ্গ পুলিশের অপরাধ শাখার সাহায্য চেয়েছে। উদ্ধার হওয়া নাবালিকাদের পারিবারিক পরিচয় নিশ্চিত না হওয়া পর্যন্ত তারা পশ্চিমবঙ্গ পুলিশের হেফাজতে থাকবে বলে সিদ্ধান্ত নিয়েছে।

এই বিশেষ অনুসন্ধানকারী দলটি দেশের মানব পাচারের মত একটা জঘন্য অপরাধের তদন্ত এবং অপরাধীদের খুঁজে বের করার জন্য ভারত সরকার গঠন করেছে। দেশের বিভিন্ন রাজ্যে দলটি ভাগ হয়ে ইতিমধ্যে তাদের কাজ শুরু করে দিয়েছে। পশ্চিমবঙ্গের জন্য নিযুক্ত দলটি অনুসন্ধান করে জেনেছে কলকাতা থেকে এই ধরনের একটি চক্র বেশ কিছুদিন ধরেই সক্রিয়। কেন্দ্রীয় সংস্থাটির কাছে একটি গোপন সূত্রের খবর পেয়ে তারা লালবাজারে পৌঁছায়। সংস্থাটির কয়েকজন সদস্য এই র‍্যাকেটটিকে খুঁজে বের করার লক্ষ্যে তাদের এই শহরে আগমন। তাদের অনুমান উদ্ধার হওয়া নাবালিকা তিনটি কোলকাতারই এই বিশেষ চক্রটির দ্বারা পাচার হয়েছে।

অপহরণ ও পাচার বিশেষ করে মহিলা শিশুদের গোটা দেশ জুড়ে দ্রুতগতিতে বেড়ে চলছে। এটি সরকার ও সমাজের অন্যতম প্রধান উদ্বেগের বিষয়। এই বিষয়ে সম্প্রতি একটি গবেষণায় এর যে ব্যাপকতা প্রকাশ পেয়েছে তাতে আমাদের সভ্য সমাজের জন্য খুবই উদ্বেগজনক। মধ্যপ্রদেশ, উত্তরপ্রদেশ বিহার এবং ঝাড়খণ্ডের মতো রাজ্যগুলি মানব পাচারের শীর্ষস্থানীয় এলাকা। বিভীন্ন রাজ্যে এর ব্যাপকতা ক্রমবর্ধমান। আমাদের রাজ্য পশ্চিমবঙ্গও এর বাইরে নয়। এ ব্যাপারে জাতীয় শিশু ও

মহিলা সুরক্ষা কমিশনের একটি প্রতিবেদনের অংশ এখানে উদ্ধৃত করা অপ্রাসঙ্গিক হবে না।

"...বর্তমানে তদন্ত সংস্থাগুলি কলকাতা সহ পশ্চিমবঙ্গের জেলাগুলিতে নিম্নলিখিত পাচারের পথ (Trafficking route) এবং পাচার প্রবণ এলাকাগুলি চিহ্নিত করেছে। কলকাতাকে কেন্দ্র করে বর্ধমান জেলার শিল্প বেল্ট, যেমন দুর্গাপুর এবং আসানসোল সহ কুলটির মতো আন্তঃরাজ্য সীমান্ত এলাকাগুলি গন্তব্যের পাশাপাশি পাচারের বহিঃপ্রবাহ কেন্দ্র হিসাবে কাজ করে।আশেপাশের জেলা থেকে সংগ্রহ করা ছাড়াও, আসাম, সিকিম, বিহার এবং ঝাড়খন্ড থেকে আনা শিশুদেরও প্রথমে এখানে এনে রাখা হয়, আর এখান থেকে চাহিদা এবং দাম অনুযায়ী বিভিন্ন জায়গায় পাচার করা হয়।

মেয়ে শিশু বা নাবালিকাদের বেশিরভাগই শেষ পর্যন্ত শহরের রেড লাইট এলাকায় জায়গা লাভ করে। পতিতাবৃত্তি, পর্নোগ্রাফি, ছোটখাটো অপরাধমূলক পেশায় নিযুক্তি, গৃহকর্ম, ভিক্ষাবৃত্তি, উটের জকি, অঙ্গ ব্যবসা, মাদক পাচার, এমনকি নতুন নারী/শিশু পাচারের কাজে সাহায্য করতে এই নাবালিকাদের চাপ দেওয়া হয়। এই হতদরিদ্র মেয়েরা খুব কমই পাচার চক্রের পান্ডাদের কবল থেকে রেহাই পায়।

তারা সম্ভাব্য সব উপায়ে লাঞ্ছিত, নির্যাতিত এবং শোষিত হয়। সাম্প্রতিক বছরগুলিতে দেশ বিদেশে যৌন পর্যটনের (Sex Tourism) দ্রুত বাড়বাড়ন্ত এই ব্যবসাকে আরও ত্বরান্বিত করেছে। বিবাহিত কিংবা অবিবাহিত যুবতী মহিলা এবং টীন এজারদের পাচার বৃদ্ধিতে সাম্প্রতিক এই ব্যবসা বিশেষ অবদান রেখেছে। শারীরিক সৌন্দর্য এবং কৌমার্যের উপর ভিত্তি করে এদের দাম নির্ধারিত হয়। কিছু ক্লায়েন্ট এইডস আক্রান্ত নয় এই ধরনের মেয়ে বা বধূদের বেশী পছন্দ করে থাকে। সব থেকে মজার বিষয় হল এই নারী পাচারকারী মূল পান্ডারা অনেক রাজনৈতিক ব্যক্তিত্ব বিশেষত ক্ষমতাসীন নেতা মন্ত্রীর অনেকেরই কাছ থেকে খুব গোপনে পৃষ্ঠপোষকতা লাভ করে থাকে।

সমস্যাটি তাই অত্যন্ত গভীর এবং ভয়াবহ। এর সত্যিকারের প্রতিরোধের ব্যবস্থা কী উপায় সম্ভব এ নিয়ে সংশ্লিষ্ট মহল গভীর ভাবে

চিন্তিত। এটি আমাদের দেশে এমন একটি প্রকট সামাজিক সমস্যা অথচ যা নিয়ে সাধারন মানুষ এখনও যথেষ্ঠ সচেতন নয়। সাধারনভাবে কোন আন্দোলন সংগঠিত করতেও দেখা যায় না। শুধু তাই নয় মানব ব্যবসা সমাজের অভ্যন্তরে ক্রমশ একটি গভীর ক্ষোভ ও বিদ্বেষেরও জন্ম দিচ্ছে। এ ধরনের সমস্যার কোনো তাৎক্ষণিক প্রতিকার সম্ভব নয়। পাচার হওয়া শিশু কিংবা নারীদের শারীরিক ও মানসিক ক্ষতি, যৌন নিপীড়ন, অর্থনৈতিক বঞ্চনা এবং মর্যাদা হানির শিকার হয়। পাচার-পরবর্তী দৃশ্যে তাদের অত্যাচারের টানেলের শেষ প্রান্তে শিকারদের খুঁজে পাওয়া যায়, যখন তাদের আর বেঁচে থাকার প্রায় কোনো আশাই থাকে না।

পাচারের উদ্দেশ্যগুলি বেশিরভাগই নিম্নলিখিত হিসাবে চিহ্িত করা হয়:

ক) জাল বিয়ে এবং বড় লাভের চুক্তির বিনিময়ে মহিলাকে ধনী খদ্দেরদের কাছে ভোগ করতে দেওয়া।

খ) একজন মহিলার বিবাহ এবং পরে পতিতালয়ের রক্ষকের কাছে বিক্রি;

গ) একটি মেয়ে/মহিলাকে অপহরণ এবং পরে যৌন ব্যবসা পরিচালনাকারীদের কাছে বিক্রি বা পুনরায় বিক্রি করা; দরিদ্র শিক্ষিত মেয়েকে চাকরির জন্য নিয়োগ এবং তারপর পতিতালয়ে বিক্রি করা;

(ঘ) পতিতাদের শিশুদের জোরপূর্বক অপহরণ করা;

(ঙ) দরিদ্র পরিবারকে চাকরির এবং শহরে ভাল বসবাসের ব্যবস্থার জন্য প্রলুব্ধ করা এবং এবং দালাল চক্রের হাতে শিকারকে সমর্পন করা।

গল্পটি আরও মজার যে মানব পাচার চক্রের মূল ব্যবসায়ীরা সবসময় ছদ্মবেশে থাকে। মূল পাণ্ডাদের আসল পরিচয় সম্পর্কে তাদের সহকারী এবং এজেন্টদের কাছে খুব কম তথ্য থাকে। পুলিশ এবং সরকারী বা বেসরকারীভাবে গোয়েন্দা সংস্থাগুলি একই ব্যক্তিদের আলাদা আলাদা পরিচয় পেয়ে বিপথগামী হয়। তারা তাদের আইডি গুলিও ইচ্ছামত তৈরি করে নিতে পারে।

তারা বিভিন্ন ছদ্মবেশ নিয়ে থাকে এবং সঙ্গে সেগুলির ফটো বা ইমেজ থাকে। এমনকি এই ফটো এবং নাম ব্যবহার করে বানানো তাদের কাছে একাধিক পাসপোর্ট থাকে এবং এসব দিয়ে তারা দুবাই, ব্যাংকক, হংকং, সিঙ্গাপুরের মতো বিদেশী পাচার কেন্দ্র এবং আরব অঞ্চলে ভ্রমণ করতে পারে। তারা ভারতীয় উপমহাদেশ জুড়ে অনিয়ন্ত্রিত ভ্রমণ উপভোগ করে। বিষয়টি আরও উদ্বেগজনক যে রাজনৈতিক নেতা এবং প্রশাসনিক আমলারাও তাদের দৈহিক সুখের স্বার্থে এই কাজে সাহায্য করে থাকে।

অন্যদিকে প্রায় একই সময়ে কয়েকদিন আগে কেন্দ্রীয় স্বরাষ্ট্র মন্ত্রনালয় থেকে একটি গোপন মেসেজ লালবাজার সিআইডি দপ্তরের হাতে এসে পৌঁছায়। মেসেজের নির্দেশ অনুযায়ী দিল্লী থেকে একজন প্রাইভেট গোয়েন্দা তার এসিস্ট্যান্ট সহ কোলকাতার একটি বিশেষ অপহরনের ঘটনা তদন্ত করতে দিল্লী থেকে কোলকাতায় পৌঁছেছেন। উক্ত গোয়েন্দাকে তার তদন্তের সমস্ত রকম সহযোগিতা করতে বিশেষভাবে নির্দেশ দেওয়া হয়েছে।

এই গোয়েন্দার কেন্দ্রীয় সংস্থাটিকে দেওয়া তথ্য অনুযায়ী মুম্বাই পতিতালয়ের রেকর্ড থেকে তারা বেশ কিছু নথী উদ্ধার করেছে যা তাদের কেসটিকে উদঘাটন করতে সাহায্য করবে। গোয়েন্দাটির মতে যেখান থেকে কেন্দ্রীয় পুলিশের বিশেষ টাস্ক ফোর্স ঐ উদ্ধার হওয়া নাবালিকাদের একজনকে উদ্ধার করেছে, তার বাড়ি থেকে পতিতালয় পর্যন্ত দীর্ঘ এক গোলকধাধার পথ পরিক্রমা বিশ্লেষন করে দেখা গেছে মেয়েটি কয়েকদিন পর পর বিভীন্ন লোক মারফৎ হাত বদল হয়। বিভিন্ন সূত্র ধরে ধরে জিজ্ঞাসাবাদ করার পরে সনাক্ত হয় যে মুম্বাই রেড লাইট এরিয়ার কর্তৃপক্ষের সাথে মেয়েটির শেষ ডিলটি হয়েছিল জনৈক সুলতান শেখের সাথে। শেখ দেখতে কেমন, তার ঠিকানা, বায়োডেটা পরীক্ষা করা হয়েছে। সেই হিসাবে তার পাসপোর্ট, ড্রাইভিং লাইসেন্স ইত্যাদি আই ডি গুলিও সংগ্রহ করে পরীক্ষা করে সেগুলিও জেনিউইন বলে গোয়েন্দা সূত্রটির মনে হয়েছে। এবং তারা সেগুলি তার বিভীন্ন ঠিকানায় গিয়েও পরীক্ষা করে সুলতান শেখের ইমেজের সাথে পাসপোর্টের ইমেজের মিল খুঁজে পেয়েছে। সুলতান শেখের টাক মাথা এবং লম্বা দাড়িওয়ালা ছবিও উদ্ধার করেছে, যেগুলি তার পাসপোর্ট এবং আধারের সাথে ম্যাচিং হয়েছে। গোয়েন্দার ধারনা সুলতান শেখ এখনও এই শহরে সক্রিয় আছে।

তারা আরও জানতে পারে যে জনৈক মনোজিৎ সিং নামে এক ব্যক্তি দিল্লিকেন্দ্রিক পাচারকারীদের একটি দলের অন্যতম মূল পান্ডা যারা দিল্লি রেড লাইট এলাকা থেকে উদ্ধার করা তিনটি মেয়ের মধ্যে দুইটির সাথে লেনদেন করেছিল। গোয়েন্দা সংস্থাটির সন্দেহ এই সিং এবং সুলতান শেখ একই ব্যক্তি যে একই সময়ে একই এলাকায় বাড়ি তিনটি মেয়েকে একসাথে রেখে চুক্তিটি করেছিল। এই দুই সদস্যের গোয়েন্দা দলটির ধারনা, এই সুলতান একইভাবে অন্য কোন নামে অন্য ছদ্মবেশে তার কাজ চালিয়ে যেতে পারে।

দিল্লি স্পেশাল টাস্ক ফোর্সের সদস্যরা প্রাইভেট গোয়েন্দা দলটির প্রধানের সাথে যৌথভাবে এই বিষয়ে পরামর্শ শুরু করতে চায়। তারা চক্রটি পাকড়াও এবং তার রিং লিডারকে ধরার জন্য তাদের সাহায্য চাইল। কিন্তু প্রেসিডেন্সির জনৈকা ছাত্রী উর্বশী গোস্বামী অপহরণ কান্ডে যারা জড়িত তাদের সনাক্ত করার জন্যই মূলত এই প্রাইভেট সংস্থাটি ব্যক্তিগতভাবে নিযুক্ত করা হয়েছে। সেই কাজ করতে গিয়ে তারা সন্দেহ করছে যে দিল্লি পুলিশের দ্বারা সদ্য তিনটি উদ্ধার হওয়া হতভাগ্য নাবালিকা মেয়ের অপহরনের পেছনে যারা আছে সেই চক্রটিও উক্ত মিস গোস্বামীর অপহরনের সাথেও যুক্ত।

গোয়েন্দা সংস্থাটি কেন্দ্রীয় ও রাজ্য উভয়ের পুলিশের কাছ থেকে তদন্তের গুরুত্বপূর্ণ সময়ে প্রয়োজনীয় সহযোগিতার আশ্বাস পেয়ে কাজ শুরু করে দিয়েছে। তারা অবশ্য আন্ডারওয়ার্ল্ডের এই বিশেষ কার্যকলাপের কারণ, সমস্যা, প্রতিকার ও আইনি ব্যবস্থা গুলি নিয়েও আলোচনায় বসতে চায়।

সেই মোতাবেক উদ্ধার করা তিন মেয়ের অপহরণকারীর উৎসের সন্ধান করার লক্ষ্যে, কেন্দ্রীয় টাস্ক ফোর্স কলকাতা স্থানীয় এবং পার্শ্ববর্তী থানাগুলিতে ইতিমধ্যে নির্দেশ দিয়েছে যে সেখানে মেয়ে এবং শিশু পাচারের গত তিন বছরের অভিযোগ বা এফআইআর গুলির রেকর্ড তাদের হাতে তুলে দিতে হবে।

বল্লাবাহুল্য লালবাজার পুলিশের অপরাধ দমন শাখার প্রাক্তন কর্তা মিঃ বারীন বোস বর্তমান ডিসি ক্রাইমের সাথে দেখা করে সম্প্রতি এই

পরামর্শ গুলি দেন। কোলকাতা পুলিশের অধীন থানাগুলি থেকে যাবতীয় এই সংক্রান্ত অভিযোগ গুলি পরীক্ষা করে পুলিশ কয়েকটি কেস সম্ভাবনাময় হিসাবে বেছে নিয়ে সেগুলির মধ্যে কোন তথ্য খুঁজে পাওয়া যায় কীনা দেখতে থাকে।

কেস নং ৩৪

স্থান: নদীয়া জেলার বরিশাল থেকে 12 বছরের একটি মেয়েকে পাচার।

ভিকটিমের পরিবারের অর্থনেতিক অবস্থাঃ বাবার মৃত্যুর পর হঠাৎ করেই আর্থিক অবস্থা খারাপ হয়ে যায়।

ভুক্তভোগীর শিক্ষাগত যোগ্যতা: পঞ্চম শ্রেণী।

পাচারের পদ্ধতি: উত্তরপ্রদেশে একজন ম্যাচমেকার দ্বারা বিবাহের আয়োজন করা হয়; যৌতুকের দাবি নেই। দলটি টাকা দিয়েছে বিবাহের খরচের জন্য অভিভাবককে ২৫০০০ টাকা।

পাচারের পথ: গ্রাম → কলকাতা → দুর্গাপুর→ উত্তরপ্রদেশ।

বর্তমান অবস্থা: গত চার বছরে কোন খোঁজ নেই।

কেস ৭৯:

স্থান: দক্ষিণ ২৪ পরগানা জেলায় ১০ বছর বয়সী এসসি মেয়ের পাচার।

ভিকটিমের পরিবারের অর্থনেতিক অবস্থাঃ ভিকটিমের বাবা একজন দিনমজুর এবং তার ওপর বিপুল পরিমাণ ঋণ ছিল। ভিকটিমের শিক্ষাগত যোগ্যতা: পঞ্চম শ্রেণী; আর্থিক অবস্থা খারাপ হওয়ায় পড়ালেখা চালিয়ে যেতে পারেননি।

পাচারের ধরন: মথুরার কাছে উত্তর প্রদেশে এক মহাজন মেয়ের বিয়ের ব্যবস্থা করে; যৌতুকের দাবি নেই। পার্টি ভোজের আয়োজন করে।

বর্তমান অবস্থা গত তিন বছর ধরে অভিভাবকদের সঙ্গে কোনো যোগাযোগ নেই পাচারের পথ:

গ্রাম → কোলকাতা→ আসানসোল → উত্তরপ্রদেশ।

বর্তমান অবস্থা: গত পাঁচ বছর ধরে কোনো যোগাযোগ নেই।

তদন্ত চলছে।

কেস নং ১২৩

স্থান: কলকাতার বেলেঘাটা থেকে ১১ বছরের একটি মেয়েকে পাচার।

ভিকটিমের পরিবারের অর্থনৈতিক অবস্থা: পাচারের ঘটনায় প্রায় পাঁচ বছর আগে নির্যাতিতার বাবা মারা যান এবং মা পাঁচ জনের পরিবারের (তিন মেয়ে সহ) প্রয়োজনীয় চাহিদা মেটাতে কঠিন কাজের মুখোমুখি হয়েছিলেন। ভিকটিমের শিক্ষাগত যোগ্যতা: ষষ্ঠ শ্রেণী; দারিদ্র্যের কারণে পড়াশোনা চালিয়ে যেতে পারেননি।

পাচারের ধরন: পুরোনো পারিবারিক বন্ধুর দ্বারা দিল্লিতে চাকরির প্রস্তাব।

পাচারের রুটঃ কলকাতা→ দিল্লী → মুম্বাই

বর্তমান অবস্থাঃ তিন বছর কোন যোগাযোগ নেই।

মোট প্রায় ২০০ টি নথিভুক্ত কেস পরীক্ষা করার পর তারা শুধুমাত্র কেস নং ৩৪, ৭৯ এবং ১২৩ এই তিনটি বেছে নিয়েছিল। তারমধ্যে ১২৩ নং কেসটি উদ্ধার হওয়া তিনটি কন্যার কেস হিস্ট্রির সাথে হুবহু মিল পাওয়া গেছে, যেটি উদ্ধার করা তিন মেয়েদের একজনের বায়োডাটার সাথে মিলেছে। এই কেসটির রেকর্ড তারা হাতে নিয়ে গোয়েন্দাটি বৃহত্তর কলকাতার আশেপাশে মাত্র দুই মাস আগে ঘটে যাওয়া উর্বশীর অপহরন মামলার বিষয়ে অফিসারদের কাছে জানতে চাইলেন।

পুলিশ বিভিন্ন থানা থেকে সাম্প্রতিক নথি সংগ্রহ করে শেষ পর্যন্ত সিঁথি থানা থেকে উর্বশীর মামলাটি খুঁজে পায়। তবে লালবাজার সি আই ডি তদন্তকারী তরফ থেকে ফাইলটিকে ইতিমধ্যে সরিয়ে নেওয়া হয়েছে কারণ ভিকটিম অপহৃতা হওয়ার পরে পরেই প্রায় নিরাপদে উদ্ধার করা সম্ভব হয়েছিল।

অবশ্য এই এই দিল্লির গোয়েন্দাটি কেসটিকে এইভাবে ডেড লক করে রাখার ব্যাপারটাতে খুশী হন নি। গোয়েন্দাটিকে এই মামলার কিছু অদ্ভুত বিষয় দৃষ্টি আকর্ষন করেছে। বিশেষ এই মামলাটি বিশ্লেষন করা অন্য মামলাগুলির সেই সাধারণ কারণগুলি থেকে উল্লেখযোগ্যভাবে আলাদা। তাদের তদন্তের সময় একটি সূত্র থেকে একটি বেনামী চিঠি আসে। চিঠিটি তার পরিকল্পনা, উদ্দেশ্য এবং বিস্তারিত সন্দেহের ক্ষেত্রে তার অপহরণের গল্পের কিছু নতুন দৃষ্টিকোন প্রতিফলিত করেছে।

উর্বশীর মামলা সম্পর্কিত বেনামী চিঠির বিষয়গুলি নিয়ে লালবাজার কর্তাদের সাথে কথা বলে কেসটিকে নতুন এঙ্গেলে দেখার পরামর্শ দিলেন। গোয়েন্দাটি অবশ্য লালবাজার আধিকারিকদের কাছে চিঠিটি উপস্থাপন করতে চাইলেন না। এবং যখন তারা উর্বশীর মামলায় অন্য মাত্রার গন্ধ পেলেন, তারা লালবাজারকে তাদের সমস্ত নথি দিয়ে তাদের সাহায্য করতে অনুরোধ করলেন।

লালবাজার ইতিমধ্যে সুলতান শেখের পাসপোর্টের ইমেজ ধরে জনা পাঁচেক একই রকমের ছবির লোককে জিজ্ঞাসাবাদের জন্য ধরে এনেছিল। কিন্তু তাদের পরীক্ষা করে দেখা গেছে, তারা কেউই এই আন্ডারওয়ার্ল্ডের সঙ্গে যুক্ত নয়। তাদের একজন মুসলমান কিন্তু পরিচিত ট্যাংড়া এলাকার চর্ম ব্যবসায়ী, দুইজন দর্জি এবং একজন ভবঘুরে, কবিতা লেখেন, জাতিতে ব্রাম্মন, উপাধি পাঠক। এদের কারোরই পাসপোর্ট, ড্রাইভিং লাইসেন্স কষ্মিন কালেও ছিল না।

তবে গোয়েন্দা তথ্য অনুসরন করে পুলিশ ইতিমধ্যেই এক সন্দেহভাজন লোককে আটক করেছে। তারা লোকটির একটি নির্দিষ্ট পরিচয় চিহ্ন থেকে একটি সূত্র আবিষ্কার করতে সক্ষম হয়েছে। অপহৃতা মেয়েদের জিজ্ঞাসাবাদ করে জানা গিয়েছিল যাদের সাথে ঐ মেয়ে তিনটি প্রথম শহরের অজানা জায়গায় গিয়েছিল তাদের মধ্যে একজনের বাম হাতের একটি আঙ্গুল কাটা ছিল। আটক ব্যক্তিরও বাম হাতের তর্জনীর অধিকাংশ অংশই নেই। ❑

ছাব্বিশ

কালো দৈত্যের প্রত্যাবর্তন

বাস থেকে নেমে সেই কালো অদ্ভুত ধরনের লোকটি যে সারাক্ষন চুপ করে থেকেও তাকে গোটা বাস জার্নিটাকে মাটি করে দিয়েছিল, অবশেষে তার হাত থেকে রেহাই পেয়ে, প্রবালের নির্দেশ অনুযায়ী সে লেকটাউনের শিবানী এপার্টমেন্টের চতুর্থ তলায় পৌঁছে গেল। কিন্তু প্রবালের অফিসে সে কাউকে দেখতে পেল না। ঘরের দরজা তালাবন্ধ। উর্বশী অবাক এবং বিরক্ত হয়ে নিচে নেমে বাড়ির মূল গেটের সামনে দাঁড়াল। যদিও সে এই সময়ের মধ্যে প্রবালের সাথে যোগাযোগ করার জন্য ব্যর্থ চেষ্টা চালিয়ে গেল।

বিয়ের রেজিস্ট্রেশনের কাগজপত্র সাইন আপ করার প্রস্তুতি নিয়ে উর্বশী বাড়ি থেকে বের হয়েছিল। তার পারিবারিক অসন্তোষ সম্পর্কে একটি হতাশা তার মনকে ইতিমধ্যেই আচ্ছন্ন করে রেখেছিল। দিঘা কেলেঙ্কারির পর প্রবালের পক্ষ থেকে অনেক প্রতিশ্রুতি এবং ক্ষমা চেয়ে নেওয়ার পর উর্বশী রেজিস্ট্রি ম্যারেজের কাগজপত্রে স্বাক্ষর করতে রাজি হয়।

সে একটু নার্ভাস হয়ে পড়ল। সকাল নয়টার দিকে ইউনিভার্সিটি ক্লাসে যাওয়ার নাম করে সে বাড়ি থেকে বের হয়েছিল। এদিন প্রবালের সঙ্গে সে কাগজে কলমে বিবাহ বন্ধনে আবদ্ধ হচ্ছে তার পরিবারকে সম্পূর্ন অন্ধকারে রেখে। এই অনিশ্চয়তার মধ্যেও উর্বশী নিজের মনকে শক্ত করেছিল। কিন্তু তার এত কিছু মেনে নেওয়ার পরেও আজকের প্রবালের এই প্রতারনা তাকে যেন বিদ্রুপ করল।

এদিকে প্রবালের অফিসের চার তলা থেকে নীচে নামতেই তার সমবয়সী একটি মেয়ে তার সামনে এগিয়ে এল। মেয়েটি দেখতে যথেষ্ট সুন্দরী। সে এগিয়ে এসে বলল,

'তুমি প্রবালের জন্য পাগল, তাই না?'

উর্বশী হঠাৎ এ কথা শুনে হকচকিয়ে গেল।

'কি বলছ এসব যা তা!' মেয়েটির আকস্মিক মন্তব্য উর্বশীকে উত্তেজিত করল।

'তোমাকে নিয়ে পালিয়ে যাওয়ার পরিকল্পনা হচ্ছে আমি জানি। আমি মনে করি তোমার বাবা মাকে না জানিয়ে এভাবে পালিয়ে যাওয়া তোমার জন্য কখনই ভাল হবে না!' মেয়েটি শান্ত কিন্তু দৃঢ় ভাবে বলল।

'পালিয়ে যাব কেন! কি ফালতু কথা বলছ!' তার মনে পড়ল এই একই মহিলা যে তার অপহরনের থেকে উদ্ধার হওয়ার পর এখানে নিয়ে আসতে সাহায্য করেছিল।

কিন্তু সেদিন তাকে তেমন স্মার্ট দেখাচ্ছিল না। তখন তাকে আজকের শার্ট এবং জিন্সের পরিবর্তে শাড়ি পড়া ছিল।

'কে তুমি?' একটু সন্ত্রস্ত হয়ে জিজ্ঞেস করছিল উর্বশী।

মেয়েটি বলল, 'আমি তনয়া। তোমার প্ল্যান, বিয়ের পরই ঐ রাতেই তুমি মুম্বাই যাবে। তাই না? কিন্তু তোমার উচ্চাকাঙ্ক্ষা সফল হবে না। দয়া করে কেটে পড়। আমি তোমার ভালর জন্য সতর্ক করছি।'

উর্বশী বিরক্ত হয়ে তার তর্জনী উঁচিয়ে বলল,

'আমি বলি, তুমি কে? তুমি কি তার কেউ?'

মেয়েটি উর্বশীকে বিব্রত করতে হা হা হি হি করে হাসতে লাগল। তারপর বলল,

'গার্লফ্রেন্ড! বউ!' একটু চুপ থেকে মেয়েটি উর্বশীর তার একেবারে কাছে গিয়ে আঙুল দিয়ে শরীর নাড়াচাড়া করে সে হাসল। তার রহস্যজনক হাসি তাকে কীসের যেন ইঙ্গিত দিচ্ছিল! এই সময় প্রবালের ফোন হঠাৎ করে বেজে উঠল।

'আহ! প্রবাল! কী ব্যাপার কী তোমার? তুমি আমার কল রিসিভ করছ না কেন? আমি রিং করেই যাচ্ছি ত করেই যাচ্ছি! এখানে আমি কাউকে দেখতে পাচ্ছি না, ঘর দরজা সব তালাবন্ধ! উঃ আমি আর পারছি না! কেন তুমি আমার সাথে এমন করছ?'

'আই'ম এক্সট্রিমলি সরি ডিয়ার! একটু শান্ত হও! প্লিজ, প্লিজ...আমার কথা মনোযোগ দিয়ে শুন। ব্যাপারটা জরুরি!'

প্রবালের উদ্বেগ উর্বশীকে সচেতন করল। আজ তাদের মধ্যে সিদ্ধান্ত হয়েছিল তারা রেজিস্ট্রেশন পেপারে সই করবে। সমস্ত কিছু প্রবাল দ্বারা সাজানো হয়েছিল—ম্যারেজ রেজিস্ট্রার, জায়গা, বর কনের উভয় পক্ষের সাক্ষী এবং পার্টির ব্যবস্থা। নির্দেশ অনুসারে, উর্বশী এখানে ঠিক সকাল দশটায় পৌঁছায় এবং প্রায় আধা ঘন্টা অপেক্ষা করে। কিন্তু প্রবাল উপস্থিত না হওয়ায় সে ব্যাতিব্যস্ত হয়ে পড়ে।

প্রবালের নির্দেশ চুপ করে শুনতে লাগল উর্বশী।

'এখন শোন, তুমি যত তাড়াতাড়ি পার একটা ট্যাক্সি ভাড়া করে সরাসরি পার্ক সার্কাসে চলে এসো। তাড়াতাড়ি! দেরী কর না। তোমার সাথে কেউ আছে?'

'আমার সঙ্গে কেউ নেই। কিন্তু আমি সেখানে যাব কেন? তুমি আমাকে তোমার অফিসে আসতে বলেছিলে এখন আবার আমাকে পার্ক সার্কাসে যেতে বলছ! আমার সাথে কি মজা হচ্ছে!'

উর্বশী ক্ষিপ্ত হয়ে বলল।

'উর্বশী, প্লিজ দয়া করে বোঝার চেষ্টা কর। রাগ করে লাভ নেই। রেজিস্ট্রারের সমস্যা ছিল যার সাথে আমার প্রথম যোগাযোগ হয়েছিল। সে বিশেষ কারনে আসতে পারবে না।

কিন্তু শহরের ওয়ার্কিং ডে'র এই পিক আওয়ারে ট্যাক্সি পাওয়াটা কঠিন কাজ। তার থেকে বড় কথা এখানে কোথায় ট্যাক্সি স্ট্যান্ড তা তার জানা ছিল না। রাস্তায় দাঁড়িয়ে অসহায়ভাবে দেখতে পেল সেই হলুদ রঙের দুই মাথাওয়ালা গাড়ি একের পর এক উপেক্ষা করে মরিয়া হয়ে ছুটছে। অনেক ভাগ্যে সে একটাকে থামাতে পারল।

তবে তার আগেই একটা অদ্ভুত দৃশ্য দেখে সে ভড়কে গেল। সে দেখতে পেল তার সামনেই বাঁ দিকে সেই কালো দৈত্য যে তার সকাল থেকে পিছু নিয়েছে অদূরেই একটা পানের দোকানের সামনে সিগারেট ধরাতে ব্যস্ত। ধরাতে গিয়ে হঠাৎ হাত ফসকে সিগেরেটটা মাটিতে পড়ে

যেতেই, উর্বশী দেখতে পেল লোকটি সেই সাদা ক্ষীণ দীর্ঘাকার কোমল বস্তুটি সে তার বুটের তলা দিয়ে একদম পিষে দিল। সে আর ভয়ে ঐদিকে বেশিক্ষন তাকাতে পারল না। সামনের ট্রাফিক সিগন্যালের অপেক্ষায় সব গাড়িই সেই সময় দাঁড়িয়ে পড়েছে। লোকটির নজর এড়াতে উর্বশী অন্যদিকে মুখ ঘুরিয়ে থাকল। হাজার যানবাহনের স্রোতে মিশে গিয়ে ট্যাক্সি থামা চলা করতে করতে একসময় তার গন্তব্যস্থানে পৌছাল।

ট্যাক্সিওয়ালা ট্যাক্সি থামিয়ে বলল, 'এটাই পার্ক সার্কাস, আপনি কোথায় নামবেন?'

'আকাশ বিল্ডিং!'

ট্যাক্সিওয়ালা আকাশ বিল্ডিঙের সামনে নামিয়ে দিয়ে চলে গেলে উর্বশী এদিক ওদিক তাকিয়ে কাউকেও দেখতে পেল না। এমনকী প্রবালও ফোন ধরল না। সে রাগে দুঃখে অভিমানে আবার রাস্তায় বেরিয়ে এল।

আশ্চর্য! রাস্তায় বেরিয়েই সেই কালো মানুষটির সাথে রাস্তায় তার আবার দেখা হল! সে তার গাড়ি নিয়ে নির্নিমেষ সামনের দিকে তাকিয়ে আছে। দেখে আপাতত মনে হল সে তাকে লক্ষ্য করে নি। উর্বশী তাড়াতাড়ি হেঁটে তার নজর এড়িয়ে পেছন দিকে বাস ধরার জন্য এগিয়ে গেল। ❑

সাতাশ
কৌতুক ও কৌতুহল

প্রবালের আজকের আচরনে মানসিকভাবে বিধ্বস্ত উর্বশী নেমেই সে যখন তার বাড়ির রাস্তা ধরল তখনই পেছনে প্রায় ঘাড়ের কাছে একটা অচেনা মোটা গলায় পুরুষকণ্ঠের আওয়াজ পেল।

'গুড ইভনিং! ম্যাডাম ভাল আছেন?' ভয়ে সে আঁৎকে উঠে চীৎকার করতে গিয়েও থমকে গেল। সে দেখল সেই কালো নিগ্রোর মত যুবকটি যে সারাদিন তাকে ফলো করছে!

'আশ্চর্য! লোকটি কী বাঙালি! কিন্তু তাকে দেখলে ত মোটেই বাঙ্গালী মনে হয় না। যদিও তার মুখে বাংলা শুনে তার ভয়জনিত আড়ষ্টতা অনেকটা কেটে গেল।

'ওয়েলকাম! আপনি?' উর্বশী মৃদু হেসে ফরমালিটি বজায় রাখল এবং স্বাভাবিক হওয়ার চেষ্টা করল।

'আপনি বাড়ির দিকেই যাচ্ছেন ত?' লোকটি জানতে চাইল।

'আজ্ঞে হ্যাঁ!' উর্বশী কথা না বাড়িয়ে পাশ কাটাতে চাইল কারন রাত হয়েছে, এই গলির রাস্তায় গাড়ি ঘোড়া তেমন চলে না। লোকজনও কমে গেছে। আর এই লোকের উদ্দেশ্য মহৎ কিছু হতে পারে না এটা তার কাছে নিশ্চিত। আর তখন থেকে তাকে ফলো করছে তাই সে দ্রুত পা ফেলার চেষ্টা করল।

কিন্তু লোকটি নাছোড়বান্দা।

'এই রাস্তাই ত আপনার বাড়ি?' লোকটি জিজ্ঞেস করল।

'আজ্ঞে হ্যা'। বলেই সে তার হাঁটা বেগ বাড়িয়ে দিতে চাইল। লোকটির মতলবটা কী? কেন তাকে এইভাবে জ্বালাচ্ছে!'

ভয়ের সঙ্গে এখন দুশ্চিন্তাও তাকে গ্রাস করল। সে জানে তার মত একজন অল্পবয়সী সুন্দরী তরুনীর পিছু নেওয়ার অনেক কারন থাকে। বিশেষত সে সম্প্রতি ঘটে যাওয়া দুর্ঘটনার ট্রমা পুরোপুরি এখনও কাটিয়ে

উঠতে পারে নি। সেদিন প্রবাল তাকে সেই বিপদ থেকে বাঁচিয়েছিল। কিন্তু এই দৈত্যের মত লোকটি যদি তাকে আজ তুলে নিয়ে যায় তাহলে কারো কিছু করার থাকবে না। প্রবালের মত আরো চারজনও এই ভয়ানক লোকের কাছে কিছু না। টিভি শোতে খেলা দেখানো পালোয়ানদের মত করে তাকে একহাতে তুলে হয়ত আছাড় মারবে।

'লোকটি এই সময় কোথায় যাচ্ছে?' উর্বশী নিজের মনে প্রশ্ন করল।

সে সাহস সঞ্চয় করে বলল, 'আমাকে আপনার কোন প্রয়োজন আছে?' এই প্রথম সে লোকটির সাথে বাক্য বিনিময় করল।

'না না ম্যাডাম তেমন কিছু না' আমিও এদিকেই থাকি ত। একা একা যাচ্ছেন তাই...

উর্বশী লোকটির কথা শুনে একটু আশ্বস্ত হল, তার মুখের দিকে অবাক হয়ে তাকিয়ে বলল, 'এদিকেই আপনার বাড়ি?'

'আজ্ঞে হ্যা, এই গলিটা যেখানে বাঁদিকে ঘুরে গেছে সেখানেই। নিজের বাড়ি নয়, ভাড়া থাকি'।

'ও আচ্ছা'। উর্বশী সহজ হওয়ার চেষ্টা করল। সে এই অপরিচিতের বিনিত ব্যবহারে একটু অবাকও হল।

কিন্তু রহস্য থেকেই গেল। লোকটির শারীরিক উচ্চতা, মুখায়ব এবং গায়ের রঙ স্পষ্টতই একজন অবাঙালি। অভারতীয়ও হতে পারে। অন্তত দিনের বেলা যতটুকু সে পর্যবেক্ষন করেছিল তাতে করে অনুমান সে দক্ষিণ-ভারতীয় কিংবা একজন আফ্রিকান নিগ্রোও হওয়ারও একটা সম্ভাবনা আছে, আদব কায়দা ত সেরকমই। যদিও সে নিগ্রোকে সিনেমা টিভিতেই দেখেছে। চাক্ষুষ কোনদিন দেখে নি। অথচ তার বাঙালির মত বাংলায় হুবহু উচ্চারন প্রমাণ করে যে তিনি অবশ্যই একজন বাঙালি।

একটু চুপ থেকে লোকটি আবার বলল, 'আপনি এদিকেই যাচ্ছিলেন, তাই ভাবলাম আমাকে আমার প্রতিবেশীর সাথে একটু পরিচয় হয়ে নিই। এইটুকুই!'

লোকটি তার কোন প্রতিক্রিয়ার আশা না করেই একটু হাসল।

উর্বশী আর কোন কথা বলছে না দেখে সে হয়ত সহজ রসিকতা করে বলল, 'আমার সাথে একসাথে হাঁটতে আপনার ভয় হচ্ছে নাত?'

'নাঃ, ভয় হবে কেন? চলুন, সমস্যা নেই।'

'থ্যাংক ইউ।'

'আপনি যখন পার্ক সার্কাসে আকাশ বিল্ডিং থেকে বেরচ্ছিলেন তখন আপনাকে আমি দেখেছি। কেন গিয়েছিলেন ওখানে?'

উর্বশী লোকটির কথা শুনে ঘাবড়ে গেল। কিন্তু স্বাভাবিক ভাবে বলল, ঐ একটা জবের ইন্টারভিউ দিতে গিয়েছিলাম। বাঃ খুব ভাল কথা। আমি চাই জবটা আপনার হোক। ইন্টারভিউ নিশ্চই ভাল হয়েছে। চাকুরী পেলে খাওয়াবেন ত!'

কিন্তু উর্বশী চুপচাপ গম্ভীর হয়ে থাকল। লোকটি কী তাহলে তার আসল ঘটনা সম্পর্কে অবহিত!'

লোকটি আবার বলল, 'কিন্তু আপনি বড়ই ভাগ্যবান!'

উর্বশী অবাক হয়ে তার দিকে সরাসরি তাকিয়ে থেকে বলল,

'ভাগ্যবান কেন?'

'আমি দেখলাম আপনি ভেতরে যাওয়ার একটু বাদেই বেরিয়ে আসলেন। মানে আপনাকে তারা একদম বসিয়ে রাখে নি। এই জন্যই বললাম আপনি যথেষ্ট লাকী। আমার মনে আছে একটা চাকুরীর ইন্টারভিউ দিতে গিয়ে আমার সকাল থেকে সন্ধ্যা পর্যন্ত বসে থাকতে হয়েছিল। ওঃ সেটা যে কী অসহনীয় ব্যাপার ছিল! অবশ্য আমার মত অনেককেই এখনও এই পরিস্থিতির শিকার হতে হয়।'

'আপনি কী এখানে নতুন?' উর্বশী তার মিথ্যাচারের বিষয়টিকে তাড়াতাড়ি আলোচনা থেকে দূরে সরাতে চাইল।

আগন্তুক এবার বুঝতে না পেরে বলল, সরি!

'আপনি কি এখানে নতুন বাড়িভাড়া নিয়েছেন?' উর্বশী পরিস্কার করে বলল।

'না, ওহ, হ্যাঁ, বলতে পারেন।' লোকটি জবাব দিল।

উত্তর দেওয়ার ভঙ্গীতে তার একটু কৌতুহল উদ্রেক হল।

'আপনি কী করেন? কিছু মনে করবেন না, জানতে ইচ্ছে হল তাই'। উর্বশী অমায়িক ভাবে বলল।

'আমি জব করি। আমি আপনাকে নিয়মিত এইভাবে আসতে চলতে দেখি। আমার অনুমান আপনি সম্ভবত কোন অফিসে যান, নাকি কোন স্কুলে কিংবা কলেজে?'

উর্বশী বুঝতে পারল, লোকটিও তার একই বিষয় কৌশলে জেনে নিতে চায়।

'আমি P.U এর আন্ডার গ্রাজুয়েট ছাত্রী' রাস্তার আলোতে উর্বশী তার মুখ দেখার চেষ্টা করল।

'P U!' সরি, এর অর্থ?

'প্রেসিডেন্সি ইউনিভার্সিটি' লোকটির অসুবিধা হচ্ছে দেখে পুরো নামটা বলে দিল।

'রাইট, রাইট! ধন্যবাদ।'

উর্বশী লক্ষ্য করলো সে তার আগের প্রশ্নটি দায়সারা ভাবে দিয়ে প্রায় এড়িয়ে গেছে। সে তার চাকরিটা সম্পর্কে পরিষ্কার হতে চাইল। তাই সে পুনরাবৃত্তি করল-

'আপনি কীসে চাকুরী করেন, দয়া করে একটু বলবেন?'

'একটা ছোটখাটো সরকারি চাকরি; আমি দেখলাম আপনি এই পথ দিয়েই যাচ্ছেন। যদিও একজন অপরিচিতাকে এভাবে ডাকাটা বুদ্ধিমানের কাজ নয় বিশেষত আমার মত একজন কিম্ভুতকিমাকার লোকের পক্ষে, তবুও একই জায়গার বাসিন্দা হওয়ায় আমি ভেবেছিলাম আমাদের একটু পরিচয় হওয়া উচিত। তাই ডেকেছিলাম। কিছু মনে করেন নি ত?'

লোকটি তার নিজের চেহারার বর্ণনা শুনে উর্বশীর হাসি পেল। হাসি চাপা দিয়ে বলল, 'অবশ্যই না। কেন মনে করব?' উর্বশী একটু নরম করে জবাব দিল।

কিন্তু সে বুঝতে পারল যে সে ইচ্ছাকৃতভাবে তার বিশেষ প্রশ্নটা এড়িয়ে গেল। তবে সে আর এই নিয়ে জোড়াজুড়ি করল না।

দুজনেই কয়েক সেকেন্ড চুপচাপ হাঁটল।

'আমি কি আপনার অরিজিনটা জানতে পারি?' উর্বশী সরাসরি লোকটির মুখের দিকে চোখ ফেলল।

'আমার অরিজিন!' লোকটি নিজের বুকের ইশারা করল। সে তার প্রশ্ন শুনে একটু অবাক হল।

'কেন? বলতে কোনো বাধা আছে কি? ভাববেন না, আমি আপনার উপর গোয়েন্দাগিরি করছি।' সে তার মুখ অন্যদিকে নিয়ে হাসল। কিন্তু তার হাসি লোকটির চোখ এড়ায় নি।

'আচ্ছা, ঠিক আছে।' লোকটি কিছুক্ষণ থেমে শুরু করল,

'ওয়েল, ওয়েল! প্রথমে আপনাকে নিশ্চিত করছি, আমি একজন আফ্রিকান নই।

'আচমকা এই মন্তব্য উর্বশীকে বিব্রত করল। লোকটি কীভাবে তার মনের কথা বুঝতে পারল!' সে একটু লজ্জিত বোধ করল।

উর্বশী হেসে বলল, 'কি বলছেন? আমার ধারণা কখনই এরকম আসে নি যে আপনি একজন আফ্রিকান'।

'নিখাদ ভারতীয়, তবে বাঙালি নই, আমি একজন তেলেগু, বাড়ি হায়দ্রাবাদ।' লোকটি উত্তর দিল।

'আচ্ছা! আমার সেরকই সন্দেহ হয়েছিল। তবে একজন তেলেগু কীভাবে এত সুন্দর বাংলা বলতে পারে! উর্বশী মনে মনে বলল, তার ধারনাই সঠিক ছিল। যাক, তিনি যে অন্তত একজন আফ্রিকান নন, এজন্য সে সৃষ্টিকর্তাকে ধন্যবাদ দিল! উর্বশী তার হাত দিয়ে মুখ ঢেকে তার হাসি চাপা দিল।

'আপনি তেলেগু অথচ এত ভাল বাংলা বলেন কীভাবে?'

'হ্যা, এটা অবশ্য ঠিকই বলেছেন। আসলে আমার জন্ম হায়দ্রাবাদ হলেও আমি এই কলকাতাতেই মানুষ। স্কুল কলেজ এমনকি ইউনিভার্সিটি পর্যন্ত এখানেই পড়েছি। তাই বাংলা আমার মাতৃভাষা থেকেও বেশী সাবলীল। আমি বাংলা উপন্যাস গল্প এসব নিয়মিত পড়ি। কলেজ স্ট্রিট আমার একসময় প্রতিনিয়ত যাতায়ত ছিল'।

'বাঃ! খুব ভাল! আমি উর্বশী, উর্বশী গোস্বামী' । উর্বশী তার নাম উল্লেখ করে সে লোকটির মুখের দিকে তাকাল। উর্বশী সম্ভবত আশা করেছিল যে লোকটি নিজেই তার নামের সাথে পরিচিত হবে। কিন্তু তিনি তা করলেন না। তিনি তেলেগুর থেকে বাংলার শ্রেষ্ঠত্ব নিয়ে আরও কিছু বলতে লাগলেন।

'এক্সকিউজ মী আপনার নামটা!'

'আমার নাম!' লোকটি নিজেকে দেখিয়ে বলল।

'আপনি ছাড়া এখানে ত আর কেউ নেই!' উর্বশী এই বলে হাসিমুখে তার দিকে তাকিয়ে থাকল।

'সরি! নিশ্চয়ই। নাম বলতে কেন বাধা থাকবে।'

লোকটি তার মন্তব্যে নিজেই জোর করে হেসে উঠল।

কিন্তু উর্বশী বুঝতে পারল, লোকটা তার নাম বলতে গড়িমসী করছে।

'আচ্ছা, তাহলে আমার বাঙ্গালি নামটা উল্লেখ করাই ভালো।' লোকটি একটু চুপ থেকে বলল।

'বাঙালি নাম! কয়টা নাম আপনার?' বেশ অবাক হয়ে জিজ্ঞেস করল উর্বশী।

'আমার বাংলা নাম হচ্ছে কাল্লুস্বামী'।

নাম শুনেই উর্বশী খিল খিল করে হাসতে লাগল।

'এটাই কি আপনার বাংলা নাম?' সে জিজ্ঞেস করল।

'হ্যাঁ, আমি যখন স্কুলে পডতাম, তখন আমার একজন বাংলা স্যার আমার এই নাম রেখেছিলেন।'

'কেন এই অদ্ভুত নাম?' সে অবাক হয়ে জিজ্ঞেস করল।

'কারণ আমি খুব কালা, আর আমার আসল নামের শেষ অংশটি স্বামী এবং দুটির সংমিশ্রণে প্রস্তুত করা নাম হয়ে দাঁড়াল— 'কাল্লুস্বামী। এবং পরে আমি এই নামেই ফেমাস হয়ে গেছি।

'সত্যিই এটা খুব মজার. তাহলে আপনার আসল নাম কি?'

'প্লিজ, আমার বাবা-মায়ের দেওয়া নামটা শুনতে চাইবেন না।'

'কেন?'

'এটা আমার নিজের মতো লম্বা, কঠিন, কর্কশ এবং জটিলতায় ভরা।' লোকটি বলল।

'আপনার মতন!' বলেই উর্বশী হাসতে লাগল, তারপর বলল,

'তাহলে আমাকে ত শুনতেই হবে'।

'আমার নাম শুনতে পারেন, তবে দয়া করে বলার চেষ্টা করবেন না'।

'কেন!' উর্বশী অবাক হয়ে বলল।

'আপনার মুখে অতবড় নামটা আঁটবে না।' লোকটি বলল।

'মুখে আঁটবে না মানে!' কথা শুনেই উর্বশী বিব্রত বোধ করল এবং খানিকবাদে মুখ চেপে ধরে সমানে হাসতে লাগল। হাসি থামিয়ে সে বলল,

'না না, বলুন, কোন সমস্যা নেই।' সে হাসি চাপা দিয়ে কোনরকমে বলল।

' শ্রীপথি পণ্ডিতরাধুললা বালাসুব্রাম্মণিয়ামস্বামী।'

'এটি আপনার নাম! আপনি আসলে কী বললেন ভাল বুঝলামই না'।

লোকটা আবার নিজের নাম বলল, এবার ধীর গতিতে।

'নাম শুনে উর্বশী আবার হাসতে লাগল, হাসি থামিয়ে বলল,

'এত বড় নাম জীবনে প্রথম শুনলাম। এটা সত্যিই অনেক বড়! আমি এখন পর্যন্ত যে সব নাম শুনেছি তার মধ্যে এটাই সবচেয়ে বড়।' হাসতে হাসতে বলল উর্বশী।

'আর তাই আমি আগেই বলেছি আমার নাম শুনবেন না। এটা আমার চেহারার মতো। তাই প্রয়োজন পড়লে আমাকে আপনি 'কাল্লুস্বামী' বলেই ডাকতে পারেন।

উর্বশী হাসি সংযত করল যদিও তার নামের সাথে একজনের শারীরিক বিশালতার এই ধরণের সাদৃশ্য খুবই মজার মনে হচ্ছিল।

‘কিন্তু আমি এখন থেকে আপনাকে কাল্লুস্বামী নয় ‘কাল্লুজি’ বলেই ডাকব, ঠিক আছে?’

‘খুব ভালো, আপনার পছন্দ মতো যা মনে করেন। নো প্রবলেম।’

‘কিন্তু, আমার মনে হয় আপনার আসল নামটা আপনার চেহারার চেয়েও অনেক বেশী টাফ।’ উর্বশী ব্যাপারটা নিয়ে আরেকটু মজার করার ছলে কথাটা হেসে বলল।

‘একদমই না. আমি আমার নামের থেকেও বেশী টাফ।’ লোকটি বলল।

‘না আপনার নামটিই বেশী টাফ। আপনি টাফ না’।

‘রিয়ালি! ওয়েল! শুনে আনন্দ পেলাম। বলতে বলতেই তারা উর্বশীদের বাড়ির গেটের সামনে এসে পড়ল।

‘ওকে, স্যার, এটাই আমার বাড়ি। গুড নাইট!’ সে তার বাড়ির বন্ধ লোহার গেটের সামনে দাঁড়িয়ে তার দিকে হাত নাড়ল।

‘গুড নাইট, এটাই আপনার বাড়ি?’

‘আজ্ঞে হ্যাঁ!’

‘ভেরী নাইস!’ বলে লোকটি এগিয়ে গেল।

লোকটি কেন একথা বলল, বোঝা গেল না কারণ তার বাড়িটি অন্ধকারে ঠিকভাবে দেখা যাচ্ছিল না। বাড়ি ফিরতে উর্বশীর প্রায় দেরী হয়। এনিয়ে তার দিদির সাথে প্রতিনিয়ত বিস্তর ঝগড়া হয়। আজ তাদের গেটের সামনে একজনের গলার আওয়াজ শুনে উর্মিলা সতর্ক হয়েছিল। সে জিজ্ঞেস করল,

‘একজনের গলার আওয়াজ পেলাম মনে হয়, কে লোকটি?’

‘পরে বলছি।’

উর্মিলা আর কিছু বলল না। কিন্তু মনে মনে ভাবল হতভাগীটা আবার কোনও নতুন বন্ধু জোটাল নাকি! তবে সেটা হলে ভালই হবে। অন্তত প্রবালের হাত থেকে যদি পরিত্রান পায়!’

খাবার টেবিলে কাল্লুজির বর্ননা শুনে উর্মিলা ভয় পেয়ে বলল,

'বলিস কী! রাত্রে ঐ রকম একটা লোকের সাথে হাঁটতে তোর সাহস হল কী করে!'

খেতে খেতে দু বোনের মধ্যে কাল্লুজিকে নিয়ে অনেক হাসাহাসি হল। তার সাথে কী কী মজার কথা হল সেগুলি সে উল্লেখ করে লোকটি যে খুবই শিক্ষিত এবং ইন্টেলেকচুয়াল সেটা সে তার দিদিকে জানাল। কাল্লুজি নামকরনটা তাকে সে কী করে দিল তার কাহিনী বলতে গিয়ে তার লম্বা কঠিন নামের কথাটি বলতে গিয়ে লোকটি তাকে বলেছিল, তার অতবড় নামটা মুখে না নেওয়াই ভাল, কারন সেটা তার মুখে আঁটবে না। একথা শুনেই তার দিদি প্রথমে অবাক হল। তারপরে দু বোনে হাসতে হাসতে গড়িয়ে পড়ল। তবে তাদের গল্পের শেষে উর্মিলা এই ধরনের লোকের সাথে গল্প করে এনজয় করলেও তাদের সম্পর্কে সতর্ক থাকাই বাঞ্ছনীয়। এদের অনেক অসৎ উদ্দেশ্যও থাকে। বিশেষত তার একটি দুর্ঘটনা ইতিমধ্যে ঘটে গিয়েও বেঁচে গেছে। হয়ত এমনও হতে পারে, সেটাকেই আবার কার্যকরী করতে সে তোমার সাথে এসব বলে কিছুটা ঘনিষ্ঠ হতে চাচ্ছে। সুতরাং সাবধান থাকাই ভাল।

তবে শোয়ার সময় তার দিদির ঐ উপদেশের সে সারবত্তা খুজে পেল না, কারন লোকটির সেরকম মোটিভ সে একেবারেই খুঁজে পায় নি।

বিছানায় শুয়ে উর্বশীর চিন্তার ডানা এইমুহূর্তে প্রবালকে ছেড়ে কালো লোকটির বলয়ে ঘুরপাক খেতে লাগল। মজার বিষয় হল এই অদ্ভুত লোকটি এখন হঠাৎ তার প্রতিবেশী বনে গেল এটা ভেবেই তার কৌতুহলের মাত্রা আরো বেড়ে গেল।

সে তার এইসময়ের নিত্যনৈমত্তিক মোবাইলের মেসেজিং, চ্যাটিং, গেমিং ওয়াচিং এই সমস্ত কিছু দূরে সরিয়ে রেখে তার কথাই সামনে আনল। সে প্রবালের সাথে এই লোকটিকে তুলনা করে বেশ মজা করতে শুরু করল।

'সত্যি! কোথায় প্রবাল আর কোথায় এই ভনায়ক কদাকার লোকটি! উভয়ের গঠন আকৃতি একেবারে বিপরীতধর্মী। রং এবং মুখাবয়ব নিয়ে কেউ যদি একটা আদর্শ কন্ট্রাস্ট খুঁজে নিতে চায় তাহলে এই কালো লোক আর প্রবালকে বেছে নিতে পারে। সত্যি প্রবালের সৌন্দর্যটাই আলাদা।

আরবীয়দের মত ফর্সা, সুন্দর ঠোঁট, নাক, চোখ এবং পরিস্কার কামানো মুখ দেখতে বলিউডের নায়কের মতো।

আচ্ছা, ওই লোকটির কি কোনো গার্লফ্রেন্ড থাকতে পারে?' তার কল্পনার আরেকটি মজার বিষয় আবিস্কার করল।

একজন মেয়ের পক্ষে কি এমন কালো মানুষকে ভালোবাসা সম্ভব? ধরা যাক লোকটি অবিবাহিত। তাকে দেখলে প্রবালের থেকে কম বয়স্কই মনে হয়। কিন্তু একজন নিগ্রোকে কে ভালোবাসবে? হ্যাঁ, পাঠ্য বই 'ওথেলো' তে দেসদেমনা ওথেলোকে পছন্দ করত। তবে সে ত নাটকে।

সত্যিই ত! লোকটা দেখতে উবহু ওথেলোর মতই। আসল ওথেলো কেউ দেখে নি। দেখার কথাও নয়। কিন্তু যাই হোক না কেন সে নিঃসন্দেহে একজন দানব ছিল। সে একবার পুরানো বাংলা ছবি 'সপ্তপদী' দেখেছিল।

কত ভয়ংকর ছিল দেখতে! কি হিংস্র ছিল লোকটা! কীভাবে সেই দৈত্যটা সুন্দরী দেজদেমনার গলা টিপে নিষ্ঠুরভাবে হত্যা করেছিল! উত্তমকুমার এবং সুচিত্রা সেনের ঐ অভিনয় সত্যিই অসাধারণ ছিল।

কিন্তু বাস্তবে এরকম একটা কালো ভয়ানক মানুষের প্রেমে পড়া স্পষ্টতই সম্ভব নয়। একটা সুন্দরী মেয়ে একটা দানবকে কিভাবে ভালোবাসতে পারে! একমাত্র মহান শেক্সপিয়ারই অসম্ভবকে সম্ভব করতে পেরেছিল। তবে, তার গল্পের নায়িকা ছিল একজন ইউরোপীয়; সে তার চিন্তাকে একটু প্রসারিত করে ভাবল, তার মতো এরকম দুবলা পাংলা ছিল না। সে নিজের অজান্তেই ব্যাপারটা তার দিকে টেনে আনতেই তার হুশ হল এবং একা একা হাসতে লাগল। যাই হোক না কেন তার মনে লোকটি সম্পর্কে ভয়ের পরিবর্তে ক্রমশ কৌতূহল জায়গা নিতে লাগল। সে দেখতে শুধু অদ্ভুত নয় চালচলন কথাবার্তাও ভীন্ন প্রকৃতির।

লোকটি এই পথেই তার পাড়াতেই বাস করে। প্রতিদিন এই পথ দিয়েই তার চলাচল করতে হবে এবং শীঘ্রই তার সঙ্গে আবার দেখা হবে সেক্ষেত্রে তার পক্ষ থেকে কী ভূমিকা পালন করা হবে? এসব ভেবেই সে ঘুমিয়ে পড়ল। ☐

আঠাশ

বাহিরে অন্তরে

তখন সন্ধ্যা প্রায় সাতটা। বাস থেকে নেমে উর্বশী বাড়ির দিকে পা বাড়াতেই আবার কাল্লুজির সামনা সামনি হল।

'আপনি কি এখন বাড়ি ফিরছেন?'

কাল্লুজির কথার জবাবে উর্বশী চুপচাপ মাথা নাড়ল।

'এত তাড়াতাড়ি বাড়ি ফিরে কী করবেন, চলুন একটু চা খাওয়া যাক। এক রাস্তাই ত যাব। আমিও আপনার সাথে যাব'।

'কিন্তু আমার তাড়া আছে। আমাকে তাড়াতাড়ি বাড়ি ফিরতে হবে'।

আরে কীসের তাড়া! ইন্টারভিউ ত সেদিন ভালই দিয়েছেন, চাকুরী ত হয়ে যাবে। তার আগে অন্তত একটু চা ত হোক!'

উর্বশী বার বার ইন্টারভিউ প্রসঙ্গ তোলায় বিরক্ত বোধ করছিল। সে একসময় বলেই ফেলতে চাইল সে গতকাল ইন্টারভিউ দিতে আদৌ যায় নি। কিন্তু বলতে গিয়েও আটকে গেল।

'প্লিজ! মাত্র কয়েক মিনিট! আপনার সাথে আমার একটি ছোট্ট কথা আছে!' কাল্লুজি বিনয়ের সাথে বলল।

মানসিক ভাবে বিধ্বস্ত উর্বশীর এমনিতেই বাড়ি যেতে মন চাইছিল না। সে ভাবল, মনের বিষন্নতা কাটাতে কাল্লুজির সাথে এক কাপ চা তার সাথে একটু হাঙ্কা গল্প হলে মন্দ হয় না।

উর্বশী মুখে বলল, 'আমার সাথে কথা! ঠিক আছে বলুন, কী কথা?'

কাল্লুজির সাথে কথা বলার আরও একটি কারণ তারও তার সম্পর্কে একটা কৌতূহল ছিল। এই সুযোগে তার কিছু প্রশ্ন প্রশমিত করতে পারবে। চায়ের টেবিলে মুখোমুখী বসে কাল্লুজি বলল,

'দেখুন ম্যাডাম, এই এলাকায় আমি একেবারে নতুন, আমাকে এখানকার কেউ তেমনভাবে চেনেও না। অফিসের ব্যস্ততায় কারু সাথে কথা বলার তেমন সুযোগও পাই না। এর মধ্যে আপনার সাথেই একটু পরিচয় হয়েছে। তাই আপনার সঙ্গে একটু আধটু কথা বলে আনন্দ পাই। এখন এটাও যদি কেড়ে নিতে চান তাহলে ত আমি অসহায়'। লোকটি দুই কাপ চায়ের অর্ডার দিয়ে কথাগুলি বলল।

কাল্লুজির এমন স্পষ্ট কথা শুনে উর্বশীর মনে একধরনের অপরাধবোধ তৈরী করল। তাই বলল,

'না না সে কেন হবে!' সে সতর্ক দৃষ্টি নিয়ে হাসতে হাসতে বলল।

কাল্লুজি হাসি মুখে বলল, 'থ্যাংক ইউ!'

উর্বশীর একটা কৌতুহল অনেকক্ষন ধরেই মনের মধ্যে পোষন করে ছিল। সে এই সুযোগে বলেই ফেলল, 'আপনার মিসেসকে দেখছি না যে!'

'আমার মিসেস! কৈ আমার কোন মিসেস নেই ত!'

গাড়িতে বসে থাকতে দেখলাম। মার্কেটিং করলেন একসাথে, তিনি কোথায়?'

কাল্লুজি হাঃ হাঃ করে বিকট একটা অট্টহাসি হাসল। হাসি থামিয়ে বলল,

'উনি আমার অফিসের স্টাফ। আমরা অফিসের গাড়িতেই যাচ্ছিলাম। তবে আপনার জ্ঞাতার্থে জানাই আমার কোন মিসেস নেই'। উভয়ে একটু চুপ থাকার পর কাল্লুজি চায়ে চুমুক দিয়ে বলল,

'আমার মনে হয় আপনার প্রেমিকের সঙ্গে আপনার ভালবাসাটা এতটা গভীরে যায় নি। তাই কি?'

কথাটা শুনে চমকে গেল উর্বশী।

'আপনি আমার প্রেমিক সম্পর্কে কী করে জানলেন?' উর্বশী জানতে চাইল।

'প্লিজ ডোন্ট মাইন্ড! এটা আমার জাস্ট অনুমান। এবং আমার অনুমান সত্য হতে হবে এমন কোন মানে নেই।'

'দুঃখিত, ভালবাসার গভীরতার কোন প্রশ্ন নেই, আমরা ইতিমধ্যেই এনগেজড, মানে বিয়ের শপথ নিয়ে পরস্পর আংটি বদল করেছি!'

'অলরেডি এনগেজড! স্ট্রেঞ্জ! কিন্তু, মনে কিছু নেবেন না, আপনি এখনো বয়সে কাঁচা, বিয়ের জন্য নট ইয়েট এনাফ ম্যাচিউরড। তাছাড়া আপনি সুন্দর এবং বুদ্ধিমান. ইংরেজিতে অনার্স করার পাশাপাশি আপনি একজন ভালো নাম করা প্রতিষ্ঠানের ছাত্রী। একটি সুন্দর ভবিষ্যত আপনার জন্য অপেক্ষা করছে। তাই আমি মনে করি....'

'থামুন! আপনি কী আমার পরিবারের হয়ে ওকালতি করতে এসেছেন? উপদেশ দেবেন না প্লিজ। প্রবাল আমার সবকিছু। আমরা দুজন শীঘ্রই বিয়ে করে বোম্বে শিফট হব'।

'সরি! অনধিকার চর্চা করলাম। মাপ করবেন!'

উর্বশী উদ্বিগ্ন হয়ে ভাবল—কাল্লুজি প্রবাল সম্পর্কে এত কিছু কীকরে জানলেন! সে দেখল লোকটা নিজের মনে বিড়বিড় করছে। উর্বশী একটু কৌতূহলী হল। তাই জিজ্ঞাসা করল,

'আপনি কী কিছু বলছেন?'

কাল্লুজি বলল, 'তাহলে প্রবাল চ্যাটার্জি আপনার বয়ফ্রেন্ড? আমি কি সঠিক?'

আপনি তার নাম জানলেন কী করে?' উর্বশী অবাক হয়ে জানতে চাইল।

'কেন! এইমাত্র আপনিই নামটি উল্লেখ করেছেন!' উর্বশী তার অজান্তেই আবেগে নামটি উচ্চারণ করেছিল, সে মনে করল।

'সরি! ভুলে গেছি। কিন্তু আমি তার পদবী ত বলিনি! '

'না তা বলেন নি, তবে সেটা আমি আগেই জেনেছি।'

'কীভাবে!'

'সেই বাসস্টপে আমাদের প্রথম দিনের সাক্ষাতে, ছোট্ট একটা জুয়েলারী বক্স মাটিতে পড়ে গিয়েছিল হাত ফস্কে, আমার বুটের ঠিক আগায় এবং আমি আপনাকে সেটা হাতে তুলে দিতে সাহায্য করলাম! মনে আছে?'

'হ্যাঁ আমার মনে আছে,. তাতে কি!'

'ঐ বক্সের গায়েই ত প্রিন্ট করা ছিল, পি চ্যাটার্জি।' উর্বশী কিছু বলতে পারল না। আশ্চর্য লোকটির দৃষ্টিশক্তি এত তীক্ষ্ণ! সে বিস্মিত হল। সে তার এই রহস্যময় কার্যকলাপে ভয় পেয়ে গেল। কিন্তু সে বিষয়টি উপেক্ষা করে সহজ হওয়ার চেষ্টা করল।

কাল্লুজি আবার বলল, 'সেদিন আপনার সাথে আমার একটু পরিচয় হয়েছিল এবং সেটাই ছিল আমার একমাত্র প্রোপারটি।' লোকটি প্রসঙ্গ বদল করল।

'প্রোপারটি! আমার মনে হচ্ছে আপনার সব কথাই রহস্যময়।'

'আমার চেহারাটাও রহস্যময়। দেখছেন না?'

উর্বশী এবার হেসে ফেলল। হাসি থামিয়ে বলল, 'আপনি সত্যি মজার।'

'মজা বা কৌতুক ছাড়া আমাদের জীবন চলতে পারে না মিস উর্বশী। আপনি কী এটা জানেন?'

'আপনার সব কথার তাৎপর্য আমি বুঝি না। তবে আপনার এগুলো শুনতে আমার খুব ভালো লাগে।'

'অশেষ ধন্যবাদ। এবার তাহলে আরেকটু শুনুন, 'পৃথিবীটা একটা রঙ্গমঞ্চ আর আমরা সবাই কিছুদিনের জন্য অভিনেতা, অভিনেত্রী।'—এটা কে বলেছেন জানেন?

উর্বশী চুপ করে আছে দেখে সে বলল, 'সেক্সপিয়র। ইংরেজি সাহিত্য নিয়ে পড়েন আপনার এই নামের সাথে খুব পরিচিত থাকার কথা। '

'অবশ্যই! খুবই পরিচিত নাম!' লোকটির জ্ঞানগর্ভ কথা শুনে তার প্রতি শ্রদ্ধা জাগল।

কাল্লুজি আবার শুরু করল,

ঠিক আছে, এসব ছেড়ে দিন। কিন্তু মিস উর্বশী, আমার প্রধান উদ্বেগের বিষয় কী জানেন? পুরুষ এবং নারীর মধ্যে আমাদের সমাজের দৃষ্টিভঙ্গী। একজন নারীর সাথে পুরুষের মেলামেশা এবং কথা বলা এখনও এ দেশে ভালো চোখে দেখা হয় না। আমাদের দেশে, সেক্স ডিসক্রিমিনেশন অর্থাৎ বাংলায় যেটাকে বলা যায় লিঙ্গ বৈষম্য সেটা এখনও প্রকট। ইউরোপীয় সমাজে যা দেখা যায় না। আমি ঠিক বলছি ত?'

'হঠাৎ একথা কেন?' উর্বশী তার আলোচনার স্তরের সাথে সামঞ্জস্য রাখার চেষ্টা করল।

'কারন এই যে আপনার সাথে এইভাবে বসে গল্প করছি এবং একসাথে হেঁটে হেঁটে বাড়ি যাব ভাবছি এটা কিন্তু অনেকের কাছেই দৃষ্টিকটু লাগছে এবং তার কারনেই আপনিও সংকোচ বোধ করছেন'।

উর্বশী এর কোনো তাৎক্ষনিক জবাব দিতে পারল না। শুধু সবিস্ময়ের তার দিকে তাকিয়ে রইল।

কাল্লুজি বলেই চলল, 'তবুও আমার মনে হয় আপনি এব্যাপারে অনেকটাই লিবারেল'।

এই কালো যুবকের উচ্চমানের আলোচনাগুলি শুনতে তার ভাল লাগছিল। সে তার সব কিছু বুঝতে না পারলেও সেগুলি উপভোগ করতে লাগল। আসলে এতদিন এমন বুদ্ধিদীপ্ত আলোচনা শোনার অভিজ্ঞতা তার ছিল না। এইসব কথোপকথনে যোগ দিতে সে নিজেকে গর্বিত অনুভব করল।

'আমি লিবারেল, এটা কী করে ভাবলেন? উর্বশী তার কাছ থেকে হয়ত আরও কিছু শুনতে চাইল।

'এটা আমার বিশ্বাস।'

'বিশ্বাস! কীভাবে?'

'চলুন যাওয়া যাক'। কাল্লুজি উর্বশীর প্রশ্নের সরাসরি জবাব না দিয়ে দোকানে বেশি দেরী হচ্ছে বলে উঠে পড়ল। দুজনেই চায়ের স্টল থেকে

বেরিয়ে বাড়ির দিকে হাঁটা দিল। সে তার অসমাপ্ত আলোচনা পুনরায় শুরু করলঃ

'আচ্ছা আপনি হয়ত জানেন 'ইনটিউশন' বলে একটা শব্দ আছে। আর যে এই শক্তিটির যত বেশি অধিকারী সে তত দ্রুত কারও মনোভাব সম্পর্কে সঠিক ধারণা তৈরি করতে পারে। এবং যদি সেটার অভাব থাকে দীর্ঘদিন মেলামেশার পরেও সে ব্যক্তি অন্যজনের প্রতি সঠিক ধারণা সংগ্রহ করতে ব্যর্থ হয়।' কাল্লুজি এভাবেই তার আগের প্রশ্নের উত্তর দিল।

মাফ করবেন, আমি আপনার 'বিশ্বাস' সম্পর্কে জিজ্ঞাসা করছিলাম।

'হ্যাঁ, আমি সেই কথাই ত বলছি? আমি বলতে চাচ্ছি যে এই অন্তর্দৃষ্টি আমার আছে বলে আপনাকে আমায় বিশ্বাস করতে সাহায্য করছে। উল্টে আপনার নিজের কথা ধরুন। কিছু মনে করবেন না তর্কের খাতিরে এসব বলছি, আপনার কাছে আমি এখনো রহস্যময়। আমি জানি আপনি এখনও আমার সাথে স্বাভাবিক হতে পারছেন না। আমার প্রতি রাগ, ভীতি এবং কৌতূহল তিনটিই লালন করছেন। আমি মনে করি এই ক্ষেত্রে আপনার ইনটিউশন সঠিকভাবে কাজ করছে না। বিষয়টা আপনার প্রেমিকের ক্ষেত্রেও হতে পারে। এবং সেটা যদি সত্যি হয় অর্থাৎ আপনার ইনটিউশন যদি সেখানেও কাজ না করে তাহলে কিন্তু চিন্তার বিষয়। হ্যা, তবে আমার ব্যাপারটা একটু আলাদা। আমার ঘোর কালো বেখাপ্পা চেহারাটি এই অবিশ্বাসের জন্য কিছুটা দায়ী, ঠিক বলছি কী না?'

কাল্লুজির এই কথাগুলি উর্বশী কতটুকু অনুধাবন করল বোঝা গেল না। তবে কাল্লুজি তার নিজের সম্পর্কে 'কালো, বেখাপ্পা' শব্দ দুটি শুনে উর্বশী মুচকী হাসল। তারপর বলল,

'এটা আমার পক্ষে কেমন করে সম্ভব? কেউ যদি কোন অপরিচিত ব্যক্তির গতিবিধি নিয়ে স্পায়িং করে তাহলে তার সম্পর্কে কী ধারণা হতে পারে?'

'স্পায়িং! অবশ্যই খুব খারাপ জিনিষ!' লোকটি মন্তব্য করল।

উর্বশী লক্ষ্য করলো, মাত্র আটটা বাজে, লোকজন এখনও প্রচুর পরিমাণে এগিয়ে চলেছে এবং তার আসলে বাড়ি ফেরার কোনো তাড়া

নেই। দিদির সতর্ক বার্তার কোন কার্যকারিতা সে এখন পর্যন্ত বিন্দুমাত্র খুঁজে পাচ্ছে না। তাই তিনি লোকটির সাথে আরও কিছু কথা বলার জন্য অনুপ্রাণিত হল। আসলে সে আলোচনাগুলো উপভোগ করছিল।

'সেদিন আমি আপনার সাথে বেশি কথা বলতে পারিনি এবং আমি এ জন্য ক্ষমা প্রার্থী'। উর্বশী বলল।

'কীভাবে পারবেন? যদি কেউ কারো সাথে কথা বলতে ভয় এবং সন্দেহ টেনে ধরে, তবে তার পক্ষে নির্দ্বিধায় কথা বলা অসম্ভব।'

উর্বশী কথা শুনে হেসে ফেলল।

কাল্লুজি তার হাসি দেখে বলল,

'আচ্ছা, এইমাত্র আপনি স্পাইং শব্দটি বলেছেন, খুব ভাল। এ কথার প্রকৃত অর্থ কী? আমার মনে হল, এর অর্থ হল খুব গোপনে কারো বেআইনি বা অপরাধমূলক কার্যকলাপের উপর নজর রাখা। আমি পরিস্কার করতে পেরেছি কী?'

উর্বশী লোকটার ব্যাখ্যা শুনে অভিভূত হল। তার এত সুন্দর ব্যাখ্যা যেটা সে বাঙালি হয়েও পারবে না। তার প্রজ্ঞা তাকে মুগ্ধ করল। তার আলোচনার ধরন ছিল বুদ্ধিদীপ্ত এবং প্রবালের মত নিম্নমানের রসিকতা নয়। সে নিশ্চিত যে এই যুবক অবশ্যই উচ্চ শিক্ষিত এবং কোন একটি হাই প্রোফাইল পদমর্যাদায় আসীন।

'অবশ্যই পেরেছেন, যেটা আমি পারতাম না।' একটু নীরবতার পর উর্বশী জবাব দিল।

'এখন তাহলে বলুন, আপনার মতামত অনুযায়ী আপনি এমন কিছু করছেন কী, যা আমাদের সমাজে বেআইনি ও অপরাধমূলক?'

কথাগুলো উর্বশীকে বেশ নার্ভাস করে দিল। সে ভয় পেল যে তাকে হয়ত কিছু অযাচিত তর্কে জড়িয়ে ফাঁসানো হচ্ছে। কিন্তু সে তার স্বাভাবিকতা বজায় রেখে বলল,

'আমাকে দেখে আপনার কী তাই মনে হয়?'

'কক্ষনও না। আমি মনে করি না আপনার মত এত সুন্দর মনে সেগুলির কোন স্থান আছে। বরং আমি মনে করি আপনি তার উলটো। আপনি নিষ্পাপ, পবিত্র, বুদ্ধিমান এবং সম্ভাবনাময়। আমাদের সমাজের কল্যানের জন্য প্রতিশ্রুতিবান একজন উজ্জল তরুনী। সৌন্দর্য—যা একজন নারীর শ্রেষ্ঠ সম্পদ সেটাও আপনার দখলে। আপনি সত্যি রূপসী এবং আকর্ষনীয় এটা বলতে আমার কোন দ্বিধা নেই!'

প্রতিটি নারী যে কোন পুরুষের মুখ থেকে এই বিশেষ প্রশংসাটি শুনে একটা অনির্বচনীয় সুখ অনুভব করে। উর্বশীও এর ব্যতিক্রম নয়। সে লোকটিকে একটি সুন্দর হাসি দিয়ে বলল:

'থ্যাংক ইউ!'

'আর আমি?' লোকটির হঠাৎ এরকম প্রশ্ন শুনে একটু থতমত খেল।

তারপর সামলিয়ে নিয়ে বলল, 'আপনিও হ্যান্ডসাম।'

'আমি! হা হা হা হা...' কাল্লুজির আকস্মিক অট্টহাসিতে উর্বশী চমকে উঠল।

'আমি!' অনেকটা অবাক হয়েই লোকটা নিজের বুকে আঙুল ছুঁয়ে ইঙ্গিত করল।

'ওহ নো! নেভার! অবশ্যই না। আমি একটা ভয়ংকর রাক্ষস!' বলেই কাল্লুজি দু হাত প্রসারিত করে উর্বশীকে ভয় দেখানোর চেষ্টা করলো, যেমনটা সাধারণত একটা ছোট বাচ্চাকে করে থাকে। কাল্লুজির কান্ড দেখে উর্বশী মুখে হাত দিয়ে নিঃশব্দ হাসতে লাগল।

হাসি থামিয়ে সে বলল, 'দুঃখিত! আমি শিশু নই। আমি মনে করি আপনি মূল বিষয় থেকে নিজেকে সরিয়ে নেওয়ার চেষ্টা করছেন। আপনি আমাকে কোন ভুল কাজের জন্য সন্দেহ করছেন কিনা তা আমি এখনও পরিস্কার নই।' উর্বশীর কথায় কাল্লুজি একটা বুদ্ধির ছাপ লক্ষ্য করল।

কাল্লুজি এবার বলল,

'তাহলে এটা আপনাকে মানতে হবে, আপনার সাথে বেশ কয়েকবার দেখা হওয়াটা গুপ্তচরবৃত্তি না হয়ে সেটা কাকতালীয়ও হতে পারে। আবার

এটাও হওয়া বিচিত্র নয় যে একজন পুরুষ একজন সুন্দরী মেয়েকে প্রথম দেখার পর তাকে আরও দেখার আগ্রহ নিয়ে কিংবা বার বার দেখার প্রবল বাসনা নিয়ে সে হঠাৎ হঠাৎ তার মুখোমুখী হতে পারে! বলুন পারে কীনা?

উর্বশী তার এই প্রশ্নটি অনেকক্ষন ধরে নীরবে অনুধাবন করল, এবং তারপর তার মাথা নেড়ে নীরব সায় দিল।

কাল্লুজি আবার শুরু করল, 'এবং তাই যদি হয়, তাহলে বলুন সেটা কী তার অপরাধের মধ্যে পড়ে?'

কাল্লুজীর এই কথাগুলি শুনে এবার উর্বশী লজ্জা এবং বিব্রত বোধ করতে লাগল। এসবের সে কী উত্তর দেবে! তবুও সে বুদ্ধি খাটিয়ে অনেক ভেবে চিনতে সময় নিয়ে বলল,

'দেখা বা কথা বলা ছাড়া তার মনে অন্য কোন অভিপ্রায় না থাকলে আমি মনে করি তার এই কাজ কোন অপরাধ মূলক নয় বরং আমি বলব প্রশংসনীয়'।

'বাঃ খুব সুন্দর বলেছেন। তাহলে মানতে হবে আমার সম্পর্কে আপনার ধারনা ভূল!'

'আপনার যুক্তি অকাট্য, কিন্তু তার মধ্যেও কিছুটা ফাঁক থেকে গেল না কী?'

কাল্লুজি একটু হেসে বলল, রাইট! ইউ আর রিয়েলি ইন্টেলিজেন্ট! তবে আপনার এই কথার উত্তরে আমি বলব, দেখুন এ বিশ্বে সব কিছুই আপেক্ষিক। সবকিছুই ধরে নিতে হয়। চরম সত্য বলতে কিছু নেই। তাই বলছিলাম যেহেতু আমার বিরুদ্ধে কোন এভিডেন্স নেই আমাকে নিরপরাধ ধরে নিতে দোষ কী?'

উর্বশী কাল্লুজির এই কথায় কী বুঝল বোঝা গেল না শুধু তার দিকে একটা মিষ্টি হাসি ছড়িয়ে দিয়ে বলল, 'ইউ আর গ্রেট!' ❑

উনত্রিশ

আষাঢ়ে গল্প

মানসিকভাবে বিধ্বস্ত উর্বশী বাড়িতে পৌঁছে তিন দিন নিজেকে গৃহবন্দী করে রাখল। তার স্বল্প খাওয়া এবং কদাচিৎ কথা বলা তার মায়ের উদ্বেগ বাড়ালেও তার দিদির পক্ষে খুশীর কারন হয়ে দাঁড়াল, কারন তার ভালবাসার অতিরিক্ত পাগলামি থেকে সে কিছুটা সরিয়ে নিয়েছে।

চতুর্থ দিনে সে সত্যিই তার ইউনিভার্সিটি ক্লাসে যোগ দিল, যা দীর্ঘদিন অবহেলিত ছিল। যখন সে তার সহপাঠীদের সাথে একটা কথা নিয়ে হাসাহাসি করছিল ঠিক তখনই প্রবাল এসে অকস্মাৎ হাজির হল। সে উর্বশীকে একটি জরুরি বিষয়ে কিছু কথা বলার জন্য ক্যাম্পাস থেকে বেরিয়ে আসার জন্য অনুরোধ করল। উর্বশী তার চেহারা দেখে প্রচন্ড ক্ষোভ এবং ঘৃনার উদ্রেক হলেও নিজেকে শান্ত ও উদাসীন রাখল। সে তার বন্ধুদের উপস্থিতিতে কোনো অস্বস্তিকর পরিস্থিতির উদ্ভব হোক সেটা সে চাইছিল না। তাই তীব্র অনিচ্ছার মধ্যেও সে প্রবালকে নীরবে অনুসরণ করতে উঠে পড়ল।

'আমার সাথে কী দরকার বলুন প্লিজ?' গেট পার হওয়ার পরই প্রবালকে জিজ্ঞেস করল যেন সে তাকে চেনেই না।

'ডিয়ার! আমি খুবই দুঃখিত, আমি সেই গুরুত্বপূর্ণ মুহূর্তে তোমার সাথে যোগাযোগ করতে পারিনি। আমি জানি আমার কোন রেসপন্স না পেয়ে তোমার অনেক দুঃসহ মুহূর্ত কেটেছে। তুমি অনেক কষ্ট পেয়েছ। আমার বিরুদ্ধে রাগ হওয়া তোমার স্বাভাবিক। তুমি আমাকে অনেক গালি দেবে। আমি সেসব শোনার জন্য প্রস্তুত হয়েই এসেছি'।

প্রবালের এইসব মন ভোলানো আপ্তবাক্যগুলি সে ইতিমধ্যে তার কাছ থেকে অনেক শুনেছে। তাই সে বলল,

'আমি আপনার মিথ্যা অজুহাতগুলি আর শুনতে চাই না। আপনার যদি ন্যূনতম আত্মসম্মানবোধ থাকত তাহলে আপনি আমার সাথে আর দেখা করতেন না এবং এমন অযৌক্তিক ক্ষমা প্রার্থনা করতেন না!'

'ঠিক আছে ঠিক আছে! আমি তোমার কড়া কথা শোনার জন্য প্রস্তুতই ছিলাম। কিন্তু সত্যি বলতে কী ওই সময় আমি অসহায় ছিলাম।'

'দয়া করে থামুন। আপনার কোন কথা শোনার মানসিকতা আমার নেই। আমি এখানে এসেছি আপনার সাথে দেখা করতে শুধু আমার বন্ধুদের বিদ্রূপ এড়াতে। আর অন্য কিছুর জন্য নয়!'

'প্লিজ, বোঝার চেষ্টা করো! তুমি দয়া করে একটু ধৈর্য ধর। এবং আমাকে আমার কথাগুলি সম্পূর্ণ করার সুযোগ দাও।' প্রবাল মরিয়া হয়ে তাকে শান্ত করার চেষ্টা করল।

'প্লিজ আমাকে এখন যেতে দিন! আমার ইম্পর্ট্যান্ট ক্লাস আছে। আমি আপনাকে ঘৃণা করি! আমি আপনাকে আর বিশ্বাস করি না। আপনি ঠক, প্রতারক!' উর্বশী উত্তেজনায় প্রায় চীৎকার করে উঠল।

একটু পরে সে আবার বিলাপ করার মত করে বলতে লাগল,

'হায়! আমি ফিনিশ হয়ে গেলাম! আমি মায়ের কাছ থেকে, আমার দিদির কাছ থেকে, আমার শিক্ষকের কাছ থেকে ভালবাসা, স্নেহ সহানুভূতি সবকিছু হারিয়েছি। আমি আমার বন্ধু এবং সহপাঠীদের কাছ থেকে সম্পূর্ণ বিচ্ছিন্ন হয়েছি শুধুমাত্র আপনার জন্য! আমি জানি না আমি কীভাবে তাদের মুখ দেখাব।' সে প্রায় কেঁদে উঠল।

'উর্বশী, আমার প্রিয়! দয়া করে একটু শান্ত হও. আমাকে কথা শেষ করতে দাও।' প্রবালের বোঝানোর প্রচেষ্টা চলতে থাকে। কিন্তু তাকে কিছু বলার সুযোগ না দিয়ে উর্বশী বলতেই থাকে,

'আপনি আমাকে নাচের সেলিব্রিটি হতে সাহায্য করার প্রতিশ্রুতি দিয়েছিলে। করেন নি। আমাকে মুম্বাই নিয়ে গিয়ে মডেলিং ইন্ডাস্ত্রিতে সুযোগ করে দেবেন। তা ফাঁকা বুলিই থেকে গেছে। আর এখন বিয়ে নিয়েও আমার সাথে ঠাট্টা করছেন। আমি জানি আপনি আমাকে বিয়ে করবেন না। তাই আপনার অভিনয় বন্ধ করুন. আমি দুঃখিত. আমাকে এখন যেতে দিন।'

প্রবালকে আর কথা বলার সুযোগ না দিয়ে সে ক্যাম্পাসে ভেতরে চলে গেল।

মানসিক অস্থিরতার কারণে সে তার ক্লাস চালিয়ে যেতে পারল না এবং অনেক আগেই তার বাড়ির পথ ধরল। পরের দিন তার ক্লাসের অবকাশের সময় সে প্রিয়াঙ্কা ভাদুড়ির কাছ থেকে একটি ফোন পেল।

'হ্যালো, তুমি কি উর্বশী?'

'হ্যাঁ বলছি, তুমি কে?'

'গুড আফটার নুন! আমি প্রিয়াঙ্কা'।

'প্রিয়াঙ্কা! মানে প্রিয়াঙ্কা ভাদুড়ি?'

'হ্যা! কেমন আছ মিস উর্বশী?' জিজ্ঞেস করল প্রিয়াঙ্কা।

ভাল, আপনি কেমন আছেন?' শান্তভাবে উত্তর দিল উর্বশী।

'আমি ভাল আছি। তুমি প্লিজ আমার একটা কথা শোন, ঐদিন অর্থাৎ তোমার ম্যারেজ রেজিস্ট্রির দিন তুমি জান আমি তোমার পক্ষে সাক্ষী হিসাবে উপস্থিত ছিলাম।

প্রবালের নির্দেশনায় কন্যা পক্ষে অংশ নিয়েছিলাম।' প্রিয়াংকা বলল।

'হ্যা আমি জানি। ত!' উর্বশী একটু রেগে জবাব দিল।

'প্রথমে আমি রাজি হইনি। আমি তোমার প্রতি ঈর্ষান্বিত ছিলাম।

'তুমি কি বলতে চাও?' উর্বশী জিজ্ঞেস করল।

'অন্য ভাবে কথাগুলি নিও না প্লিজ। আমি তোমার প্রতিদ্বন্দ্বী নই। তাকে বিয়ে করার কোনো মোহ আমার নেই কিন্তু আমি তাকে আন্তরিকভাবে ভালোবাসি। তবে তার আকর্ষণীয় সুন্দর চেহারার জন্য ভালোবাসি না। বরং আমি তার ব্যক্তিত্ব, উদারতা এবং আকর্ষনীয় ব্যবহারের জন্য ভালবাসি। আমি তিন বছরেরও বেশি সময় ধরে তার অফিসে কাজ করছি। আমার বস হওয়ার কারণে তিনি এখন পর্যন্ত আমার ওপর কোনো কঠিন কাজ চাপাননি। কোন খারাপ ব্যবহারও করেন নি। তিনি সবসময় আমার প্রতি সহানুভূতিশীল। আমি খুব মুগ্ধ হয়েছি তার পারিবারিক শূন্যতা সত্ত্বেও কাউকে কিছু বুঝতে দেয় নি। তার কথাকে মান্যতা দিয়ে আমি তোমার সাক্ষী হিসাবে থাকতে রাজী হয়েছিলাম।

কিন্তু ম্যাডাম, এখন একটু বলবেন কেন তিনি আমাকে শেষ মুহূর্তে এভাবে প্রতারণা করলেন? তিনি আমার কল রিসিভ করেননি; সেখানে পৌঁছানোর পরেও তিনি আমার সাথে দেখা করেননি বা ফোনে কিছু বলেন নি। আপনি ভাবতে পারবেন না ঐ পরিস্থিতিতে আমাকে কী দুঃসহ সময়গুলি পার করতে হয়েছিল।'

কিন্তু অন্য দিক থেকে কথা বলা ব্যক্তি তার প্রশ্নের উত্তর দেওয়ার দরকার মনে করল না। তিনি যথারীতি তার গল্প চালিয়ে গেলেনঃ

মানসিক যন্ত্রণা সত্ত্বেও, তার ক্রমাগত অনুরোধে আমি তোমার ম্যারেজ পেপারে সাক্ষী হিসাবে সই করতে রাজী হয়েছিলাম। তিনি আমাকে তার মোটরবাইকে করে নিয়ে আসছিলেন। যখন আমাদের জায়গায় পৌঁছতে মাত্র পাঁচ মিনিট বাকি, তখনই বিপর্যয় ঘটে গেল। '

'হ্যালো!'

'হ্যাঁ শুনছি।'

'আমাদের মোটর বাইকের পেছন থেকে একটা অটোরিকশা হঠাৎ করে ধাক্কা দিল এবং আমরা দুজনেই বাইক থেকে ছিটকে পড়লাম। আমরা ভাগ্যবান যে ব্যস্ত রাস্তায় চলন্ত বাস বা ট্যাক্সির নীচে আমরা চাপা পড়িনি। আমি বাজেভাবে আহত হয়ে নার্সিং হোমে ভর্তি হলাম। আমার পা ফ্রাকচার হয়েছে এবং আমাকে মাথায় সিটি স্ক্যান করতে হয়েছে।

'আমি সরি! কিন্তু সে সব ঘটনা আমি কেন জানলাম না?'

কিন্তু বক্তা তার জবাব না দিয়ে তার বক্তব্য চালিয়ে যেতে লাগল,

'প্রবালের চোট তেমন গুরুতর ছিল না। তিনি তার হাঁটু এবং কনুইতে হালকা আঘাত পেয়েছিলেন। কিন্তু তিনি তার মোবাইল হারিয়ে ফেললেন যা সেইমুহূর্তে সবচেয়ে গুরুত্বপূর্ণ ছিল। তাকে প্রাথমিক চিকিৎসার জন্য হাসপাতালে নিয়ে যাওয়া হয়েছিল। স্বাভাবিক হওয়ার সাথে সাথে তিনি বুঝতে পারেন তার বুক পকেটে রাখা মোবাইল ছিটকে পড়ে গেছে।

তিনি বেশ কয়েকবার তোমার আসার খবর খুঁজছিলেন। তোমার সাথে যোগাযোগ না করতে পেরে তার অসহায় লাগছিল। দুর্ভাগ্যবশত তিনি তোমার নম্বরটিও মনে রাখতে পারেননি বা এটি অন্য কোনও জায়গায়

রাখাও হয়নি। আমিও তোমার নম্বর সেভ করার কোন উপলক্ষ খুঁজে পাইনি।

'আমি সত্যিই দুঃখিত! কিন্তু এখন আমার নাম্বার পেলেন কিভাবে?' বিষয়টা হেয়ালি মনে হওয়াতে প্রিয়াঙ্কাকে সে জিজ্ঞেস করল।

'তার আগের হারিয়ে যাওয়া ফোন থেকে কোম্পানির এক্সপার্টরা তার সদ্য কেনা মোবাইলে রিজেনারেট করে দিয়েছে। অবশ্যই শুধুমাত্র প্রবালের মত বিগ মার্চেন্ট বলেই সেটা সম্ভব হয়েছে। কিন্তু আমি মনে করি এরপর আমার সাথে তার সঙ্গে সঙ্গে যোগাযোগ করা উচিত ছিল। তাহলে আমি তার প্রতি আমার উদ্বেগ এবং ভুল ধারণা এড়াতে পারতাম।

'তার প্রতি তোমার অযৌক্তিক রাগ দূর করতে তিনি গতকাল নিজে তোমার কাছে গিয়েছিলেন । কিন্তু অনেক অনুরোধ সত্বেও তুমি তাকে বিষয়টি বিস্তারিত জানানোর কোনো সুযোগ দাও নি। তিনি হতাশ হয়ে তার অফিসে ফিরে আসেন। অনেক যন্ত্রণা নিয়ে তিনি আমার কাছে এসে স্বাত্বনা চেয়েছিল। মানসিকভাবে প্রায় ভেঙে পড়েছিলেন তিনি। তিনি আমার কাছে কিছু সাহায্য চেয়েছিলেন। আমি আমার সেরাটা দিয়ে তাকে সান্ত্বনা দিলাম। আমি এখনও তাকে আমার ভালবাসা দিয়ে তার মনের বিষন্নতাকে কাটানোর চেষ্টা করছি। তাবলে তুমি মনে কর না এর জন্য আমি কোন এডভ্যান্টেজ নিতে চাই'।

'আমি সত্যিই দুঃখিত! আমার একটু সহনশীল হওয়া উচিত ছিল। আমি তার কাছে ক্ষমা চাইব। এখন দয়া করে বলুন, এখন আমি কি তার বাড়িতে বা অফিসে গিয়ে দেখা করতে পারি?'

'হয়তো পারবে না। তিনি আমাকে বলেছিলেন যে তিনি শীঘ্রই মুম্বাই যাবেন এবং কবে ফিরবেন সে ব্যাপারে আমি নিশ্চিত না। তোমাদের উভয়ের ভুল বোঝাবুঝি দূর করতে তুমি তার নতুন কেনা মোবাইলের এই নতুন নম্বরে যোগাযোগ করতে পার।

সেদিন উর্বশী প্রবালের প্রতি তার কঠোর আচরণের জন্য সত্যিই অনুতপ্ত হয়েছিল। তাকে তার ঘটনাটি সম্পূর্ণ করার সুযোগ দেওয়া উচিত ছিল। সেই গুরুত্বপূর্ণ সময়ে যোগাযোগ না করার জন্য তিনি তার সমস্যাগুলি বর্ণনা করার জন্য তাকে কয়েকবার সময় দেওয়ার জন্য অনুরোধ

করেছিলেন। কিন্তু সে করেনি। সে নিজেকে দোষী ভাবল। 'বেচারা প্রবাল!' তার মনে তার প্রতি গভীর সহানুভূতি জেগে উঠল। সে অবিলম্বে তার সাথে দেখা করা এবং ক্ষমা চেয়ে নেওয়ার সিদ্ধান্ত নিল।

কিন্তু এটা তার কাছে আশ্চর্যজনক ছিল যে সে যখন প্রবালের বাড়িতে পৌঁছাল, তখন সে দেখল তার বাড়ির সব কিছু তালা বন্ধ।

অনেকবার চেষ্টা করার পর, উর্বশী শেষ পর্যন্ত প্রবালের সাথে সংযোগ করতে পারল।

'হ্যালো, প্রবাল! কেমন আছো?' তাকে ধরতে পেরে মনে হলো, হঠাৎ তার হাতে চাঁদ ধরা দিল।

'হ্যালো, উর্বশী! তুমি কেমন আছ?'

'আমি দুঃখিত প্রবাল! আমি ক্ষমা প্রার্থনা করছি। আমি ভাবতে পারিনি যে তোমার সাথে এই   সমস্ত বেদনাদায়ক ঘটনা ঘটেছে! আমি তোমাকে না জেনে দোষারোপ করে অযথা কষ্ট দিয়েছি। এর জন্য আমি সত্যি দুঃখিত!'

'এটা কোন ব্যাপার না। এখন বলো তুমি আমার নম্বর কিভাবে সংগ্রহ করলে?'

'আমি এটি মিস প্রিয়াঙ্কার কাছ থেকে পেয়েছি। তার কাছেই তোমার দুর্ভাগ্যের কাহিনী শুনলাম। এখন বল, কবে কলকাতায় ফিরছ?'

''আমি শীঘ্রই আসছি। আমি এখানে আমার বান্ধবার বাসভবনে আমাদের নতুন জীবনের প্রয়োজনীয় সমস্ত জিনিষ পত্র প্রস্তুত করে রাখছি। রেজিস্ত্রি হওয়ার সাথে সাথে আমি তোমাকে মুম্বাই নিয়ে আসব।

'মাই ডিয়ার প্রবাল আমি তোমাকে মিস করছি। তাড়াতাড়ি চলে আস। আমিও কষ্টে আছি। তুমিই শুধু আমার আশা আমার অনুপ্রেরণা আর আমার ভবিষ্যৎ।'বলেই উর্বশী হাউমাউ করে কেঁদে ফেলল।

'চিন্তা কর না। আমি শীঘ্রই আসছি। দয়া করে তোমার পরিবার বা অন্য পরিচিত কারো কাছে আমাদের মুম্বাই যাওয়ার কথা প্রকাশ করবে না। এখন আমাকে ছেড়ে দাও প্লিজ! আমি শীঘ্রই কল করব। গুড নাইট!'

উর্বশী মোবাইল নামিয়ে নিয়ে একটি দীর্ঘশ্বাস ছাড়ল যা সম্ভবত আশা এবং হতাশার মিশ্রনের প্রকাশ। ▢

ত্রিশ

শূন্যতা

অনার্সের দ্বিতীয় সেমের পরীক্ষা শেষ। পরীক্ষাবকাশে ইউনিভার্সিটি ক্লাস বন্ধ। প্রবাল বর্তমানে মুম্বাইয়ে, সে কবে কলকাতা ফিরবে তার কোন নিশ্চয়তা দেয় নি। প্রফেসর সান্যালের তার প্রতি আর স্নেহের কোন অবশিষ্ট নেই। আর ভালবাসার পরিত্যক্ত গর্ভে তলিয়ে গেছে প্রীতমের নাম। তাই এই মুহূর্তে উর্বশীর দিনগুলো কাটছে হতাশা আর একাকীত্বের শূন্যতায়। তার পরিবার তার সাথে আর ভালো ব্যবহার করে না। তার দিদি যে তার ভালো বন্ধু এবং তার অভিভাবক তার সাথে আর কোন কিছু শেয়ার করে না। মায়ের স্নেহ মাখা ডাক সে অনেকদিন থেকে শোনে না। এই সময়ের মধ্যে একমাত্র কাল্লুজীই ছিলেন যিনি তার একাকীত্বের যন্ত্রনা ঘোচাতে সাহায্য করতে পারতেন।

বাস্তবিকপক্ষে এই সময়ের মধ্যে তার সাথে মেলামেশা করে সে এক অনাবিল আনন্দ উপভোগ করেছে। নারী পুরুষের কামনার সম্পর্ক ছাড়াও নিষ্কাম মার্জিত কথাবার্তার মধ্যেও যে এত আনন্দ পাওয়া যেতে পারে তা প্রথম কাল্লুজীই তাকে শিখিয়েছে। সে বুঝতে পারেনি কখন তার মধ্যে বিরক্তি এবং ভীতির অমানিশা সরিয়ে তার প্রতি তার হৃদয়ে নির্মল এক বন্ধুত্ব ঘনিভূত হচ্ছিল।

কিন্তু এক সপ্তাহের বেশী হতে চলল, সেই কাল্লুজিও হঠাৎ উধাও। প্রতিদিন নিজের অজান্তেই সে বংকুবিহারী লেনের দুই প্রান্তে যাওয়া আসা করে। এখানে সেখানে লুকিয়ে তাকে খুঁজে বেড়ায়। চায়ের দোকানে, পান সিগারেটের স্টলে, ফুড ক্যাফেতে এবং অবশ্যই সেই যাত্রী শেডের নীচে। কিন্তু না তাকে কোথাও দেখা যাচ্ছে না। তার হঠাৎ অন্তর্ধান তাকে বিস্মিত এবং চিন্তিত করল। তিনি কী এই মহল্লায় আর নেই! তিনি কী তাহলে বদলি হয়ে গেলেন তার বাড়ি হায়দ্রাবাদে! তার চাকুরীটা কোন ডিপার্টমেন্টে তাও সে জানে না। তবে তার স্থানান্তর হলে অন্তত তার প্রতিবেশী হিসাবে তাকে জানানোর কথা। আবার বিশেষ জরুরী পরিস্থিতিতে নাও জানাতে পারে।

যদিও এটা তার অনধিকার চর্চা, তবুও জানানোটা একটা নৈতিক কর্তব্য বলেই সে মনে করে। সে ভাবল, যদি ভবিষ্যতে কোন ভাবে দেখা হয়ে যায় তাহলে এই পয়েন্টের উপর সে আলোচনার জন্য অবশ্যই উত্থাপন করবে।

উর্বশী একরাশ হতাশা নিয়ে শেষ পর্যন্ত একটা ইতিবাচক মনোভাব নিয়ে প্রবালকেই তার একমাত্র ভরসা হিসাবে বেছে নিল। তার কাজকর্ম যতই রহস্যজনক হোক না কেন, প্রবালকে তার কিছুতেই অবিশ্বাস করার জায়গা নেই। সে হাই সোসাইটির লোক, তার বিশাল প্রতিপত্তি। সে তাকে কথা দিয়েছে বিয়ের আগেই তাকে মুম্বাইয়ের বাড়ি দেখিয়ে আনবে। সে তার বান্দ্রার বাড়ির ঠিকানা সহ ভিডিও পর্যন্ত তার মোবাইলে সযত্নে রেখে দিয়েছে।

তবে সম্প্রতি তার কথা এবং কাজের মধ্যে বিস্তর অসঙ্গতি তাকে দুশ্চিন্তায় রেখেছে সন্দেহ নেই। সে এখন মুম্বাইতে এবং সেখান থেকেই তাকে কয়েকটা দিন অপেক্ষা করে থাকতে বলেছে। তার না আসা পর্যন্ত তাদের মুম্বাই যাওয়ার খবর কাউকে এমন কী পরিবারের কাউকেও না জানাতে বলেছে। এসব কথা তার মোটেই ভাল লাগে না। সেদিক থেকে কাল্লুজি কালো এবং কুশ্রী হলেও তার মন স্বচ্ছ, জলের মত পরিষ্কার। তার জ্ঞানের গভীরতা, কথার ভঙ্গী এবং সর্বোপরী তার মধ্যে এক অসাধারন ব্যক্তিত্ব তাকে আকর্ষন করে।

কিন্তু তিনি কোথায়! এক সপ্তাহ ধরে তার সেজেগুজে ঘুরে বেড়ানো সবই ব্যর্থতায় পর্যবসিত হল। তিনিও হঠাৎ রহস্যজনকভাবে নিখোঁজ। তার ধারনা প্রত্যেক পুরুষ মানুষেই একই রকম রহস্যে ভরা মেয়েদের মত স্বচ্ছ এবং সরল নয়। এই ধারনাই শেষ পর্যন্ত তার মনে বদ্ধমূল হয়ে থাকল। ❏

একত্রিশ

অভিসার

মার্চ মাসের মাঝামাঝি, উর্বশী রাস্তার মোরে সুন্দর ভাবে সেজে গুজে দাঁড়িয়ে আছে। আজ সে জমকালো পোশাকে সজ্জিত। সে আজ চুড়িদারের বদলে বাসন্তী রঙের সিফনের শাড়ী পড়েছে। আধুনিকতম ফ্যাশনের গয়না তার গলায় কানে হাতে, চোখে কাজল, কপালে টিপ ঠোঁটে হালকা লিপস্টিক। তার ঘন কালো চুলের এক গুচ্ছ মৃদু বাতাসে আন্দোলিত হচ্ছিল। কোথাও একটা কোকিল যৌবনের দূত হয়ে ডেকে উঠল। পাশেই একটা কৃষ্ণচূড়া তার রক্তিম সমারোহ নিয়ে উদাস ভাবে দাঁড়িয়ে আছে।

যে কোন ব্যক্তি বুঝবেন এ হল এক মোহময়ী সুন্দরী তন্বীর অভিসারে যাওয়ার প্রস্তুতি। কিন্তু ঠিক এই মুহূর্তে ধূমকেতুর মত কাল্লুজীর উদয় উর্বশীকে বিস্মিত করল। বলাবাহুল্য কাল্লুজীর এই অপ্রত্যাশিত আগমন তাকে বিস্ময়ের সাথে একটা উচ্ছ্বাসের ঢেউ তার মনকে নাড়িয়ে দিল।

এই বিষয়টি কারো অস্বীকার করার উপায় নেই যে প্রতিটি নারী যে কোন পুরুষের সামনে সে পরিচিতই হোক বা অপরিচিতই হোক তার রূপকে দেখিয়ে প্রলুব্ধ করা তাদের সহজাত প্রবৃত্তি।

তার আনন্দ হচ্ছে বিশেষ করে তার এই সুন্দর রূপসজ্জা আজ এই কালো মানুষটিকে দেখিয়ে তার মনকে আকৃষ্ট করতে পারবে। তার সাজসজ্জা তার প্রশংসা ও সমীহ আদায় করতে পারবে। শুধু তাই নয়, তার রূপের আকর্ষনে এই ভিনদেশী কালো যুবকের মনে হয়ত একটা অস্থিরতা তৈরী করতে পারবে, আর সেখানেই তার আনন্দ।

সে উত্তেজিত বোধ করল যে সেই লম্বা কালো অবয়বটি তার দিকে সরাসরি ছুটে আসছে।

'গুড আফটারনুন ম্যাডাম! কেমন আছেন?' কাল্লুজি একটু হেসে তার সাজসজ্জার দিকে তাকিয়ে বলল।

‘আরে! কাল্লুজি আপনি হঠাৎ! আপনি কেমন আছেন?’ উর্বশী তাকে হঠাৎ চোখে পড়ার মত করে বলল।

কাল্লুজি উর্বশীর আপাদমস্তক তাকিয়ে নিয়ে বলল,

‘মিস উর্বশী আপনাকে আজ নতুন করে আবিস্কার করলাম! ওয়ান্ডারফুল!’

উর্বশী কাল্লুজীর মন থেকে স্বতস্ফুর্ত এই প্রশংশা উপভোগ করতে লাগল। তবে সে বুঝতে পারছিল না তার এই ভাল লাগার গভীরতা কতটুকু। তাই তাকে আবার একটু উসকিয়ে দিয়ে জিজ্ঞেস করল,

‘কেন, আপনি কী এর আগে কোন মেয়ের এরকম সাজ পোশাক পড়তে দেখেন নি?’

‘হয়ত দেখেছি। তবে এত সুন্দর দেখিনি! ইম্পোলাইট কিছু বলে ফেললে মাপ করবেন’।

‘আপনাকে অনেকদিন দেখি নি। এতদিন কোথায় ছিলেন?’ প্রসঙ্গ সরিয়ে উর্বশী জিজ্ঞেস করল।

‘আহ, থ্যাংক ইউ, থ্যাংক ইউ!’ এইটুকু বলেই কাল্লুজি আরেকবার তার শাড়ীটার দিকে মনোযোগ দিল।

‘সরি! মিস্টার কাল্লুজি! এই মুহুর্তে আমাকে থ্যাংকস জানানোর কিছু ঘটল কী?’ উর্বশী কিছুটা বিভ্রান্ত হয়ে জিজ্ঞেস করল।

‘অবশ্যই ঘটেছে! আপনাকে আমি ধন্যবাদ দিচ্ছি এই কারনে যে আপনি আমার সম্পর্কে সামান্য হলেও চিন্তা করেন’।

উর্বশী কিছু না বুঝতে পেরে হা করে থাকল। কাল্লুজির এই রকম কৌতুকপুর্ন উত্তরগুলি উর্বশী খুবই এনজয় করে। আর এই জন্যই তার সান্নিধ্য তাকে এত ভাল লাগে।

উর্বশী জবাব দিল, ‘আপনার সম্পর্কে আমি চিন্তা করি সেটা আপনি কী করে ভাবলেন!’

'কেন! একটু আগেই ত বললেন, আপনি অনেক দিন ধরে আমাকে দেখেন নি, আমি এতদিন কোথায় ছিলাম'।

উর্বশী হেসে চোখ বড় বড় করে উপর দিকে তাকাল। মনে হল এতক্ষনে সে বুঝতে পেরেছে। সে হাসতে হাসতে বলল, 'কাল্লুজি ইউ আর রিয়ালি ইন্টারেস্টিং! অলরাইট, আমি কনফেস করছি। আমি আপনার ব্যাপারে একটু একটু সত্যি চিন্তা করি'।

উর্বশী অবাক হয়ে ভাবল, এই যুবক তার বন্ধু নয়, কোন ভালবাসা নেই, নেই কোন অন্তরঙ্গতা, এমন কী তাকে দেখলে এখনও একটা রহস্য এবং ভীতির উদ্রেক হয় সেই তার সাথে এত মুক্ত এত খোলামেলা আলাপ সে কী করে করছে? কোন মন্ত্রবলে! কাল্লুজি কী কোন জাদু জানে!

কাল্লুজি এবার বললেন, 'মনে হচ্ছে কোন পার্টিতে যোগ দিতে যাচ্ছেন? কাল্লুজী উর্বশীর আপাদমস্তক আরেকবার দেখে নিয়ে বললেন।

উর্বশী তার জবাবে বলল, 'কিন্তু আপনি তার আগে বলুন এইদিকে কোথায় যাচ্ছিলেন এবং এখানেই বা কেন থামলেন?'

'এখন আমার অফিস ছুটি এবং এই মুহূর্তে আমার হাতে বিশেষ কোন কাজ নেই। তাই একটু শখ করে বেরিয়েছি। ঘটনাক্রমে আমি আপনাকে এখানে দাঁড়িয়ে থাকতে দেখলাম। তাই গাড়ি থেকে নামলাম। প্রথমে আমি বিস্মিত এবং বিভ্রান্ত হয়ে তাকাচ্ছিলাম যে এই সময়ে এই জায়গায় একা দাঁড়িয়ে থাকা এই 'ড্যামজল' আবার কোথা থেকে এল! আপনাকে নতুন সাজপোশাকে চিনতে আমার কষ্ট হচ্ছিল। ভাবলাম আমার যাতায়তের পথে নতুন করে আরেক সুন্দরীর আবির্ভাব ঘটল নাকি!'

কথা শুনে উর্বশী আবার হাসল। তার এই অনুভূতির অকৃত্রিম অভিব্যক্তিগুলি তাকে অভিভূত করল। তার সম্পর্কে তার মনে একধরনের শ্রদ্ধা জন্মাল। সে বলল,

'সত্যি কাল্লুজি বিশ্বাস করুন আপনার এই কথা গুলো আমি খুব এনজয় করি। কিন্তু, সরি! এইমাত্র 'ড্যামজল' শব্দটা উচ্চারণ করলেন, এর মানে কী?' উর্বশী জিজ্ঞেস করল।

'সরি! এই শব্দটি আপনার ত জানার কথা! এটি একটি ইয়ং সুন্দরী মেয়ের রোমান্টিক নাম। আসলে শব্দটি সাধারনত পদ্যে ব্যবহৃত হয়। ভেবেছিলাম একজন ইংরেজি সাহিত্যের ছাত্রী হিসেবে আপনি এই শব্দটির সাথে পরিচিত। তাই আপনাকে রোমান্টিকভাবে একটু দেখার জন্য শব্দটা ব্যবহার করলাম।'

নিজের অজ্ঞতায় উর্বশী একটু লজ্জিত বোধ করল। তার মনে পড়ল কোন একটি ইংরেজী কবিতায় এই শব্দটি সে পেয়েছিল। কিন্তু শব্দটির অর্থ বা গুরুত্ব সে কিছুই দেয় নি। শব্দটা জানলে এখন তার কত কাজ দিত! উর্বশীর আপশোষ হল। তবে উর্বশী তার আলোচনার বিষয় পরিবর্তন করল।

'আমার সাথে কথা বলে আপনার মূল্যবান সময় ব্যয় করার জন্য আপনাকে ধন্যবাদ।' সে বলল।

'দেখে শুনে মনে হচ্ছে আপনি কোন অভিসারে যাচ্ছেন, সত্যি যে ব্যক্তির কাছে যাচ্ছেন তিনি কত ভাগ্যবান!' কাল্লুজি একটু হাল্কাভাবে কথাটি বলে মজা করতে চাইল।

'কোথায় যাচ্ছি?'

'অভিসার'। কাল্লুজি হেসে জবাব দিল। কিন্তু সে বুঝল উর্বশী অভিসার কথাটির মর্মার্থের গভীরতায় যেতে পারে নি। তাই বলল,

'কেন বৈষ্ণব পদাবলী পড়েন নি? শ্রী রাধা চলছেন তার প্রিয়তম সখা কানুর সাথে গোপনে   মিলিত হতে? সেটাই অভিসার। কিন্তু সেখানে বিরহপর্বে একটা শ্লোক আছে সেটা কিন্তু বড়ই মর্মান্তিক, শ্রী রাধা দুঃখ করে তার সখীদের বলেছেন—

'সখি হে সুখেরও লাগিয়া এঘর বাঁধিনু অনলে পুড়িয়া গেল'।

'কী করে বুঝলেন আমি অভিসারে যাচ্ছি?'

'আপনার সাজ পোশাকেই বলে দিচ্ছে'।

উর্বশীর সম্ভবত তার কথায় সন্তুষ্ট হতে পারল না। সে একটু রাগত স্বরে বলল,

'কেন! আমি কি আর কারো জন্য এরকম সাজতে পারিনা? আপনার জন্যও ত সাজতে পারি!'

'আমার জন্য! হাউ ফানি! কাল্লুজি একটা উদাত্ত হাসি হাসল। তারপর বলল,

'নো নো, ইট'স টূ গুড ফর মি! যাই হোক, এখন বলুন পার্টিতে কখন যাচ্ছেন?'

'আপনি কীভাবে জানলেন আমি পার্টিতে যাচ্ছি? আপনি কী জ্যোতিষী?' উর্বশীর কণ্ঠে বিরক্তি।

'কিন্তু আমি ত মনে করি যে কেউ এটা বলে দিতে পারে যার সাধারন বুদ্ধি আছে। এরজন্য ফোর-টেলার দরকার হয় না। আর আমি সেটা বিশ্বাসও করি না। তা সত্ত্বেও আমি এও বলতে পারি আপনি অবশ্যই একটি ট্যাক্সির জন্য অপেক্ষা করছেন!'

একদমই না। প্রবাল গাড়ি নিয়ে আমাকে নিতে আসবে; সে ঠিক আটটায় এখানে পৌঁছাবে।'

'ওয়েল ওয়েল! খুব ভালো! গাড়ির রঙ অফ হোয়াইট, টয়েটা সুপ্রিম মডেল। আমি ঠিক আছি ত?' কাল্লুজি জিজ্ঞেস করলেন।

'আশ্চর্য! এসব জানলেন কী করে?' সে অবাক হয়ে বলল।

'প্রথম দিনেই ত আমি দেখলাম আপনি ওই লোকটির সঙ্গে আপনার বাড়ির স্টেজে ওই গাড়িতে করে ফিরলেন। কী মনে পড়ছে?' কাল্লুজি তার সাদা ধব ধবে দাঁতগুলো বের করে বলল।

'হ্যাঁ ওই গাড়িটাই প্রবালের।' উর্বশী জবাব দিল।

'কিন্তু ঐ গাড়িতে করে ত তিনি আজ আসছেন না। কর্পোরেশনের হলুদ রঙা ট্যাক্সিতেই তিনি আসবেন'।

গাড়ির বিষয়টি নিয়ে কাল্লুজির কথা উর্বশী কিছুই বুঝে উঠতে পারছিল না।

‘কিন্তু আপনি বললেন, উনি আটটায় আসবেন! এখন ত মাত্র সাতটা বাজে। এতক্ষণ এখানে তার আসার অপেক্ষা করে থাকবেন?’ কাল্লুজি তার ঘড়ির দিকে তাকিয়ে জিজ্ঞেস করল।

‘আমাকে একটা উপহার কিনতে বাজারে যেতে হত, সেজন্যই গাড়ির অপেক্ষায় আছি’। উর্বশী জানাল।

‘বাজার! সেটা কোথায়?’

‘হাতি বাগান। কাছেই।’ উর্বশী জানাল।

‘তাহলে এখানে আপনি অযথা সময় নষ্ট করছেন কেন? আমার গাড়ি ত রয়েছেই এবং আমিও এখন ফ্রি! আসুন! আমার গাড়িতে উঠুন!’ কাল্লুজি উর্বশীকে তার গাড়ির দরজাটার হাত দিয়ে দেখাল।

‘ধন্যবাদ! কিন্তু তার দরকার হবে না। ব্যাপারটা অত জরুরী নয়। আমি ওটা ওখানে গিয়েও কিনতে পারব’। উর্বশী অনীহা দেখাল। কিন্তু কাল্লুজি তবুও হাল ছাড়ল না।

‘আপনি অবশ্যই আপনার বয়ফ্রেন্ডের সাথে পার্টিতে এনজয় করবেন। কে আপনাকে বাঁধা দিচ্ছে? এখন আমাকে আপনার একটু মিষ্টি সঙ্গ পাওয়ার একটা ছোট্ট সুযোগ দিন! তাছাড়া, আপনার এতসুন্দর সাজপোষাক বাসে বা অটোতে নষ্ট হয়ে যাবে। আপনি ওখানে গিয়ে পর্যাপ্ত সময়ও পাবেন না। আমার গাড়ী প্রস্তুত! সুতরাং চলুন! আধ ঘন্টার মধ্যে আমরা ব্যাক করব। আই প্রমিজ! আমরা গাড়ি চালাতে চালাতে আরও কিছু মজার বিষয় নিয়েও কথা বলতে পারি! অবশ্য যদি আমার প্রতি আপনার আস্থা এবং বিশ্বাস থাকে!’

কাল্লুজির বারংবার মরীয়া অনুরোধে সে রাজী না হয়ে পারল না। তাছাড়া বিশ্বাস অবিশ্বাসের ব্যাপারটা শুনে সে একটা বাধ্যবাধকতার মধ্যে পড়ল। সে গাড়ির দিকে দ্বিধাগ্রস্ত মনে এগিয়ে গেল এবং আহবানকারী কেবল সামনের দরজা খুলে দাঁড়িয়ে অপেক্ষমান থাকায় তার পাশে এসে বসা ছাড়া তার আর কোন উপায় থাকল না। ❑

বত্রিশ

উর্বশীর দ্বিতীয় অপহরন

উর্বশী একরাশ সংকোচ নিয়ে গাড়িতে উঠে বসতেই কাল্লুজি দরজা সশব্দে লক করে তার বিশাল স্করপিও গাড়িটি স্টার্ট করল। গাড়ি শ্যাম বাজার পাঁচমুখী ক্রসিংয়ের দিকে ছুটতে থাকে। একটু ভয় এবং সংকোচ নিয়ে উর্বশী চুপচাপ কাল্লুজির পাশে বসে রইল।

কিছুক্ষণ পরে সে লক্ষ্য করল কাল্লুজি মোবাইলে খুব নিচু স্বরে একজনের সাথে ইংরেজীতে কিছু কথা বলছে। সে সতর্ক হল। গাড়ি স্টার্ট দেওয়ার আগে সে একইভাবে তাকে একটু দূরে রেখে একবার কথা বলছিল। এরই মধ্যে তার ফোনেও কল হয়েছিল এবং সে তার সাথেও ইংরেজীতে কিছু কথা বলেছিল।

উর্বশী সন্ত্রস্ত হয়ে চিন্তা করতে লাগল, এই যাত্রায় হয়ত তার জীবনের সবচেয়ে রোমাঞ্চকর ঘটনাটি ঘটতে চলেছে। যেটা সেদিন সম্পূর্ন হয় নি, প্রবাল বাঁচিয়েছিল, আজ তাকে কে রক্ষা করবে!' তবে তার মনে ভয়ের সাথে একধরনের অ্যাডভেঞ্চার অনুভব হতে লাগল। বিশেষ করে এই অপহরনের অনুকূল সময়ে, শীতের শেষে বসন্তের শুরুতে রাত ক্রমশ বাড়ছে এবং ছুটির দিন হওয়ায় রাস্তায় যানবাহন খুব কমই চলাচল করছে। ঠিক এই সুন্দর মুহূর্তে যদি সত্যিই কাল্লুজি তাকে কিডন্যাপ করে তাহলে অস্বাভাবিকের কিছু নেই! বরং সেটা না করাই অস্বাভাবিক মনে হবে। এই বিশালদেহী প্রবল শক্তিধর যুবক একাই একশ। প্রবালের মত লোক এই ব্যক্তির বিরুদ্ধে মোকাবেলা করতে গেলে হয়ত তার হাড়গোড়ই ভেঙ্গে দেবে। সে সম্ভবত প্রবালের চেয়ে তিনগুণ শক্তিশালী হয়ে থাকবে।

কাল্লুজির হাতে স্টিয়ারিং ধরে থাকা অবস্থায় সে এক নজরে তার দিকে তির্যকভাবে তাকাল। হাফ হাতা টি শার্ট পরিহিত কাল্লুজির বাহুদ্বয় অনাবৃতই ছিল। সে দেখল কালো ইস্পাতসদৃশ তার রোমশ বাহুর পেশীগুলি যেন লড়াইয়ের প্রস্তুতি নিয়ে জায়গায় জায়গায় স্ফীত হয়ে আছে। তার অনুন্নত নাসাগ্রের নীচে ঈষৎ তামাটে পুরু ঠোঁট দুটি সামান্য ফাঁক হয়ে

আছে। সে ভাবনাকে আর একটু গভীরে নিয়ে যায়। সে ভাবতে থাকে কাল্লুজি যদি এই মুহূর্তে তার ঐ অমিত শক্তিধর বাহুদুটি দিয়ে তাকে চেপে ধরে আর ঐ ক্ষুধার্থ ঠোঁট দুইটি দিয়েই প্রথম আক্রমন করে তাহলে তাকে কোনো প্রতিরোধ করার আগেই জ্ঞান হারাতে হবে। এবং এর পরে কাল্লুজি তার উপর ঝাঁপিয়ে পড়ে বিপর্যয়ের অবশিষ্ট রাখবে না।

গাড়ি নিঃশব্দে কিছুক্ষন যাওয়ার পর কাল্লুজি নীরবতা ভাঙ্গল,

'আচ্ছা, মিস উর্বশী, আপনি এই রাতে একা একটা নিকষ কালো পাষন্ড লোকের সাথে গাড়িতে করে যাচ্ছেন, আপনার একটুও ভয় করছে না! আমার সঙ্গে এভাবে আছেন এমন এক ভয়ঙ্কর চেহারার লোকের সঙ্গে!'

কাল্লুজির কথায় উর্বশী চমকে উঠে তার কল্পনার বিচ্ছুরন থেকে সরে আসল। তার ওই রকম কথায় উর্বশীকে অপ্রস্তুত করল। সে লজ্জাও পেল। এই বিশেষ গালিটা সে তাকে প্রথম যেদিন বাসস্ট্যান্ডে দেখা হয় সেইদিনই সে অস্ফুটে না শোনার মত করে বলেছিল। সেটা তিনি নিশ্চই শুনে ফেলেছিলেন। তবে বিষয়টা নিয়ে সে আর ঘাটালেন না। নিজেকে কোনরকমে স্বাভাবিক করে সে বলল,

'একদম না, কেন ভয় করব? আপনি আমার প্রতিবেশী—ভালো বন্ধু।' উর্বশী হেসে সামনের দিকে তাকিয়ে বলল।

'আমি যদি আপনাকে এখন শহর থেকে দূরে অজানা কোথাও নিয়ে যাই, তখন আপনি কী করবেন?'

উর্বশী হেসে বলল, 'চিন্তা নেই, কিছুই করব না। আপনার কাছে এই মুহূর্তে অগাধ স্বাধীনতা। যা কিছু করতে পারেন। আমি প্রস্তুত! আমি এই রাতে আপনার সাথে যে কোনও জায়গায় এমনকি জাহান্নামেও যেতে পারি'। উর্বশী একটু থেমে আবার বলল,

'তবে একটা ভুল করলেন! অপহরণকারীরা কখনো এভাবে আগাম বলে না। তাছাড়া, যদি সত্যিই এরকম ঘটে থাকে তাহলে, ...ঠিক আছে, কোন সমস্যা নেই।

'আই সী! ভেরী স্মার্ট গার্ল ইউ আর! কিন্তু এই ধরনের অতিরিক্ত আত্মবিশ্বাস বিশেষ করে আপনার মতো সুন্দরী যুবতীর জন্য বড্ড রিস্ক হয়ে

যাচ্ছে না?' উর্বশীর মুখের চেহারা একবার দেখার জন্য কাল্লুজি তার মুখটা কাৎ করলেন।

'একচুয়ালি স্যার! এখন আমি আর আমার দুর্ভাগ্যকে পাত্তা দিই না। আমি মনে করি এরকম যদি সত্যিই আমার জীবনে ঘটে থাকে তবে সেটি আমার জীবনের অভিশাপ না হয়ে আশীর্বাদই বলেই ধরে নেব!'

'আহ! এক্সেলেন্ট! মিস উর্বশী ! আই এডমায়ার ইওর স্পিরিট!' কাল্লুজি তার নির্ভীকতার প্রশংসা করলেন। গাড়ি আবার নিঃশব্দে এগোতে লাগল। আলোক বর্তিকাগুলির ক্রমবর্ধমান ঘনত্ব বাজারের আগমনের ইঙ্গিত দিচ্ছিল।

'আমার মনে হয় আপনি কিছু একটা ভাবছেন।' কিছুক্ষণ নীরবতার পর কাল্লুজি বলল।

কিন্তু কোনো উত্তর না দেওয়ায় সে আবার জিজ্ঞেস করল,

'আমি জানি আপনি কার কথা ভাবছেন? আপনি প্রবাল চ্যাটার্জির কথা ভাবছেন, তাই ত?'

'অবশ্যই না'। শান্ত অথচ দৃঢ়ভাবে বলল উর্বশী। সে হঠাৎ রেগে গিয়ে বলল,

'আমি এমন লোককে পছন্দ করি না যে অন্যের মনস্তত্ত্ব বোঝার চেষ্টা করে।'

তাকে উত্তেজিত দেখে কাল্লুজি নিজেকে অপরাধী ভেবে সংকুচিত বোধ করল।

'সরি! মাপ করবেন!' গাড়ির ভিতরে হঠাৎ নীরবতায় দুজনই অস্বস্তি বোধ করতে লাগল।

'আসলে আমি শুধু একটু হাল্কা রসিকতা করতে চেয়েছিলাম। আমার এ কথায় যে আপনাকে আঘাত করবে বুঝতে পারি নি'।

'এভাবে রিএক্ট করাটা আমারও ঠিক হয় নি। আমি সরি, ডোন্ট মাইন্ড!' উর্বশী বলল ।

‘ও কে! নো প্রবলেম।’ আবার একটা নীরবতা।

নীরবতা কাটিয়ে কাল্লুজি আবার বলল, ‘আচ্ছা মিস উর্বশি এখন আমি কি আপনাকে একটা প্রশ্ন করতে পারি? যদি কিছু মনে না করেন?’

‘করুন, মনে করার কী আছে!’

‘প্রবালের সঙ্গে এনগেজমেন্ট করার আগে আপনি কি কাউকে ভালোবাসতেন?’

কাল্লুজির এই অপ্রত্যাশিত প্রশ্নে সে প্রস্তুত ছিল না। সে একটু ঘাবড়ে গিয়ে বলল,

‘হঠাৎ এই প্রশ্ন কেন?’ সে একটু বিস্ময় নিয়ে বলল।

‘এটা সিরিয়াসলি নেবেন না প্লিজ। এটা শুধু আমার কৌতূহল। কোন সমস্যা হলে উত্তর দিতে হবে না। আমি মনে করি আজকাল অনেক তরুণ তরুনী তাদের দুটি মনের সুন্দর নির্মল ভালবাসার স্বর্গীয় অনুভূতি বেশীদিন ধরে রাখতে পারে না। পারিপার্শ্বিক প্রতিকূলতায় বা নানা সামাজিক অভিঘাতে বা নতুন কোন ভালবাসার প্রলোভনে বেশিরভাগ ক্ষেত্রেই তাদের প্রেম হারিয়ে যায়, এবং তাহলে দুইটি সুন্দর নিষ্পাপ হৃদয়ের বিচ্ছেদের বিষণ্নতায় সারাজীবন কষ্ট পায়। দুটি হৃদয়ের মিলনের ব্যর্থতা চিরতরে একটা দাগ রেখে যায়। যা আমার মনে হয় কারো মন থেকে তাকে পুরোপুরি মুছে ফেলা যায় না।’

কাল্লুজি যে কোন মানুষের জীবনের প্রথম প্রেমের ব্যর্থতার যন্ত্রনা ব্যাখ্যা করলেন।

কাল্লুজির ব্যর্থ প্রেমের যন্ত্রনার মর্মস্পর্শী বর্ননা উর্বশীকে অভিভূত করল। সে ভাবল কাল্লুজি যেন তার নিজের জীবনের যন্ত্রনাটাই তার সামনে উন্মোচন করে দিল। সে নিশ্চিত, কারো নিজের জীবনের এমন প্রেমের ব্যর্থতার হতাশার অভিজ্ঞতা ছাড়া এভাবে কেউ হৃদয় ছুঁয়ে যাওয়া বর্ননা করতে পারে না। হ্যা, এটা ত সত্যি! প্রীতমের সাথে বিচ্ছেদের বেদনা এখনও তার মনকে নাড়া দেয় যা তার কাছে বেশ অসহ্য বলে মনে হয়। সে কাল্লুজির প্রতি যথেষ্ট সহানুভূতিশীল হয়ে উঠল যিনি অবশ্যই তাঁর জীবনে গোপনে এমন যন্ত্রণা বহন করছেন।

উর্বশী আরও কিছু শোনার জন্য কৌতুহলী হয়ে তাকে জিজ্ঞেস করল,

'আপনার জীবনে আরো কিছু কোনো বেদনাদায়ক ব্যাপার আছে কি? আমি কি জানতে পারি?'

'আমার জীবনে! হা হা হা...' সে আবার সেই অট্টহাসি হাসল। তারপর বলল,

'কিন্তু, মিস উর্বশী, আমাকে কে ভালোবাসবে! একজন কালো কদাকার মানুষ হয়ে আমি কারও কী ভালবাসার যোগ্য হতে পারি? আসলে প্রেম করার নামে মেয়েরা সবসময় আমার সাথে মজা করে।' কাল্লুজি তার মনের দুঃখ উর্বশীকে প্রকাশ করল। উর্বশী তার কথায় এবার সত্যি কষ্ট পেল। সে বলল,

'কী যা তা বলছেন! আমি আপনার কথা বিশ্বাস করি না। আপনার মধ্যে এমন অনেক গুণ রয়েছে যা যে কোনো মেয়েকে আকৃষ্ট করতে পারে।'

'থ্যাংক ইউ! আমি আপনার মত একজন হ্যান্ডসাম মেয়ের মুখে এই প্রশংসাটা ত পেলাম! এটাই আমার জীবনে পাথেয় হয়ে থাকবে! কিন্তু বাস্তবে আমি এখনও তেমন কোন সম্ভাবনা দেখতে পাচ্ছি না।' কাল্লুজি সামান্য হেসে বলল।

'ওথেলোর গল্প শুনেছেন নিশ্চই?' উর্বশী জিজ্ঞেস করল।

'সেটা আবার কি? আমার মনে হয় খুব মজার গল্প হবে।' কাল্লুজি বলল।

'এটি মহান ইংরেজ নাট্যকার শেক্সপিয়ারের লেখা একটি ট্র্যাজিক নাটক।' তিনি তাকে বোঝ

'আমি দুঃখিত, আমার মত একজন মানুষের প্রেমের গল্প আছে কী সেখানে? আর যদি না থাকে, তাহলে বন্ধ করুন।' কাল্লুজি তার অসন্তোষ প্রকাশ করলেন।

'অবশ্যই আছে! সেই গল্পই ত বলছি।' সম্ভবত কাল্লুস্বামী তাকে ওথেলোর গল্প শোনাতে উৎসাহিত করার জন্য তার অজ্ঞতার ভান করল।

'সে গল্পে আমরা দেখতে পাই যে কীভাবে একটি সম্ভ্রান্ত পরিবারের দেসদেমোনা নামে একটি সুন্দর মনোমুগ্ধকর সাদা মেয়ে একটি কালো নিগ্রোকে তার হৃদয় দিয়ে ভালবাসত। তারা একে অপরকে বিয়ে করেছিল এবং সুখী দাম্পত্য জীবন উপভোগ করছিল। কিন্তু...'

তারপরে উর্বশী বর্ণনা করল কীভাবে নিষ্ঠুর ওথেলো তাকে অযথা সন্দেহ করেছিল যে ক্যাসিও নামে অন্য একজনের সাথে তার অবৈধ সম্পর্ক গড়ে উঠেছে এবং এই মিথ্যা সন্দেহে কীভাবে ওথেলো এত নিষ্ঠুরভাবে বেচারী দেসদেমোনাকে নির্দয়ভাবে হত্যা করল যে তখনও তাকে আন্তরিকভাবে ভালবাসত। kাল্লুস্বামী এতক্ষণ মনোযোগ দিয়ে তার কথা শুনছিলেন। থামতেই সে বলল,

'আহা! এটা সত্যিই খুব দুঃখজনক!'

এই গল্পের সাথে উর্বশী প্রীতমকে নিয়ে নিজের ব্যর্থ প্রেমের কাহিনীও বলতে থাকে। কীভাবে সে দুর্বৃত্তদের হাত থেকে রক্ষা পেল, প্রবাল কিভাবে তাকে উদ্ধার করল। এবং অবশেষে সে দুঃখ প্রকাশ করল যে তার এটা বিশ্বাস করতে কষ্ট হয় যে তার ভালবাসার মানুষ প্রীতম নিজেই এই অপহরন কান্ডে জড়িত ছিল।

'আমি মনে করি প্রীতম নির্দোষ। ওরা তার বিরুদ্ধে ষড়যন্ত্র করেছে বলে আমার ধারণা।' কাল্লুজি মন্তব্য করলেন।

গাড়ি কখন থেকে একটানা চলছে কারোরই হুশ ছিল না। গাড়ি অজান্তেই ছুটতে থাকে বাজার ছেড়ে শহরের পরিবেশকে পেছনে ফেলে প্রত্যন্ত গ্রামের বুক চিরে পরিক্ষার যানজটমুক্ত মসৃণ রাস্তা দিয়ে। অন্ধকার গ্রাস করেছে চারপাশ। কালো দিগন্তের চারপাশে কেবল কিছু আবাসিক আলো দেখা যাচ্ছে। হঠাৎ করেই উর্বশী সচেতন হল। সে ভীষন ভয় পেল।

'একি ! আমরা কোথায় যাচ্ছি! বাজার কোথায়! থামুন প্লিজ! ভীত সন্ত্রস্ত উর্বশী গাড়ির ভেতর এদিক ওদিক করতে লাগল। ভয় পেয়ে একসময় সে গাড়ির স্টিয়ারিং ধরার চেষ্টা করল।

‘কী করছেন!’ কাল্লুজি চেচিয়ে উঠল। চলন্ত গাড়ির স্টিয়ারিং ধরতে যাওয়া বিপজ্জনক হতে পারে ভেবে কাল্লুজি তৎক্ষণাৎ গাড়িটা রাস্তার বাঁ দিকে নিয়ে থামাল।

‘প্লিজ দরজা খুলুন, আমি বের হব!’ আতংকে তার গলা কেঁপে উঠল।

‘কি হল হঠাৎ মিস উর্বশী!’ কাল্লুজি শান্তভাবে বলল।

‘আমাকে এখানে নিয়ে এলেন কেন?’ উর্বশী তার দিকে তাকিয়ে ক্ষিপ্ত হয়ে বলল।

‘কিন্তু আপনি ত আমাকে একটু আগে বলেছিলেন- আপনি আমার সাথে যে কোন জায়গায় এমনকি জাহান্নমে পর্যন্ত যেতে রাজী আছেন! এত তাড়াতাড়ি আমার প্রতি আপনার আস্থা হারিয়ে গেল! হায় রে! কি রসিকতা!’ কাল্লুজি তার আত্মবিশ্বাসকে বিদ্রূপ করল।

‘কিন্তু আমরা কেন এই নির্জন জায়গায়!’ উর্বশী এবার কাঁদো কাঁদো হয়ে কাল্লুজির দিকে সরাসরি তাকিয়ে বলল।

‘মিস উর্বশী আপনি কচি খুকী নন। এই রাতে এই নির্জনে আমি কেন এখানে গাড়িতে করে আপনাকে নিয়ে এসেছি তার অর্থ আমি না বললেও আপনি নিশ্চই ইতিমধ্যেই বুঝে গেছেন!’ কাল্লুস্বামী নিস্পৃহ গলায় কথা গুলি গড় গড় বলে গেল।

‘কাল্লুজি, আমি আপনাকে অনেক বিশ্বাস করেছিলাম! কেন এমন করলেন?’ উর্বশী নাকিসুরে মিনতি করল।

‘কিন্তু আমি দুঃখিত আপনার এই ব্লান্ডারের জন্য। এই মুহূর্তে আপনি সত্যিই আমার দ্বারা অপহৃত হয়েছেন!’

‘দয়া করে আমাকে গাড়ি থেকে নামতে দিন। প্লিজ, স্যার! আমকে দয়া করুন!’ উর্বশী হাত জোড় করে প্রার্থনা করল।

উর্বশীর অসহায় অবস্থা দেখে কাল্লুজি আবার জোরে জোরে হাসল। তারপর বলল,

‘সরি, আমি আপনাকে দয়া দেখাতে পারছি না।’ কাল্লুজির নিস্পৃহ গলা শুনে উর্বশী যেন ভেঙ্গে পড়ল।

তবুও সামান্য একটু আস্থা জিয়ে রেখে কাল্লুজিকে সে জানাল, আমি আপনাকে অনেক বিশ্বাস করেছিলাম! কেন এমন করলেন?'

কাল্লুজি একটু গম্ভীর হয়ে বলল, 'সরি! আমি মনে করি না আপনি আমাকে আপনার প্রবাল চ্যাটার্জির থেকে বেশি বিশ্বাস করেন। তাই আমি আপনাকে ধোঁকা দিলেও সে নিশ্চই আপনাকে ধোঁকা দেবে না। দেবে কী?'

'আমি মনে করি না প্রবাল আমাকে ঠকাবে।' তবে উর্বশীর এই উত্তরে তার আত্মবিশ্বাসের সামান্য অভাব প্রকাশ পেল।

'তাহলে দয়া করে আপনার মোবাইলে তাকে ফোন করুন যে আপনি বিপদে আছেন এবং অবিলম্বে এসে উদ্ধার করুক। কিন্তু সাবধান ভুলেও পুলিশ বা অন্য কাউকে ফোন করার চেষ্টা করবেন না!'

কী! চুপ করে আছেন কেন? ফোন করুন!' কাল্লুস্বামী তাকে ধমকের সুরে বলল।

কিন্তু উর্বশী চুপ করে রইল।

'কে! ডাকুন!' কাল্লুজি আবার তাগাদা দিল।

'ঠিক আছে'। বলেই উর্বশী ঘাবড়ে গিয়ে পর পর তিনবার প্রবালকে ধরার চেষ্টা করল কিন্তু ওপ্রান্ত থেকে কোন সাড়াশব্দ পাওয়া গেল না।

'ধরছে না।' উর্বশী নিস্পৃহ গলায় বলল।

'ধরবে না যে, সেটা আপনার থেকে আমি বেশী করে জানি। আমি তখন থেকে লক্ষ্য করছি আপনি তাকে ফোন করেই যাচ্ছেন করেই যাচ্ছেন। বাজারের জায়গাটি কখন পেরিয়ে গেল, কিন্তু তার নীরবতা আপনাকে ব্যতিব্যস্ত করে তুলল। তাই আমি মনে করি আপনার প্রিয়তম ব্যক্তিটির প্রতি আপনার বিশ্বাসের আর কোন মূল্য নেই। আপনাকে এখন আমি যা খুশী করতে পারি!'

'আমাকে দয়া করুন! প্লিজ গাড়ি ব্যাক করুন। আমি এখনও আমার প্রেজেন্টেশন কিনতে পারি নি! ঈশ! সাড়ে আটটা। মাই গড! আমি শেষ! প্রবাল নিশ্চয়ই আমার জন্য গাড়ি নিয়ে সেখানে অপেক্ষা করছে!' উর্বশী সত্যিই বিচলিত হয়ে কেঁদে ফেলল।

'অদ্ভুত!'

উর্বশীর মিথ্যাকে আঁকড়ে ধরার মরীয়া প্রচেষ্টা কাল্লুজিকে সম্ভবত ক্ষুব্ধ এবং অবাক করল। সে আবার বলল,

'সিন ক্রিয়েট করার চেষ্টা করবেন না !' কাল্লুজি তাকে সতর্ক করল যেন। তারপর দূরে গিয়ে কারও সঙ্গে কিছুক্ষন কথা বলে মোবাইল পকেটে রেখে গাড়ির স্টিয়ারিং ধরে বসল।

'আচ্ছা, ঠিক আছে চলুন তাহলে যাওয়া যাক।' কাল্লুজি বলল।

'কোথায়!' আশঙ্কিত হয়ে উত্তর দিল উর্বশী।

'হেল! জাহান্নমে! কোন আপত্তি আছে? আপনিই ত বলেছিলেন! কী বলেন নি? মাই সুইট ডার্লিং!' কাল্লুজি মাতালের মত করে দুলে দুলে কথাগুলি বলল। তারপর একটু হেসে নিয়ে বলল,

'ডোন্ট ওয়ারি! আপনি কোথায় যেতে চান বলুন! সরাসরি আপনার পার্টিতে নিয়ে যাব? নাকি যেখান থেকে এসেছিলাম মানে আপনার লোক যেখানে গাড়ি নিয়ে অপেক্ষা করে থাকার কথা, সেখানে?'

'হ্যাঁ, আমাকে সিঁথি মোরে ছেড়ে দিলেই চলবে।'

'ওকে, নো প্রবলেম!' কাল্লুজি তার গাড়ি পিছিয়ে ঘুরিয়ে নিয়ে রওনা দিল। চলমান গাড়িতে কয়েক সেকেন্ড নীরব থেকে কাল্লুজি বললেন,

'মিস উর্বশী আপনাকে একটা শেষবারের মত অনুরোধ করতে চাই!'

কাল্লুজি তার উত্তরের অপেক্ষায় না থেকে বলল,

'আমি আপনাকে প্রীতমের কাছে ফিরে যেতে অনুরোধ করছি। আপনি সেটা করলে জীবনে সুখী হবেন!'

কাল্লুজির হঠাৎ এই মানসিক পরিবর্তন উর্বশীকে স্তম্ভিত করল। সে কৌতূহলী হয়ে তার দিকে তাকিয়ে উত্তেজিত হয়ে বলল,

'তাহলে তখন থেকে আপনি আমার সাথে মজা করছিলেন?'

'ঠিক মজা নয়, আপনাকে পরীক্ষা করছিলাম!'

'কিন্তু এই নাটক করার অর্থ কী? হঠাৎ এই পরামর্শই বা কেন?' উর্বশীর গলায় ক্ষোভ।

'আপনার ভালর জন্যই বলছি। আপনাকে ভবিষ্যতের সুখী জীবনের পরামর্শ দিচ্ছি।'

'আমার মঙ্গল কামনার জন্য অশেষ ধন্যবাদ! কিন্তু এখন এটা অসম্ভব। আমি প্রবালের সাথে এনগেজড, এবং শীঘ্রই আমরা বিয়ে করব। আর তার পরই মুম্বাইয়ে থিতু হব।' উর্বশী দৃঢ় প্রত্যয় নিয়ে বলল।

'কিন্তু আমার ভয় হচ্ছে আপনার এই উদ্দেশ্য ব্যর্থ না হয়।'

'আপনি কী তাহলে আমার ব্যার্থতাই কামনা করছেন।' বলল উর্বশী।

'আপনি আবার প্রীতমের কাছে ফিরে যান। সে এখনও আপনাকে ভালবাসে।'

'প্লিজ স্টপ! প্রীতমকে নিয়ে আমাকে এভাবে জেদ করছেন কেন?' উর্বশী জানতে চাইল।

'আমি আপনার সুখী জীবন কামনা করি বলে একথা বলছি।'

'আমার সুখের জন্য আপনার এত মাথা ব্যাথা কেন?'

'কারণ আমি আপনাকে ভালোবাসি!' কাল্লুজি শান্তভাবে বলল।

একথা শুনে উর্বশী তেলে বেগুনে জ্বলে উঠল।

'আমাকে নিয়ে আপনার এই উপহাস বন্ধ করুন। তখন থেকে আপনি আমাকে নিয়ে মজা করছেন। কেন এরকম করছেন? আপনি যদি আমাকে সত্যি ভালোবাসেন তাহলে আপনি নিজে কেন আমাকে প্রপোজ করছেন না? কেন আমাকে প্রীতমের কাছে ফিরে যেতে পীড়াপীড়ি করছেন? কেন এত সততার সঙ সাজছেন? অপহরনের নাটক করে আমার সাথে মশকরা করছেন? ইচ্ছে করলেই ত আপনি...'

উর্বশী একটু থেমে আবার বলল, আপনি প্রীতমের কাছে ফিরে যাবার জন্য জোরাজুরি করে আমাকে ঠাট্টা করছেন, তাই না?'

কিন্তু আশ্চর্য! তার কথায় কাল্লুজির কোন প্রতিক্রিয়াই দেখা গেল না। সে আর এ বিষয়ে একটা কথাও বলল না। একটু থেমে বলল,

'ঠিক আছে দেখি চেষ্টা করে আপনার লোক যদি সেখানে অপেক্ষা করে থাকেন, ধরিয়ে দিতে পারি কী না!'

এই বলেই তার স্কর্পিয়ো গাড়ি টপ গীয়ারে দিয়ে সাঁই সাঁই শব্দে উড়ন্ত ঈগলের গতিতে ছুটল। এবং কয়েক মুহূর্তেই গাড়ি সিঁথি মোরে পৌঁছে গেল। উর্বশী গাড়ি থেকে নেমেই আশেপাশে তাকিয়ে দেখল না কোন গাড়ি না কোন প্রবাল তার জন্য অপেক্ষা করছে। এখন প্রায় রাত নয়টা। রাস্তা পরিস্কার। মানুষের গতি বিধি নেই বললেই চলে। শুধু ঘণ্টা দুয়েক আগের ছেড়ে যাওয়া মৃদু বাতাসে বাসন্তী ফুলের সুবাস তখনও ভাসছিল।

'মাই গড! আমি এখন কী করি!' উর্বশী কাউকে না দেখে হতাশ হয়ে বলল,

সে কাল্লুজির দিকে অগ্নিদৃষ্টি নিক্ষেপ করল।

'ছিঃ! আপনি এত নীচ! আপনাকে অনেক বড় মনের লোক ভেবেছিলাম। আপনি এত জঘন্য আমি ভাবতেই পারি নি!' সে আরও অভিযোগ করল, সে ষড়যন্ত্র করে প্রবালের সঙ্গে বিচ্ছেদ ঘটিয়ে তার জীবন নষ্ট করার চেষ্টা করছে। কিন্তু গাড়ি নিয়ে কাল্লুজি তখনও প্রতিক্রিয়াহীন নিঃশব্দে বসে থাকল।

উর্বশী তাকে অত্যন্ত খারাপ ভাষায় কয়েকটি গালি দিয়ে সে দুমদাম পা ফেলে বাড়ির দিকে অগ্রসর হল।

'গুড নাইট!' কাল্লুজি গাড়িতে বসেই তাকে বিদায় সম্ভাষন জানাল। শুনেই সে আরও ক্ষেপে গিয়ে উত্তেজিত হয়ে বলল,

' শাট আপ! ব্ল্যাক নিগ্রো কোথাকার! আই হেইট ইউ!'

লোকটিকে শেষ গালিটা দিয়ে মানসিক ভাবে একটু হয়ে সে লম্বা লম্বা পা ফেলে সামনে অগ্রসর হল। ❑

তেত্রিশ

সকালের খবর

পরের দিন সকালে, উর্বশীর বিছানা থেকে উঠতে দেরি হল। মানসিকভাবে বিপর্যস্ত মেয়েটি গতরাতে ভালো ঘুমাতে পারেনি। প্রবাল তার কোন কল রিসিভ করেনি বা সে তাকে ফোনও করেনি যেহেতু সে গত রাতে পার্টিতে যোগ দিতে মিস করেছে। এটা সম্পূর্ণ কাল্লুজির দোষ ছিল না। সময় নষ্ট করার জন্য সে নিজেও দায়ী ছিল। গাড়িতে তার সাথে সে অযথা গল্পে মেতেছিল। সে এজন্য নিজেকে অভিযুক্ত করল। তবে আরও গুরুত্বপূর্ণ বিষয় যে প্রবাল আশ্চর্য জনকভাবে নীরব। এখনও সে কোন যোগাযোগ করে নি। প্রবালের নীরবতা তাকে বিশেষভাবে বিচলিত করল।

ঘুম থেকে উঠলে উর্মিলা দৈনিক সকালের খবরের কাগজটি নিয়ে তার কাছে ছুটে আসল। সে আলতো করে সিটি সংস্করণের প্রথম পৃষ্ঠাটি খুলে ধরে সেটাকে মনোযোগ দিয়ে পড়তে বলল। উর্বশী আগাগোড়া খবরের কাগজ পড়তে আগ্রহী নয়। তাই সে প্রথমে খবরের শিরোনামটা দেখেও উপেক্ষা করে একপাশে রেখে ওয়াশরুমে চলে গেল। ফিরে আসার পর সে দিদির কথায় হঠাৎ কৌতূহলী হয়ে খবরের একটি মোটা অক্ষরের শিরোনাম লক্ষ্য করল:

মানব পাচারের পান্ডা ধৃত

কলকাতা, ১৭ই ফেব্রুয়ারীঃ গতকাল কলকাতা পুলিশ একটি গোপন অভিযান চালিয়ে সুলতান শেখ ওরফে মনোজিৎ সিং ওরফে প্রবাল চ্যাটার্জি নামে একজন নারী পাচার চক্রের পান্ডাকে উত্তর কলকাতার সিঁথি এলাকা থেকে গ্রেপ্তার করে।

খবরে প্রকাশ, এই প্রবাল চ্যাটার্জি শহরের একটি গোপন জায়গা থেকে বহুদিন ধরেই এই মানব ব্যবসা চালাতেন। দিল্লীর একটি প্রাইভেট গোয়েন্দা সংস্থার প্রধান মিঃ বালসুব্রহ্মনিয়মস্বামী সম্প্রতি একজন কলেজ পড়ুয়ার অপহরন রহস্য উদ্ঘাটন করতে এসে কলকাতার লেকটাউন

এলাকায় চক্রটির গোপন ডেরার হদিশ পায়। গোয়েন্দা সূত্রের খবর, ধৃত ব্যক্তি হলেন এই চক্রের রিং মাস্টার। উদ্ধার করা উক্ত কলেজ পড়ুয়াকে তার স্ত্রী সাজিয়ে ঐ দুষ্কৃতি রাত্রেই দমদম থেকে দুবাই যাওয়ার চেষ্টা করে। গোয়েন্দা মারফৎ খবর পেয়ে পুলিশ সাথে সাথে নির্দিষ্ট এলাকাটি ঘিরে ফেলে। দুষ্কৃতীর গাড়ির অপেক্ষায় তারা ওৎ পেতে থাকে এবং গাড়ি নির্দিষ্ট সময়ে পৌঁছাতেই তাকে গ্রেপ্তার করে'...

খবরটির এইটুক পর্যন্ত পড়ে উর্বশীর মাথা কান ঝিম ঝিম করতে লাগল। তার বুকের ভেতরে একটা অস্বস্তিকর ব্যাথা অনুভব করতে লাগল। সে প্রায় অজ্ঞান হয়ে পড়ে যাচ্ছিল। উর্মিলা দৌড়ে এসে তাকে ধরে ফেলে শুয়ে দিল। মাথায় জল দিয়ে হাওয়া করে তাকে সুস্থ করে তুলল। উর্মিলাও এখন পর্যন্ত এই ভয়ানক খবরটি পড়ে মুখ দিয়ে কিছু বলতে পারে নি। গরম দুধ খেয়ে স্বাভাবিক হলে সে খবরটির বাকি অংশ পড়া শুরু করল,

'সূত্রটি অনুযায়ী, দিল্লি পুলিশের একটি বিশেষ টাস্কফোর্স কিছু দিন আগে রাজধানীর বিভিন্ন রেড লাইট এলাকা থেকে অপহৃত তিনজন নাবালিকাকে, যাদের বাড়ি কলকাতার পার্শ্ববর্তী জেলায়, উদ্ধার করে এবং কলকাতায় নিয়ে আসে। তাদের একজনের বক্তব্য অনুযায়ী বাবু সামন্ত বলে একজন আক্রমনকারীর বাম হাতের তর্জনী কাটা দেখতে পায়। তারা লেক টাউন এলাকার একটি গোপন ডেরায় তাদের নিয়ে যায়। সূত্রের খবর, উক্ত বাবু সামন্ত যে সম্প্রতি ধরা পড়েছে ঐ ছাত্রীর অপহরণ কান্ডে যুক্ত। তবে ঐ অপহরন কান্ডটি গোটাটাই একটি সাজানো ঘটনা বলে গোয়েন্দা সূত্রের খবর।

এই হায়দ্রাবাদী তরুণ গোয়েন্দাটি একটি বেনামী চিঠির সূত্র ধরে কলকাতার আশেপাশে ঘটে যাওয়া অপহরণের কেসগুলির মধ্যে একটি পরিত্যক্ত কেস সম্পর্কে পশ্চিমবঙ্গ পুলিশকে জিজ্ঞাসাবাদ করে কিছু তথ্য সংগ্রহ করেন। চিঠিটি কলকাতার প্রেসিডেন্সি বিশ্ববিদ্যালয়ের এক ছাত্রী অপহরণের পিছনে কিছু রহস্য তুলে ধরেছিল। তরুণ গোয়েন্দা মিঃ স্বামী সে ছাত্রীকে খুঁজে বের করে খুব কৌশলে তার সাথে ঘনিষ্ঠতা তৈরি করে তাদের দুজনেকেই অনুসরণ করতে থাকে। ধরা পড়া দুষ্কৃতি অবশ্য বেশ চতুরতার সাথে কয়েকবার গোয়েন্দাকে এড়িয়ে চলতে সক্ষম হয়। মজার ঘটনা হল

অভিযুক্ত সুলতান শেখ ওরফে মনোজিত সিং ওরফে প্রবাল চ্যাটার্জি নামের একই ব্যক্তির তিনটি আলাদা আলাদা পাসপোর্ট সহ বিভীন্ন আই ডি উদ্ধার হয়েছে। সুলতান শেখ আসলে টাক মাথা এবং লম্বা দাড়িওয়ালা। সম্প্রতি ছদ্মবেশে কলকাতায় প্রবাল চ্যাটার্জি নামে বড় এক কোম্পানির সিইও সেজে তার আসল খেলা শুরু করেন।

লালবাজার সূত্র অনুযায়ী, ধৃত ব্যক্তি গত কয়েক মাসের মধ্যে তার ভূয়ো কোম্পানির সি ই ও সেজে বিশাল প্রতিপত্তির মিথ্যা প্রলোভনের ফাঁদে ফেলে কলকাতা এবং তার আশপাশের নিম্নবিত্ত ঘরের উচ্চাকাঙ্ক্ষী মেয়েদের বিয়ে করে দুবাই পাচার করেছেন। দুষ্কৃতি নতুন নতুন তরুনীদের বিভীন্ন প্রলোভন দেখিয়ে লোক দেখানো বিয়ে করে কয়েক দিন দাম্পত্যসুখ উপভোগ করার পর নববিবাহিত স্ত্রীকে বিশাল অংকের টাকা বা বরাতের বিনিময়ে মুম্বাই, সিঙ্গাপুর এবং দুবাই ভিত্তিক বড় মাল্টিবিলিনিয়রদের কাছে দৈহিক বিনোদনের কাজে নিযুক্ত হতে বাধ্য করতেন'।

পুলিশ তার কলকাতার লেক টাউন এলাকার ভুয়া অফিস যেখান থেকে তার আন্ডারওয়ার্ল্ডের কার্যকলাপ চলত, সিল করে দিয়েছে। তার অফিসের কর্মচারী হিসেবে কাজ করা দুই মহিলা যারা তার অফিসের কর্মচারী হিসাবে পরিচিত কিন্তু এই কাজের সঙ্গে সরাসরি যুক্ত তাদেরকেও গ্রেফতার করেছে।□

চৌত্রিশ

পারফেক্ট প্লে

'**হ্যা**লো, মিস্টার বোস, গুড মর্নিং! খুব সকালে বিরক্ত করার জন্য দুঃখিত! মনে হচ্ছে আপনি এখনও বিছানায় শুয়ে আছেন?' প্রফেসর সান্যাল খুব ভোরে মিস্টার বারীন বোসকে ফোন করছেন। তার গলা শুনে খুব উচ্ছ্বসিত মনে হলো।

'সুপ্রভাত প্রফেসর! মোটেই শুয়ে নেই। আপনারা ইয়ং ম্যান, আপনারা ভাল ঘুমাতে পারেন। আমরা বৃদ্ধ, আমাদের ঘুম সীমিত। আমি খুব সকালে উঠি, এবং সম্ভবত আপনার চেয়ে আগে। কিন্তু এত সকালে তলব! বলুন আপনার জন্য কী করতে পারি?'

'আজকের পত্রিকা দেখেছেন?' সান্যাল জিজ্ঞেস করলেন।

'না, এখনো দেখি নি! কেন! নতুন কোন কিছু ঘটেছে কি?'

'প্রবাল চ্যাটার্জি গ্রেফতার হয়েছে। সে একটা ফ্রড। সে নারী পাচারকারীদের পান্ডা ছিল!' সান্যাল জানালেন।

'বলেন কী! দাঁড়ান, দাঁড়ান, দাঁড়ান! আমাকে খবরটা দেখতে দিন।' বোস কয়েক মুহূর্ত চুপ করে রইলেন। বোস যে বিশেষ খবরটি দেখতে চাইলেন সেটা সম্ভবত তিনি দ্রুত চোখ বুলিয়ে নিলেন'।

'ওহ মাই গড!'

বারীন বোস স্তম্ভিত হয়ে খানিকক্ষন চুপ করে থাকল। তারপর বলল,

'হাঃ হাঃ প্রফেসর! আপনি কি কখনও ম্যাজিসিয়ানের তাস দেখেছেন? আমি আপনাকে আগেই একবার বলেছিলাম না, আমি আমার তুরুপের তাসটা খেলব!' বোস গর্ব করে বললেন।

'কিন্তু মিস্টার বোস আপনি আসলে কী ভাবে কী করলেন সে ব্যাপারে এখনও আমি অজ্ঞ। আপনার ম্যাজিক কার্ডটা সম্পর্কে যদি একটু বিস্তারিত বলেন।'

আচ্ছা তাহলে গল্পটা শুনুন, আপনার তাড়া নেই ত!'

'না না, আপনি বলুন!'

'যখন আমি জানতে পারলাম যে পুলিশের কার্যকলাপ হতাশাব্যঞ্জক তখন আমি আমার এক বন্ধু মিস্টার বালার সাথে যোগাযোগ করলাম। বালা দুর্গাপুরের বোর্ডিং হাউসে থাকার সময় আমার রুম মেড ছিলেন। শুধু তাই নয় আমরা দুর্গাপুর রিজিওনাল ইঞ্জিনিয়ারিং কলেজে একই স্ত্রিম নিয়ে পড়তাম।

কিন্তু পরে আশ্চর্যজনক ভাবে আমরা উভয়েই এক বছর আগে পরে আইপিএস এর বেঙ্গল ক্যাডারে যোগদান করলাম, যদিও বালা ছিলেন হায়দ্রাবাদের বাসিন্দা। সে সাবলীলভাবে বাংলা বলতে পারত। সম্প্রতি সে অবসর নিয়ে সপরিবারে দিল্লিতে বসবাস করছে।

যোগাযোগের পর আমরা দুজনেই আমাদের কুশল বিনিময় করলাম এবং বালা আমার দীর্ঘ সময়ের নীরবতার জন্য আমার বিরুদ্ধে অভিযোগ করলেন এবং সেই প্রবাদটি উচ্চারণ করলেন—'আউট অব সাইট আউট অব মাইন্ড!'

তখন আমি উত্তর দিলাম—ওহ, এটা সত্যি সত্যি! কিন্তু বন্ধু! আমি তোমাকে একই অভিযোগে অভিযুক্ত করতে পারি, তাই না? যাই হোক, আমি তোমাকে কিছু গুরুত্বপূর্ণ বিষয়ে ফোন করেছি। আমার তোমার ছেলের সাহায্য দরকার।

বন্ধুপুত্রের সাহায্য চাওয়ার সাথে সাথে আমার বন্ধু ভাবল নিশ্চয় কোন সিরিয়াস ঘটনা তাহলে অবশ্যই সেটা শুনতে হবে। তারপর আমি বালাকে ঘটনার আদ্যপান্ত বর্ননা করলাম। শুনে সে গম্ভীর গলায় বললেন, ঠিক আছে, কোন সমস্যা নেই আমি তাকে দিচ্ছি। বালা তার ছেলের কাছে ফোন দিল যার নাম স্বামী। মানে বালাশুভ্রমণ্যম স্বামী। আসলে এটি তাদের পৈতৃক উপাধি। তাঁর প্রথম নাম সম্ভবত শ্রীপাঠী এবং তার সাথে আরও একটা কিছু আছে যা আপনি আমি উচ্চারন করতে পারব না। যাই হোক, এই যুবকের ছাত্রজীবন কেটেছে তার বাবার সঙ্গে কলকাতায়। সেও ম্যাথ-এ এম এস সি তারপর ক্যাট পাশ করে কোলকাতা আই আই এম করল, কিছুদিন চাকুরী

করে তার ভাল লাগল না। অত বড় মোটা মাইনের চাকুরী ছেড়ে সে জে এন ইউ থেকে ল পাশ করে সমাজ বিজ্ঞান এবং ক্রিমিনলজি নিয়ে পড়াশুনা করে স্বরাষ্ট্র মন্ত্রকের সার্টিফিকেট এবং লাইসেন্স নিয়ে দিল্লিতে একটি ডিটেক্টিভ টিম গঠন করল। একটা ফিলান্থ্রপিক উদ্দেশ্য নিয়ে সে কাজটি শুরু করে। তার কাজের ক্ষেত্রটি মূলত সামাজিক অপরাধ এবং মানবাধিকারের বিষয়গুলির সাথে সম্পর্কিত যা আমাদের সমাজকে নৈরাজ্যের দিকে নিয়ে যাচ্ছে। আমার বন্ধু তার ছেলেকে পুরো ঘটনা এবং নির্যাতিতার পরিবারের অসহায়ত্ব বর্ণনা করেছিল এবং বিষয়টি সিরিয়াসলি দেখতে বলেছিল। দিল্লি পুলিশ ইতিমধ্যে অনেক জটিল কেসে এই সংস্থার সাহায্য নিয়ে সফল হয়েছে। দিল্লি পুলিশ ব্যাপারটি জানার পরেই তাদের তরফ থেকে কেসটি কলকাতা লালবাজারের সিআইডিকে প্রয়োজনীয় নির্দেশ দেয় যে ডিটেক্টিভ স্বামীকে যাতে তারা প্রয়োজনীয় সাহায্য করে।

এমন একটি কেস তদন্তের প্রস্তাব পেয়ে সেই ইয়ং ম্যান খুবই উৎসাহী হল। আমি তার প্যাকেজের অংকের সম্পর্কে জিজ্ঞাসা করতেই সে আমাকে বিনীতভাবে বলল- 'আঙ্কল, আপনি এই বিষয়ে চিন্তা করবেন না। আমাদের আগে কাজটাতে সফল হতে দিন। আমাদের এই কাজ পেশার পরিবর্তে একটি জনহিতকর সেবা হিসাবে বিবেচনা করতে পারেন। তাই কোনো আর্থিক বাধ্যবাধকতা নেই। শুধুমাত্র আমার টিমের দুজন সদস্যের মেইন্টেনান্স এর জন্য যতটুকু দরকার সেটুকু চালিয়ে গেলেই হবে'।

মাসখানেক আগে তারা কলকাতায় ঘাঁটি গাড়ে। দলটির প্রধান স্বামী তার দলের অন্য দুই সদস্যকে নিয়ে কলকাতার একটি হোটেলে উঠে। তারা অবশ্য প্রথমে আমার বাড়িতেই উঠেছিল। তারা হোটেলে থাকলেও প্রায় আমার বাড়িতেই তাদের দুপুরের খাবার খেত। কিন্তু আমার বাড়ির লোক এদের পরিচয় জানত না। পরে অবশ্য তারা তাদের গোপনীয়তা বজায় রাখতে আমার বাড়িতে যাতায়ত বন্ধ করে দেয়।

স্বামী আমার কাছ থেকে জেনে নেয় যে প্রীতম ও উর্বশীর ভালবাসা পারিবারিক স্বীকৃতি লাভ করেছে। যার কারনে তরুন গোয়েন্দাটি আরো বেশী তৎপর হয়ে ওঠে।

কলকাতা পুলিশকে এই বেনামী চিঠি কে দিয়েছে জানেন? এটা আমি দিয়েছিলাম।

পুলিশের উচ্চপদস্থ অধিকারিকদের কাছে যথাযথভাবে তার পরিচয় তুলে ধরে এবং তাদের পক্ষ থেকে পূর্ণ সহযোগিতার আশ্বাস পেয়ে এই গোয়েন্দা কলকাতা পুলিশের ক্রাইম ব্রাঞ্চ বিভাগের সহযোগিতায় তার অভিযান শুরু করে। স্বামী প্রথম আবিষ্কার করে, তিনটি ভিন্ন চেহারায় তিন ব্যক্তির ছবির সাদৃশ্য। বড় কঠিন কাজ এবং অত্যন্ত তীক্ষ্ণ বুদ্ধির চিন্তা! একই ব্যক্তি যে তার পরিচয় পরিবর্তন করতে পারত দাড়ি রেখে এবং কখনও দাড়ি না রেখে, কখনও নেড়া মাথায় কখনও চুল রেখে সেটা ভাবাই যায় না।

আপনি অবাক হবেন যে এই ব্যক্তির দখলে থাকা পাসপোর্ট, প্যান কার্ড, ড্রাইভিং লাইসেন্স ইত্যাদি বিভিন্ন নামে বিভিন্ন আকৃতির ইমেজে তৈরী করা। তাহলে বুঝুন এদের হাত কত লম্বা।

কালপ্রিট গ্রেফতার হয়েছে, আমি খুশী। তবে হিউম্যান ট্রাফেকিং-এর আই পি সি ধারায় এইসব দুষ্কৃতির লাইফ টাইম ইম্প্রিজনমেন্ট এমনকি ফাঁসির সাজারও বিধান আছে।আর যেদিন সেটা কার্যকরী হবে সেদিন আমি সত্যিকারের খুশী হব। কিন্তু আশ্চর্য, এই বিরাট সাফল্যের কথা এখনো আমাকে সে জানায় নি। তবে সে গতকাল রাতে আমাকে ফোন করে জানিয়েছিল যে সে আগামীকাল সকালেই আমার বাড়িতে আসছে। হঠাৎ সকালে আসার কথা শুনে আমি একটু ধন্দে ছিলাম। এখন পরিস্কার হল। ঠিক আছে প্রঃ স্যান্যাল, আমি খুব খুশি এবং আপাতত এই সুন্দর খবরটি দেওয়ার জন্য আপনাকে অশেষ ধন্যবাদ!'

'আর শুনুন! আমি আপনাকে অনুরোধ করছি আজকে আমার বাড়িতে উর্বশী এবং তার দিদি দুজনকেই নিয়ে আমার এই গরীবের বাড়িতে উপস্থিত থাকবেন। আমি আপনাদের সকলকে দুপুরে একটি ভোজ সভায় আমন্ত্রণ জানাচ্ছি। আপনি আমার হয়ে তাদেরকে বলবেন। এটা আমার একান্ত অনুরোধ'।

'আহা! অনুরোধ কেন বলছেন! আপনার নিমন্ত্রন আমরা সাদরে গ্রহন করে আমরা ধন্য এবং আনন্দিত। আমরা অবশ্যই আসছি'। প্রঃ স্যান্যাল খুশী হয়ে বললেন। ❑

পঁয়ত্রিশ

কালো দৈত্যের প্রস্থান

খবরটা সম্পূর্ন পড়ে উর্বশী কিছুক্ষণ মূর্তির মতো স্থির হয়ে রইল। সে ঠিক হাসবে নাকি কাঁদবে তা ঠিক করতে পারছে না। খবরের প্রথমটা পড়ে সে যতখানি শক পেয়েছিল কিন্তু খবরের বাকিটা পড়ে তারপর সে ধাতস্থ হয়ে যাওয়ার ফলে ততখানা বিপর্যস্ত মনে হল না। সে শুধু ফ্যাল ফ্যাল করে চেয়ে থাকল।

নিউজ পড়ার ফাঁকে, তার দিদি কিছুক্ষণের জন্য ঘর থেকে বেরিয়ে গিয়েছিল এবং পড়া শেষ হলে সে তার প্রতিক্রিয়া দেখতে ঘরে ঢুকল। তাকে দেখেই সে আবেগে 'দিদি' বলে চিৎকার করে উঠল। দিদিকে সে শক্ত করে জড়িয়ে ধরে হাউ হাউ করে কাঁদতে লাগলো। সে কাঁদতে কাঁদতে অসংলগ্ন নানা কথা বলে তার চরম ভুলের জন্য এবং তার দিদির প্রতি অনেক খারাপ ব্যবহারের জন্য তাকে ক্ষমা করে দিতে মরিয়া হয়ে বলতে লাগল।

সে ভাবতেই পারেনি একজন মানুষ কিভাবে এতটা নিষ্ঠুর আর প্রতারক হতে পারে। সে কল্পনাও করতে পারেনি যে একটি সুন্দর চেহারার পিছনে একটি শয়তান কীভাবে বাস করে। সে ইতিমধ্যেই প্রবালকে তার মনে তার দেবতা হিসাবে বিবেচনা করেছিল। সে তার আদর্শ স্বামী যিনি মডেলিং এবং নাচের একজন বিখ্যাত তারকা হওয়ার স্বপ্ন পূরণ করবেন। সে নিজেকে ধিক্কার জানাল যে সে কীভাবে বোকার মত মিথ্যা প্রলোভনে ভুলে ভূলভুলাইয়ার জগতে চলে গেছিল! সে নিজেকে নোংরা মেয়ে, কুলটা মেয়ে ইত্যাদি বলে নিজেকে গালি দিতে লাগল। সে একজন পাষানী যে নাকি তার প্রথম প্রেমকে শুধুমাত্র বিখ্যাত এবং বড়লোক হবার নেশায় ভুলে যেতে পারে। সে বলল, 'আমার ক্ষমা নেই, কেউ আমাকে মাপ করবে না, করতে পারে না'।

কাল্লুজির কথা মনে হতেই সে ডুকরে কেঁদে উঠল। সে প্রায় চিৎকার করে বলতে লাগল,

'কাল্লুজি তুমি কোথায়? তুমিই আমাকে রক্ষা করেছ! তোমাকে আমি ভুল বুঝেছিলাম! তুমি না হলে আমি শেষ হয়ে যেতাম গো! তোমাকে আমি না বুঝে এত খারাপ খারাপ কথা বলেছি! ছি ছি! আর তুমি আমাকে কিছু বল নি! তুমি আমাকে মাপ করে দিও!'

উর্মিলা তাকে সান্ত্বনা দিতে তার পিঠ বোলাতে বোলাতে বলল,

'এখন শান্ত হ! তোর কষ্ট আমি বুঝি। আমি শুধু খুশি যে তুই সর্বনাশের কিনার থেকে রক্ষা পেলি। তবে এটা জানতে পেরে আমি হতভম্ব হয়েছি যে ঐ শয়তান প্রবাল একটা অপহরনের নাটক করে সুন্দর নিষ্পাপ প্রীতমকে কীভাবে মেরে তোমার জীবন থেকে সরিয়ে দিয়েছিল। আর এই শয়তানের গলা জড়িয়ে তুই গতকাল রাতেই দুবাই উড়ে যেতিস! আর তারপর তোকে শেয়ালে, শকুনে খেত! আমরা বিন্দু বিসর্গও জানতে পারতাম না! ঈশ! ভাবলে এখনও গা কাঁটা দিয়ে ওঠে!'

'কিন্তু দিদি আমি তো এসবের কিছুই জানতাম না! গতকাল পার্টিতে যোগ দিয়ে সেখানেই আমাদের রেজিস্ট্রেশন পেপারে সই সাবুদ হওয়ার কথা ছিল। এবং সই হওয়ার পরে আমরা কলকাতা থেকে মুম্বাই চলে যাওয়ার কথা ছিল! দুবাইয়ের কথা ত আমি জানতামই না। হা ঈশ্বর! তুমি আমাকে রক্ষা করেছ!'

'সে কথাটাও ত আমাদের জানাতে পারতিস! মুম্বাই চলে যাচ্ছ সেটা মা'কে না পার আমাকে অন্তত জানাতে পারতে! তোমার ঈশ্বর সেই কালো লোকটি, আর তার সাথে মিঃ বারীন বোস এবং অধ্যাপক সান্যাল!'

'আপনি কি জানেন বারীন বোস কে?' উর্মিলা জিজ্ঞেস করল।

উর্বশী লজ্জা পেয়ে বলল,'প্রীতমের বাবা কী করেছিলেন?'

'হ্যা, ঐ প্রীতমের বাবাই সেই মহান প্রাইভেট ডিটেকটিভ মিঃ স্বামীকে তোমার অপহরণের রহস্য খুঁজে বের করার জন্য নিয়োগ করেছিলেন!'

উর্বশী মুখে হাত দিয়ে একটা বিস্ময়সূচক শব্দ করে বলল,

'ভদ্রলোক আমার জন্য এত কিছু করেছে!'

'অবশ্য, সান্যালও এই বিষয়ে তার যথাসাধ্য চেষ্টা করেছিলেন এবং তিনিই ধরতে গেলে তোকে প্রবাল চ্যাটার্জি, মানে সুলতান শেখের কবল থেকে বাঁচাতে বারীন বোসের কাছে সাহায্য চেয়েছিলেন। বুঝলি?' উর্মিলা বুঝিয়ে বলল।

"গোয়েন্দা কাল্লুস্বামী প্রীতমকে জিজ্ঞাসাবাদ করে জানতে পারে যে প্রবালের একজন সহকারী বাবু সামন্ত, যে তোমাকে জাপটে ধরে গাড়িতে টেনে নিয়ে যাচ্ছিল, তার বাম হাতের একটি আঙ্গুল কাটা ছিল। আবার যে অপহৃত তিনটি মেয়েকে দিল্লি থেকে পুলিশ উদ্ধার করে নিয়ে এসেছে সেই মেয়েদের একজন বলেছে তার অপহরণের সময় এক ব্যক্তির বাম হাতের একটা আঙ্গুল কাটা দেখেছিল। সেই সূত্র ধরেই কাল্লুস্বামী এতদূরে আসতে পেরেছিলেন, নইলে ঐ ছদ্মবেশী শয়তানের কেউ টিকিও ছুঁতে পারত না!'

'কিন্তু দিদি, তুমি এত কিছু জানলে কী করে!' উর্মিলার বর্ণনায় সে অবাক হয়ে জিজ্ঞেস করল।

'প্রফেসর সান্যাল আজ খুব ভোরে আমাকে ফোন করেছিলেন। তিনিই আমাকে এসব বলেছেন। এর সাথে তিনি এও জানান যে তিনি তার প্রতিজ্ঞা রক্ষা করেছেন। অভিযুক্তকে গ্রেফতার করাতে পেরেছেন। প্রথমে বুঝতে পারিনি। পরে খবর পড়লে সব বুঝতে পারি। তিনিই আমাকে সংবাদপত্রের আজকের সিটি সংস্করণটি দেখতে বলেছিলেন। তিনি আমাকে তোমার সাথে তার বাড়িতেও যেতে বলেছেন। সেখানে প্রীতমও উপস্থিত থাকবেন। বুঝেছ মেয়ে!'

দিদি, আমার একবার কাল্লুজির সঙ্গে দেখা করা উচিত না?' উর্বশী নিচু গলায় বলল।

'অবশ্যই! আসলে সেই কালো মানুষটিই তোমার রক্ষাকর্তা। আমি তোকে বলব তুই অন্তত তাকে একটা কৃতজ্ঞতা জানা'।

'কিন্তু ওর সঙ্গে যোগাযোগ করব কী করে? আমি তার নম্বর জানি না।' উর্বশী অসহায়ভাবে তাকাল।

'কি বলো, তার ফোন নম্বর তোর কাছে, নেই!' উর্মিলা অবাক হল।

'আসলে তিনি আমাকে কোনো যোগাযোগ নম্বর দেননি। একবার তিনি আমাকে একটি হোয়াটসঅ্যাপ নম্বর পাঠিয়েছিলেন যেটির ভয়েস কলের জন্য কোন সুবিধা ছিল না।

'তুই ফোন ছাড়া ওর সাথে এত ঘনিষ্ঠতা করেছিস, আজব!' উর্মিলা বলল।

'না, না, ওর সঙ্গে আমার তেমন ঘনিষ্ঠতা ছিল না। আসলে সে সবসময় আমাকে অনুসরণ করত। আর অনুসরন করত ঠিক যখন আমার সাথে প্রবালের বিশেষ কোন কাজ থাকত বা থাকার কথা ছিল। আর ঠিক ঐসময় তার দেখা হত'।

যেগুলি ঘটনা কাউকে বলার নয় সেগুলি উর্বশী মনে মনে বলতে লাগল,

'এখন আমি বুঝতে পেলাম ঐ শয়তান কেন হঠাৎ হঠাৎ আমাকে না জানিয়েই গা ঢাকা দিত! কেন তাকে দীঘা বেড়াতে নিয়ে গিয়ে মিঃ চাড্ডার অসভ্যতামিতে সে প্রশ্রয় দিয়েছিল!' সে এইসব ভেবে লজ্জায় ঘৃণায় তার মুখটা দুহাত দিয়ে কিছুক্ষন ঢেকে রাখল।

দিদির গলা শুনে সে স্বাভাবিক হল।

'কিন্তু এখানে খবরে দেখলাম একটা শব্দ 'ঘনিষ্ঠতা'। আর তোদের দুজনের মধ্যে যে মজার কথা কিছু হত সেটা তোর কথাবার্তাতেই বুঝতে পারতাম।'

'সে ঠিক। সে খুব মজার লোক ছিল! তিনি এত ভাল ভাল কথা বলতেন যে আমি তার কাছে আরও অনেক কিছু শুনতে চাইতাম! আমি তার সাথে কথা বলে খুব আনন্দ পেতাম। কিন্তু আমার সঙ্গে ফোনে কোনদিন কথা হয়নি'।

'শুধু তাই নয়! তুমি তার সাথে গাড়িতে করে মার্কেটিং এ গিয়েছিলি'। যাও নি?'

'হ্যাঁ, আমি গিয়েছিলাম, কিন্তু... উর্বশী গতকালের সেই লোকের সাথে গাড়িতে বেড়ানোর রোমহর্ষক অভিজ্ঞতার কাহিনীটি দিদিকে সংক্ষেপে বলল। দিদি শুনে হতবাক হয়ে বলল,

'কী সাংঘাতিক ঘটনা রে! তোর এত সাহস হল কী করে! আমি ত মরেই যেতাম! লোকটির কীরকম চালাকি! তোকে কীভাবে ভুলিয়ে ভালিয়ে অতদূরে নিয়ে আটকে রেখেছিল! হ্যারে! তুই যে ওনাকে ঐরকম গালাগালি দিলি তাও উনি কিচ্ছু বলল না!'

উর্বশী হেসে শুধু মাথা নাড়ল। উর্মিলা বলল,

'তবে তোর এসব বিবরন শুনে আমার কেমন যেন সন্দেহ হচ্ছে! কাল্লুজির প্রেমে পরিস নি ত!'

উর্বশী চুপ থাকায় উর্মিলা বলল, 'তিনি চলে গেছেন বলে তোর কী মন খারাপ?'

উর্বশী তাও চুপচাপ দেখে উর্মিলা বলল,

'ঠিক আছে, ফোন কর'।

'কিন্তু ওর নম্বরটা পাব কী করে?' উর্বশী অসহায় হয়ে তাকাল।

'এক মিনিট, দাঁড়াও।' উর্মিলা কাল্লুজির নম্বর সংগ্রহের জন্য প্রফেসর সান্যালকে ফোন করার চেষ্টা করল। কিন্তু তার ফোন করার আগেই প্রফেসর সান্যালের ফোন বেজে উঠল।

'হ্যালো, উর্মিলা, আগামীকাল তোমাদের দুজনকেই মিস্টার বারীন বোস তাদের বাড়িতে নিমন্ত্রণ করেছেন, সকালে উর্বশীকে নিয়ে আসতে হবে। তিনি আমাকে তার তরফে তোমাদের নিমন্ত্রণ জানাতে বলেছেন।' অপর প্রান্ত থেকে প্রফেসর সান্যালের গলা শোনা গেল।

'আহ! লাভলি! বারীন বোস সাহেব নিজেই আমাদের আমন্ত্রণ জানিয়েছেন! তাহলে ত আমার মনে হয় আমাদের একটা সুযোগও আছে, তাই না?' উর্মিলা স্যান্যালের কথায় খুশীতে যেন গলে গেল।

'হ্যা হ্যা অবশই! আরে আমি আছি কীসের জন্য! প্রীতমকে আমি সব বলে রেখেছি। ওদের দু হাত একখানে করে দিলে তবেই আমার নিষ্কৃতি'।

'বাঃ! এই না হলে... !' উর্মিলা বলল।

'এই না হলে!এই না হলে কী?' স্যান্যাল তার অসমাপ্ত কথার শেষটুকু শুনতে চাইল।

না, বলছিলাম তোমার ভূমিকা ত এখন থেকে সেটাই হওয়া উচিৎ, তাই না!'

'অফ কোর্স! শোন, তোমরা দুজনে আগে আমার বাসায় এসো'।

'কেন? কোনো জরুরী কিছু?' উর্বশী অবাক হয়ে জানতে চাইল।

'তোমার এসব আদিখ্যেতা বন্ধ কর! কোনো জরুরি প্রয়োজন ছাড়া আসতে পারবে না? তুমি কি এটাই বলতে চাও?' প্রফেসর সান্যাল উত্তেজিত হয়ে বলল।

'সরি! সরি! সরি! যাব যাব যাব!'

সান্যাল বললো, 'আমার মা তোমাকে আসতে বলেছেন'।

'তিনি এখন ভালো আছেন?' উর্মিলা জিজ্ঞেস করল।

'তিনি ভালো আছেন কিন্তু উনি তোমার সাথে একটা জরুরী আলাপ করতে চান'।

'সেসব নিয়ে তোমার মাথা ঘামাতে হবে না! ওসব কথা পরে। এখন আপাতত যা বলছি শোন! .হ্যালো...'

'হ্যাঁ, বল, আমি শুনতে পাচ্ছি।'

'আচ্ছা, কাল্লুজিও কি আগামীকাল মিস্টার বোসের বাড়িতে থাকবেন?' উর্মিলা একটু সতর্ক হয়ে জিজ্ঞেস করল। কাল্লুজির উপস্থিতির কথা শুনে উর্বশীর বিষন্নতার মধ্যে যেন প্রান সঞ্চার হল।

'কাল্লুজি! সে আবার কে!' সান্যালের কথা শুনে উর্মিলা হেসে উঠল।

'সেকী কাল্লুজিকে এখনও চেন না! পৃথিবী শুদ্ধ লোক চেনেন!'

'আরে এই অদ্ভুত ধরনের নামই ত শুনি নি। এটা কী কারও নাম হতে পারে!'

'হ্যা, হতে পারে। ওটা উর্বশীর দেওয়া নাম। কাল্লুজি মানে সেই বিশাল তেলেঙ্গ নামের গোয়েন্দা। ও কলকাতায় পড়াশুনা করার সময়ই বাংলা মাস্টারমশাই ওকে কাল্লুস্বামী নাম দিয়েছিল। উর্বশী 'স্বামী' টা কেটে দিয়ে 'জি' করে দিয়েছে মানে কাল্লুজি। সে ঐ নামেই ডাকত। উর্বশী তার আসল নাম জানতে চাইলে তিনি কী বলেছিলেন জান? তিনি বলেছিলেন তার অতবড় নামটা নাকি উর্মিলার মুখে ধরবে না'।—বলেই উর্মিলা খিল খিল করে হাসতে থাকে। এই ধরনের অদ্ভুত কথা শুনে সান্যালও হাসতে লাগল। হাসি থামিয়ে উর্বশী বলল,

'এখন বল, তিনি কি আগামীকাল সেখানে উপস্থিত থাকবেন?'

'কিন্তু ওকে এই নামে সে ডাকত! এত বড় একজন ডাকসাইটে গোয়েন্দা! তাকে সে এভাবে ডাকতে পারল! অবিশ্বাস্য!'

উর্মিলা দেখল উর্বশী ঘরে নেই। এই ফাঁকে সে নীচু গলায় বলল, 'আজ্ঞে হ্যা, আমার বোন সব পারে। ও কাল্লুজির সঙ্গে আরও কত কিছু কান্ড করেছে! পরে সব বলব।'

উর্বশী ঘরে ফিরতেই সে স্বাভাবিক হয়ে বলল, 'এখন বল, তিনি কী মিঃ বারীন বোসের বাড়িতে উপস্থিত থাকবেন?'

'সরি! তিনি সকালের ফ্লাইটেই শহর ছেড়ে চলে গেছেন। আমি আর মিস্টার বোস তাকে অন্তত একদিন আরও থাকতে অনুরোধ করলাম। কিন্তু তিনি কিছুতেই শুনলেন না'।

উর্মিলা হতাশ হয়ে উর্বশীর দিকে চেয়ে বলল,

'নেই, উনি সকালেই দিল্লী রওনা দিয়েছেন!'

'মানে! দিদি তুমি মজা করছ! দাও তো স্যারের সাথে আমি কথা বলি'।

'হ্যালো স্যার! কাল্লুজি কী সত্যি সত্যি চলে গেছেন?'

'হ্যা, সোনা! উনি সত্যি সত্যি চলে গেছেন! তাকে অনুরোধ করে বললাম, অন্তত আপনার নতুন বন্ধু যাকে আপনি এত বড় বিপদ থেকে রক্ষা করলেন, তাকে দেখা করে অন্তত একটা কথা বলে যান! কিন্তু উনি রাজী

হলেন না। তার এই মনোভাবে আমি ত একটু অবাকই হলাম! উনি এতদিন থাকতে পারলেন আর এই আনন্দের দিনে একটা দিন থাকতে পারলেন না! ওনার সাথে কোন কিছু হয়েছিল তোমার?'

উর্বশী কোন জবাব না দিয়ে ফোন দিদির হাতে তুলে দিয়ে পাথরের মুর্তির মত স্থির বসে রইল।

' তাহলে তার কন্টাক্ট নাম্বারটা একটু দাও?' উর্মিলা বলল।

'তাকে আবার অকারণে বিরক্ত করার দরকার কী? আচ্ছা ঠিক আছে, দরকার হলে কাল দেব।' সান্যাল জবাব দিল।

'কাল ত আর আজ নয়, রূপক! এখোনি লাগবে! তুমি এখনই আমার হোয়াটসআপে পাঠাও'।

'এখন ওকে বিরক্ত করতে যাচ্ছ কেন? নাটকের যবনিকা ত পড়ে গেছে! এখন তার সাথে কথা বলার দরকার আছে?' সান্যাল নম্বর দিতে ইতস্তত করছিল।

'আমার এটা দরকার! বোন তার সঙ্গে কথা বলবে! বুঝছ না কেন!'

ঠিক আছে, দিচ্ছি। কিন্তু তিনি ফোন ধরবে কিনা আমি নিশ্চিত নই'। উর্মিলা মোবাইলটা নামিয়ে রাখতেই উর্বশী কৌতুহলী হয়ে জিজ্ঞেস করল,

'দিদি! তোমার এসব কবে হল, কিছুই জানলাম নাত!'

'কী কবে হল! কী বলছিস?'

'এইমাত্র তুমি যে স্যারের নাম ধরে ডাকলে!' দিদির দিকে তাকিয়ে একটা দুষ্টুমি ভরা হাসি দিল উর্মিলা।

উর্মিলা উর্বশীর কথা পাত্তা না দিয়ে সে তার মোবাইলে কাল্লুজির নম্বর সেভ করতে ব্যস্ত থাকল।

প্লিজ দিদি, তোমার গল্পটা একটু শোনাবে!'

'তুই কি থামবি?' অতিরিক্ত উৎসাহের জন্য উর্মিলা তার বোনকে মৃদু ধমক দিল। কিন্তু পরক্ষনই সে একটু হেসে নরম সূর করে বলল,

'পরে বলছি। নাম্বারটা সেভ করে নেই! এবার নম্বরটা নিয়ে কাল্লুজির সঙ্গে কথা বলার চেষ্টা কর!'

অনেক ভয় এবং সংকোচ নিয়ে উর্বশী দুরু দুরু বক্ষে নাম্বারটা টিপে কানে দিল। কিন্তু না, ধরল না। সে আবার চেষ্টা করল, কিন্তু এবারো মোবাইল তাকে নিরাশ করল।

'দূর ছাই!' তৃতীয়বারের ব্যর্থতার পর সে হতাশা এবং ক্ষোভে, মোবাইলটি বিছানায় ছুড়ে ফেলে দিল।

উর্মিলা এসে বলল, 'কীরে ধরল না! আবার কর, আবার কর!'

এরপর চতুর্থ, পঞ্চম, ষষ্ঠ, তারপর বারবার চেষ্টা চলল, কিন্তু প্রতিবারেই সে অপদার্থ মোবাইল কোম্পানিগুলোর একই স্টিরিও শোনাতে লাগল—

'দ্য নাম্বার ইউ হ্যাভ ডায়ালড ইজ নট রিচ্যাবল এট দিজ মোমেন্ট, প্লিজ ট্রাই এগেইন আফটার সামটাইম'। ☐

সমাপ্ত

* 9 7 9 8 2 2 7 5 4 7 3 0 9 *